JEANIENE FROST

Night Rebel 1

KUSS DER DUNKELHEIT

AF178312

Die Autorin

Jeaniene Frost ist eine »New York Times«- und SPIEGEL-Bestsellerautorin, ihre Romane erscheinen in 20 Sprachen. Neben dem Schreiben liest Jeaniene gerne, schaut sich Filme an, erkundet alte Friedhöfe und macht Roadtrips. Sie lebt mit ihrem Mann in Florida.

Besuchen Sie uns auch auf www.blanvalet.de

JEANIENE FROST

Night REBEL

KUSS DER DUNKELHEIT

ROMAN

Aus dem Amerikanischen
von Wolfgang Thon

blanvalet

Die Originalausgabe erschien unter dem Titel »Night Rebel I. Shades of Wicked«
bei Avon, an imprint of HarperCollins, New York.

Penguin Random House Verlagsgruppe FSC® N001967

4. Auflage
Copyright © der Originalausgabe 2018 by Jeaniene Frost
Published by arrangement with Avon, an imprint of HarperCollins Publishers LLC
Copyright © der deutschsprachigen Ausgabe 2021
by Blanvalet Verlag, in der Penguin Random House Verlagsgruppe GmbH,
Neumarkter Straße 28, 81673 München
produktsicherheit@penguinrandomhouse.de
(Vorstehende Angaben sind zugleich Pflichtinformationen nach GPSR)

Redaktion: Rainer Michael Rahn
Umschlaggestaltung: Sandra Taufer, München
Umschlagmotive: Shutterstock.com (Ernstafan; Comaniciu Dan);
iStock.com/Instants
JB · Herstellung: sam
Satz: Uhl + Massopust, Aalen
Druck und Einband: CPI books GmbH, Leck
Printed in the EU
ISBN: 978-3-7341-6259-6
www.blanvalet.de

Für alle, die mich mit ihren Fragen gelöchert haben, unaufhörlich,
wann Ian endlich sein eigenes Buch bekommt.
Die Antwort lautet: JETZT.
Ich hoffe, es gefällt euch.

I

Wehe, wenn das jetzt nicht das richtige Freudenhaus war.

Es sah nicht aus wie die schäbigeren Bordelle, die ich in letzter Zeit besucht hatte. Dieses dreigeschossige Gebäude wäre auch als Sitz eines elitären Clubs durchgegangen. Aber selbst wenn es wider Erwarten einen hübschen Eindruck machte – falls ich mir jetzt schon wieder eine Fleischbeschau antun musste, bei der am Ende nichts herauskam, wollte ich nicht für das verantwortlich sein, was ich mit dem Gesuchten anstellen würde, wenn ich ihn schließlich fand.

Frustriert von wochenlanger ergebnisloser Suche ließ ich meine Aggressionen an der Tür aus und trat sie ein. Ohnehin war ich bei den letzten Etablissements, die ich besucht hatte, mit Höflichkeit nicht weitergekommen. Kein kluger Inhaber verriet freiwillig großzügige Kunden, und der bordellbegeisterte Vampir, hinter dem ich her war, bezahlte offenbar gut.

Zu meiner Überraschung sah ich niemanden in dem eleganten Foyer. Normalerweise treiben sich in den Empfangsräumen von Bordellen immer ein paar Prostituierte herum, um neue Gäste willkommen zu heißen. Außerdem wunderte es mich, aus den oberen Stockwerken des Hauses keine Geräusche praktizierter Fleischeslust zu hören. Ich holte mein Handy heraus und checkte die GPS-Markierung. Ja, ich war hier richtig. Außerdem *roch* es auf jeden Fall nach Sex, wenn man sich erst mal an die erstickenden Düfte der verschiedenen Parfüms und Colognes gewöhnt hatte.

Aber wo waren sie alle?

Ich spürte leichte Vibrationen im Fußboden und ging ins Foyer. Ach so, die Party fand unten statt. Ich folgte den kräftigsten Parfümgerüchen und entdeckte schließlich eine Treppe, die zwei Etagen in die Tiefe führte. Sie endete an einer verschlossenen Tür, die ich ebenfalls eintrat. Es hatte keinen Sinn, jetzt übertrieben zimperlich zu sein.

Dahinter war es richtig laut. Der Keller musste schallisoliert sein, sonst wäre ich gleich darauf aufmerksam geworden. Ich hätte am liebsten nicht gehört, was da vor sich ging. Ein ausgelassener Chor, der immer wieder das Gleiche schmetterte, malträtierte meine Ohren mit *»Einzug der Gladiatoren«*, einem Song, mit dem früher meist die Vorstellungen im Zirkus Barnum & Bailey begannen.

Und dass ich in einen Zirkus gekommen war, sah ich jetzt, wenn auch in einen ohne echte Tiere. Etwa ein Dutzend nackte Frauen und Männer tummelten sich auf dem Boden und verkörperten jämmerlich unzureichend Tiere, die sie mit ihren Ganzkörperbemalungen darzustellen versuchten. *Kein Arbeitsethos*, dachte ich, als drei falsche Löwen mehr Interesse daran zu haben schienen, einander zu streicheln, als realistischere Kämpfe um die Vorherrschaft zu führen – und davon, wie sie die beiden falschen Gazellen ignorierten, als diese an ihnen vorbeigingen, will ich gar nicht erst anfangen.

Etwa ein Dutzend Prostituierte in Clownskostümen widmeten sich ihren Rollen mit mehr Hingabe. Sie stiegen aus einer

Autoattrappe am anderen Ende des Raums, manche schlugen nach dem Aussteigen Purzelbäume, andere stolperten slapstickartig übereinander, manche bliesen Luftballons auf und formten daraus Genitalien, die sie dann in obszöner Manier zusammensteckten.

Ein Feuerwerk lenkte meine Aufmerksamkeit auf die andere Seite des Raums. Es fackelte etwas ab, das wie ein Thron aussah, und hüllte den, der darauf saß, in eine Aura aus Funken, Feuer und Rauch. Das Minifeuerwerk war so hell, dass ich das Gesicht des Mannes auf dem Thron nicht erkennen konnte, aber als er laut rief: »Jetzt beginnt der achte Akt!«, hörte ich deutlich einen englischen Akzent.

Dann legte sich der Qualm ein wenig, und man sah einen großen Mann, der die blaue Jacke eines Zirkusdirektors trug. Noch reichte ihm der Rauch bis zur Hüfte, aber mehr brauchte ich nicht zu sehen, um zu wissen, dass ich den Gesuchten endlich gefunden hatte. Das Gesicht des Vampirs, der in nur zwei Wochen seine Spur in einem Dutzend Bordelle hinterlassen hatte, war so schön wie das eines Engels, ganz zu schweigen von seinen flammend roten Haaren, die so unverwechselbar waren wie sein Aussehen. Als er vom Thron stieg und offenbarte, dass er unter seiner Zirkusdirektorjacke nichts anderes mehr trug, wurde mir klar, dass Ian auch noch andere bemerkenswerte Attribute besaß.

Einen kurzen Moment lang machte ich große Augen. Welcher Vampir, der noch alle beisammenhatte, würde sich ausgerechnet *dort* ein Silberpiercing verpassen?

Ich war die Einzige, die von dem Silberpiercing an Ians Eichel geschockt war. Die Übrigen ließen sofort alles andere sein und liefen zu ihm. Sogar die mit Glitzer bedeckten Akrobaten sprangen von ihren Sitzstangen an der Decke und landeten anmutig vor dem Haufen verschlungener Glieder, der sich jetzt um den rothaarigen Vampir bildete.

Es reichte nicht, dass ich mich mit einem Vampir herumschlagen musste, der so geistesgestört war, sich permanent den Schwanz zu verbrennen, er musste auch noch so verkommen sein, dass er sich in karnevalistische Orgien stürzte. Ich wollte gar nicht erst wissen, wie der achte Akt weiterging, machte mich auf den Weg zu dem immer größer werdenden Fleischhaufen und fing an, Leute zur Seite zu werfen, wobei ich darauf achtete, sie nicht allzu fest zu werfen. Ihr Herzschlag ließ darauf schließen, dass sie menschlicher Natur waren, deshalb konnten sie nicht wieder heilen, wie meinesgleichen es vermochte.

»Was soll das?«, fragte Ian genervt, als ich ganz unten bei den Leibern angekommen war. Dann stieß er ein anerkennendes Geräusch aus, als ich ihn hochriss und dabei auf alle Rücksichten verzichtete, die ich den anderen erwiesen hatte.

»Das ist die richtige Einstellung, meine starke, blonde Süße.« Jetzt klang er überhaupt nicht mehr genervt. »Bist du die Überraschung, die mir versprochen wurde?«

Warum sollte ich ihn das nicht glauben lassen? »Aber sicher«, sagte ich. »Überraschung.« Dann packte ich ihn am Schwanz. Ich musste mich einer bestimmten Sache vergewissern, bevor ich weitermachte.

Ian gluckste. »Das nenne ich Einsatz, Puppe.«

Ich ging auf die Knie. Ich wollte nicht tun, was er dachte. Doch so konnte ich erreichen, was ich wollte, ohne dass er sich mir widersetzte. Erst nach einem genauen Blick auf die rauchfarbenen Brandzeichen in der Nähe seiner Leiste ließ ich Ian los. Es gab nur einen Dämon, der Menschen mit diesem speziellen Brandzeichen versah, und zwar genau den, hinter dem ich schon seit Tausenden von Jahren her war.

»Ian«, sagte ich und richtete mich auf. »Verabschiede dich. Wir gehen.«

Er lachte auf. »Ich glaube nicht. Du magst ganz süß sein, doch zu zweit ist es zu einsam, erst mit einem Dutzend wird es eine Party.«

Ich sah mich abschätzend um. »Kein großer Verlust. Die Clowns waren okay, aber keines deiner falschen Tiere hat gegen ein anderes gekämpft oder auch nur *versucht*, durch die Feuerringe zu springen.«

Bei diesen Worten warf er denen als Tiere dekorierten Prostituierten einen vorwurfsvollen Blick zu. »Das habt ihr nicht, oder?« Dann schaute er wieder zu mir und bekam plötzlich schmale Augen. »Moment mal. Ich kenne dich doch.«

Wir waren uns vorher erst einmal offiziell begegnet, deshalb dachte ich nicht, dass er sich an mich erinnern würde. Jemand mit seinen Neigungen musste Unmengen blonder Frauen begegnet sein.

»Veritas, Gesetzeshüterin des Vampirrates«, bestätigte ich. Dann legte ich meine Hände auf seine Schultern. »Und wie ich schon sagte: Du kommst jetzt mit mir.«

Die Farbe seiner Augen wechselte von dem natürlichen, lebhaften Türkis zu einem leuchtenden, vampirischen Smaragdgrün. »Es kann ja nur eine Gesetzeshüterin sein, die versucht, eine absolut perfekte Orgie zu ruinieren. Tut mir leid, Schätzchen, ich werde nirgendwohin gehen. Und jetzt nimm deine Hände von mir weg, bevor ich sie entferne.«

Das konnte nicht sein Ernst sein! Einen Gesetzeshüter auch nur zu schlagen wurde schon mit dem Tod bestraft, wenn der

Rat schlechte Laune hatte. Über uns stand in der Gesellschaft der Untoten nur der Vampirrat selbst. Deshalb ignorierte ich seine Drohung und packte fester zu.

»Es gibt keinen Grund für leere Drohungen…«

Urplötzlich wurde ich mehrere Meter nach hinten geschleudert. Ich blinzelte verwirrt, denn seine Schnelligkeit erschreckte mich mehr als seine verwegene Missachtung der Strafe, die er sich mit seinem Verhalten einhandeln würde.

»Es gibt keinen Grund?«, wiederholte er verächtlich. »Ich erinnere mich noch an das letzte Mal, als ich dich gesehen habe. Ich würde sagen, deine Komplizenschaft bei der Ermordung der Tochter meiner Freunde ist durchaus ein Grund.«

Sie ist nicht tot.

Diese Worte klangen mir in den Ohren. Ich tröstete mich jedes Mal damit, wenn ich an jenen furchtbaren Tag zurückdachte. Aber falls Ian nicht wusste, dass die angebliche Exekution des Kindes nichts weiter als ein cleverer Trick gewesen war…

»Es war eine Ratsentscheidung, nicht meine«, sagte ich, und meine Stimme klang bei der Erinnerung rauer. Weil ich mich gegen die Exekution des Mädchens gewehrt hatte, hätte ich fast meine Stellung als Gesetzeshüterin verloren, aber Furcht und Bigotterie hatten den Rat handlungsunfähig gemacht. Wenigstens war ihnen nicht gelungen, ihr das Leben zu nehmen, so wie sie es ursprünglich vorgehabt hatten.

Ian schnaubte. »Schläfst du besser, wenn du dir das einredest? Im Vergleich mit dir wirken meine Sünden unbedeutend, und das will etwas heißen.«

»Das reicht.« Wie konnte er sich ein Urteil über mich anmaßen? »Komm jetzt.«

Er zog die Augenbrauen hoch, als könnte er nicht glauben, dass ich so mit ihm sprach wie manche Menschen mit ihren Hunden. Aber wenn er darauf beharrte, sich wie ein Tier zu benehmen, konnte ich ihn auch so behandeln.

»Verschwindet jetzt alle«, sagte Ian zu den Prostituierten, die uns eher gelangweilt als interessiert beobachtet hatten. Wahrscheinlich hielten sie unseren Wortwechsel für so etwas wie ein Rollenspiel. »Ich bedanke mich für den unterhaltsamen Tag, aber jetzt ist es vorbei. Geht!«, bekräftigte er, als einige von ihnen zurückblieben, anstatt sich den anderen anzuschließen, die bereits nacheinander durch die Tür hinausgingen.

Ich unterdrückte ein ungläubiges Lachen. »Schaffst du sie aus dem Weg, weil du mit mir *kämpfen* willst?«

Ian lächelte einmal kurz, was seine ungewöhnliche Schönheit noch verstärkte. »Du hast dich nicht gut vorbereitet, falls du dir eingebildet hast, dass ich freiwillig mitkommen werde.«

Das Silber seines Piercings musste in seinen Blutkreislauf gelangt sein und das Hirn geschädigt haben. Das war die einzige Erklärung. »Ich bin über 4000 Jahre älter als du.«

»Tatsächlich?«, sagte er mit gespielter Überraschung. »Und ich habe mir eingebildet, du siehst keinen Tag älter als zwanzig aus, kleine Hüterin.«

Ich war älter gewesen, als ich in eine Vampirin verwandelt worden war, aber er war mit seinem Irrtum nicht allein. Die Leute legten viel zu viel Wert auf Äußerlichkeiten. »Soll das ›kleine Hüterin‹ beleidigend sein? Falls ja, musst du dir mehr Mühe geben.«

»Nein, nicht beleidigend«, erwiderte er in lockerem Ton. »Aber ich wäre überrascht, wenn du auch nur halb so viel wiegst wie ich.«

Ja, ich sah momentan eher zerbrechlich denn beeindruckend aus. Aber selbst wenn das der Wahrheit entspräche, würde es ihm nicht helfen. Mit dem Alter kam die Stärke, und ich war ihm Tausende von Jahren voraus. »Halte dich zurück, Ian, dann bestrafe ich dich nicht dafür, dass du mich angegriffen hast.«

»Warum bittest du mich nicht, dich in Ruhe zu lassen?«, schlug er vor. »Wenn du deine Bitte interessant genug gestaltest, denke ich vielleicht darüber nach.«

Ich hatte jetzt genug herumgeredet und verpasste Ian einen Schlag, der so fest war, dass er ihm eigentlich alle Rippen hätte brechen müssen. Zu meiner Überraschung versuchte er gar nicht erst, den Schlag zu parieren. Stattdessen schleuderte er mich mit einer Kraft nach oben, die er gar nicht haben durfte. Ich knallte mit so viel Schwung gegen die Decke, dass ich sie durchbrach. Einen verblüfften Augenblick lang starrte ich durch das Loch, das mein Körper in die Decke geschlagen hatte, auf ihn hinunter.

»Hör jetzt auf, dann bist du vielleicht diejenige, die nicht bestraft wird«, sagte er in einem freundlichen Tonfall.

Ich unterdrückte den Impuls, ihn sofort wieder anzugreifen. *Du darfst einen Gegner kein zweites Mal unterschätzen, wenn du das Glück hattest, beim ersten Mal zu überleben.* Mein vampirischer Erschaffer Tenoch hatte mich das gelehrt. Tenochs Ratschläge hatten mir schon oft das Leben gerettet, deshalb unterdrückte ich meine Rachegelüste.

Ian irrte sich – ich *hatte* mich über ihn informiert. Dabei war nichts Ungewöhnliches herausgekommen, nur dass er einen unersättlichen sexuellen Appetit hatte, Regeln offen missachtete und dazu neigte, seltene und teure Dinge zu sammeln. Mein Angriff vorhin hätte ihn niederstrecken sollen, aber stattdessen pfiff er das furchtbare Zirkusliedchen mit und wirkte dabei mehr gelangweilt als besorgt.

Vielleicht verdankte er seine ungewöhnliche Stärke den dämonischen Brandzeichen? Sie waren mehr als nur ein Band zwischen Ian und dem Dämon, der sie ihm eingebrannt hatte. Im Laufe der Zeit würde sich durch die Symbole auch ein Teil der Stärke und Macht des Dämons auf Ian übertragen. Doch er war erst seit ein paar Wochen gezeichnet. Das reichte nicht annähernd aus, um selbst über einen Teil der Stärken und Fähigkeiten des Dämons verfügen zu können.

Aber ich konnte sein Geheimnis später immer noch lüften. Zunächst musste ich ihn ausschalten, und zum Glück hatte auch ich ein paar Überraschungen für ihn parat.

Ich sah Ian ungerührt an. »Jetzt bin ich dran.«

Aus seinem Lächeln wurde ein Grinsen. »Dann komm und hol mich, kleine Hüterin.«

2

Ich sprang nicht durch das Loch zu ihm hinunter, denn genau das erwartete er. Stattdessen stieß ich in der anderen Ecke des Raums ein neues Loch in den Boden. Ian sprang zurück, damit ich ihn nicht gleich erwischte, und trat nach mir in dem Sekundenbruchteil, als mein Rücken gebeugt war. Ich streckte mich nach vorn, aber noch während er ausholte, drehte ich mich weg, sodass er zu Boden ging und nicht ich. Dann sprang ich auf seinen Rücken und klemmte ihn zwischen meine Beine, um mich an ihm festzuhalten.

Er fing sofort an zu bocken. Ich packte ihn noch fester, bis seine Rippen brachen, doch das schwächte ihn nicht. Dann fing ich an, ihm mit aller Kraft auf den Hinterkopf zu schlagen.

Sein Kopf wackelte von den Schlägen, aber er bockte noch immer so heftig, dass wir beide durch den Raum geschleudert wurden. Die Brandzeichen des Dämons waren vielleicht nicht die Quelle seiner erstaunlichen Kraft, aber sie sorgten dafür, dass er noch schneller heilte, als es bei Vampiren üblich war, obwohl auch sie sich sehr schnell regenerieren konnten. Es dauerte nicht lange, bis ich mich nur noch an ihm festklammerte, um nicht abgeworfen zu werden. Dann fing er an zu fliegen und schleuderte mich gegen die Wände, die Decke und den Boden, während er sich die ganze Zeit wie ein wahnsinniger, wilder Hengst aufführte.

Meine Knochen begannen zu brechen, und mein Kopf dröhnte, nachdem er mehrfach gegen verschiedene harte Kanten gekracht war. Jeden anderen hätte ich umgebracht, aber ich brauchte Ian lebend. Und kooperativ. Für Letzteres konnte es vielleicht helfen, wenn ich sein Hirn auf den Boden schlug.

Also schlug ich ihm noch fester auf den Schädel, um ihn niederzuzwingen und unten zu halten. Es kostete mich große Mühe, weshalb ich immer wieder auf seinen Kopf schlug, während ich seinen Körper auf den Teppich drückte. Ich durfte nicht zulassen, dass er erneut abheben und fliegen konnte, denn sonst hätte ich Kräfte offenbaren müssen, von denen er besser nichts erfahren sollte. Aber Moment mal – was war das für ein Geräusch?

Ich hörte auf, Ian zu schlagen, und hörte genauer hin. Es klang fast, als ob … Nein. Das konnte er doch nicht tun!

»*Lachst* du etwa über mich?«

Das tat er, und sein Gelächter klang nun lauter, weil es den Lärm unseres Kampfes nicht mehr übertönen musste. Außerdem merkte ich, dass der lange, harte Gegenstand, den ich an meinem Fuß spürte, *keine* versteckte Waffe war. Meine Versuche, ihm den Schädel zu zertrümmern, amüsierten ihn nicht nur – sie *erregten* ihn!

»Dass du so auf meinem Rücken herumspringst und das ganze Geschubber machen mich richtig scharf«, sagte Ian immer noch lachend. »Wenn das so weitergeht, muss ich dich genauso bezahlen wie die anderen Huren. Aber wenn du für Vorschläge offen bist, würde ich mir ein bisschen mehr Mühe beim nächsten Schlag wünschen, Schätz …«

Ich verpasste ihm einen Schlag, der meine Faust eigentlich durch seinen ganzen Kopf treiben sollte. Aber er verdrehte den Hals in allerletzter Sekunde und bäumte sich mit dem Rest seines Körpers auf. Ich erkannte die Falle zu spät. Es endete damit, dass meine Faust seinen Kopf verfehlte und ich von ihm herunterkatapultiert wurde.

Bevor ich mich wieder sammeln konnte, sprang er auf mich. Im nächsten Moment drückte er mich nach unten, und ich spürte das unverwechselbare Brennen von Silber, das mir zwischen die Rippen stach.

Verdammt sollte er sein! Er hatte es wieder fertiggebracht, mich so zu provozieren, dass ich kopflos handelte. Hätte er meine Beine nicht mit seinen Beinen festgehalten, hätte ich mich selbst dafür getreten, dass ich so blöd war.

»Keine Bewegung«, sagte Ian ganz beiläufig. »Ich will dich nicht töten, aber falls du mich dazu zwingst, werde ich es tun.«

»Wo hast du das Messer her?« Ich war vorhin nicht so abgelenkt gewesen, dass ich vergessen hätte, ihn zu filzen.

»Aus meiner Jacke.«

»Lügner. Ich habe dich nach Waffen abgetastet, als ich auf dir saß.«

»Das hast du also getan?« Seine Lippen zuckten. »Ich dachte, du tastest nach etwas Interessanterem.«

Auf meinen verächtlichen Blick hin zuckte er mit den Schultern und sagte: »Du hast das Messer vorher nicht gespürt, weil es bis vor wenigen Augenblicken nur eine kleine Silberkugel war.«

Ich riss die Augen auf. »Du gestehst vor einer Gesetzeshüterin, dass du *Magie* benutzt hast, um aus einer Silberkugel ein Messer zu formen?«

»Habe ich vergessen, dass bei Vampiren die Todesstrafe auf

Anwendung von Magie steht? Und dasselbe steht auch darauf, eine Gesetzeshüterin zu schlagen. Herrje, ich habe mich zweimal schuldig gemacht! Bitte, sei mir gnädig!«

»Jetzt bettelst du?« Ich schnaubte leise. »Mach dir keine Sorgen. Ich werde dich trotzdem für das bestrafen, was du getan hast.«

Er lachte. »Ich habe ein Messer in deinem Herzen, und du drohst mir noch? Ich weiß nicht, ob ich dich jetzt für deine Verblendung auslachen oder dir für deinen Optimismus applaudieren soll.«

»Wenn du stattdessen zuhören würdest, könntest du erfahren, wie du verhindern kannst, dass Dagon in zwei Jahren deine Seele in Besitz nimmt.«

In seiner Miene änderte sich nichts, aber plötzlich war mir, als starrte ich auf eine andere Person. Eine harte, gefährliche Person, die ich extrem unterschätzt hatte. Dann lächelte Ian mich wieder sorglos an und schob das Silbermesser tiefer.

Ich keuchte, als es mein Herz durchbohrte. Ian tat, als wäre ich nur ein Kind, das sich den Zeh gestoßen hat. »Ich habe dich davor gewarnt, mich zu provozieren. Und jetzt erzähl mir, was du über meinen Deal mit Dagon weißt.«

Eine der wenigen Möglichkeiten, einen Vampir zu töten, war es, ein silbernes Messer in seinem Herzen zu drehen. Es fühlte sich an, als würde jemand heiße Lava in mich hineinschütten. Ian hatte die Klinge nicht gedreht, aber der Großteil meiner körperlichen Kraft hatte mich verlassen. Trotzdem antwortete ich mit fester Stimme:

»Ich weiß, dass ich deine einzige Chance bin, um aus deinem Vertrag mit Dagon herauszukommen. Wenn er tot ist, kann er deine Seele nicht einsammeln.«

19

»Wenn man Dagon töten könnte, hätte ich es selbst schon vor Jahrzehnten getan«, höhnte Ian.

»*Ich* kann ihn töten«, erwiderte ich, und obwohl es bis dahin vielleicht noch ein weiter Weg war, entsprach das der Wahrheit.

Er verdrehte die Augen. »Ich bin nur ungern unhöflich – obwohl das eigentlich nicht stimmt, denn ich liebe es, unhöflich zu sein –, aber ich habe weitaus weniger Macht als Dagon und brauchte weniger als fünf Minuten, um dich zu überwältigen.«

»Du hast mich nicht überwältigt. Ich habe aufgehört, dich zu schlagen, als ich gemerkt habe, dass es dir *gefiel*.«

»Das war der angenehmste Teil unserer gemeinsamen Zeit«, pflichtete er mir bei. »Aber jetzt langweilt es mich, also lass mich die Dinge vereinfachen. Ich werde dir den Kopf einschlagen. Wenn du versuchst, mich aufzuhalten, werde ich dieses Messer umdrehen. Falls du kooperierst, bin ich weg, wenn dein Kopf wieder heilt, und dann kannst du damit weitermachen, junge Vampire einzuschüchtern, damit sie die lächerlichen Grenzen respektieren, die ihr Gesetze nennt.«

Wenn er mir den Kopf einschlug, würde er mich damit wirklich handlungsunfähig machen. Dasselbe hatte ich mit ihm vorgehabt. Er ballte die Faust. Aber bevor er zuschlagen konnte, wandte ich eine Fähigkeit an, von der nur eine einzige andere Person auf der Welt wusste, dass ich sie besaß.

Meine Kraft breitete sich aus und erfüllte das Kellergeschoss im Handumdrehen. In Ians Miene erschien ein Anflug von Ungläubigkeit, bevor sein Gesicht, seine Faust und alles andere plötzlich gefroren. Selbst die zahllosen Staubpartikel in der Luft blieben plötzlich stehen, anstatt träge und ziellos zu kreisen.

Ich war die Einzige, die unbehelligt blieb, als im Keller die Zeit stillstand. Das war der Vorteil. Der Nachteil war, dass die Kraft wieder in mich zurückströmte und meinen Körper mit unsichtbaren, schmerzhaften Wellen erfasste. Außerdem – und zusätzlich zu dem Silber in meinem Herzen – fühlten sich meine Nervenenden an, als würden sie mit einem Schweißbrenner bearbeitet werden. Lange konnte ich das nicht aushalten, deshalb musste ich die Zeit sinnvoll nutzen.

Weil Ian erstarrt war, nahm ich seine Hand und zog das Messer aus meinem Herzen. Dann löste ich seine Finger vom Griff und verstaute das Messer hinten in meiner Hosentasche. Schließlich schob ich ihn von mir herunter.

»So ist es besser«, murmelte ich, als ich spürte, wie mein Herz heilte. Dann drehte ich Ian um und stand auf. Ich wollte, dass er als Erstes mein Gesicht sah, wenn ich ihn aus der Erstarrung löste.

Es war nicht leicht, eine Person aus der Erstarrung zu holen, ohne die Kontrolle über den ganzen Raum zu verlieren. Deshalb begann ich langsam und löste nur Ians Kopf. Er machte große Augen, als er begriff, dass er jetzt in einer völlig anderen Lage war als zuvor. Dann wurden seine Augen schmal, als er den Rest seines Körpers zu bewegen versuchte und es ihm nicht gelang. Als er sich umschaute und sah, dass im ganzen Keller die Zeit stehen geblieben war, machte er wieder große Augen.

»Das kann nicht wahr sein«, sagte er leise. »Du steckst voller Überraschungen.«

Wenn der wüsste! »Wie schon gesagt, ich bin deine einzige Chance, deine Seele zu behalten. Dagon mag imstande sein, die Zeit anzuhalten, aber ich habe diese Fähigkeit auch. Das heißt, seine Kraft funktioniert bei mir nicht, und ich kann meine Kraft auch dazu benutzen, jeden zu befreien, der im Netz seiner Zeit gefangen ist.«

Ich erwähnte nicht, dass Dagons Fähigkeiten viel entwickelter waren als meine. Ich konnte die Zeit in kleinen Räumen anhalten, aber nicht für sehr lange. Dagon konnte tagelang die Zeit anhalten, und ich hatte einmal gehört, dass er es mit einer ganzen Stadt getan hatte.

Das brauchte Ian nicht zu wissen. Er musste nur wissen, dass er mich brauchte. Ich konnte sehen, wie sich in seinem Kopf die Zahnräder drehten, als er es sich klarmachte. Aber er ließ seine wahren Gefühle wieder einmal nicht zum Vorschein kommen. Sie waren hinter seinem halben Lächeln verborgen. Der realste Gefühlsausdruck, den ich aus ihm herausbekommen hatte, waren seine großen Augen. Und seine Erektion.

»Wenn ich den Rest deines Körpers befreie, wirst du dann zuhören, oder versuchst du erneut, gegen mich zu kämpfen?«, fuhr ich fort.

»Zuhören«, antwortete er mit einem neuen, schelmischen Lächeln, als ob er die Aussicht amüsant fand.

»Wie ich schon sagte, haben wir etwas gemeinsam, Ian... wie heißt du mit Nachnamen?« Es war mir nicht gelungen, es herauszufinden, und normalerweise hatte ich ausführliche Dossiers über die Leute, die ich jagte.

»Keine Formalitäten. Das ist nur was für Leute, die sich von der Oberfläche beeindrucken lassen, und das tun wir beide nicht.«

Er hatte recht, und das überraschte mich. Ich war nicht davon ausgegangen, dass wir mehr miteinander gemeinsam hatten als den Hass auf Dagon.

»Also, wie ich schon sagte, du willst Dagons Tod, weil du sonst nicht aus deinem Vertrag mit ihm herauskommst. Ich will Dagons Tod aus Gründen, die nichts mit dir zu tun haben. Ich schlage eine temporäre Allianz vor, damit wir beide unser Ziel erreichen können, aber eines will ich ganz klar sagen: Du wirst meinen Regeln und meinen Befehlen folgen. Bist du damit einverstanden?«

Das schelmische Lächeln verließ ihn keine Sekunde. »Bevor ich antworte, sag mir doch, *wie* du diese erstaunliche Kraft erlangt hast. Ich habe jahrzehntelang nach einem von uns gesucht, der auch nur eine Spur davon in sich trägt, aber niemanden gefunden.«

Es ist besser, wenn du nicht weißt, wie ich das anstelle, dachte ich finster. *Und falls du es jemals herausfändest, müsste ich dich töten.*

»Das ist nicht wichtig. Wichtig ist: Ich kann damit verhindern, dass Dagon für uns beide die Zeit anhält, und das heißt, wir können ihn töten. Sind wir uns jetzt einig oder nicht?«

»Selbstverständlich«, erwiderte Ian, als hätte nie ein Zweifel daran bestanden.

Er klang, als ob er es ernst meinte, und blickte mich aus leuchtend türkisfarbenen Augen an, doch alle meine Instinkte sagten mir, dass er log. Aber selbst wenn ich nicht dieses Gefühl gehabt hätte, wusste ich aus allem, was ich bisher über Ian in Erfahrung gebracht hatte, dass er einer anderen Person niemals so viel Kontrolle über sich geben würde. Er beabsichtigte garantiert, mich bei der nächsten passenden Gelegenheit zu hintergehen.

Aber auch ich hatte Pläne, von denen ich ihm nichts erzählte.

»Gut«, sagte ich und löste die Kraft, die sich angefühlt hatte, als würde sie mir alle Nervenenden verschmoren. Plötzlich strömte wieder heiße Luft aus der Klimaanlage, Staubpartikel wirbelten herum, und der belastende Schmerz verließ mich.

Ian stand auf und streckte sich, wie um seine Glieder zu

lockern. Die Bewegung verdeckte fast, dass er tief einatmete, aber ich bemerkte es, weil ich von ihm nichts anderes erwartet hatte.

Ich verbarg mein Lächeln. *Nein, du riechst keinen Schwefel oder etwas Ähnliches, das auf die Anwesenheit eines anderen Dämons hindeuten würde. Ich bin es wirklich selbst, die die Zeit so anhalten kann wie Dagon.*

Als er sich wieder zu mir wandte, war sein überhebliches halbes Lächeln zurückgekehrt. »Jetzt haben wir also eine Vereinbarung. Womit willst du anfangen?«

»Erst einmal weg von hier«, sagte ich sofort.

Ian streckte beide Arme aus, zog die Jacke zurück und entblößte seinen ganzen nackten Körper.

»In Ordnung, aber die meisten Leute ziehen es vor, wenn ich in der Öffentlichkeit eine Hose anhabe.«

Ich merkte, wie mein Blick nach unten gezogen wurde, aber dann richtete ich ihn schnell wieder auf sein Gesicht. Er grinste, was das Gleiche war, als wenn er gesagt hätte: *Ha! Du musstest hinsehen.*

Es war überhaupt nichts dabei, einen nackten Mann anzusehen. Aber es zu tun und dann schnell schuldbewusst den Blick abzuwenden? Was war los mit mir?

Vielleicht waren die besonderen Bedingungen dafür verantwortlich. Mit Ians Brandzeichen konnte ich Dagon aufs Kreuz legen – und darauf war ich schon seit Jahrtausenden aus. Jetzt war ich diesem Ziel ein gutes Stück näher gerückt, und ich spürte Gefühle, die ich mir seit langer Zeit nicht mehr zugestanden hatte. Aber ich musste sie auf jeden Fall wieder unter Kontrolle bekommen.

Deshalb verschränkte ich meine Arme und betrachtete Ian ausführlich von oben bis unten. Danach sah ich ihm in die

Augen, damit er merkte, dass er diesmal keine Wirkung auf mich hatte.

»Zieh dich auf jeden Fall an, aber erst nachdem du dich geduscht hast. Ich brauche dir wohl nicht zu sagen, wie du riechst.«

»Nach über zwei Dutzend Huren?«, schlug er vor.

»Genau, also nimm viel Seife.«

Er zwinkerte. »Suchst du einen Vorwand, um zuzusehen? Frag einfach, dann gestatte ich es dir vielleicht.«

Ich wollte Ian gerade antworten, dass ich lieber Farbe beim Trocknen zusähe. Aber dann besann ich mich. Clever. Ich war kurz davor gewesen zuzugestehen, dass Ian weit von mir entfernt duschte, was ihm eine hervorragende Möglichkeit gegeben hätte, zu fliehen oder noch mehr Magie gegen mich einzusetzen.

»Eigentlich *möchte* ich gerne zusehen«, sagte ich und zog eine Braue hoch. »Oder willst du jetzt behaupten, dass du plötzlich schüchtern geworden bist?«

Er bekam schmale Augen. Mir lief es eiskalt den Rücken herunter. In all den Jahren hatte ich das nur in der Gegenwart von Personen gespürt, die wirklich gefährlich waren. Rein theoretisch sollte Ian das nicht sein, aber in diesem Moment erkannte ich, dass ich in seiner Nähe niemals unvorsichtig werden durfte. Denn wenn ich das tat, lebte ich vielleicht nicht mehr lange genug, um es noch zu bedauern.

Dann lächelte Ian so charmant und entspannt, dass ich fast glaubte, mir seine verborgene Gefährlichkeit nur eingebildet zu haben. Aber nur fast.

»Schüchternheit ist eine Tugend, und du hörst bestimmt gerne, dass ich über keinerlei Tugenden verfüge.«

Mit diesen Worten verbeugte er sich vor mir auf eine Weise, die tatsächlich elegant aussah, obwohl er nur eine Zirkusdirektorjacke trug. Auch wenn wir beide so taten, als wäre es eine echte Vereinbarung, als ginge es nicht nur darum, wer den anderen am schnellsten für seine Zwecke einspannen konnte, wusste ich es besser. Aber zum jetzigen Zeitpunkt erhielt ich den Schein aufrecht.

Und weil ich gerade so tat, als wollte ich Ian beim Duschen zusehen... sagte ich: »Nach dir«, und folgte ihm die Treppe hinauf.

3

Ian ging in eines der Schlafzimmer im ersten Stock; er bewegte sich, als würde er sich dort sehr gut auskennen. Und wahrscheinlich war es auch so. Nach allem, was ich gesehen hatte, war er seit mindestens zwei Tagen in diesem Bordell. Diesen bizarren Karneval im Keller hatte man bestimmt nicht an einem einzigen Nachmittag in Szene gesetzt.

Er zog die Jacke aus, sobald er über die Schwelle trat. Ich achtete darauf, seine Hände genau im Auge zu behalten, als ich ihm ins Badezimmer folgte. Ich durfte ihm keine Chance geben, sich mithilfe von Magie eine weitere Waffe herzustellen. In dem Raum waren eine Menge Dinge, die ein fähiger Zauberer verwenden konnte.

Aus Ians Dossier ging hervor, dass er einige Zeit in der Gesellschaft von Hexen und Magiern verbracht hatte, aber es war so dargestellt, als hätte er das nur zum Vergnügen und der Gesellschaft wegen getan. Falsch und noch mal falsch. Die meisten Zauberer hätten einen Zauberspruch gebraucht, um die Kraft zu erlangen, ein Objekt in ein anderes zu verwandeln. Eine andere Möglichkeit wäre es gewesen, bestimmte magische Symbole zu zeichnen, um die notwendige Energie zu erzeugen. Ian hatte ohne ein einziges Wort und ohne etwas zu zeichnen ein Piercing in ein Messer verwandelt, während ich ihm fast den Schädel einschlug!

Und als wäre das noch nicht beeindruckend genug, gehörte Berührungsmagie zu den höchsten Formen dieses Handwerks. Schon allein deshalb durfte ich seine Hände nicht aus den Augen lassen. Er brauchte mindestens eine davon, falls er noch mehr solcher Tricks auf Lager hatte. Momentan tat er nichts Bedrohliches. Er trat unter die Dusche und schloss die Augen, als ihn der erste Wasserstrahl traf. Dann wusch er sich das Haar, und seine Bewegungen waren knapp und effizient. Aber als er dann die Flüssigseife nahm, verteilte er die Flüssigkeit auf einem dicken Waschlappen, bevor er die Hände über seinen Körper streichen ließ.

Bildete er sich tatsächlich ein, ich hätte noch nie einen Mann erlebt, der eine Show daraus machte, sich zu waschen? Ich hatte so etwas schon gesehen, und selbst die Verführerischsten unter ihnen hatten es immer etwas zu offensichtlich und zu schmierig getan. Frauen waren in dieser Form der Manipulation viel besser, aber er wollte mir etwas zum Hingucken bieten, und ich ließ ihn gewähren.

Nach ein paar Minuten musste ich zumindest eingestehen, dass Ian gut war. Er versuchte mir nicht in die Augen zu sehen, um den Effekt seiner Handlungen einschätzen zu können. Er ging auch nicht wie die meisten Männer gleich auf seine Kronjuwelen los. Stattdessen tat er so, als wäre ich gar nicht da. Er fing bei den Armen an, wusch jeden einzelnen mit weichen, fließenden Bewegungen, die die muskulöse Eleganz seiner Gliedmaßen betonten. Dann machte er an seinem modellierten Brustkorb weiter, seifte ihn langsam und gründlich Zentimeter für Zentimeter ein und brachte dabei jeden wohldefinierten Muskel zur Geltung.

Dieselbe geduldige Aufmerksamkeit widmete er auch seinem Unterleib, seine Hände strichen über den straffen Bauch und wischten dann über seinen festen, gewölbten Hintern. Die Hände verweilten über den dickeren Muskeln seiner Oberschenkel und bewegten sich dann weiter nach unten zu seinen wohlgeformten Waden. Auch die Füße blieben nicht unbeachtet. Irgendwie hatte das nicht enden wollende Wischen seiner Hände eine hypnotische Wirkung auf mich. Wäre ich ein paar tausend Jahre jünger gewesen, hätte ich mir vielleicht sogar vorgestellt, wie sich jeder Muskel, jede Vertiefung und jede Sehne anfühlen würde, wenn *ich* es wäre, der sie berührte. Oder ich hätte bemerkt, dass seine Muskeln noch definierter wirkten, wenn das Wasser die Seifenlauge wegspülte, oder wie seine Haut im hellen Licht der Duschkabine glänzte.

Vielleicht hätte ich mich darauf konzentriert, wie das dicke Anhängsel zwischen seinen Beinen wuchs, als ob es sich auch danach sehnte, die Berührung dieser langsamen, geschickten Hände zu spüren.

Als ich merkte, dass ich ihn anstarrte, schüttelte ich mich innerlich kräftig durch. Ich hatte ihn schon wieder unterschätzt. Ian war offensichtlich genauso geschickt darin, seinen Körper einzusetzen, wie er es bei der Magie vermochte. Oder ich war doch nicht so immun gegen seine dekadente Schönheit, wie ich angenommen hatte. Ob es nun an meinem angegriffenen Gefühlshaushalt lag oder daran, dass ich schon zu lange abstinent lebte, wusste ich nicht. Auf jeden Fall musste ich mich auf seine *beiden* Hände konzentrieren und nicht nur auf die Hand, mit der er gerade Seifenlauge über sein beeindruckendes Glied schmierte.

»Ich würde sagen, du schaust gerade auf völlig falsche Stellen.«

Seine Stimme war so geschmeidig wie Honig und verführerisch wie Wein, aber auch tödliche Gifte konnten süß schmecken. Weil ich seine andere Hand genau beobachtete, sah ich, was er wirklich vorhatte. Er versuchte nicht, mich zu verführen. Wie ein Zauberer lenkte er meinen Blick in eine Richtung, während die wirkliche Täuschung an einer anderen Stelle stattfinden sollte.

Ich sah betont auf seine linke Hand, die er hinter seinem Rücken hielt. »*Lass* beide Hände da, wo ich sie sehen kann.«

Sein Lächeln wurde höhnisch: »Du kannst einem wirklich allen Spaß vermiesen.«

Er versuchte nicht einmal zu leugnen, dass er vorgehabt hatte, einen magischen Trick abzuziehen. Dass er es so freimütig zugab, verbuchte ich als Fortschritt.

»Gesetzeshüter sind keine Spaßmacher«, bemerkte ich trocken. »Von uns wird erwartet, unseren Job gut zu erledigen, und das tue ich, auch wenn ich dir schon ein paar Sachen habe durchgehen lassen. Selbst wenn ich die Zeit nicht aufhalten könnte, würdest du keinen Zauber gegen mich anwenden können, den ich nicht schon tausendmal abgewehrt hätte.«

Er lächelte wieder. Zum ersten Mal wirkte sein Lächeln ehrlich. »Ich fühle mich herausgefordert. Wir wollen es interessant machen, oder? Falls es mir gelingt, gegen dich einen Zauber zu wirken, den du nicht abwehren kannst, verlangst du dann nicht mehr von mir, mich dir unterzuordnen, wenn wir versuchen, Dagon zu töten? Wirst du stattdessen tun, was ich von dir verlange?«

Eigentlich hatte er bisher nicht gerade getan, was ich von ihm verlangte, aber ich wäre schön dumm gewesen, wenn ich ihn so leicht hätte davonkommen lassen. Außerdem konnte seine

Überheblichkeit nützlich sein. Es war gut zu wissen, dass ich nicht die Einzige war, deren Urteilskraft von ihren eigenen Gefühlen eingeschränkt wurde.

»Wie viel Zeit gibst du dir, um diesen angeblich unschlagbaren Zaubertrick auszuprobieren?«

»Zwei Wochen.«

Perfekt. Wenn alles gut ging, war ich längst mit ihm fertig, wenn er es versuchte. »Einverstanden – wenn du bereit bist, vor diesem großartigen Versuch auf jeden Fluchtversuch zu verzichten und mich nicht hinters Licht zu führen. Und falls es dir *nicht* gelingt, mich mit einem Zauber zu belegen, gegen den ich nichts ausrichten kann, wirst du mir gehorchen und mir außerdem dreimal ohne Widerrede deinen Gehorsam beweisen.«

»Die Wette gilt«, sagte er sofort.

Er schien sich seiner Sache so sicher zu sein. Er grinste sogar mit jener freudigen Erwartung, die ich nur an Gladiatoren bemerkt hatte, kurz bevor sie einen tödlichen Schlag ausführten. Konnte es sein, dass ich schon wieder einen Fehler gemacht hatte? Er hatte mich heute bereits mehrfach überrascht.

Aber nein. Auf dem Gebiet hatte er keine Chancen gegen mich.

»Die Wette gilt«, bestätigte ich nach einer kurzen Pause.

Sein Grinsen wurde gerissen. »Wie sollen wir diesen neuen Vertrag besiegeln? Mit einem Blutschwur?«

Als ob ich glauben würde, dass er plötzlich ehrlich wurde, nur weil er ein paar Blutstropfen vergoss! »Etwas anderes. Streck deine Hand aus.«

Er zog eine Braue hoch, streckte aber trotzdem eine seifige Hand vor. Ich schloss meine Finger darum und war nicht überrascht, dass er sich wärmer anfühlte, als es Vampire normalerweise tun. Die Zeit unter der Dusche hatte seine Haut erwärmt, und jetzt konnte mir das Wasser etwas geben, das ich brauchte, um dafür zu sorgen, dass er seinen Schwur nicht brechen konnte.

Wasser war eines der wichtigsten natürlichen Elemente auf der Welt. Das machte es mächtig, wenn man wusste, wie man seine Energie extrahieren konnte. Ich wusste es, weil ich eine besondere Begabung für Wasser hatte. Eigentlich wollte ich heute keine weiteren verborgenen Fähigkeiten mehr nutzen, aber wenn ich es nicht tat, würde ich bald zusätzlich zu den Angriffen, die ich von Dagon zu erwarten hatte, auch noch die Angriffe meines doppelzüngigen Alliierten abwehren müssen.

Eine Energiewelle blitzte durch den Raum, als ich in einer alten Sprache zu reden begann – der ersten, die ich jemals gelernt hatte. Die Energie konzentrierte sich auf unsere vereinten Hände. Ian zischte, als er es spürte.

»Was tust du da? Und warum sprichst du Sumerisch?«

Diese beiden Fragen wollte ich nicht beantworten. In Wahrheit hatte ich nicht erwartet, dass er die seit Langem tote Sprache erkannte. Aber es spielte keine Rolle. Es waren nicht die Worte, auf die es ankam.

Ian versuchte seine Hand wegzuziehen, konnte aber meiner Magie nicht entkommen. Sie hüllte auch mich ein und tastete in uns beiden nach den Versprechen, die wir gerade gemacht hatten. Als sie sie gefunden hatte, wurde unser Händedruck kräftiger. Ich spürte, wie sich die Energie aufbaute, bevor sie mir unter die Haut ging und sich in meinen Knochen auflöste.

Als es vorbei war, öffnete ich die Augen. »Jetzt haben wir keine andere Wahl mehr, und jeder von uns muss das letzte gegebene Versprechen einhalten. Der Zauber hat sie gefunden, und falls einer von uns vorhat, das Versprechen nicht einzuhalten, wird er unsere Knochen schneller verrotten lassen, als wir sie heilen können.«

4

Ians Augen leuchteten smaragdgrün, und seine zuckenden Kiefermuskeln zeigten, wie unzufrieden er mit der Entwicklung war. Doch als er sprach, klang seine Stimme unbekümmert hoch, und anstatt zu versuchen, die Hand wegzuziehen, streichelten seine Finger über meine.

»Eine Gesetzeshüterin, die verbotene Magie praktiziert. Wie unwiderstehlich heuchlerisch von dir.«

Ich wollte ihm nicht sagen, dass ich diesen Zauber lange, bevor der Vampirrat Magie verbot, gelernt hatte. Oder dass eine ganze Reihe von Gesetzeshütern über Grundkenntnisse in Magie verfügt.

Denn wie hätten wir gegen illegale Anwender vorgehen können, wenn schon ein Amateur in der Lage war, uns auszuschalten?

»Jetzt hat jeder von uns etwas gegen den anderen in der Hand«, erwiderte ich.

Er verzog die Lippen. »Mir würde keiner glauben, und das weißt du.«

Das stimmte, aber ... »Du kennst ein größeres Geheimnis über mich. Selbst wenn dir der Vampirrat nicht glauben würde, wäre es ein Problem, wenn die Kunde, dass ich die Zeit anhalten kann, die falschen Ohren erreichte.«

Er grinste nur noch breiter. »Durch die Blume zu reden passt nicht zu dir. Sag mir einfach, dass du mich umbringen würdest, wenn ich deine Geheimnisse ausplauderte.«

»Na schön. Ich werde dich umbringen, und es wird wehtun«, sagte ich unverblümt.

Er lachte und legte mir die Fingerspitzen unters Kinn. »Wie ich schon sagte, das ist die richtige Einstellung.«

Meine Drohung, ihn umzubringen, schien Ian so viel Vergnügen zu bereiten wie vorhin die Aussicht, von mir einen geblasen zu bekommen. Er mochte moralisch verkommen, ein chronischer Lügner und unbeschreiblich gefährlich sein, aber er war auch ... unterhaltsam. Entweder war es das, was mich aufmunterte, oder die Gewissheit, dass Ian eine Menge Leute ihrer lang erwarteten Strafe zuführen würde, wenn alles lief wie geplant.

Doch bevor ich zu diesem Punkt kommen konnte ... »Wir brauchen nur noch eins zu tun, bevor wir aufbrechen«, sagte ich und holte Ians silbernes Messer und einen kleinen Beutel aus meiner Gesäßtasche.

Ian beäugte den Beutel interessierter als das Messer. »Was ist da drin?«

»Salze.« Ich drückte den Stöpsel in die Spüle, bevor ich die dreifarbigen Salze hineinwarf. Dann zog ich die Messerklinge über mein Handgelenk und ließ Blut aus der Wunde quellen.

Bevor die Wunde heilte, hatte ich so viel ich brauchte. Vampire besaßen vielleicht keine schlagenden Herzen, aber wir kontrollierten den Blutfluss in unseren Körpern. Als letzte Zugabe legte ich das Messer auf die jetzt blutigen Salze.

Ian lehnte sich an die Wand der Dusche. »Salz, Blut und Silber. Wenn du Tinte und die richtigen Werkzeuge hättest, würde ich glaube, dass du eine dämonenabweisende Tätowierung versuchst.«

»Woher weißt du von diesen Dingen?«, fragte ich, ohne aufzusehen. Der Zauber, den ich gewirkt hatte, sorgte dafür, dass ich ihn jetzt nicht mehr ständig im Auge behalten musste.

»Dagon ist seit Jahrzehnten sauer auf mich, aber trotzdem fand er mich erst, als *ich* letzten Monat mit ihm Kontakt aufgenommen habe. Glaubst du etwa, es war nur Glück, dass er mich nicht schon vorher erwischt hat?«

Jetzt blickte ich auf. »Du hast dich davor schützen können, dass Dagon dich mit einem Lokalisierungszauber aufspüren konnte?«

Eine rotbraune Braue fuhr nach oben. »Weder er noch jeder andere Dämon, der es versuchen würde. Dämonen können loyale Idioten sein. Wenn man sich mit einem von ihnen anlegt, gibt es viele unter den übrigen, die einen nur zu gern an den ausliefern, dem man auf die Füße getreten ist.«

Ich hatte mir schon eingebildet, dass er mich nicht mehr überraschen könnte, aber auch das war ein Irrtum. »Woher weißt du so viel über Dämonen? Vampire und Dämonen sind normalerweise Feinde, aber nur ein anderer Dämon kann dir ein so mächtiges Schutzzeichen beigebracht haben. Warum sollte einer so etwas tun?«

Er grinste sofort wieder. »Ich bin einfach gut.«

Oh, das konnte ich mir lebhaft vorstellen. Ich hätte es mir sogar selbst ansehen können, falls ich Lust auf eines der vielen Sexvideos gehabt hätte, die er ins Internet gestellt hatte. Zum Glück hatte ich wichtigere Dinge zu tun.

»Wenn das so ist, warum hast du dich dann nicht geschützt, nachdem dich Dagon mit einem Brandzeichen versehen hat?«

»Ich hab's versucht.« Ian grinste weiter, obwohl er nicht mehr so begeistert klang. »Dreimal. Wenn der Tätowierer anfing, die erforderlichen Schutzzauber über die Brandzeichen zu stechen, klebten im nächsten Moment schon seine zerfetzten Überreste an mir, und Dagon vollführte rings um mich einen Freudentanz. Es spielte keine Rolle, dass ich es jedes Mal heimlich versuchte. Und es spielte auch keine Rolle, dass ich es jedes Mal tagsüber versuchte. Auch die Salzwände, die ich um mich herum errichtet hatte, nützten nichts. Jedes Mal fand ich mich plötzlich mit Eingeweiden bedeckt an einem anderen Ort, und Dagon lachte sich in seine Dämonenfaust.«

Bei jedem anderen Dämon hätten Ians Vorsichtsmaßnahmen ausgereicht. Filme verbreiteten das Klischee, Vampire könnten sich nicht in der Sonne aufhalten. Aber das stimmte nicht. Es war auch unnötig, sie in eine Wohnung einzuladen. Aber auf Dämonen traf es zu, und Salz verbrannte sie wie Säure, deshalb hätte die Salzwand für Dagon undurchdringlich sein müssen.

Dagons Fähigkeit, die Zeit anzuhalten, zeugte davon, dass er das alles umgehen konnte. »Dagon spürte wahrscheinlich, wie seine Verbindung zu dir schwächer wurde, sobald die ersten Linien der schützenden Tätowierungen gestochen wurden«, sagte ich. »Dann brauchte er nur ein paar Augenblicke, um die Verbindung dazu zu nutzen, sich an deinen Aufenthaltsort zu versetzen, für dich und den Tätowierer die Zeit anzuhalten und danach aus der Sonne zu verschwinden. Sobald er euch fixiert hatte, brauchte Dagon nur noch einen Söldner zu rufen, der kein Dämon war, ihn ins Haus zu schicken, um die Salzwände einzuschlagen, und dich und den Tätowierer herauszuschaffen. Danach konnte er euch nach Belieben an einen dunklen, sicheren Ort verfrachten.«

»Wo er dann den Tätowierer umbrachte und mich mit seinen Leichenteilen dekorierte.« Ian warf einen Blick auf die Zutaten in der Spüle und sah dann wieder zu mir. »Willst du es immer noch wagen, die Tätowierung anzubringen?«

Er warnte mich vor der Gefahr. Wie unerwartet kooperativ von ihm. Aber ich hatte nicht vor, Dagon so viel Zeit zu lassen, dass er Ian finden konnte.

»Ich kann das umgehen«, sagte ich und sprach ein sumerisches Wort aus. Das Messer schmolz als Silberpfütze über die Salze. Ian machte große Augen.

»Wenn du das kannst, warum hast du dann nicht das Messer geschmolzen, als ich es in deinem Herzen hatte?«

Ich lachte höhnisch auf. »Um mir eine Vergiftung einzuhandeln, wenn das Silber in meinen Blutkreislauf gerät?«

»Hm, wäre besser als der sofortige Tod, wenn ich das Messer gedreht hätte.«

Das ließ ich so stehen. »Jetzt halte ganz still«, sagte ich und schloss die Augen. »Es wird brennen.«

Noch drei leise gesprochene Worte, dann hatten sich das geschmolzene Silber, das Blut, das Salz und die Magie vermischt. Acht weitere Worte später brauchte ich nicht einmal die Augen zu öffnen, um zu wissen, dass die ganze Mischung jetzt in der Luft schwebte. Dreizehn Worte kamen dazu, und Ian stieß einen Schrei aus, von dem meine Trommelfelle zu platzen drohten, als die magiebehaftete Mischung auf seinen Unterleib knallte und augenblicklich die rauchdunklen Muster von Dagons Brandzeichen überdeckte.

Als ich die Augen wieder öffnete, starrte Ian ungläubig auf seine Leistengegend. Dagons Brandzeichen waren jetzt mit einem feinen roten, schwarzen und silbernen Muster überzogen. Die Farben verblichen langsam, als das Silber, das Blut und das Salz in die Haut einzogen. Augenblicke später verblichen die bräunlichen Brandzeichen, bis es keinen sichtbaren Beweis mehr für den Anspruch gab, den Dagon auf Ians Seele erhob.

Ian blickte sich im Badezimmer um, als erwartete er, dass plötzlich Dagon erschien. Auch ich war auf alles gefasst, aber ich hatte seine Verbindung zu diesem Brandzeichen zu schnell unterbrochen. Wenn Dagon spürte, dass etwas daran geändert worden war, gab es seine Verbindung zu Ian schon nicht mehr. Doch ohne sie konnte er Ian nicht finden – falls er nicht bereits wusste, wo der sich befand.

Aber woher sollte er das wissen? Ian war viel herumgezogen, und Dagon hatte keinen Anlass gehabt, ihn im Auge zu behalten. Nicht, nachdem Ian bereits vom Dämon mit dessen spezieller Version eines magischen GPS versehen worden war.

Trotzdem vergingen ein paar bange und stumme Minuten. Als diese Minuten auch weiterhin ohne einen plötzlichen Energieschub verstrichen, der auf das Eintreffen Dagons hinwies, sah mir Ian schließlich in die Augen. Bevor er wieder seine übliche Hol's-der-Teufel-Miene aufsetzte, sah ich etwas, das mich zutiefst berührte.

Hoffnung.

Vor langer Zeit hatte mir jemand anders Hoffnung gegeben, nachdem sie mir selbst abhandengekommen war. Deshalb wusste ich, wie kostbar sie war. Und deshalb hatte ich mein Leben auch einer Existenz als Gesetzeshüterin verschrieben. Ich wollte diese Hoffnung all jenen geben, die darunter litten, wenn die Mächtigen die Verletzlichen übervorteilten.

Aber manchmal reichte das Gesetz nicht. Dagon war ein Dämon, deshalb galten unsere Gesetze nicht für ihn. Doch davon wollte ich mich nicht aufhalten lassen. Dagon bildete sich ein, er könne damit davonkommen, vor langer Zeit mein Leben und das zahlloser anderer Menschen vernichtet zu haben. Aber das würde er nicht. Er hatte seine Bestrafung nur hinausgezögert. Dagon der wohlverdienten Gerechtigkeit zuzuführen, das konnte mich meine Position und mein Leben kosten, aber diesen Preis war ich zu zahlen bereit. Zu lange war zu viel Blut ungesühnt geblieben, mein eigenes eingeschlossen.

Deshalb konnte ich mir nicht erlauben, etwas für Ian zu empfinden, auch wenn ich in dieser Sache Mitleid mit ihm hatte. Er würde nur meine Gefühle gegen mich einsetzen. Jedenfalls hatte er das früher bereits getan.

Ian kämpfte nicht nur um sein Leben. Er kämpfte auch um seine Seele. Wir mochten zurzeit dieselben Ziele verfolgen, aber sobald es nicht mehr so war, würde Ian sich gegen mich wenden, und der Schutz, den mir der Zauber gewährte, reichte nur bis zu einem bestimmten Punkt. Danach würden wir uns wahrscheinlich bis auf den Tod bekämpfen, und ich hatte nicht vor zu sterben.

Doch momentan führten wir keinen tödlichen Kampf, und deshalb lächelte ich ihn an. Während ich es tat, bemerkte ich, dass es mein erstes, ehrliches Lächeln seit langer Zeit war. »Siehst du? Dagon *kann* dich nicht mehr finden.«

Ian erwiderte das Lächeln; in seinem türkisfarbenen Blick schimmerte es smaragdgrün. »Und das bedeutet, dass irgendwo da draußen Dagon vor Wut wahnsinnig wird.«

5

Zwar konnte Dagon Ian jetzt nicht mehr mithilfe der Brandzeichen aufspüren, aber ich hatte es trotzdem eilig, von hier zu verschwinden. Ian hatte recht – Dagon war bestimmt außer sich. Der Gedanke gefiel mir zwar, doch ich erkannte auch die Gefahr. Dieses Bordell war nicht allzu weit von Minsk in Weißrussland entfernt, wo Ian seinen Vertrag mit Dagon gemacht hatte. Dagon konnte das Gleiche tun wie ich und die berühmteren Hurenhäuser in Weißrussland abklappern, bis er schließlich eines fand, das Ian besucht hatte, und von dort aus seiner Spur folgen. Ich hatte zwei Wochen dafür gebraucht, weil ich von Minsk bis nach Polen fahren musste. Dagon konnte sich teleportieren und könnte deshalb für seine Suche nur einen Tag benötigen.

Deshalb wollte ich bis zum Einbruch der Nacht von hier verschwunden sein. Wenn ich Dagon wiedersah, sollte es nach *meinen* Bedingungen und nicht nach seinen geschehen.

»Komm«, forderte ich Ian auf. Es war höchste Zeit zu gehen.

Er schnaubte. »Wenn du weiter mit mir redest wie mit einem Hund, werde ich dich entweder ficken oder beißen.«

Ich unterdrückte den Wunsch, ihm genau zu erzählen, was ich täte, wenn er eins von beiden versuchte. Aber ich musste fairerweise eingestehen, dass ich ihn bevormundet hatte. Falls wir zusammenarbeiten wollten, musste ich ihn mit dem gleichen Respekt behandeln, den ich für mich selbst einforderte.

»Tut mir leid«, sagte ich. Das auszusprechen fiel mir schwer. Wann hatte ich mich zum letzten Mal entschuldigt? Ich konnte mich nicht erinnern, also musste es schon sehr lange her sein. »Es ist eine... äh... Gewohnheit. Mit Vampiren wie dir habe ich sonst nur zu tun, wenn ich sie festnehme oder verurteile. Gesetzeshüter müssen bei solchen Gelegenheiten unnachgiebig sein, sonst wirkt es so, als wäre das Gesetz selbst verletzlich, und das darf nicht geschehen.«

»Natürlich nicht«, gab Ian mir recht, verdrehte dabei aber wieder so die Augen, dass klar war, wie gering er das Gesetz achtete. Dann sah er mich überraschend ernsthaft an. »Du musstest wahrscheinlich doppelt so hart sein, weil du eine Frau bist. Der Rat darf nicht zu dem Schluss kommen, dass du wegen deines Geschlechts zu weich für den Job bist, oder?«

Wie recht er hatte. In der Gesellschaft der Vampire war Sexismus lebendig und weit verbreitet. Ich war älter und qualifizierter als die meisten Ratsmitglieder, aber meine Entscheidungen wurden weitaus häufiger kritisiert als vergleichbare Entscheidungen männlicher Hüter. Ebenso ärgerlich war es, dass Gesetzesbrecher stets versuchten, wegzulaufen oder zu kämpfen, wenn sie mich sahen, aber viele sich geschlagen gaben, wenn sie mit schwächeren, jüngeren männlichen Wächtern konfrontiert wurden.

Ich räusperte mich und versuchte einen etwas versöhnlicheren Ton anzuschlagen. »Und nachdem du mich jetzt an meine guten Manieren erinnert hast, kommst du doch bestimmt auch zu dem Schluss, dass wir hier nicht sicher sind und verschwinden müssen, oder?«

Er grinste mich kurz an. »Du bist diejenige, die die Tür blockiert, kleine Hüterin.«

Zwanzig Minuten später waren wir auf der Straße. Wir hätten früher gehen können, aber wir mussten zunächst noch alle Prostituierten hypnotisieren, damit sie vergaßen, dass einer von uns hier gewesen war. Dagon verfügte über eine Menge Fähigkeiten, aber Erinnerungen, die durch Vampire verändert worden waren, konnte er nicht durchdringen. Jetzt würde der Dämon in diesem Bordell keine Spuren mehr finden, denen er folgen konnte.

Ian hatte sich während unserer Autofahrt nach Warschau ruhig verhalten und war nur mit seinem Handy beschäftigt. Die Stille war mir recht. Sie verschaffte mir Zeit, über unvorhergesehene Aspekte des heutigen Tages nachzudenken. Ian im Zaum zu halten schien schwieriger zu sein, als ich geglaubt hatte. Darauf musste ich mich einstellen, aber ich hielt es für unnötig, einen neuen Plan zu entwickeln. Sein Selbsterhaltungstrieb war stark, und darauf hatte ich gebaut. Auf dieser Basis konnte ich die anderen Probleme umgehen.

»Was zum Teufel wollen wir an einem Flughafen?«

Ians energische Frage riss mich aus meinen Gedanken. Ich bog auf den Parkplatz ein, der kaum zur Hälfte belegt war. Es handelte sich um einen privaten Flugplatz, deshalb blieben uns die Unannehmlichkeiten erspart, die mit einem geschäftigen kommerziellen Flughafen verbunden waren.

»Fliegen«, erwiderte ich, obwohl es sich eigentlich von selbst verstand. »Weil ich damit rechnete, dich zu finden, habe ich schon vor einigen Tagen ein Flugzeug gechartert.«

»Du hast ein Flugzeug gechartert?«, wiederholte er. »Soll das ein Witz sein?«

Hatte er ein Problem? »Du hast doch keine Angst zu fliegen, oder?«

»Ich habe vor Schiffen Angst, aber das spielt keine Rolle. Was eine Rolle spielt ist die Tatsache, dass du in einer der größten Städte des Landes, in dem ich zuletzt gesehen worden bin, auf einem leicht zu findenden, privaten Flugplatz bei einer — wie ich vermute — angesehenen Firma ein Flugzeug gechartert hast. Warum schickst du Dagon nicht gleich eine Karte von dem Ort, an den wir reisen?«

Ich hielt mich zurück, um ihn nicht anzuzischen. »Ich habe falsche Namen verwendet. Dagon wird nicht wissen, dass wir es sind.«

Ians Gesicht zeigte alle Wut, die ich bei mir selbst unterdrückte. »Es mag ja sein, dass du richtig gut in deinem Job als Gesetzeshüterin bist, aber was das Fliehen anbetrifft, hast du offenbar noch eine ganze Menge zu lernen. Man verwendet keine normalen Flughäfen oder Charterfirmen, weil Aliasnamen nicht ausreichen. Dagon hat vielleicht keine Fotos von dir, aber von mir besitzt er welche. Es reicht ein Blick, um festzustellen, dass ich der Max Mustermann aus deinen Flugunterlagen bin. Du kannst auch nicht alle hypnotisieren, damit sie vergessen, dass wir hier waren — dafür sind es zu viele, außerdem gibt es die Videoüberwachung.«

Sein Tonfall ging mir nach wie vor auf die Nerven, aber an dem, was er sagte, war etwas dran. Es wäre dumm gewesen, seine Einwände zu ignorieren. »Schlägst du vor, mit dem Auto zu fahren?«

»Nein, das ist zu langsam, und damit kommen wir nicht weit genug weg.«

»Was denn sonst?« Diesmal ließ ich mir anmerken, wie verärgert ich war. »Ich besitze kein Privatflugzeug, und sofern in deinem Dossier nicht wichtige Dinge fehlen, hast du auch keins.«

Er sah mich genervt an. »Ich bin sicher, dass in meinem Dossier eine ganze Menge fehlt, aber zufälligerweise kenne ich jemanden mit einem Privatflugzeug, gar nicht weit von hier.«

»Aber wäre es keine deutliche Spur, der Dagon folgen könnte, wenn wir das Flugzeug von einem deiner Freunde benutzen?«

»Es wäre eine Spur, aber dieser Vampir ist *nicht* mein Freund«, sagte Ian und fing an, eine Nummer zu wählen.

Ich sah die Landesvorwahl, bevor Ian sein Handy wegdrehte und ich die restliche Nummer nicht mehr sehen konnte. 0040 für Rumänien.

Anders als allgemein angenommen, ist Rumänien kein Hotspot für Vampire, nur weil dort einer der mächtigsten zu Hause war. Falls Ian ausgerechnet ihn anrief, hatte er recht. Niemand würde glauben, dass dieser spezielle Vampir Ian helfen würde.

»Ian«, hörte ich eine akzentgefärbte Stimme am anderen Ende der Leitung sagen. Das eine Wort reichte schon, um meine Vermutung zu bestätigen. »Ich bin überrascht, von dir zu hören«, fuhr Vlad der Pfähler fort.

»Du kannst mir glauben, Tepesch, ich würde es mir lieber mit einem Sandpapierdildo selbst besorgen, als mit dir zu reden.«

Mir traten fast die Augen aus dem Kopf. Ian sah es und winkte ab, als wäre es völlig unbedenklich, dass er gerade jemanden beleidigt hatte, der für seine Massenmorde schon gefürchtet war, bevor er selbst zum Vampir geworden war.

»Aber ich muss sehr eilig unbemerkt reisen«, fuhr Ian fort. »Ich muss mir dein Flugzeug ausborgen. Es dürfte nur ein paar Tage dauern. Wie schnell kannst du es nach Polen bringen?«

Schweigen am anderen Ende. Ich war angespannt und hätte

mich nicht gewundert, wenn Ians Handy in Flammen aufgegangen wäre. Wenn Vlad wütend wurde, endete dies meist mit einem gewaltigen Feuer. Ian sollte froh sein, dass er sich nicht in der Nähe von Vlad befand, der nur von Leuten, die sterben wollten, bei seinem anderen, berühmteren Namen *Dracula* gerufen wurde.

»Wo in Polen?«, antwortete Vlad schließlich.

Er war so wütend, dass ihm jedes einzelne Wort beim Aussprechen Mühe bereitete. Was mich aber schockierte, war, dass er einzuwilligen schien. Ich hätte von Vlad eher erwartet, dass er Ian haarklein erzählte, wie er ihn umbringen würde.

»Halte nach den Ruinen eines großen Kinocenters in Klomino Ausschau. Davor sollte so viel Platz sein, dass dort ein Flugzeug landen und starten kann. Klomino ist fast verlassen, aber lande trotzdem nach Einbruch der Dunkelheit, um zu verhindern, dass ein Augenzeuge ein Video von der Landung macht, auf dem die Kennung des Flugzeugs zu sehen ist.«

»Ich werde sie übermalen lassen.« Vlads Tonfall blieb spitz.

»Das Flugzeug wird um Mitternacht dort sein.« Er legte auf.

Ian fing an zu pfeifen und riss die SIM-Karte aus seinem Handy. Danach stieg er aus dem Auto, ließ die SIM-Karte und sein Handy auf den Boden fallen und trat kräftig darauf. Als er den Fuß hob, waren nur noch Bruchstücke übrig.

Ich stieg auch aus und ging auf seine Seite des Fahrzeugs. »Wie hast du das gemacht?«, fragte ich ungläubig.

Er blickte nach unten. »Stiefel plus Kraft.«

»Nicht das.« Ich tat sein zerschmettertes Handy mit einer Handbewegung ab. »Wie hast du es geschafft, dass Vlad auf dein Ansinnen eingeht?«

»Ansinnen?« Ian grinste mich wissend an. »Meistens klingst du wie eine moderne Frau, aber ab und zu rutscht dir etwas heraus, das beweist, dass du ganz und gar nicht modern bist.«

»Du weichst meiner Frage aus«, sagte ich, obwohl er recht hatte, was meinen Sprachstil anbetraf.

»Vlad ist mir etwas schuldig«, erwiderte Ian in einem Tonfall, düsterer als ein Obsidian.

Ich spürte ein weiteres Mal, wie es mir eiskalt den Rücken herunterlief. Welcher Ian war der echte? Der unbekümmerte Schurke, der mich unwillkürlich amüsierte? Oder der gefährliche Mann, bei dem all meine Alarmglocken schrillten?

»Weshalb sollte dir Vlad der Pfähler einen Gefallen schulden?«

Er sah mich schräg an. »Ich dachte, du weißt das, weil du mit Informationen gekommen bist, die nur Dagon, Vlad und Vlads Frau kannten.«

Es war tatsächlich Leila gewesen, von der ich erfuhr, dass Dagon getrickst hatte, damit Ian dem Dämon seine Seele verkaufte. Deshalb war ich, sobald ich meine anderen Angelegenheiten erledigt hatte, auf die Suche nach Ian gegangen. Aber es war mir nicht wichtig genug gewesen, um Leila zu fragen, auf welche Weise Dagon Ian hereingelegt hatte. Mir kam es ausschließlich darauf an, einen Vampir zu finden, den Dagon mit einem Brandzeichen versehen hatte, damit ich ihn dazu benutzen konnte, den Dämon aus der Reserve zu locken. Aber jetzt wäre es mir lieber gewesen, wenn ich die ganze Geschichte gewusst hätte. Ians verschlossener Miene nach zu urteilen würde ich sie nicht von ihm erfahren.

Ian deutete mein Schweigen als Beweis meines Unwissens und zuckte mit den Schultern. »Es spielt auch keine Rolle. Es kommt nur darauf an, dass Vlad und ich einander zwar verachten – und damit sind meine Gefühle ihm gegenüber noch so zurückhaltend wie möglich beschrieben –, er sich aber nicht davor drückt, eine Schuld zu begleichen. Und jetzt haben wir die Chance, hier wegzukommen, ohne Spuren zu hinterlassen.«

»Verzeihen Sie bitte.«

Wir drehten uns beide um. Ein junger Mann, auf dessen Hemd das Logo des Flugplatzes gestickt war, kam aus einem der Gebäude heraus auf uns zu.

»Kann ich Ihnen behilflich sein?«, fuhr der Mann fort.

Wir hatten uns so lange auf dem Flughafenparkplatz gestritten, bis wir Aufsehen erregten. Und ob dieser junge Mann zum Sicherheitspersonal gehörte oder nur ein aufmerksamer Pförtner war, spielte keine Rolle – jetzt war es an der Zeit zu gehen.

Ian strahlte ihn an. »Ist das Ihr Handy?«, fragte er und deutete mit dem Kopf auf die rechteckige Beule in der Tasche des Mannes.

Das Benehmen des Mannes schaltete von höflich auf vorsichtig. »Warum?«

»Geben Sie es mir«, sagte Ian, und seine Augen leuchteten smaragdgrün.

Der Mann reichte ihm sein Handy. Er stand hilflos im Bann von Ians Blick und konnte sich nicht dagegen wehren. Ian nahm das Handy und hielt es zwischen den Zähnen, während er sich mit beiden Händen die Hose herunterzog. Er trug nichts darunter, und ich machte große Augen.

»Was tust du da?«

Ian zwinkerte mir nur zu. Dann – mit der Hose an den Knöcheln – nahm er das Handy aus dem Mund, streckte es mit einer Hand nach hinten und machte ein Selfie von seinem nackten Hintern.

»Ist dieser Kinderkram wirklich nötig?«, fragte ich pikiert.

»Absolut.« Ian nahm das Handy zwischen die Zähne und zog sich wieder an. Als er damit fertig war, sah er sich das Bild an und grinste. »Perfekt.« Dann reichte er das Handy an den Wartenden zurück, der mit offenem Mund dastand. »Falls ein großer blonder Fiesling namens Dagon nach mir fragt, zeigen Sie ihm den hier und teilen ihm mit, dass ich gesagt habe, er solle ihn küssen.«

6

Wir warteten in der Nähe der Ruine des ehemaligen Kinos in Klomino. Ian hatte recht gehabt, die ganze Stadt sah aus, als wäre sie schon vor Jahrzehnten verlassen worden. Zum letzten Mal war ich nach dem Zweiten Weltkrieg in dieser Gegend gewesen. Dann hatte die Sowjetarmee einen Militärstützpunkt daraus gemacht. Jetzt waren die einzigen Lebenszeichen einige wenige schwache Herzschläge, die aus dem Schutt kamen, der das ehemalige Kino umgab. Zweifellos obdachlose Menschen, die dort vorübergehend untergekommen waren. Sie hatten wahrscheinlich keine Handys. Und selbst wenn sie welche besaßen, würden sie sich wohl nicht die Mühe machen, bei diesem Wetter herauszukommen. Es war bitterkalt.

Wir hatten den Wagen vor mehreren Meilen zurückgelassen und waren zu Fuß nach Klomino gegangen. Auf diese Weise erregten wir weniger Aufsehen; aber ich war nicht warm genug angezogen, weil ich nicht vorgehabt hatte, mich allzu lange draußen aufzuhalten. Den Mantel trug ich mehr, um darin meine Waffen verbergen zu können, als um mich vor der Kälte zu schützen. Als Vampirin konnte ich keine Erkältung bekommen, aber das schützte mich nicht vor der Eiseskälte.

Mich traf ein neuer eiskalter Windstoß, der den Geruch von

Schnee mit sich brachte. In wenigen Stunden standen uns weiße Weihnachten bevor. Ich hoffte, weit weg zu sein, wenn die ersten Schneeflocken fielen.

Ich blickte zu Ian hinüber. Die Kälte schien ihm nichts auszumachen, und sein Mantel war so dünn wie meiner. Andererseits stammte er aus England, und ich kam aus dem wärmeren Klima des Mittleren Ostens. Es gab ein paar Dinge, die die Zeiten überdauerten. Meine Abneigung gegen Kälte gehörte dazu. Ich checkte wieder mein Handy. Fünfzehn Minuten vor Mitternacht.

»Ich hoffe, dass Vlad nicht ausgerechnet heute Nacht sein Wort bricht«, murmelte ich mehr zu mir selbst als zu Ian.

Er warf einen unbesorgten Blick gen Himmel. »Das wird er nicht.« Dann sah er zu mir. »Ich bin viele Möglichkeiten durchgegangen, aber ich kann deinen Akzent nicht zuordnen.«

»Meinen Akzent?« Ich hatte mir im Laufe der Jahrhunderte viele Sprachen angeeignet und war davon ausgegangen, längst alle verräterischen Spuren meiner ursprünglichen Sprache losgeworden zu sein.

»Er ist ganz dezent«, versicherte er mir. »Aber ab und zu tritt er zutage, so wie du manchmal Wörter benutzt, die nicht mehr gebräuchlich sind, seit Amerika seine erste Flagge genäht hat.«

»Vampire mögen keine modernen Menschen sein, aber wir sollten uns immer anstrengen, so wie sie zu klingen«, sagte ich und wiederholte damit einen von Tenochs häufigsten Ratschlägen. Dann machte ich eine Pause. Warum hatte ich ihm das gesagt?

Er nickte. »Das ist nur zu wahr. Die Leute würden den Kopf nach uns umdrehen, wenn wir ständig *Euch* und *Ihro* sagen würden. Manche alten Vampire verweigern sich der Modernisierung. Daran erkennen die Menschen sie schneller als an blitzenden Reißzähnen.«

Tenoch hatte das genauso gesehen. Deshalb hatte mein Vorfahr so sehr darauf gedrungen, dass ich mich dem Neuen öffnete – ob es nun die Sprache war, der Kleidungsstil, Verhaltensweisen oder der technologische Fortschritt.

»Du hast meine Frage nicht beantwortet«, fuhr Ian fort. In seinem Blick schimmerte etwas. »Woher hast du deinen Akzent? Aus dem antiken Sumererreich vielleicht? Ich habe noch niemanden so gut Sumerisch sprechen hören wie dich.«

»Wann hast du es denn gehört?«, fragte ich, um das Gespräch in eine andere Richtung zu lenken. »Diese Sprache ist schon lange tot.«

Er zog eine Braue hoch. »Ja, und ein Großteil der sumerischen Kultur ging im Laufe der Geschichte verloren. Deshalb würde niemand einen authentischen Akzent erkennen, wenn er ihn hört. Ich habe Sumerisch gelernt, weil es mir ein Dämon beigebracht hat, mit dem ich befreundet war. Wie hast du es gelernt?«

Ich ließ mir nichts anmerken, obwohl ich innerlich zusammenzuckte. Wie konnte es so weit kommen, dass ich mich in einem Gespräch über Dämonen und mein ursprüngliches Heimatland in eine Verteidigungsposition gedrängt sah? Ich musste das Gesprächsthema wechseln. Schnell.

»Manche Zaubersprüche sind in ihrer Originalsprache wirkungsvoller. Wenn man als Gesetzeshüterin verschiedene Formen der Magie bekämpft, ist es von Nutzen, diese Sprachen zu lernen. Warum sollte man sich sonst die Mühe machen, eine Sprache zu lernen, die niemand mehr spricht?« Ich lachte kurz und höhnisch. »Aber es wundert mich nicht, dass ein Dämon sie dir beigebracht hat. Dämonen gibt es schon länger als Menschen und Vampire, und sie beweisen einem nur zu gern ihre arrogante Überlegenheit über die unwürdigen wandernden Leichen, als welche die meisten Dämonen Vampire betrachten.«

Es sah aus, als würde er darüber nachdenken. »Einleuchtend.« Dann grinste er mich aufmunternd an. »Aber trotzdem verbirgst du etwas. Verlass dich drauf, ich *werde* herausfinden, was es ist.«

Das Dröhnen eines nahenden Flugzeugs hielt mich von einer Antwort ab, und das war auch gut. Sonst hätte ich vielleicht wieder gedroht, ihn zu töten. Das hätte die Sache nur schlimmer gemacht. Todesdrohungen wirkten auf Ian wie eine Herausforderung, ein Witz – oder ein Aphrodisiakum.

Nach dem Aufsetzen benötigte das elegante Flugzeug den gesamten leeren Parkplatz, bis es zum Stehen kam. Dann wartete es; die Lauflichter außen waren ausgeschaltet, damit es nicht wie eine Boje im Dunkeln leuchtete. Wir liefen zum Flugzeug und kamen gerade rechtzeitig an, als die Tür aufging.

»Hallöchen«, sagte Ian und sprang in die offene Luke. Dann stoppte er so plötzlich, dass ich gegen seinen Rücken prallte, als ich ihm folgte. Ich stieß ihn beiseite, um nicht mehr halb aus der Luke zu hängen. Als er mir nicht mehr den Blick versperrte, sah ich, dass sich in dem Flugzeug noch andere Leute als nur die beiden Vampirpiloten befanden.

Ein dritter Vampir lag auf einem Ledersofa in der prächtigen Flugzeugkabine. Sein langes schwarzes Haar passte zu dem düsteren Farbton seiner Augen, und sein Hautton war so braun wie meiner. Ich hätte ihn spüren müssen, bevor ich ihn sah, aber er war einer der wenigen Vampire in der Welt, die genug Macht besaßen, ihre Aura so zu verschleiern, dass sie wie ein einfacher Mensch wirkten.

Nachdem es ihm gelungen war, uns zu überraschen, unterdrückte Mencheres seine Macht nicht länger, und eine unsichtbare Schockwelle erfüllte das Flugzeug. Als mich seine Aura erfasste, fühlte es sich an, als würde meine Haut von tausend Nadeln gestochen. Gleichzeitig war die Luft plötzlich so schwer, als hätte sie sich in einen Ozean verwandelt, und wir würden gerade auf den Meeresboden mit seinem zermalmenden Druck sinken.

Ich musste das Bedürfnis unterdrücken, einen Rückwärtsschritt zu machen. Ich wollte keine Schwäche zeigen, auch wenn Mencheres einer der wenigen war, die ich zu meinen Freunden zählte. Ich war alt genug, mich an Mencheres zu erinnern, bevor er seine Reißzähne hatte, ganz zu schweigen von der Pyramide, die ihm zu Ehren errichtet worden war.

»Verdammt«, fluchte Ian. »Was machst *du* hier?«

Ians Vorfahr grinste ihn an. »Fröhliche Weihnachten, Ian.« Dann richtete Mencheres seinen dunklen Blick auf mich. »Veritas«, sagte er und zog dabei jede der drei Silben meines Namens in die Länge. »Was *bildest* du dir eigentlich ein, mit einem meiner liebsten Geschöpfe so umzuspringen?«

7

Ich wechselte nur einen einzigen Blick mit Ian und sah sofort, er wollte nicht, dass ich unsere wahre Mission offenlegte. Ich teilte seine Meinung. Mencheres war altmodisch, wenn es um die unter Vampiren übliche Tradition ging, sich von Dämonen fernzuhalten. Deshalb würde er uns bestimmt nicht unterstützen, wenn wir versuchten, einen von ihnen zu töten. Das Einzige, worauf man sich bei Dämonen verlassen konnte, war, dass sie den Tod eines der Ihren rächten. Kein vernünftiger Großmeister der Vampire gleich welchen Geschlechts würde seine Leute in solchen Morast hineinziehen. Ein kluger Meister wie Mencheres würde auch aktiv verhindern, dass jemand, der ihm wichtig war, so etwas versuchte.

Deshalb hätte ich mich auch lieber vor den versammelten Herrschaftsrat gestellt, als vor diesen Vampir. Einerseits war Mencheres vielleicht der einzige Vampir, der genug Macht hätte, um uns tatsächlich aufzuhalten, falls er erfuhr, was wir vorhatten, andererseits wollte ich ihn nicht in etwas hineinziehen, bei dem wahrscheinlich mindestens einer von uns getötet wurde.

»Mencheres. Wie schön, dich zu sehen«, sagte ich in meinem unschuldigsten Tonfall.

»Erzähl mir keine Märchen«, erwiderte er gereizt. Das versetzte mich in Alarmbereitschaft. Mencheres konnte hier alles mit einem einzigen Gedanken zerstören, deshalb ließ er es nur selten so weit kommen, dass ihm etwas auf die Nerven ging. »Vlad hat mir schon erzählt, dass Ian in ernsten Schwierigkeiten steckt.«

»So ein Mistkerl«, sagte Ian leise. »Typisch Vlad, seine Schulden zu begleichen und sich gleichzeitig dafür zu rächen.«

»Hast du Ian aus einem bestimmten Grund verhaftet?«, fragte mich Mencheres und ignorierte das zuvor Gesagte.

»Nein«, antwortete ich erleichtert, weil ich zumindest in diesem Punkt die Wahrheit sagen konnte.

Mencheres kniff die Augen zusammen. »Wie kommt es dann, dass du, eine Gesetzeshüterin, Zeit mit ihm verbringst? Ian verachtet nur den Zölibat noch mehr als das Gesetz.«

Ian tat, als wollte er sein Glas darauf erheben. »Das stimmt.«

Ich versuchte, mir schnell eine Entschuldigung einfallen zu lassen. »Ich ... äh« – wie drückte man so etwas heutzutage aus? – »... wollte mal fünfe gerade sein lassen. Ich tue das manchmal, um mich zu entspannen.«

»Lügen«, erwiderte Mencheres schroff. »Du hast dich nicht mehr entspannt, seit Cäsar von Brutus erstochen wurde. Außerdem nimmst du dir fast nie Vampire als Liebhaber, deshalb ...«

»Oh?«, unterbrach Ian und blickte interessiert.

»Wenn du Ian also nicht festnimmst oder mit ihm ›fünfe gerade sein lässt‹«, fuhr Mencheres fort, »was hast du dann vor, Veritas?«

Mir fiel keine überzeugende Entschuldigung ein, deshalb versuchte ich es mit Frechheit und richtete mich zu meiner vollen

Größe auf. »Ian ist der Meister seiner eigenen Blutlinie und kann dir bestätigen, dass er aus freien Stücken mit mir zusammen ist. Der Rest geht dich nichts an.«

Mencheres starrte mich an, bis ich das Gefühl hatte, er würde mich mit seinem Blick durchbohren. Ich zuckte nicht mit der Wimper. Wir waren ungefähr gleich stark, doch selbst mit all seiner Macht konnte er mich nicht töten. Nicht dauerhaft.

Ian klopfte sichtlich ungeduldig auf die offen stehende Luke des Flugzeugs. »Können wir diese Machtspielchen in der Luft fortsetzen?«

Mencheres löste seinen zerstörerischen Blick von mir und richtete ihn auf Ian. »Warum? In welchen Schwierigkeiten steckst du, dass du es eilig hast davonzufliegen?«

Diesmal wurden die Worte nicht ausgesprochen, aber sie standen in der Luft. An der Art, wie Ian sich verspannte, konnte man sehen, dass er sie auch spürte.

»Wie die Dame bereits sagte, bin ich aus freien Stücken hier, also geht es dich nichts an. Frohe Weihnachten, Mencheres. Es ist schön, dich zu sehen, aber du musst zu deiner Frau zurück, und wir haben unsere eigenen Ziele.«

Mencheres ließ mehr von seiner Kraft ausströmen. Seine Aura war so stark, dass sich das ganze Flugzeug davon zu schütteln begann. Ich unterdrückte das Bedürfnis, die Arme um mich zu schlingen. Es fühlte sich an, als könnten meine Eingeweide platzen. Ian hatte für diese beeindruckende Zurschaustellung nur ein Gähnen übrig. Weil Vampire nicht zu atmen brauchen, war es so unverfroren wie ein ausgestreckter Mittelfinger.

»Wie ihr wollt«, sagte Mencheres schließlich in düsterem Ton. »Ich werde die Wahrheit von Vlad erfahren.«

»Nein, das wirst du nicht«, sagte Ian sofort. »Wenn dieser

Wichser vorgehabt hätte, mich zu verraten, hätte er es schon getan.«

Mencheres zog all seine Energie wieder ein. Mein Magen senkte sich, und mein Mantel flatterte wie von einer starken Brise. Dann wurde der Blick weicher, mit dem der ehemalige Pharao Ian anstarrte. »Jetzt haben wir so viel gemeinsam durchgemacht – warum vertraust du mir nicht einfach und gestehst es mir?«

Für eine Sekunde wurde Ians Blick von Schmerz verdüstert, und seine arrogante Fassade bekam Risse. Aber das legte sich genauso schnell, wie es gekommen war, und er grinste so strahlend und selbstbewusst wie die aufgehende Sonne.

»Keine Sorge. Ich habe die Dinge gut im Griff.«

Mencheres sagte nichts. Die Stille lastete so schwer, dass sie eine Delle in den Boden hätte drücken müssen. Ich sah nicht auf mein Handy, aber mir war sehr bewusst, dass die Minuten verstrichen. Wir mussten verschwinden. Schon bald würde dieses Flugzeug unerwünschte Aufmerksamkeit erregen.

»Wie ihr wollt«, wiederholte Mencheres.

Er winkte mit der Hand, und die Tür schloss sich von selbst. Dann wendeten die Piloten das Flugzeug und rollten damit über den Parkplatz. Augenblicke später waren wir in der Luft, und die schwachen Lichter der Stadt unter uns wurden immer dunkler.

Ich setzte mich in einen der cremefarbenen Sessel. Nachdem das gegenseitige Kräftemessen vorbei war und Polen hinter uns verschwand, entspannte ich mich genug, um zu merken, dass ich hungrig war. Ich hatte seit gestern früh nichts mehr zu mir genommen. Vielleicht hatte ich Glück, und es gab in Vlads Flugzeug ein paar Blutbeutel.

Mencheres lehnte sich in seinem Sofa zurück. Seine Haltung war entspannt, aber als ich ihm in die Augen sah, erkannte ich, dass es eine Lüge war. Die Augen, mit denen er mich anstarrte, erinnerten an schwarze Diamanten.

»Wir haben denselben Sire und kennen einander seit Tausenden von Jahren. Deshalb möchte ich, dass du mir jetzt genau zuhörst, Veritas. Ian ist rücksichtslos und impulsiv, aber du bist es nicht. Du planst alles bis ins letzte Detail, also berücksichtige eines in dem Plan, den du nicht mit mir teilen willst: Ich werde dich dafür verantwortlich machen, falls Ian bei den Machenschaften stirbt, in die du ihn hineinziehst.«

»Mencheres«, fing Ian an.

»Unterbrich mich nicht«, sagte er schroff. »Du hast recht. Ich kann dir nichts befehlen, aber du kannst mir auch nichts befehlen. Wenn ich beschließe, dich zu retten, weil sie dein Leben vergeudet, dann ist das *meine* Sorge, aber nicht deine.«

Er kehrte die Worte einfach um, mit denen wir uns vorhin verteidigt hatten, und setzte sie gegen uns ein. Ich knirschte mit den Zähnen. Mencheres' Drohung mochte vielleicht nicht Ians Sorge sein, aber sie war jetzt meine. Er bluffte nicht. Üblicherweise riss er telekinetisch jedem den Kopf ab, über den er sich ärgerte. Diese Entschlossenheit machte Drohungen unnötig.

Mencheres hatte sich die Zeit genommen, mich zu bedrohen. Das nahm ich ernst, auch wenn er mich nicht so leicht töten konnte wie den Rest der Welt. Aber anstatt sich den Racheschwur seines Sires gefallen zu lassen, wirkte Ian aufgebracht.

»Weißt du, was du bist, Mencheres? Du bist eine verdammte Helikoptermutti.«

Ich unterdrückte einen Lachanfall und verwandelte ihn in ein Keuchen, aber damit konnte ich niemanden täuschen. Mencheres bedachte mich mit einem säuerlichen Blick, aber von nun an musste ich ihn mir als ein übervorsichtiges Elternteil vorstellen, das ständig über seine Kinder wacht.

Mencheres sah mich noch einmal mit jenem »Das ist überhaupt nicht witzig«-Blick an, dann richtete er seine Aufmerksamkeit wieder auf Ian. »Du bist nicht so stark, dass der Tod dir nichts anhaben könnte. Ich kümmere mich um alle Vampire, die ich erschaffen habe, aber es gibt nur wenige, die ich so liebe, als ob sie meine eigenen Kinder wären. Du bist einer dieser wenigen, und etwas stimmt ganz und gar nicht mit dir. Das spürte ich sogar schon, bevor Vlad mich heute Abend warnte.«

Ian kam und legte mir einen Arm um die Schulter. Ich verspannte mich, ließ es aber zu, weil ich sehen wollte, was er damit bezweckte.

»Siehst du diesen hübschen Teufelsbraten?«, fragte er. »Sie hat so viel Macht, dass ich meinen Schwanz kaum davon abhalten kann, in ihrer Nähe ständig strammzustehen. Aber darüber hinaus hat sie ein außerordentliches Interesse daran, mich am Leben zu halten. Das sollte dich beruhigen, wenn dir schon meine eigene Entschlossenheit, *nicht* getötet zu werden, nicht ausreicht.«

Mencheres sah zwischen uns beiden hin und her. Ich achtete auf meine Miene, um reines Selbstbewusstsein zu demonstrieren. Ian versuchte es noch einmal. Er sah mich genüsslich von oben bis unten an und zog mich näher an sich.

»Und schon bald wird mich dieser heiße Feger auch aus vielen anderen Gründen am Leben erhalten wollen«, schnurrte er geradezu.

Ich war bereit, mich freundlich zu geben, aber ich wollte mich *nicht* so behandeln lassen, als könnte er sich meiner sicher sein.

Ian behauptete, Schmerzen zu genießen? Dann sollte er doch mal zeigen, wie sehr ihm das hier gefiel.

Ich stieß ihm den Ellbogen so kräftig in die Seite, dass alle Rippen brachen, die im Weg waren. Als er ein lautes »Uff!« ausstieß, entfernte ich mit so viel Kraft seinen Arm von meiner Schulter, dass er ebenfalls brach.

»Wenn mir dein Schwanz zu nahe kommt, werde ich ihn abreißen«, sagte ich in meinem freundlichsten Tonfall. »Ich habe jedenfalls ein großes Interesse daran, Ian am Leben zu erhalten, Mencheres«, fügte ich hinzu und drehte mich wieder zu ihm um. »Aber deine Drohungen nehme ich trotzdem zur Kenntnis. Und wenn ihr euch jetzt bitte miteinander unterhalten würdet. Ich möchte den Rest des Fluges gern allein verbringen.«

Dann ging ich in den Teil des Flugzeugs, der am weitesten von ihnen entfernt war. Die ganze Zeit über spürte ich, dass mir jemand hinterhersah, aber ich drehte mich nicht um, um nachzusehen, ob es Ian oder Mencheres war.

8

Mencheres blieb nicht lange. Als das Flugzeug Rumänien überquerte, verließ er uns. Er hätte die Piloten zuerst landen lassen können, stattdessen benutzte er seine Kraft, um eine unsichtbare Luftschleuse rings um den Ausstieg entstehen zu lassen, damit wir keinen gefährlichen Druckabfall in der Kabine erlebten, sobald er die Luke öffnete. Dann sprang er hinaus, schloss die Flugzeugluke, versiegelte sie wieder mit seiner Kraft und flog davon.

Mencheres veranstaltete normalerweise keine große Show mit seinen Fähigkeiten. Sein dramatischer Abgang war eine weitere Warnung. Mir war bekannt, dass er Ian zugetan war, aber *damit* hatte ich nicht gerechnet. Mencheres hatte deutlich gemacht, dass ihm Ians Leben äußerst wichtig war – und dass ich gut daran tat, es ebenso wichtig zu nehmen.

Das war ein Problem. Als ich Mencheres versicherte, ein Interesse daran zu haben, Ian am Leben zu erhalten, meinte ich es so, wie ich es sagte, aber dieses Interesse hatte ein Ablaufdatum. Sobald es Ian gelungen war, Dagon in die Falle zu locken, würde mein Hauptinteresse darin bestehen, den Dämon seiner längst fälligen Strafe zuzuführen, aber nicht, Ian am Leben zu halten. Jetzt musste ich Dagon umbringen und dafür sorgen, dass wir *beide* überlebten – Ian und ich. Aber wie?

»Gott sei Dank. Endlich ist er weg«, sagte Ian und kam in meine Hälfte des Flugzeugs geschlendert.

Ich überlegte, ob ich ihn ignorieren sollte. Schließlich hatte ich ihm gesagt, dass ich allein sein wollte. Dann entschloss ich mich dazu, ihn danach zu fragen, worüber ich die ganze letzte Stunde nachgedacht hatte.

»Warum hast du Mencheres nichts von Dagon erzählt?«

Er bekam kurz schmale Lippen, aber dann überspielte er es mit einem sorglosen Lächeln. »Weil er uns den Spaß verdorben hätte.«

»Seine Kraft hätte sehr nützlich sein können«, stellte ich fest.

»Meinst du, er wäre damit einverstanden gewesen, mich als Köder zu benutzen, um einen *Dämon* anzulocken?« Ian verdrehte die Augen. »Naivität passt nicht zu dir.«

»Gewiss nicht«, gab ich ihm recht und schlug einen strengeren Tonfall an. »Und deshalb höre jetzt auf, so zu tun, als wäre Mencheres nicht mit *allem* einverstanden, wenn er wüsste, dass deine Seele auf dem Spiel steht. Vor zwei Stunden wusste ich das noch nicht, aber jetzt ist es offensichtlich. Also: Warum hast du ihm nicht von Dagon erzählt, obwohl seine Hilfe deine Überlebenschance vergrößern würde?«

»Ich bin dir keine Erklärung schuldig«, sagte Ian und drehte sich um.

Ich erwischte ihn, bevor er durch den Gang flüchten konnte. »Doch, das bist du. Mencheres hat sehr deutlich gesagt, dass er mich umbringen wird, falls du stirbst. Sollte ich überleben und du nicht, werde ich mit einem meiner ältesten Verbündeten um mein Leben kämpfen müssen. Ich weigere mich, das zu tun, ohne wenigstens zu wissen *weshalb*.«

Ian biss die Zähne zusammen, und seine Augen leuchteten

smaragdgrün. Gleichzeitig spürte ich, wie sich unter meinen Händen seine Muskeln anspannten, als versuchte er etwas zu unterdrücken, das in ihm brodelte. Ich glaube, er hätte mich angegriffen, wenn wir nicht mehrere tausend Fuß hoch in der Luft gewesen wären. Aber wenn wir unter diesen Umständen miteinander kämpften, würden wir das Flugzeug zum Absturz bringen, und dann hätten wir beide größere Probleme.

»Mencheres hat mich gerettet«, sagte Ian schließlich.

Ich ließ nicht locker. »Alle Vampire retten die Menschen, die sie zu Vampiren gemacht haben. Das kann noch nicht alles sein.«

Jetzt legte er die Hände auf meine Schulter. »Hast du dich schon mal verlaufen? Ich meine nicht so, dass du gerade nicht wusstest, wo du bist. Ich meine richtig verlaufen. Vor Hunderten von Jahren floh ich aus einer brutalen Strafkolonie in New South Wales in die noch lebensfeindlichere australische Wildnis. Ich war am Verdursten, war von der Sonne halb geblendet und litt große Schmerzen, weil ich mich gegen die wilden Tiere wehren musste. Nach kurzer Zeit hoffte ich, dass mich eine Giftschlange oder sonst was umbringt, damit es schnell ginge und ich nicht länger leiden müsse. Aber das alles war nicht das Schlimmste.« Seine Stimme klang belegt. »Am schlimmsten war das Wissen, allen einfach egal zu sein, sodass sich keiner die Mühe machen würde, dich zu retten. So etwas vergisst man nie wieder. Vielleicht den körperlichen Schmerz und die endlose Angst, aber nicht die Verzweiflung, völlig allein zu sein und zu wissen, dass man allein sterben wird. Hast du dich schon mal so verlaufen?«

Erinnerungen schossen so stark und schnell in mein Bewusstsein, dass es mir die Kehle zuschnürte und meine Augen brannten, weil sie voller Tränen standen. Es kostete mich alle Willenskraft, nicht zu weinen, als in mir etwas zu schreien begann, das dort schon lange vergraben war.

Tenoch! Du hast mich gerettet, und ich habe dich im Stich gelassen, als du mich am nötigsten brauchtest. Es tut mir so leid, mein geliebter Ahnherr. Es tut mir leid, es tut mir leid, es tut mir leid . . .

Ich musste den Blick von Ian abwenden, um nicht völlig die Kontrolle über mich zu verlieren. Ich konnte es nicht ertragen, meinen eigenen Schmerz in Ians Blick gespiegelt zu sehen. Er mochte sich sträuben, seine wahren Gefühle zu enthüllen, doch wenn er es tat, ließ er sie in ihrer ganzen brennenden Intensität aus sich hervorbrechen.

»Ja.« Es kostete mich große Mühe, das Wort auszusprechen, weil ich fürchtete, meine Stimme könnte brechen. »So habe ich mich auch schon verlaufen.« *Schon oft.*

Er ließ mich abrupt los, und ich machte einen Rückwärtsschritt, um mich zu fangen. »Dann weißt du, warum ich nicht die Wahrheit sagen und Mencheres damit wehtun will. Falls mich Dagon umbringt, wird Mencheres trauern, aber wenn er wüsste, dass auch meine Seele verloren wäre . . .« Er verzog den Mund. »Ich habe ihm nicht gerade Grund zur Hoffnung für meine befleckte, verschrumpelte Hülle gegeben – nicht einmal vor meinem Handel mit Dagon –, aber Mencheres hat immer nur das Beste in mir gesehen, und das kann ich von niemandem sonst auf dieser Welt behaupten.«

Tenoch hatte in mir auch immer nur das Beste gesehen und mich nie im Stich gelassen, nicht einmal, als er sich selbst aufgegeben hatte. Wenn ich ihm auch nur eine Sekunde seines Schmerzes hätte ersparen können, dann hätte ich es getan. Mit Freuden. Und deshalb gab es für mich nur eine Antwort.

»Ich werde Mencheres nichts von deinem Handel mit Dagon erzählen.«

»Niemals?«, betonte Ian und hob mein Kinn, damit ich ihm in die Augen blickte.

Ich sah ihm in die leuchtenden, türkisfarbenen Augen und wiederholte das Versprechen. »Niemals.«

Da lächelte er. Der Schmerz, der ihm vorher noch ins Gesicht geschrieben stand, war wie weggewischt, als hätte es ihn nie gegeben. »Großartig. Und wenn ich nun auf dich hören soll – und ich glaube nicht, dass sich *das* allzu bald ändern wird –, lass uns deinen garantiert langweiligen Plan hören, wie du Dagon umbringen willst.«

Ich drängte den Schmerz, der durch unser Gespräch an die Oberfläche gedrungen war, zurück, bis er wieder in der Zelle saß, in der ich ihn so lange gefangen gehalten hatte.

»Na schön«, sagte ich in einem ebenso lockeren Tonfall wie er, obwohl wir ihn beide nur vortäuschten. »Ich hatte vor, dich in einer geradezu halsbrecherischen Missachtung der Gefahren vor den anderen Magiern, Hexen und Dämonensippen herumlaufen zu lassen, damit es sich bis zu Dagon herumspricht.«

Ian lachte und warf dabei den Kopf in den Nacken, dass ich seinen breiten, bleichen Hals vibrieren sehen konnte. Als er aufhörte und mir wieder in die Augen sah, lag ein teuflisches Lächeln auf seinen Lippen, und in seinem Blick strahlte mehr Interesse, als ich es je zuvor gesehen hatte.

»*Jetzt* machst du es spannend.«

9

Ein paar Tage später waren wir in Horseshoe, Ontario, auf der kanadischen Seite der Niagarafälle. Ich hatte durch die wandhohen Fenster unserer Hotelsuite eine großartige Aussicht auf die Wasserfälle. Es war Winter, deshalb war ich überrascht, als ich sah, wie voll es hier war. Die meisten Leute waren vermutlich Touristen, die hier Silvester verbringen wollten. Ein paar wurden womöglich auch von dem Temperatursturz angezogen, der sich kürzlich ereignet hatte, weil sie die Felsen und Bäume rings um die Wasserfälle sehen wollten, die von pittoresken Eisschichten überzogen waren.

Auf jeden Fall verschaffte es uns Vorteile. Falls nötig, konnten wir in den Menschenmassen untertauchen. Bei der unglaublichen Energie, die der Wasserfall hervorbrachte, würde es außerdem leicht sein, meine Verbindung zum Wasser auszunutzen, um einen Zauberspruch aufzuladen. Und wenn alle Stricke rissen, konnte sogar der Wasserfall selbst zu unserem Schutz beitragen. Von ihm stiegen ständig Nebel auf, und ich hatte mehrere dämonenabweisende Salzbomben dabei, die von diesen Nebeln weiträumig verteilt werden konnten.

Ian kam aus dem zweiten Schlafzimmer der Hotelsuite. Er trug eine schwarze Lederhose, die tief auf den Hüften saß, und ein silbernes Hemd. Als er näher kam, sah ich, dass das Hemd sehr dünn war und mehr enthüllte, als es verbarg. Ians makellose Haut glänzte unter dem Stoff, zog den Blick an und fesselte ihn. Das musste der Grund sein, weshalb er eine solch gänzlich unpassende Bekleidung ausgesucht hatte. Seine einzige Referenz an die Temperaturen nahe dem Gefrierpunkt waren Stiefel und ein dicker Mantel, der über seinem Arm hing.

Er lachte, als er mich sah. »Du trägt diese lächerliche Uniform? Als ich sah, dass du die andere in meinem Zimmer gelassen hast, hielt ich es für einen Witz.«

Ich warf einen Blick auf meinen langärmeligen, hochgeschlossenen schwarzen Neoprenanzug. »Es hat einen Grund, warum wir die Dinger heute Abend anziehen müssen.«

»Lass mich raten: Es geht um Cosplay, und wir stellen Storm und Cyclop aus X-Men dar?«

Ich wollte ihm gerade erklären, weshalb wir gummierte Ganzkörperanzüge benötigten, aber dann hielt ich inne. Er sollte die Konsequenzen tragen, wenn er mal wieder nicht tat, was ich von ihm verlangte.

»Mach, was du willst«, sagte ich und steckte meine High Heels in dicke Gummistiefel, die mir bis an die Waden reichten.

Ian musterte mich mit einem mitleidigen Blick. »Wenn du dich so anziehst, sobald du unter Leute gehst, begreife ich allmählich, weshalb du noch Single bist.«

Ich zog eine Braue hoch. »Wie kommst du darauf, dass ich Single bin?«

Er schlenderte näher. »Wir sind seit Tagen zusammen, aber du hast kein einziges Mal jemanden angerufen, um dich zu melden. Außerdem *riechst* du nach Singledasein. Wenn Enthaltsamkeit ein Parfüm wäre, hättest du darin geduscht.«

Ich ignorierte das. »Bevor wir gehen, werde ich einen Glamourzauber anwenden, um mein Aussehen zu verändern. Ich brauche wohl kaum zu erwähnen, dass ich nicht erkannt werden will.«

»Außerdem willst du nicht, dass alle Vampire um ihr Leben rennen, wenn sie merken, dass eine Gesetzeshüterin sie dabei erwischt hat, wie sie Magie praktizieren?«, schickte er hinterher.

»Genau.« Danach streute ich mir etwas fein gesiebtes Pulver über den Kopf und sagte etwas in einer Sprache, die Ian nicht kennen sollte.

Er betrachtete mich amüsiert. »Es ist schon eine Weile her, seit ich Isländisch gehört habe. Hervorragende Aussprache übrigens.«

Verdammt! Musste ich Klingonisch sprechen, um ihn endlich einmal zu verblüffen? Ich knirschte mit den Zähnen, beendete aber den Zauberspruch. Seinem Gesichtsausdruck sah ich an, dass er zu wirken begann. Er pfiff leise.

»Meine Herren.«

Der goldbraune Farbton meiner Haut blieb unverändert, aber mein Haar war jetzt länger, voller und so hellblond, dass man es mit Platin verwechseln konnte. Dazwischen tauchten goldfarbene und blaue Strähnchen auf, sodass die dreifarbige Flut von Haaren gefärbt aussah, obwohl sie natürlich war. Meine dunklen, blaugrünen Augen hatten sich ebenfalls aufgehellt, bis sie silberfarben waren. Außerdem war ich gewachsen, bis ich in meinen hochhackigen Schuhen fast so groß war wie er mit seinen ein Meter neunzig.

Auch mein Körper hatte sich umgeformt. Alles Zierliche war verschwunden. Jetzt waren meine Brüste rund und üppig, meine Hüften ebenfalls, und an meinen Armen und Beinen hatte ich reichlich Muskeln. Sogar mein Duft hatte sich geändert. Nachdem Ian sich ausgiebig meinen Körper angesehen hatte, sah er mir wieder ins Gesicht. Hatte ich zuvor halbwegs hübsch ausgesehen, war ich jetzt verblüffend schön.

Ich ignorierte seinen starren Blick und wickelte meine Haare auf dem Kopf zu einem Knoten zusammen. Dann zurrte ich eine Gummihaube darüber und stopfte sie mir unter den Kragen, sodass ich völlig bedeckt war. Zuletzt kamen enge Gummihandschuhe an die Reihe, die mir bis zu den Ellbogen reichten.

Endlich hörte Ian auf, mich anzustarren. »Falls du vorhattest, deine spektakuläre Erscheinung etwas zurückzunehmen, ist es dir nicht geglückt. Dich wird trotzdem jeder bumsen wollen, auch wenn sie zuerst über deinen lächerlichen Overall lachen werden. Du hättest dir ein etwas weniger spektakuläres Aussehen zusammenzaubern sollen, wenn du nicht auffallen wolltest.«

»Das ist mein üblicher Look, wenn ich in solche Läden gehe«, sagte ich wahrheitsgemäß.

»Jetzt wird man mir wenigstens nicht vorwerfen können, Minderjährige anzubaggern«, sagte Ian fröhlich. »Du magst ja ganz hübsch sein, aber in deiner normalen Erscheinung siehst du eher wie die Königin des Abschlussballs aus, aber nicht wie eine der Frauen, mit denen ich sonst ausgehe.«

»Ich bin so froh, dass ich dir nicht den Ruf ruiniere«, sagte ich mit falscher Freundlichkeit. »Wichtiger ist, dass ich in diesem Aufzug von meinen ehemaligen Freunden erkannt werden kann, falls welche von ihnen hier sind. Verbündete können nützlich sein, falls wir eine schnelle Flucht hinlegen müssen.«

»Du hast Freunde an magischen Orten?« Er setzte ein gerissenes Lächeln auf. »Warum, kleine Hüterin? Lässt du etwa wirklich manchmal ›alle fünfe gerade sein‹?«

»Wenn man so alt wird wie ich, hat man alles irgendwann schon mal gemacht«, lautete meine ausweichende Antwort. Sein Glucksen war eine leise Mischung aus Amüsiertheit und Erregung. »Ich könnte sagen, dass ich es mir vorstellen kann, aber es wäre mir lieber, wenn du es mir zeigst.«

Ich sah ihn scharf an. »In diesem Leben wird das nichts.«

Er seufzte dramatisch. »Schon wieder so eine sexuell Verklemmte. Anscheinend kann man ihnen heutzutage nicht entkommen. Na schön, wir müssen weg, und es gibt einen Dämon, den wir gnadenlos provozieren müssen, also frisch ans Werk, oder?«

Ich lächelte verstohlen, als ich einen letzten Blick auf seine kaum verhüllte Brust und die dünne Lederhose warf. »Ja, lass uns.«

»Was zum Teufel hast du gesagt?«

Der Wasserfall machte viel Lärm, aber ich glaubte nicht, dass das der Grund war, weshalb Ian tat, als habe er mich nicht verstanden. Ihm gefiel einfach nicht, was ich gesagt hatte. Deshalb wiederholte ich es genussvoll.

»Wir müssen in den Fluss springen, um hinter den Wasserfall zu kommen.«

Er sah ins tosende Wasser, wo immer wieder dicke Eisschollen zusammenkrachten. »Das kann doch nicht dein Ernst sein!«

»Der Ort, an den wir gehen, ist verzaubert, damit nicht jeder hinkommt«, sagte ich und unterdrückte mein Grinsen. »Die aktuelle magische Losung kenne ich nicht, aber ich erinnere mich an den alten Zugangscode. Dafür muss man den Bridal-Veil-Wasserfall überqueren und dabei das richtige Symbol tragen.« Und ich schickte noch eine Bemerkung hinterher, die ich mir nicht verkneifen konnte: »Ich habe dir doch gesagt, dass du den Einteiler anziehen sollst. Tu nächstes Mal, was ich dir sage.«

Er starrte aufs eisige, schäumende Wasser und bedachte mich danach mit einem wahrhaft bösen Blick. »Genieß nur deinen Triumph. Ich weiß, dass ich meinen genießen werde, wenn ich dir das hier heimzahle.«

»Ooh, ich zittere in meinen warmen, wasserdichten Stiefeln«, spottete ich und ließ meinem Grinsen endlich freien Lauf.

Er blickte finster drein, zog seinen Mantel, das Hemd und die Stiefel aus und legte sie unter einen Baum in der Nähe. Dann warf er einen resignierten Blick auf den Fluss. »Meine Kronjuwelen werden zu Eiswürfeln gefrieren.«

»Wahrscheinlich«, gab ich ihm recht und nahm ein kleines Rougetöpfchen aus meinem Stiefel. Die Substanz darin war kein Rouge, deshalb blieb keine sichtbare Spur zurück, als ich das nötige Muster zuerst auf mein und dann auf Ians Gesicht strich. Als ich fertig war, warf ich das Töpfchen zur Seite und sah mich ein letztes Mal um.

Niemand beobachtete uns. Die wenigen Touristen, die um diese Uhrzeit noch hier waren, befanden sich in der Nähe der Kante der Wasserfälle, wo bunte Scheinwerfer das tosende Wasser beleuchteten, was den Wasserfällen, die sich endlos über die Klippen ergossen, ein überirdisches Aussehen verlieh.

»Halte meine Hand fest«, forderte ich Ian auf und streckte sie ihm hin. Ich hatte viel Kraft in meinem Griff, aber auch das Wasser war sehr stark. Außerdem waren unter der Wasseroberfläche viele Felsen verborgen.

Er nahm meine Hand und hielt sie ganz fest. Dann grinste er mich überraschenderweise an. »Ich kann nicht sagen, dass mir die Kälte zusagt, aber *das* hier hatte ich bereits im Sinn. Jetzt kann ich wieder einen Punkt von meiner To-do-Liste streichen!«

Dann riss er mich in die eiskalten Tiefen des schnell strömenden Wassers. Ich keuchte, als es die bloße Haut meines Gesichts traf. Extreme Kälte fühlte sich nicht kalt an — sie *brannte*. Ich bekam sofort Schuldgefühle, als ich mir vorstellte, wie schmerzhaft es für Ian sein musste. Ich hätte darauf bestehen sollen, dass er zum Hotel zurückging und den Neoprenanzug überzog...

Der Schrei, den Ian ausstieß, als er mit dem Kopf untertauchte, weckte noch mehr Schuldgefühle in mir. Aber wie erstaunt war ich dann, als ich merkte, dass er lachte. »Bei Luzifers flammenden Fürzen, das tut höllisch weh!«, schrie er und versuchte mich herumzuwirbeln. Die Strömung war zu stark. Er schaffte es nur, uns beide unter Wasser zu drücken.

»Macht dir das etwa Spaß?«, stotterte ich, als wir wieder an die Oberfläche gelangten.

»Recht... hast... du!«, tönte er in abgehackten Worten, weil ihm immer wieder Wasser ins Gesicht schlug. »Weißt du... wie viele... Requisiten nötig sind... um das hier zu kopieren?«

»Ich will es gar nicht wissen«, brachte ich noch heraus, bevor mir die nächste Welle das Wort abschnitt. Je näher wir dem Abgrund kamen, desto schneller wurden wir. Bridal Veil war zwar der schmalste Teil der Niagarafälle, aber er war trotzdem ernst zu nehmen.

»Halt dich fest!«, schrie ich und packte seine Hände mit aller Kraft, als plötzlich kein Wasser mehr vor uns war.

Mir war, als hörte ich ihn lachen, als wir über den Rand stürzten. Aber ich war mir nicht sicher. Das Wasser dröhnte ohrenbetäubend laut.

10

Ich hustete das Wasser aus, das in meine Lungen geströmt war, und hörte Ian das Gleiche tun. Die Nische hinter dem Wasserfall war groß genug für uns beide, aber zu meiner Überraschung sah ich, dass es die Höhle dahinter nicht mehr gab. Seit ich zum letzten Mal hier gewesen war, musste sie zerstört worden sein. Gut möglich, dass der Ort, zu dem wir wollten, auch nicht mehr existierte.

Ich bemerkte, dass ich noch Ians Hand festhielt, und ließ sie endlich los. Er fing sofort an, seine Arme und seinen Oberkörper zu reiben. »S...sag, d...dass es dort w...warm ist, wo wir hinwollen«, stotterte er zähneklappernd. Anscheinend fand er den eisigen Schmerz inzwischen nicht mehr so aufregend.

»Sollte es sein«, sagte ich und hatte schon wieder Schuldgefühle.

Ich ging in den entferntesten Winkel der Nische. Gut – der große, flache Fels, der den Eingang markierte, befand sich noch am alten Ort. Ich legte mein Gesicht an die glatteste Stelle und achtete darauf, dass das unsichtbare Symbol auf meiner Stirn den Fels berührte. Nach einer Sekunde verschwand der Stein und gab einen Eingang frei.

»Hier lang«, sagte ich.

Ian sprang auf und folgte mir durch die neue Tür. »Was würde passieren, wenn hier jemand ohne dieses Zeichen hindurchgehen wollte?«

»Falls diese Person nicht den anderen magischen Zugangscode besäße, würde wieder die Wand erscheinen und ihm ins Gesicht schlagen.«

Er schnaubte. »Effektiv.«

Das war es, und das hatte diesen Ort für alle, die etwas mit Magie zu tun hatten, zu so etwas wie einer Lieblingskneipe werden lassen. Der Zugang über die Wasserfälle war unbequem, aber es gab auch andere Möglichkeiten hineinzugelangen. Wenn ich mir die Mühe gemacht hätte, den Kontakt mit meinen alten Freunden von hier aufrechtzuerhalten, hätten wir diese anderen Zugänge ausfindig machen und über die Klippen zum Eingang herunterklettern können, ohne das eisige Bad im Wasserfall nehmen zu müssen.

Ich streifte mir meine Haube, die Gummistiefel und den restlichen Neoprenanzug ab, als wir den schmalen Tunnel betraten. Darunter trug ich ein figurbetonendes schwarzes Samtkleid, das augenblicklich Ians Aufmerksamkeit erregte.

»Zuerst sehen wir uns nach Rufus um«, sagte ich und schüttelte den Knoten aus meinem Haar. »Er ist ein alter Freund von mir...«

Ich verstummte, als der Tunnel in einen großen, offenen Raum mündete. Als ich zum letzten Mal hier war, schwebten unzählige Kugeln im Raum und beleuchteten alles mit ihrem wunderschönen, silbernen Schein. Der Raum war voller Leute, Musik, Gelächter und Magie gewesen. Jetzt war er so still und leer wie eine verlassene Grabstätte. Ich ging weiter in den Raum hinein, die Reste alter Magie berührten mich wie Spinnweben.

Das war alles, was von dem Ort übrig geblieben war, den ich einst gekannt hatte. Alles andere gab es nicht mehr.

»Das verstehe ich nicht«, flüsterte ich.

Ian blickte sich um, dann holte er tief Luft. »Es ist fast völlig geruchsfrei. Hier war seit mindestens zehn Jahren nichts mehr los. Wie lange, sagtest du, ist es her, seit du hier gewesen bist?«

»Nicht sehr lange«, fing ich an, dann stutzte ich. Oh, ich glaube, es war *doch* schon eine Weile her.

»Vor zehn Jahren? Zwanzig?« Als ich stumm blieb, blickte er mich durchdringend an. »Länger?«

»Knapp über neunzig Jahre«, antwortete ich und fühlte mich ziemlich einfältig.

»Neunzig?«, wiederholte er ungläubig. »Aber warum in aller Welt hast du dann ausgerechnet diesen Ort ausgesucht?«

»Es war der letzte magische Club, in dem ich gewesen bin«, gab ich zu.

Seine Augenbrauen berührten fast seinen Haaransatz. »*Neunzig Jahre?* Das schlägt dem Fass den Boden aus. Kein Wunder, dass du so verspannt bist! Jeder Rentner auf dieser Welt geht häufiger auf Partys als du.«

Ich drückte den Rücken durch. »Ich mag diesen Sarkasmus nicht...«

»Und ich mag es nicht, wenn mir die Eier am Schwanz festfrieren«, unterbrach er mich. »Aber jetzt sind wir einmal hier, und weil wir ehrlich zueinander sind: Du hast da was zwischen den Zähnen.«

»Was?« Ich konnte mich nicht daran erinnern, feste Nahrung zu mir genommen zu haben.

»Genau zwischen den beiden Vorderzähnen«, sagte er und zog einen kleinen Kosmetikspiegel aus der Tasche. Er musste eitler sein, als ich vermutet hatte, wenn er so etwas mitnahm. Ich hatte Waffen eingesteckt.

»Sieh selbst«, sagte er und klappte den Spiegel auf.

Ich blickte hinein – und die dunkle Höhle verschwand, weil rings um mich eine endlose Reihe von Spiegeln hochfuhr. Ich versuchte wegzulaufen, aber da kamen noch mehr hoch und versperrten mir den Weg. Wütend schlug ich in den, der mir am nächsten war. Die glänzende, spiegelnde Oberfläche zerbrach nicht einmal. Stattdessen tauchten weitere Spiegel auf, bis mir von den endlosen Kopien meiner selbst ganz schwindelig wurde.

»Verdammt, Ian!«, schrie ich und schlug in einen weiteren Spiegel. Und wieder passierte nichts, außer dass mir die Faust wehtat.

Ich konnte ihn nicht sehen, aber das Gelächter, das mir in den Ohren klang, war unverkennbar seines. »Kaum zu glauben, dass du auf ›du hast etwas zwischen den Zähnen‹ hereingefallen bist. Also wirklich, kleine Hüterin, dieser Trick muss so alt sein wie du selbst.«

Ich versuchte nicht länger, auf die Spiegel einzuschlagen. Das bewirkte nur, dass sich die Zahl der Spiegel erhöhte und ich noch orientierungsloser wurde. »Ein beeindruckender Zauber«, sagte ich in einem Tonfall, der über die Wut hinwegtäuschte, die in mir tobte. »Wo hast du das gelernt?«

Neues Gelächter, diesmal näher als zuvor. »Von einer Hexe, die mich und ein paar andere Vampire damit gebannt hat. Keiner von uns konnte sich daraus befreien, bis der Zauber seine Wirkung verlor. Nekromanten konnten ihn nicht brechen, als wir ihn später gegen sie einsetzten. Nicht einmal Mencheres hatte davon gehört. Deshalb dachte ich mir, dass der Zauber gegen dich wirkt.«

77

Er hatte es tatsächlich geschafft, mir einen Zauber zu zeigen, den ich noch nie zuvor gesehen hatte. Es hätte mich beeindruckt, wenn ich nicht so wütend gewesen wäre. »Gratuliere dir noch nicht. Ich habe noch nicht aufgegeben, hier herauszukommen.«

Es klang, als würde er eine bequemere Position einnehmen. »Gib auf jeden Fall dein Bestes, aber der Zauber verliert in drei Stunden seine Wirkung. Falls du es bis dahin nicht geschafft hast herauszukommen, habe ich gewonnen.«

Ich hätte mehr Zeit gewinnen können, wenn ich meine Fähigkeiten, sie anzuhalten, eingesetzt hätte, aber ich wollte diese Macht nur benutzen, wenn es wirklich sein musste. Bis dann hatte ich noch ein paar andere Tricks auf Lager, die ich ausprobieren konnte.

Gegen Ende der ersten Stunde verfluchte ich Ian in jeder Sprache, die ich kannte, obwohl ich darauf achtete, es nur in meinem Kopf zu tun, weil es ihn nur amüsierte, wenn ich fluchte. Als bereits ein großer Teil der zweiten Stunde vergangen war, legte sich meine Wut. Stattdessen testete ich mit wachsender Begeisterung die Grenzen des Zaubers.

Bis jetzt war es mir nicht gelungen, ihn zu überwinden. Auch wenn ich all meine übernatürliche Macht gegen die Spiegel schleuderte, konnte ich sie damit nicht zerbrechen. Schließlich hielt ich doch die Zeit an und versuchte, um die Spiegel herumzukommen, während alles andere unbeweglich blieb. Aber es funktionierte nicht. Die Spiegel zu schlagen und zu treten vervielfachte sie nur. Nicht anders war es, wenn ich mit einem der silbernen Messer nach ihnen stach, die ich in meinen Stiefeln verborgen hatte. Da die Spiegel so unempfindlich für Beschädigungen waren, begriff ich, dass sie nicht real sein konnten.

Gäbe es sie wirklich, hätte ich wenigstens einen Haarriss in einem von ihnen bewirken müssen. Die Tatsache, dass es mir nicht gelungen war, bedeutete vermutlich, dass ich in Wirklichkeit nichts von den Dingen tat, die ich mir einbildete. Soweit ich wusste, befand ich mich immer noch am selben Fleck, an dem ich stand, als ich zum ersten Mal in den Spiegel blickte, den Ian so verzaubert hatte, dass er zur Falle wurde.

Falls es so war, sollte ich mich nicht auf den Versuch konzentrieren, die Spiegel zu zerstören oder ihnen zu entkommen. Ich sollte überhaupt nicht auf sie achten. Stattdessen musste ich mich auf mich selbst konzentrieren. Ich schloss die Augen, machte ein paar tiefe Atemzüge und versuchte, meine Mitte zu finden.

Es klang, als ob Ian aufstand. »Atmen? Glaubst du, du kannst dich hier herausmeditieren?«

Ich ignorierte seinen spöttischen Unterton und konzentrierte mich auf den wichtigeren Punkt: Ihm war aufgefallen, was ich tat. Über sämtliche vorangegangenen Aktionen hatte er kein Wort verloren. Das verstärkte meinen Verdacht, dass ich nichts davon wirklich getan hatte. Ian hätte der Versuchung nicht widerstehen können, sich über meine Versuche lustig zu machen, die Spiegel mit Schlägen zu durchdringen, ganz zu schweigen von meinen anderen Bemühungen.

Ich konzentrierte mich weiter auf meine Atmung, bis ich Ian nicht mehr hören konnte, obwohl er immer noch redete. Nach mehreren Minuten wurde mir etwas bewusst, das meiner Aufmerksamkeit entgangen war, seit diese Prüfung ihren Anfang nahm.

Es war das Gefühl von kaltem hartem Stein unter mir.

Ich musste auf dem Boden liegen, und zwar mit ausgestreckten Armen und Beinen, der Kälte an meinen Armen, Beinen und meinem Oberkörper nach zu urteilen. Meine Gliedmaßen fühlten sich so kalt an, dass ich schon die ganze Zeit dagelegen haben musste. Oh, was für ein gerissener Zauber! Ich hätte der Person, die ihn geschaffen hatte, gratuliert, wenn das möglich gewesen wäre. Er war wie Treibsand – je mehr ich mich anstrengte herauszukommen, desto tiefer sank ich ein. Dieser Zauber konnte mir dabei helfen, Dagon zur Strecke zu bringen und zugleich dafür zu sorgen, dass Ian und ich überlebten.

Und wenn ich atmen konnte, dann konnte ich mich auch bewegen. Wenn ich mich bewegen konnte, dann konnte ich auch an mein silbernes Messer herankommen, und diesmal ganz *real*. Es gab drei Arten, wie Zaubersprüche ihre Wirkung verloren, ganz gleich, wie alt oder mächtig sie waren: wenn sie aufgebraucht waren, wenn man sie schlug oder wenn die verhexte Person starb.

Zunächst brauchte ich mich nur stärker zu fokussieren. Ich konzentrierte mich auf meine Atmung, bis nichts anderes existierte und nichts mehr eine Rolle spielte. Als ich in jenem perfekten Zustand zwischen absoluter Selbstwahrnehmung und vollständigem Vergessen schwebte, fasste ich nach unten und zog mein Silbermesser aus dem Stiefel.

»So ein Miststück.«

Ians gemurmelte Verwünschung störte meine Konzentration, aber sie war auch die Bestätigung, dass ich es diesmal tatsächlich geschafft hatte, das Messer zu fassen. Ich traute seiner Reaktion mehr als dem Gefühl von glattem Silber in meiner Hand. Außerdem hatte der Zauber schon vorher meine Sinne getäuscht.

Ich brauchte noch ein paar Minuten, bis ich mit Willensanstrengung so weit war, das Messer bewegen zu können. Diesmal brachte ich es an meine Brust – und spürte sofort eine unsichtbare Kraft, die meine Hand festhielt.

»Was, zum Teufel, hast du vor?«

Ian klang, als würde er die Worte in mein Ohr knurren, aber als ich die Augen öffnete, sah ich nichts als Spiegel. Ich konnte seine Hand auf meiner nicht sehen, und jetzt spürte ich sie auch nicht mehr, doch ich wusste, dass er mein Handgelenk noch festhielt.

Was ich tat? Ich vergewisserte mich, dass ich tun *konnte*, was nötig war, um diesen Zauber zu beenden. Der Zauber konnte uns nützlich sein, wenn wir Dagon eine Falle stellten, aber der Dämon war weitaus mächtiger als ich. Wenn es mir gelang, einen Ausweg aus dieser Sache zu finden, dann würde es ihm auch gelingen. Ich hatte fast drei Stunden dafür gebraucht und wagte nicht zu hoffen, dass Dagon ebenso viel Zeit benötigte. Er war nicht einfach nur mächtiger, er war auch Äonen älter als ich. Soweit ich wusste, war er der Schöpfer dieses Zaubers, denn alle Magie stammte von den Dämonen.

Aber wenn ich vor Ians Augen tat, was nötig war, um den Zauber zu besiegen, würde er herausfinden, was ich war, und das durfte ich nicht zulassen, weil ich Ian nicht töten wollte. Zu meiner Überraschung hatte er Angst vor dem, was Mencheres tun konnte. Aber nicht die Tatsache, dass Ian sich seinem Ahnherrn unterwarf, hatte mich dazu gebracht, meine Meinung zu ändern. Jene Loyalität, die der Hölle ins Auge blickte und sie anstachelte, ihr Schlimmstes zu geben, weil es nichts gab, das sie dazu bringen konnte, die Person, die sie liebte, in Gefahr zu bringen ... Das war selten. Und durchaus schützenswert. Der kleine Knick in meinem Ego war dafür kein zu hoher Preis.

Es war besser, Ian in dem Glauben zu lassen, er hätte einen Zauber gegen mich gewirkt, dem ich nichts entgegenzusetzen hatte. Sollte er ruhig in seinem eingebildeten Triumph schwelgen. Außerdem war es wahrscheinlich sowieso das Beste, ihm den Vortritt zu lassen, wenn es um die Wahl der Orte ging, die wir besuchten. War es wirklich *neunzig* Jahre her, seit ich ausgegangen war, um ein bisschen Spaß zu haben? Wie peinlich.

Und falls ich wirklich erhebliche Vorbehalte gegen Ians Methoden haben sollte, konnte ich immer noch warten, bis ich außer Sicht war, und mich dann aus diesem Zauber befreien. Ian würde nicht einmal merken, dass ich es getan hatte.

Mein Entschluss stand fest; ich öffnete die Augen und sah nichts als die endlosen Reflexionen meines Gesichts in den unzähligen Spiegeln. »Du hast gewonnen.«

»Wie bitte?«, fragte Ian und klang überrascht.

»Du hast gewonnen«, wiederholte ich. »Ich kann den Zauber nicht lösen, und meine Zeit ist fast vorbei, oder nicht?«

»Nur noch fünf Minuten.« Es klang immer noch, als ob er mir sehr nahe wäre. »Warum habe ich nur das starke Gefühl, dass du in Wirklichkeit gar nicht aufgegeben hast? Ich weiß nicht, was du vorhin vorhattest, aber du warst kurz davor, dir selbst ins Herz zu stechen, deshalb werde ich deine Hand nicht loslassen.«

Ich konnte nicht sagen, ob ich tatsächlich lächelte oder ob mich der Zauber nur denken ließ, dass ich es tat. »Und du hast mich gerettet. Mein Held.«

»Du kannst mich mal«, antwortete er sofort. »Irgendwie verarschst du mich. Das kann ich spüren.«

Er hatte eine gute Intuition. Sie war es vermutlich, die ihn am Leben gehalten hatte, als einer der mächtigsten Dämonen der

Unterwelt jahrzehntelang hinter ihm her gewesen war. Aber ich wusste, was sich in langen Jahren immer wieder bestätigt hatte: Männer wollten immer glauben, dass sie mit ihrem Scharfsinn über Frauen triumphierten, auch wenn ihnen ihr Bauchgefühl etwas anderes sagte.

»Auf wie viele verschiedene Arten soll ich denn noch sagen, dass du gewonnen hast?«, fragte ich und regte mich künstlich auf. »Na schön, ich gebe klein bei; ich gebe mich geschlagen; ich lege die Waffen nieder; ich schwenke die weiße Flagge...«

»Das reicht.« Sein Tonfall änderte sich. An die Stelle des Misstrauens trat knallharte Entschlossenheit. »Ich habe dir schon gesagt, dass ich darauf brenne herauszufinden, was du vor mir verbirgst. Aber täusche dich nicht: Ich werde es herausfinden, und alles andere...« – der stahlharte Tonfall wurde auf einmal geschmeidig – »wirst du mir freiwillig erzählen, kleine Hüterin.«

Der Zauber musste schuld sein, dass ich mich fühlte, als würden seine Worte über meinen Nervenenden tanzen. Ja, das musste der Grund sein, redete ich mir ein. Der Zauber.

»Wenn ich ein Geheimnis hätte, das so groß ist, wie du glaubst«, erwiderte ich, »würde ich es dir nie verraten.«

Er lachte leise, sinnlich und *oh, so* verführerisch selbstbewusst. »Also, das ist eine Wette, die du *verlieren* wirst. Verlass dich drauf.«

11

Der Eingang zu unserem Hotel war sauber gefegt worden, aber der Rest des Times Square lag noch voller Papierschlangen, Konfetti und anderen Überbleibseln der vorangegangenen Nacht. Als ich es sah, tat es mir nicht leid, dass wir die Silvesternacht auf der anderen Seite der kanadischen Grenze verbracht hatten. Nicht, dass ich etwas gegen Konfetti oder Papierschlangen hatte, es waren nur die Menschenmassen, die ich nicht mochte. Und Silvester auf dem Times Square war dafür ein Paradebeispiel.

Als wir das Hotel verließen, bot der Hotelpage an, uns ein Taxi zu rufen. Ian fragte mich: »Hast du Lust, stattdessen einen Spaziergang zu machen?«

»Klar.« Mein eisblaues Kleid mochte förmlich sein, aber es behinderte mich nicht beim Gehen, und als Vampirin konnte ich keine Blasen bekommen, obwohl mir die High Heels, die ich heute trug, die Füße zusammenquetschten.

Ian bot mir seinen Arm an. Ich zog zuerst eine Braue hoch, aber dann nahm ich ihn doch. »Pass auf, man könnte dich mit einem Gentleman verwechseln.«

Er grinste mich an. »Wer einen solchen Fehler begeht, verdient, was er bekommt.«

Sein Lächeln ließ ihn noch attraktiver aussehen, und das wollte wirklich etwas heißen. Wir hatten uns wieder eine Suite mit zwei Schlafzimmern genommen, weshalb wir uns allein für den Abend zurechtmachen konnten. Als Ian aus seinem Zimmer kam, trug er sein rotbraunes Haar nach hinten gekämmt, was seine unglaublich schönen Gesichtszüge maximal betonte; er trug einen Smoking, der seinem muskulösen Körper schmeichelte, als wäre der Schneider, der ihn angepasst hatte, in ihn verliebt gewesen... Ich musste den Blick abwenden, um mich nicht lächerlich zu machen. Zum Beispiel, indem ich ihm auf der Stelle einen Heiratsantrag machte.

Ich weiß nicht, weshalb ich so stark auf ihn reagierte. Vor einer Woche hatte ich ihn nackt gesehen und mich nicht zu ihm hingezogen gefühlt. Aber damals hatte ich Ian auch nicht richtig als Mann wahrgenommen. Damals war er für mich eine unvermeidliche Belastung, die mir am Ende vielleicht in den Rücken fallen würde. Jetzt wusste ich, dass Ian gefährlich intelligent, kompliziert, loyal, mächtig, tödlich, sexy... und arrogant war. Und sich darauf noch etwas einbildete.

Er ließ sich alle zweiten und dritten Blicke der normalerweise abgestumpften New Yorker gefallen, als habe er ein Anrecht darauf. Er warf sogar mitleidige Blicke auf die Leute, die abrupt stehen blieben und ihm hinterherliefen. Er warf zuerst einen Blick auf mich und zog dann eine Braue hoch, als wollte er sagen: »Tut mir leid, heute Abend gehöre ich ihr, und das ist euer Pech.«

Nachdem das mehrfach geschehen war, wurde ich allmählich sauer. Diese Leute konnten ganz genau sehen, dass ich ihn untergehakt hatte. Musste ich noch drastischere Maßnahmen ergreifen, um zu zeigen, dass er *nicht* zu ihrem Vergnügen zur Verfügung stand? Vielleicht sollte ich von der nächsten Person trinken, die sich umdrehte und hinter ihm herlief wie ein Tier, das eine unwiderstehliche Witterung aufgenommen hatte...

»Bei den Göttern«, murmelte ich laut. Was war mit mir los? Ian sah mich an. »Stimmt was nicht?«

»Nein«, sagte ich und dachte *Ja!*

Fast alle Vampire waren besitzergreifend, wenn es um ihre persönlichen Nahrungsquellen, ihre Abkömmlinge und ihre Liebhaber ging, aber Ian war für mich nichts davon. Ich hatte noch nie einen Menschen in einen Vampir verwandelt, deshalb konnte ich nichts zum Thema Abkömmlinge sagen, aber solche deutlichen Anwandlungen von Besitzdenken hatte ich bei meinen früheren Liebhabern nie erlebt. Und auch nicht bei den Menschen, die ich unter meinen Schutz gestellt hatte. Ich war seit 4000 Jahren froh darüber, über solchen Kleinkram erhaben zu sein. Wie kam es dann, dass ich jetzt darüber fantasierte, jeden Mann und jede Frau zu beißen, die nichts weiter getan hatten, als ihr Interesse an Ian zu bekunden?

Kontrollverlust – darauf führte ich es schließlich entschuldigend zurück. Ich befand mich in der äußerst unvertrauten Position, heute Abend Ians Führung zu folgen, weil mich ein Zauber daran band. Anscheinend versuchte ich mich davon abzulenken, indem ich mir ein Besitzdenken ausdachte, das ich in Wirklichkeit gar nicht hatte.

Ja, so musste es sein.

»Welche Rolle möchtest du heute Abend gern spielen?«

Seine Frage riss mich aus meinen Gedanken. Ich war über die Unterbrechung nur froh. »Wie meinst du das?«

Er zuckte mit den Schultern. »Wir könnten frisch verliebt spielen, oder Freunde, die vögeln, oder Swinger, oder das geldgeile Mädchen und ihr Sugardaddy, oder das streitende Paar...«

»Und wenn wir... platonische Freundschaft darstellen?«, unterbrach ich.

Er sah mich an, als hätte ich doch noch eine Sprache verwendet, die er nicht kannte. »Soll das ein Witz sein?«

»Wohl kaum. Du magst gut aussehen, aber nicht *jede* möchte Sex mit dir haben.« Kaum hatte ich es ausgesprochen, zuckte ich innerlich zusammen. Klang das so übertrieben patzig, wie ich mich fühlte?

»Nein, es gibt auch Leute, die mich umbringen wollen«, sagte er sofort. »Manche möchten, dass ich sie in einen Vampir verwandle, manche möchten mein Geld, manche sind wegen meiner seltenen Kunstwerke scharf auf mich, manche wegen meiner Kampfkünste, und eine gibt es, die mich als Köder für einen Dämon auslegen will, den sie umbringen möchte. Siehst du? *Niemand* ist mit mir zusammen, nur um mit mir zusammen zu sein.«

Ich bekam ein schlechtes Gewissen und dann ganz viel Mitgefühl. Ich wusste, wie es war, zuerst als Objekt und erst zum Schluss als Person wahrgenommen zu werden. Auch ich konnte mich nicht mehr daran erinnern, wann zum letzten Mal jemand mit mir zusammen war, dem es nur mich gegangen wäre. Moment... Doch, konnte ich. Tenoch.

Ich fühlte mich einsam und bekam noch heftigere Schuldgefühle, wie immer gefolgt von Schmerz. Weshalb konnte ich nicht begreifen, was mir Tenoch das letzte Mal, als wir zusammen waren, zu sagen versuchte? Wie konnte ich nur so blind sein und nicht mitbekommen, dass er sich verabschiedete?

Ich hatte nichts für Tenoch tun können, sosehr ich es auch gewollt hätte. Aber ich konnte etwas für den Mann an meiner Seite tun, falls Ian bereit war, es anzunehmen.

»Auch wenn ich jetzt womöglich nur mit dir zusammen bin, weil ich Hintergedanken habe, ist doch allgemein bekannt, dass es eine Weile her ist, seit ich ausgegangen bin, um Spaß zu haben«, sagte ich in einem wohlbedachten, nonchalanten Ton. »Und man kann mit dir Spaß haben, Ian, ganz egal, was du sonst noch alles bist. Also angenommen, wir beide leben noch, wenn das hier vorbei ist – würdest du einen Abend mit mir ausgehen?«

Er sah mich erstaunt an. Dann begann er zu lachen. »Du bietest mir ein Mitleidsdate an? Und ich dachte, ich hätte schon *alles* gehört.«

»Es ist kein Mitleid, und es ist kein Date«, sagte ich in einem gereizteren Tonfall, da er nicht aufhörte zu lachen, als hätte ich gerade den lustigsten Witz aller Zeiten erzählt. »Weil du noch nie mit jemandem rein freundschaftlich ausgegangen bist und ich offenbar ein Update über die Orte brauche, an denen man sich gut amüsieren kann, dachte ich … Ach vergiss es, wenn du nicht aufhören kannst, mich auszulachen!«

»Entschuldigung«, sagte er, ohne mit dem Lachen aufzuhören. »Es ist nur so, dass ich mich nicht entscheiden kann, was lustiger ist: dass ich bemitleidet werde, weil vermutet wird, mir fehle Begleitung, oder der Gesichtsausdruck der Leute, wenn sie dich, eine geachtete Gesetzeshüterin, mit einem berüchtigten, gesetzlosen Wüstling wie mir ausgehen sehen.«

Er hatte recht damit, dass ich mir mindestens ein Jahrzehnt lang abfällige Bemerkungen von einigen der sexistischeren Ratsmitglieder hätte anhören müssen, ganz zu schweigen von denen der anderen Gesetzeshüter. Aber das spielte keine Rolle. »Ich habe vor langer Zeit beschlossen, mein Handeln nicht davon bestimmen zu lassen, ob es andere Leute missbilligen oder nicht.

Wie sagt man so schön: Wenn du damit klarkommst, komme ich auch damit klar.«

Sein Gelächter verstummte, und für einen kurzen Moment drückte sich in seinem Gesicht etwas aus, das zu schnell wieder verschwand, bevor ich genau sagen konnte, was es war. »Wenn du keine Rolle bei der Exekution des Kindes meines Freundes gespielt hättest, würde ich dich sehr mögen, Veritas.«

Sie lebt noch.

Ich konnte es nicht laut aussprechen, ohne sie in Gefahr zu bringen, und ich tat es auch nicht, obwohl ich das überraschend starke Bedürfnis hatte, mich vor Ians Augen zu entlasten. An jenem schrecklichen Tag war ich dem »kleinen Mädchen« nahe genug gekommen, um zu wissen, dass sie nicht der wahre Mensch-Vampir-Ghul–Mischling war, den man zum Tode verurteilt hatte. Sie war eine von einem Dämon gezeichnete Formwandlerin, die nur wie das Mädchen aussah. Zum Glück war es den Ratsmitgliedern und den anderen Gesetzeshütern nicht aufgefallen. Sie konnten Dämonen nicht so spüren wie ich. Als ich merkte, dass sie ein Double war, wusste ich, dass ich die Zeit nicht anzuhalten brauchte, um sie zu retten, wie ich es ursprünglich vorgehabt hatte.

Davon verriet ich Ian nichts. Ich sagte nur: »Ihren Tod wirst du mir nicht vergeben, oder?« Als ob daran auch nur der geringste Zweifel bestehen konnte. Dass er mich bei meinem Namen nannte und nicht seinen üblichen Spitznamen – »kleine Hüterin« – verwendete, hatte mir schon deutlich genug gezeigt, wie ernst es ihm war.

»Nein, das werde ich nicht«, sagte er leise und entschlossen.

Ich sah ihm in die Augen und hielt den Blick. »Gut. Es gibt Dinge, die unverzeihlich bleiben sollten.« Ich würde Dagon auch nie verzeihen, was er getan hatte. Ich erwachte immer noch ab und zu schreiend, weil ich mich daran erinnerte. Zeit heilt eben *nicht* alle Wunden, wie man immer so sagt.

In Wahrheit war ich dankbar, dass Ian mich daran erinnerte, wie er mich sah – eine der gnadenlosen Beteiligten bei der Exekution eines Kindes, dessen einziges Verbrechen darin bestanden hatte, den Engstirnigen Angst einzujagen, weil es anders auf die Welt gekommen war. Jetzt konnte ich meine lächerlichen Gefühle und Gedanken für Ian beenden. Sie waren Zeitverschwendung und – wichtiger noch – Energieverschwendung. Dagon zur Strecke zu bringen war das Einzige, was zählte. Der heutige Abend war ein weiterer Schritt auf dieses Ziel hin.

»Such dir die Rolle aus, die dir gefällt«, sagte ich und starrte den Rest des Weges geradeaus.

12

Über dem Central Park lag eine weiße Decke. Die Lichter der Gebäude, die ihn umgaben, wurden vom Schnee reflektiert und erzeugten einen Effekt, als würde er schimmern. New York war die Stadt, die niemals schlief, aber um Mitternacht im berühmten Park im Herzen der Stadt schienen die Dinge zur Ruhe zu kommen.

Ich war oft aus geschäftlichen Gründen nach New York City gekommen, konnte mich aber nicht daran erinnern, wann ich zum letzten Mal durch den Central Park geschlendert war. Vor ein paar Jahrzehnten? War es länger her? Viele Dinge wirkten neu, zum Beispiel die Alice-im-Wunderland-Skulptur und die Eislaufbahn. Das Schloss Belvedere hatte ich schon einmal gesehen, aber damals war es verwahrlost gewesen. Jetzt sah das falsche Schloss total renoviert aus. Einem Schild zufolge, an dem wir vorbeikamen, gab es darin Ausstellungsräume, eine Aussichtsplattform und die lokale Wetterwarte.

Ian brachte uns am Haupteingang des Schlosses vorbei bis zu seiner Rückseite. Dort, auf einer Felsplattform vor einem kleinen See, blieb er stehen und sah mich ernst an.

»Ich habe dich nach deinen Vorlieben gefragt, weil ich nicht will, dass dich der Zauber dazu zwingt, etwas gegen deinen Willen zu tun. Aber ich kann nicht darauf vertrauen, dass du nicht später in deiner offiziellen Funktion hierher zurückkehrst. Deshalb fordere ich jetzt von dir einen Akt des Gehorsams ein. Bei dem magischen Pakt, der uns bindet, Veritas, befehle ich, dass du niemanden jemals für magische Akte bestrafen wirst, die er oder sie heute begeht, und du wirst auch niemals anderen Hütern, Verfolgern, dem Rat oder anderen gesetzeshörigen Vampiren von diesem Ort erzählen.«

Ich spürte, wie der magische Pakt auf seine Worte reagierte und sie sich um mich zusammenzogen, bis sie zu einem Teil von mir wurden. Beinah hätte ich vor Erleichterung gejubelt. *Dafür* verwendete er den Gehorsam, dem ich ihm dreimal ohne Widerrede schuldete? Als er »befehle ich« sagte, hätte ich fast mein silbernes Messer gezückt, weil ich fürchtete, dass es etwas sein würde, das ich nicht tolerieren konnte. Aber ich hätte niemals jemandem von diesem Ort erzählt. Ich bestrafte Leute nur dann für Magie, wenn ihre Magie anderen Schaden zufügte.

Aber davon wussten weder der Rat noch sonst jemand. Wenn sie davon gewusst hätten, wäre ich keine Gesetzeshüterin mehr gewesen. »In Ordnung«, sagte ich sofort.

Wegen meines munteren Tonfalls sah er mich misstrauisch an, als hätte er gerade erst begriffen, dass er womöglich einen seiner Gehorsamsakte verschwendet hatte. Ich lächelte unschuldig, aber innerlich gluckste ich. *Einer abgehakt, fehlen noch zwei.* Falls der Rest so war wie das hier, brauchte ich mir keine Mühe machen, um aus diesem Zauber herauszukommen.

Ein eiskalter Windstoß ließ mich den Mantel enger zusammenziehen. Der Wind war frischer geworden, aber es konnte nicht mehr weit sein, sonst hätte Ian mir nicht das unnötige Versprechen abverlangt.

»Ich werde jetzt einen Glamourzauber wirken«, sagte ich und nahm einen Beutel aus dem Mantel. Dann sprenkelte ich den Inhalt über meinen Kopf und sagte dabei ein paar Worte, von denen ich vermutete, dass er sie nicht verstand.

Er zog beide braunen Augenbrauen hoch. »Das erfundene Elfisch aus *Der Herr der Ringe*? Für welchen Zauber braucht man eine erfundene Sprache?«

Verdammt! »Wann hattest du Zeit, jede Sprache zu lernen, die jemals gesprochen wurde?«, wollte ich wissen. »Nach allem, was ich von dir weiß, hättest du viel zu sehr damit beschäftigt sein müssen, sämtliche Frauen deiner Umgebung zu vögeln, anstatt dich mit einem so ausführlichen Sprachstudium zu befassen!«

Er lachte mich laut aus. »Weißt du, was das Beste daran ist, wenn man als unersättlicher Hurenbock abgestempelt wird? Die Leute um einen herum achten nicht auf das, was sie sagen. Ich habe bei Orgien durch einfaches Lauschen mehr erfahren als durch Spionage bei G7-Gipfeln, aber das ist unwichtig. Wichtig ist, dass bisher keiner der Zaubersprüche, die du gesagt hast, auch nur den geringsten Sinn ergeben haben. Sie wirkten alle wie eine Aneinanderreihung zufälliger Worte.«

Ich konnte gerade noch verhindern, instinktiv einen Schritt nach hinten zu gehen. *O nein. Wenn er versuchen würde, mir zu befehlen, die Wahrheit zu sagen ...*

Er merkte, dass ich zuckte, und kam näher. »Weißt du, was ich glaube?«, fragte er in jenem trügerisch sanften Ton. »Das sind gar keine richtigen Zaubersprüche. Sie sollen nur darüber hinwegtäuschen, wie mächtig du bist.«

Hundertmal verdammt! Aber ich durfte ihn nicht merken lassen, dass er ins Schwarze getroffen hatte. Deshalb drückte ich den Rücken durch.

»Wie schmeichelhaft, aber wenn du erst mal mein Alter erreicht hast, wirst du merken, dass nur bestimmte Worte Kraft haben. Die übrigen Worte wurden von denen, die nicht eingeweiht sind, nur hinzugefügt, damit der Zauberspruch besser klingt.«

»Blödsinn«, sagte er in demselben geschmeidigen Tonfall. »Ich habe neulich einem 1000 Jahre alten Nekromanten die Eingeweide herausgerissen, um Informationen aus ihnen herauszulesen. Er hat nicht einmal gezuckt. Und weißt du weshalb?« Er war jetzt noch wenige Zentimeter von mir entfernt. »Er war von dem Spiegelzauber gebannt. Er war erstarrt, als ob die Zeit stehen geblieben wäre. Aber als ich diesen Zauber bei dir angewendet habe, hast du nach deinen Waffen gegriffen, obwohl dich nicht der geringste Schmerz dazu motiviert hat. Kannst du das erklären?«

Ich konnte nicht zulassen, dass er die Wahrheit aus mir herauspresste. Das durfte ich einfach nicht. Ich stellte mich darauf ein, ihn in einer Zeitfalle einzufrieren, falls er auch nur damit anfing, die Worte »Ich befehle es dir« auszusprechen.

Als ob er die Kraft gespürt hätte, die sich in mir zusammenballte, verzog er die Mundwinkel und wich zurück. »Kein Grund, dramatisch zu werden. Ich werde keine meiner Befehle benutzen, um dich dazu zu zwingen, es mir zu erzählen. Außerdem kenne ich dein Geheimnis schon, glaube ich.«

»Glaubst du?«, fragte ich und unterdrückte meine Furcht.

Er ließ den Blick über mich gleiten. »Das wird sich noch zeigen, oder?« Dann winkte er fast schüchtern in Richtung See. »Dein Glamourzauber hat gewirkt, jetzt ist es an der Zeit, den Troll zu bezahlen.«

»Den Troll?«, wiederholte ich und drehte mich um, aber ich sah nichts als die klare, glatte Oberfläche des Sees.

Er machte eine abschätzige Handbewegung. »Du kannst ihn erst sehen, wenn die Brücke sichtbar wird. Er ist natürlich darunter.«

»Oh, selbstverständlich«, sagte ich höhnisch, war aber froh, dass wir jetzt ein anderes Gesprächsthema hatten. »Und wo ist die Brücke?«

»Direkt vor uns, aber sie wird nicht erscheinen, bis wir eine angemessene, verzauberte Gabe überreichen.«

Dann zog er etwas aus der Jackentasche. Als er die Hand öffnete, sah ich ein diamantbesetztes Goldmedaillon, das an einer langen, dicken Goldkette hing. Es war eine Antiquität, dem altmodischen Verschluss nach zu urteilen.

»Teuer«, bemerkte ich.

Er grinste sarkastisch. »Wenn es das nicht wäre, würden wir riskieren, gefressen zu werden. Wütende Mafiosi sind gnädiger als ein Troll, der sich respektlos behandelt fühlt.«

Ich wusste nicht, was das für eine Kreatur sein sollte, aber ein Troll konnte es nicht sein. Meines Wissens existierten solche Kreaturen nicht. Oder doch? Es kam mir vor, als hätte ich mich in letzter Zeit in vielen Dingen geirrt...

»Nimm meine Hand«, sagte Ian, und ich richtete meine Aufmerksamkeit wieder auf ihn. »Wir müssen es beide hineinwerfen, um deutlich zu machen, dass die Gabe von uns beiden kommt.«

Ich verschränkte meine Finger mit seinen und wartete auf sein Nicken. Dann warfen wir die Kette in den See. Die Wasseroberfläche kräuselte sich beim Aufschlag, und dann noch einmal stärker, als das Geschmeide unterging.

»Er muss es gemocht haben«, sagte Ian und beobachtete den See. »Je größer die Wellen, desto besser gefällt ihm das Geschenk.«

Bei seinen letzten Worten erschien eine Brücke im Mondlicht, die es dort vorher nicht gegeben hatte. Sie sah viel älter aus als das künstlich gealterte Schloss Belvedere. Außerdem schien sie komplett aus Stein zu bestehen. Der beeindruckendste Anblick bot sich jedoch am Ende der Brücke.

Das Schloss, das sich materialisierte, war doppelt so groß wie das Belvedere. Es schwebte über dem Wasser und nahm fast den gesamten See ein. Im Gegensatz zur Brücke schien es nicht aus Stein zu bestehen. Ich konnte nicht einmal sagen, woraus die bunten Mauern, Türme und Balkone gemacht waren. Wenn ich hätte raten müssen, hätte ich gesagt, dass sie aussahen wie unglaublich große Opale.

»Wunderschön«, hauchte ich.

Ian verzog den Mund. »Bist du gar nicht sauer, dass es die ganze Zeit direkt vor der Nase des Rates ein magisches Domizil gegeben hat?«

Also bitte! Ich hatte schon lange den Verdacht, dass etwas Magisches im Central Park residierte. Wie ließe es sich sonst erklären, dass ein so großes Stück des teuersten Baugrunds der Welt unbebaut blieb? »Nein«, war alles, was ich sagte.

»Dann komm.« Ian streckte den Arm aus, im Gesicht den Anflug eines Grinsens. »Ich habe beschlossen, dass wir heute Abend ein streitendes Paar spielen. Das sollte keine allzu große Herausforderung für uns sein, oder?«

Ich spürte ein Lächeln an meinen Mundwinkeln. »Ich glaube, das kriegen wir hin.«

13

Wir waren fast am Ende der Brücke angelangt, als mir eine starke Böe ins Haar fuhr. Meine Haarklammer fiel heraus und wurde sofort vom Wind erfasst. Sie landete im See. Eine Sekunde später wogte die Oberfläche, als wäre ein Auto und nicht nur ein kleiner Haarschmuck hineingefallen. Ian zog mich näher, seine andere Hand verschwand in seiner Manteltasche.

»Was bringt ihn so auf?«, murmelte er.

Plötzlich legte sich, obwohl es dunkel war, ein Schatten über uns. Als ich mich umdrehte, um nachzusehen, wer ihn warf, hielt mich Ian fest. Dann hallte es wie Donner über uns:

»Arr-iii-ell?«

Mein ganzer Körper spannte sich an. Ich verstand, was der Donner sagte. Ian nicht, aber er hielt es für eine Drohung. Er drängte mich in Richtung der Türen und zog das Ende eines kleinen, aber tödlich aussehenden Dreizacks aus seinem Mantel. Die mittlere Klinge der Waffe bestand aus Silber, aber die äußeren beiden schienen aus einer Art Knochen gemacht zu sein…

»Nicht!«, rief ich, als ich die Magie schmeckte, die von jener Kreatur ausging. Ich erwischte Ians Arm gerade in dem Moment, als er zustoßen wollte. Die tödlichen Knochenspitzen des Dreizacks verfehlten die Kreatur, aber bevor Ian es noch einmal versuchen konnte, warf ich mich dazwischen. Ian senkte die dreizackige Waffe und packte mich.

»Bist du verrückt geworden? Das Ding wird dich *fressen!*«

Nein, das würde er nicht. Ich erkannte den Geschmack des Glamourzaubers, der das Furcht einflößende Geschöpf umgab. Der Zauber konnte nur von einer Quelle stammen – von mir. Und ich hatte ihn nur einer einzigen Kreatur geschenkt.

»Nechtan?«, fragte ich freudig.

Knollig aussehende Lippen verzogen sich zu einem Lachen, wobei zwei Reihen riesiger Zähne sichtbar wurden, so wie man sie bei einem Troll erwarten würde. »Arr-iii-ell!«, wiederholte er und hüpfte vor Freude auf und ab.

Wäre er wirklich so groß gewesen, wie er wirkte, hätten sich etliche der Steine der Brücke gelöst, als er sie wie ein Trampolin benutzte. Aber sie erzitterte nicht einmal, weil die Kreatur, die über uns hinwegragte, in ihrer wahren Gestalt nicht größer als ein Kind war. Der Glamourzauber konnte die Sinne äußerst effektiv täuschen, aber Steinen machte er nichts vor.

Der Griff, mit dem Ian mich festhielt, wurde nicht lockerer, aber er ließ den Dreizack sinken. »Was zum Teufel...?«, presste er hervor und ließ den Blick zwischen mir und Nechtan hin- und herspringen.

Ich war nicht imstande, eine Erklärung abzugeben, dazu war ich viel zu sehr damit beschäftigt, mich auf meinen alten Freund zu stürzen und ihn zu umarmen. Darüber fluchte Ian in drei verschiedenen Sprachen, aber das kümmerte mich nicht. Ich hatte lange befürchtet, Nechtan könnte tot sein. Und jetzt war er hier. Lebendig, in einem Stück... und machte ein verdammt gutes Geschäft mit seiner Rolle als schrecklicher Troll unter der Brücke.

»Ich dachte, ich sehe dich nie wieder!« Nechtans auch unter

normalen Umständen polternde Stimme klang wegen der Emotionen noch aufgewühlter. »Ich spürte deine Magie, als die Haarklammer das Wasser berührte, aber ich konnte es kaum glauben...«

»Psst«, unterbrach ich ihn. Nechtan sprach in einem antiken keltischen Dialekt, aber aufgrund seiner Sprachbegabung verstand Ian ihn wahrscheinlich. »Pass auf, was du sagst, mein Freund.«

Nechtan blickte zu Ian, der hinter mir stand, und entblößte knurrend die Zähne. »Ist dieser Mann dein Feind?«

»Nein«, sagte ich schnell. Er mochte klein sein oder nicht, aber wenn er wollte, war Nechtan tödlich. »Heute Abend ist er ein Verbündeter.«

Nechtan verstand es, bei meinen Worten zwischen den Zeilen zu lesen, und setzte eine wissende Miene auf. Dann fing er an, mir Küsse auf die Hände zu drücken. »Ich dachte, du bist tot, Ar... meine Freundin«, verbesserte er sich. »Bitte nimm alles Gold in diesem See als kleines Zeichen meiner Dankbarkeit dafür, dass du mich gerettet hast.«

Er war immer so nett zu mir. »Nechtan, das ist doch nicht nötig...«

»Nicht nötig?«, unterbrach Ian und kam näher. Er hatte die Spitze des Dreizacks gesenkt, hielt ihn aber trotzdem fest in der Hand. »Das Geschenk einer Fae zurückzuweisen ist eine tödliche Beleidigung. Weißt du das etwa nicht?«

Fae? Ich presste die Lippen zusammen, um nicht zu grinsen. War es das, wofür Ian ihn und die anderen hielten? Er hatte seinen Schwindel eine Stufe höher getrieben, wenn er jetzt so tat, als entstamme er einem Geschlecht von Kreaturen, die es doch nie gegeben hatte, oder?

»Verstehe«, sagte ich, so ernst ich konnte. »In dem Fall weiß ich deine Großzügigkeit zu schätzen, Nechtan.« Ich sagte nicht Dankeschön. Wenn ich mich richtig erinnerte, hieß es in den Mythen über die Fae auch, dass man sich nie bei ihnen bedanken durfte. Außerdem wollte ich Nechtans Gold später zurückgeben, wenn Ian nicht mehr in der Nähe war.

»Sie hat dir das Leben gerettet, tatsächlich?«, fragte Ian Nechtan beiläufig. »Das klingt nach einer interessanten Geschichte.«

Natürlich hatte er verstanden, was Nechtan gesagt hatte. »Ein anderes Mal«, sagte ich. »Wir haben jetzt etwas zu tun, schon vergessen?«

Ian grinste, als ob er wüsste, weshalb ich es plötzlich so eilig hatte. »Da hast du recht.« An Nechtan gewandt fragte er: »Was dieses Gold angeht, Kumpel — brauchen wir eine Kiste, um es zu tragen, oder einen Lkw?«

»Lkw«, antwortete Nechtan.

Ich wollte sofort dazwischengehen, aber Ian sagte: »Großartig, ich werde mich darum kümmern«, ging auf die Türen zu und holte währenddessen sein Handy heraus. So hatte ich einen kurzen Moment mit Nechtan, ohne dass Ian seine volle Aufmerksamkeit auf uns richtete.

Ich bückte mich tiefer, obwohl Nechtans Zauber ihn so aussehen ließ, als befänden sich seine Ohren meterweit über mir. »Ich bin jetzt eine Gesetzeshüterin bei den Vampiren«, flüsterte ich so leise ich konnte. »Ich heiße jetzt Veritas. Aber falls du mich jemals brauchst, setz dich auf die alte Art mit mir in Verbindung.«

»Eine Gesetzeshüterin?« Nechtan keuchte, und sein riesiger Körper fing an, sich zu schütteln. Es dauerte nicht lange, bis er so heftig lachte, dass ihm die Tränen herunterliefen.

Ich warf einen Seitenblick auf Ian, doch der schien sich nur auf sein Telefongespräch mit einem Mann namens Ted zu konzentrieren, der offenbar einen Lkw besaß. »Ich weiß«, sagte ich und richtete den Blick mit einem reumütigen Grinsen wieder auf Nechtan. »Das Leben führt einen manchmal auf seltsame Pfade.«

»Alles erledigt«, verkündete Ian und kehrte auf unsere Seite der Brücke zurück. »Bist du auch so weit fertig, Puppe?«

Ich knirschte mit den Zähnen. »Kleine Hüterin« war eines, aber »Puppe«? So hatte er mich bisher nur genannt, als wir uns zum ersten Mal begegnet waren und er gedacht hatte, dass ich eine seiner Huren wäre. »Klar doch, Zuckersack«, konterte ich auf dem untersten Niveau von Freundlichkeit.

Er machte große Augen, aber dann zuckte er mit den Schultern. »Wie ich sehe, übst du schon deine Rolle.«

Nechtan merkte, dass ich verärgert war. »Ist er respektlos zu dir?«, fragte er und ein leichtes Rot trat in seine Augen.

Es gab auf der Welt nur eine Art von Kreaturen mit rot glühenden Augen, und das waren nicht die mythischen Fae.

Ich fing sofort an zu husten, was ausreichte, um Nechtans Aufmerksamkeit wieder auf mich zu richten.

Er musste gemerkt haben, was ihm beinahe unterlaufen wäre, deshalb sprang er über das Brückengeländer und versank im Wasser. »Wir sprechen uns später. Fürs Erste, Leb wohl... Veritas.«

»Leb wohl, mein Freund«, sagte ich und wartete, bis er vollständig unter der dunklen Oberfläche des Sees verschwunden war. Als man ihn nicht mehr sehen konnte, wandte ich mich zu Ian und setzte ein breites Grinsen auf.

»Ja«, sagte er langsam und verzog die Lippen zu einem Lächeln. »Heute scheint unser Glückstag zu sein.«

Sein Blick gefiel mir nicht. Außerdem wollte ich ihm nicht noch mehr Zeit geben, über das nachzudenken, was gerade geschehen war. Darüber hinaus war ich nicht wenig über die Waffe erschrocken, die er mitgebracht hatte. Die silberne Zacke in der Mitte des kleinen Dreizacks verstand sich von selbst, aber wo in aller Welt hatte Ian die beiden Dämonenknochen her, die sich links und rechts davon befanden?

Oh, Moment mal, mir war, als wüsste ich es.

Ian würde seine extrem seltene, tödliche Waffe verstecken müssen. Es konnte sein, dass wir im Innern keinen Dämonen begegneten, aber falls doch, wäre keiner von ihnen besonders erbaut, wenn er eine Waffe erblickte, die imstande war, ihn zu töten. Insbesondere, weil ein notwendiger Teil davon aus Knochen bestand, die dem Körper eines anderen Dämons entstammten.

»Pack deinen Dreizack weg, Ian«, sagte ich, ohne mein falsches Lächeln aufzugeben. »Wir sind hier, um Party zu machen, schon vergessen?«

14

Sobald wir die Schwelle des Schlosses überschritten, spürte ich eine Welle von Magie, die über mich hinwegfuhr und dann schnell verschwand. Ich fragte mich, wozu das gut sein sollte, aber da zog Ian sein Handy heraus und knurrte. »Das hatte ich mir doch gedacht. Jetzt ist der Akku leer.«

Aha – weitere Sicherheitsmaßnahmen. Niemand sollte durch Fotos oder Handyvideos belastet werden. Außerdem war das Fehlen funktionierender Handys unserer Sache dienlich. Jetzt konnte Dagon keinen Anruf von einem Freund entgegennehmen und dann hier aufkreuzen, um uns zu überraschen.

Im Innern kam alles Licht von Kugeln, die entweder stationär in der Luft schwebten oder herumflogen und die Formen verschiedener Tiere, Vögel und fantastischer Kreaturen annahmen. Als wir das riesige Foyer betraten, schwirrten die Kugeln vor uns herum und bildeten einen Drachen. Er öffnete sein Maul, und es strömten weitere hell leuchtende Kugeln heraus, die Feueratem simulierten; danach zerplatzte das wunderschöne Bild, die Kugeln verteilten sich neu und formten andere Gebilde.

Außerdem gab es im ganzen Raum Springbrunnen. Zu jedem gehörte eine Wassernymphe, die wie ein lebendiger Wasserspeier in der Mitte der Brunnen stand. Die Nymphen veränderten ihre Erscheinung, wenn jemand an ihnen vorbeiging, und formten aus Wasser wunderschöne Männer, Frauen, Meeresbewohner oder Kombinationen aus allen dreien. Die Kunstfertigkeit der Nymphen war verblüffend, aber Wassernymphen waren ebenso gefährlich wie faszinierend.

Falls ein Mensch den Fehler machte, eine davon zu berühren, musste er ertrinken. Eine Berührung reichte, und schon sprangen die Wassernymphen in den Körper dessen, der sie berührte. Vampire und Ghule konnten es überleben, tagelang Wassermassen auszuspucken, bis sie die Nymphe schließlich wieder los waren, aber ein Mensch konnte das nicht.

Dennoch sprachen die Nymphen den Teil von mir an, der eine einzigartige Verbindung mit Wasser hatte. Wenn ich mich konzentrierte, konnte ich die Energie spüren, die sie ausstrahlten, wenn sie das Wasser in jede Form brachten, die ihnen beliebte. Diese Energie lockte mich und lud mich dazu ein, bei ihren Künsten mitzuwirken.

Ich musste sie zu lange angestarrt haben, denn Ian nahm meinen Arm, um mich auf sich aufmerksam zu machen. Ich löste den Blick von den Nymphen und sah, dass er mich schief anschaute. »Du weißt, dass du keine berühren darfst, ja?«

»Ja.« Aber es konnte kein Zufall sein, dass sie überall im Schlossfoyer verteilt waren. Jemand, der sich mit Magie nur wenig oder gar nicht auskannte, würde sich leicht von den wundersamen Nymphen faszinieren lassen. Es musste eine weitere Sicherheitsmaßnahme des Schlosses sein. Der Unsichtbarkeitszauber und Nechtans magischer Brückenzoll reichten vielleicht aus, um unschuldige Menschen draußen zu halten, aber Letzteres zielte auf Leute wie mich ab. Die meisten Gesetzeshüter, Vollstrecker und Vollstrecker in der Ausbildung wussten wahrscheinlich nicht, dass man eine Wassernymphe nicht anfassen durfte.

Ich hatte normalerweise etwas gegen Magie, die Leute schädigen konnte, aber die Wassernymphen töteten nicht aus Bosheit. Wenn man sie berührte, konnten sie die Übertragung nicht aufhalten. Sie zu bestrafen wäre ebenso sinnlos wie eine Venusfliegenfalle dafür zu bestrafen, dass sie ein Insekt verspeiste.

Als ich mich umdrehte, sah ich, dass die Nymphe, die ich angestarrt hatte, meine Gestalt genau kopierte. Ich lächelte, dann ließ ich eine Ranke meiner Energie los und kräuselte sanft das Wasser rings um die Nymphe. Deutlicher konnte ich meine Zuneigung nicht zeigen. Ian bemerkte nicht, dass ich mit meiner Energie das Wasser bewegt hatte. Er war zu sehr damit beschäftigt, an meinem Arm zu zerren.

»Komm schon, Schatz. Die meiste Action passiert in den nächsten Räumen.«

Zuerst »Puppe«, jetzt »Schatz«. Ich knirschte mit den Zähnen, zwang mich dann aber dazu, mich zu entspannen. Er durfte mich so nennen, weil Veritas oder »kleine Hüterin« unnötige Aufmerksamkeit erregt hätte. Ihn bei *seinem* Namen zu nennen war nichts, worüber ich mir Sorgen machen musste. Wir wollten schließlich, dass die Leute erfuhren, wer er war. Genau zu diesem Zweck waren wir heute Abend hergekommen.

»Action klingt gut.« Obwohl ich versucht hatte, mich zu entspannen, klang meine Stimme gereizter, als ich beabsichtigt hatte. Andererseits verlangte die Rolle, die wir spielten, dass wir uns zankten.

Ian führte mich durch den Raum mit den Springbrunnen in einen anderen Raum, der wie eine erotische Version des Gartens Eden wirkte. Wände und Decke waren von Ranken, Ästen und

Blumen bedeckt, und diese bildeten auch das Mobiliar. Viele der Leute, die sich hier entspannten, hatten sich dem Gartendekor angepasst und waren nur mit Blättern und Blüten bekleidet. Dabei hatte Ian gesagt, dass hier förmliche Abendgarderobe angesagt war.

Ein Stöhnen lenkte meine Aufmerksamkeit nach oben. Lange, dicke Büschel weißer und lavendelfarbener Glyzinien hingen von der hohen Decke. Aus einigen der größeren Büschel ragten Arme, Beine und andere Körperteile hervor. Ein Magier oder eine Hexe musste die Glyzinienbüschel so verzaubert haben, dass darin jeder schweben konnte. Manche hatten sich diesen Vorteil zunutze gemacht und liebten sich mit einer Inbrunst, die mich nur hoffen ließ, dass keiner von ihnen menschlicher Natur war. Falls sie sich zu weit von den Anti-Schwerkraft-Büscheln entfernten, konnten sie sich beim Sturz verletzen.

»Geh weiter«, sagte Ian, obwohl seine Brauen zweideutig zuckten, als wir an einem anderen Glyzinienbüschel vorbeigingen, in dem es mindestens drei Leute miteinander trieben. »Es sei denn, du wirst langsamer, weil du möchtest, dass wir mitmachen?«

Ich warf ihm einen wütenden Blick zu und beschleunigte mein Tempo. »Nein.«

Er sah mich forschend an, während wir den Raum durchschritten. »Was ist *dein* erotischer Zeitvertreib? Mencheres hat gesagt, dass du fast nie Vampire vögelst, was ich beim besten Willen nicht verstehen kann. Ghule sind wilde Liebhaber, ja, aber sie haben keine Reißzähne, und deshalb hast du nur den halben Spaß. Menschen sind lecker und ein Genuss, aber sie machen so schnell schlapp, außerdem wird sie jemand, der so stark ist wie du, beim Orgasmus wahrscheinlich zerquetschen ...«

»Hältst du wohl die Klappe?«, bellte ich. Mit seiner letzten Bemerkung war er der Wahrheit zu nahe gekommen.

Er zog mich zurück, als ich versuchte, ihn zu überholen. »Was denn sonst?«, fuhr er fort, als ob ich nichts gesagt hätte. »Eine Mischung von Ghulen, einem Vampir dann und wann und batteriebetriebenen Geräten?«

Damit kam er der Wahrheit auch diesmal näher, als mir lieb war, weshalb mein Tonfall noch schneidender wurde. »*Das* möchtest du wohl wissen!«

Seine türkisfarbenen Augen liefen smaragdgrün an. Dann drängte er mich zur nächsten Wand. »Könnte sein.«

Ich wusste nicht, was seine abrupte Verhaltensänderung verursacht hatte, aber ich blieb stehen, um ihn aufzuhalten. Sofort hob er mich hoch. Ich dachte kurz darüber nach, ihm für seine Frechheit eine Delle in den Schädel zu schlagen, aber dann beschloss ich abzuwarten, um zu sehen, was er vorhatte. Vielleicht wollte er nur unseren Streit und eine körperliche Auseinandersetzung zwischen uns mimen. Ich hatte allerdings das Gefühl, dass es ernster war.

»Was ist es denn sonst, falls ich mit meinen anderen Vermutungen falschliege?«, murmelte er und kam so dicht an mich heran, dass sich unsere Körper auf voller Länge berührten. Dann beugte er sich herunter, bis seine Stirn meine Stirn berührte. »Dämonen? Es heißt ja, dass man mit ihnen ein höllisches Vergnügen hat.«

Es gefiel mir überhaupt nicht, hochgehoben und an eine Wand gedrückt zu werden. Einem anderen Mann, der mich so behandelte, hätte ich einen so kräftigen Kopfstoß verpasst, dass sein Schädel geplatzt wäre. Aber aus Gründen, die nichts damit zu tun hatten, dass wir nicht aus unseren Rollen fallen durften, zerschmetterte ich Ian nicht den Kopf, trat ich ihm nicht so fest auf den Fuß, dass er brach, rammte ich ihm kein Loch in den Brustkorb und tat auch sonst nichts Gewalttätiges. Stattdessen zog ich mit einem Verlangen, das ich mir selbst nicht erklären konnte, die Finger neckisch über Ians Brustkorb.

»Was interessiert es dich, mit wem oder was ich Sex habe? Du bist nicht verführerisch genug, um jemals infrage zu kommen, weshalb interessierst du dich dann für den Rest?«

Ich bedauerte sofort, es ausgesprochen zu haben. Es war eine unverhohlene Herausforderung – und Ian liebte Herausforderungen. In seinen Augen leuchteten smaragdgrüne Flammen, und seine Umarmung wurde fester. Ich wand mich, aber nicht annähernd so sehr, wie es mir möglich gewesen wäre, wenn ich ihm wirklich hätte entkommen wollen. Stattdessen drängte ich mich bei meinen Versuchen nur noch verführerischer an ihn.

Er blähte die Nüstern. O ja, er wusste, wie ich mich verhielt, wenn ich mich wirklich aus dem Griff eines anderen befreien wollte. Unser erster Kampf hatte Ian schließlich unmissverständlich klargemacht, wie ich reagierte, wenn ich wirklich freikommen wollte.

Schon bald war es nur noch ein Hauch, der unsere intimsten Körperteile voneinander trennte. Ein Zentimeter mehr, dann hätten sie sich berührt. Ich merkte, dass ich tief einatmete, um seinen Duft zu spüren. Er blickte nach unten, als ob er mir zu verstehen geben wollte, dass er darüber nachdachte, jenen Raum, der uns trennte, zu überbrücken. Er tat es aber nicht. Stattdessen leuchteten seine Augen noch strahlender grün, als sein Mund sich herabsenkte, bis er mein Ohr berührte.

»Und wenn ich dir jetzt sagen würde, dass ich fest entschlossen bin, dich davon zu überzeugen, mich zum Liebhaber zu nehmen?«

15

Als mich der Atem seiner Worte berührte, fühlte es sich an, als würden Federn über meine Haut streichen. Seine Hände lagen auf meinen Armen und massierten sanft die Druckpunkte in den weicheren Bereichen meines Körpers. Ich hätte nicht gedacht, dass Arme erogene Zonen sind, aber jede Berührung erzeugte angenehme Schauer, die mich weit über meine Gliedmaßen hinaus erfassten.

Ich sollte ihm befehlen, sich von mir zu entfernen. Auf der Stelle. Aber das Einzige, was ich herausbrachte, war ein Hauchen: »Solltest du jetzt nicht mit mir kämpfen, anstatt zu versuchen, mich zu verführen?«

Sein leises Lachen kitzelte mein Ohr an allen richtigen Stellen. »Wer sagt denn, dass ich nicht beides kann?«

Meiner körperlichen Reaktion darauf vertraute ich nicht. Es war auch nicht dienlich, dass seine zarten Berührungen und die Kontakte mit seinem Mund mein Verlangen immer mehr anheizten. Es dauerte nicht lange, bis ich es gerade noch fertigbrachte, meine Hände bei mir zu behalten, anstatt sie ihm auf den Rücken zu legen, um ihn näher heranzuziehen.

»Hör auf mit den Spielchen.«

Ich wollte schneidend klingen, aber es gelang mir wieder einmal nicht. Was herauskam, klang fast wie ein Schnurren. O ihr Götter, war es denn wirklich schon so lange her, seit ich mir ein bisschen Spaß gegönnt hatte, dass es nötig war, mich jetzt ausgerechnet dem gefährlichsten aller Freudenspender hinzugeben?

»Wenn du mich aufhalten willst, dann tu es«, murmelte er, bevor ich die Berührung seiner Reißzähne an meiner Kehle spürte. Hätte mein Herz noch schlagen können, hätte es jetzt zu rasen begonnen. Meine Lage war brandgefährlich. Aber weshalb wollte dann ein unverantwortlicher Teil von mir den Kopf in den Nacken legen, damit er besser herankam?

»Sag nein«, fuhr er fort. »Oder schubs mich weg, dann höre ich auf.« Sein Tonfall wurde dunkel und verheißungsvoll. »Aber wenn du weder das eine noch das andere tust, werde ich absolut nicht aufhören.«

Bei jedem Wort berührte er mit den Lippen meine Haut. Ich zitterte, und als er es spürte, traf mich sein keuchender Atem. Sein Duft veränderte sich und wurde zu einer intensiveren, luxuriösen Mischung aus Karamell und Cognac. Ich schwelgte darin, bis meine Brust sich an seine schmiegte. Er keuchte leise und drängte sich an mich, bis nichts mehr zwischen uns war. Alle meine Nervenenden vibrierten, als er seine Hüften gegen meine presste. Dann rieb er sich langsam so an mir, dass er meine empfindlichsten Stellen berührte und ich unweigerlich stöhnte.

Er packte mich fester, und seine Lippen schlossen sich über meinem Hals. Ich stöhnte erneut, als ich seine glatte Zunge spürte, dann stieß ich ihn panisch zurück, als ich den Druck seiner Reißzähne spürte.

»Nein!«

Er stoppte, und ich spürte eine niederschmetternde Erleichterung, als er den Kopf hob. Sämtliche Alarmglocken schrillten, als sich die sinnliche Vernebelung auflöste, in der ich mich verloren hatte. War ich verrückt geworden? Die Antwort lautete offensichtlich Ja.

Ian starrte mich an, er kam nicht näher, zog sich aber auch nicht weiter zurück. Ich bemühte mich, meine verlorene Selbstkontrolle wiederherzustellen, und sah ihn so streng an, wie ich nur konnte. »Ich glaube, jetzt haben wir für heute Abend lange genug das Liebespaar gespielt.«

Er verzog die Lippen. »Gespielt? Wie seltsam. Mir war, als hätte ich in den letzten Minuten zum ersten Mal dein wahres Ich gesehen.«

Ich war nicht bereit, die Augen von ihm abzuwenden, aber ich hätte es so gern getan. Sein wissender Blick fühlte sich genauso intim an wie jenes langsame, intensive Reiben an meinem Unterleib. Er hatte recht – ich war viel zu sorglos gewesen und hatte mich hinreißen lassen. Hätte er mich mit seinen geschickten Händen und seinem Mund nur noch etwas länger berührt, hätte ich vielleicht unwillentlich mein Geheimnis offenbart.

Nein, ich war nicht zu überheblich einzugestehen, wenn ich geschlagen war, doch es war Ian geradezu lächerlich leichtgefallen, meine Selbstkontrolle zu überwinden. Aus Gründen, die nichts mit Gesundheit oder Selbsterhaltung zu tun hatten, fühlte ich mich wahnsinnig zu ihm hingezogen. Jetzt wusste er es mit Sicherheit. Ich musste dafür sorgen, dass er das Interesse daran verlor, mich zu verführen. Wenn ich mich auf meine eigene Selbstkontrolle nicht verlassen konnte, dann musste ich auf seine vertrauen. Ian hatte ein paar wunde Punkte, aber es gab eine Sache, mit der ich ihn so verletzen konnte, dass er mich nie wieder anfasste.

III

»Mein wahres Ich ist dieselbe Person, die ihren Beitrag geleistet hat, als das Kind deines besten Freundes ermordet wurde, erinnerst du dich?«

Jedes Wort klang so kalt wie der Befehl des Rates, als er ausgesprochen wurde. Ich brachte jene, die für ihren Tod gestimmt hatten, nur deshalb nicht sofort um, weil ich das Vertrauen der Ratsmitglieder brauchte, um später dem Kind und anderen wie ihm helfen zu können. Aber das wusste Ian nicht. Seine Miene verhärtete sich und brachte all die Wut zum Ausdruck, die auch ich empfunden hatte, als mein Protest vor dem Rat auf taube Ohren gestoßen war. Dann wurde sein Griff fester, bis es wehtat.

Diesmal versuchte ich wirklich, mich von ihm zu befreien. Es war unglaublich, aber seine Stärke war der meinen ebenbürtig. Dann blockierte er das Knie, mit dem ich auf seinen Unterleib zielen wollte, indem er seine Beine wie einen Schraubstock um mich legte.

»Lass mich los«, verlangte ich.

»Nein.«

Jetzt drängte er sich mit brutaler Kraft statt mit sinnlichem Verlangen an mich. Er drückte sogar meinen Kopf mit seinem Kopf an die Wand, sodass ich nicht ausholen und ihn mit einem Kopfstoß bewusstlos schlagen konnte. Ich hätte ihn nur noch beißen können, aber das wäre katastrophal geworden, weil er mich auf jeden Fall zurückgebissen hätte.

»Frierst du nicht die Zeit ein, um mich aufzuhalten?«, flüsterte er leise und wütend. »Du kannst es nicht, oder? Es gibt hier zu viele wahre Hexen und Hexenmeister, die gegen diesen Trick immun sind. Wenn sie sehen würden, was du tun kannst, würden sie allen anderen von deinen Kräften erzählen. Und weil du deine Arme nicht bewegen kannst, kommst du auch nicht an deine Waffen. Deshalb hast du keine andere Wahl, als mir meine Fragen zu beantworten.«

Ich hatte ihn zu sehr provoziert. Er hatte gesagt, dass er keinen Zauber verwenden wollte, um mir mein Geheimnis zu entlocken, aber die Person, die das versprochen hatte, konnte ich in seinem Blick nicht mehr wiedererkennen. Jetzt war da nur jemand, den ich mit dem angeblichen Tod des Kindes seiner Freunde provoziert hatte, und er kannte keine Gnade.

»Ian, tu es nicht«, fing ich an.

»Ich befehle dir bei dem Zauber, der uns verbindet, mir zu sagen, ob du ein Dämon bist, der den Körper, in dem du dich befindest, in Besitz genommen hat«, fiel er mir ins Wort.

Der Zauber wurde sofort aktiv. In mir glühten Todesqualen, die mit jeder Sekunde, die ich nicht antwortete, stärker wurden. Selbst wenn man Lava in mich hineingepumpt hätte, wäre der Schmerz nicht so groß gewesen. Meine Beine gaben nach, und ich sackte zusammen, als meine Knochen, wie zuvor befürchtet, schneller verrotteten, als sie heilen konnten. Nur Ians fester Griff verhinderte, dass ich zu Boden ging.

»Nein.« Meine Stimme klang gequält, als mir die Antwort entrissen wurde. »Dieser Körper gehört mir und niemandem sonst.«

Weil es der Wahrheit entsprach, linderte sich der Schmerz augenblicklich. Trotzdem dauerte es einen Moment, bis ich wieder zu Kräften kam, obwohl meine Knochen sofort zu heilen begannen. *Dank sei allen Göttern über und unter der Erde, dass Ian nicht eingefallen war, die richtige Frage zu stellen.*

»Wie ist das möglich?«, fragte er schroff. »Du hast weitaus größere Kräfte, als ein normaler Vampir sie haben dürfte. So etwas habe ich vorher nur ein einziges Mal erlebt, als ein uralter Dämon gleichzeitig in mehrere meiner Freunde fuhr.«

Ein Dämon, der so stark war, dass er von mehreren Personen gleichzeitig Besitz ergreifen konnte, war *allerdings* beeindruckend, aber das war nicht mein Geheimnis.

»Du hast nur noch einen Befehl übrig«, sagte ich und versuchte dabei immer noch, aus eigener Kraft zu stehen. »Und wir haben noch viel vor uns. Willst du ihn wirklich damit verschwenden?«

Er starrte mich an, als hätte ich ihn schon wieder zu sehr provoziert. Ich spannte mich an und war bereit, drastische Maßnahmen zu ergreifen, falls sich abzeichnen sollte, dass ihm die Worte »Ich befehle« von den Lippen kamen. Aber stattdessen rückte er so abrupt von mir ab, dass ich froh war, noch an der Wand zu lehnen. Sonst wäre ich hingefallen.

»Nein, das will ich nicht«, antwortete er, aber sein leichter Tonfall entsprach nicht seinem beunruhigend düsteren Blick. »Und jetzt wollen wir den anderen eine Szene hinlegen, damit sich bis zu Dagon herumspricht, dass wir hier gewesen sind.«

16

Ich begriff schnell, weshalb Ian gewollt hatte, dass wir in eleganter Abendgarderobe herkamen. In den meisten Räumen des Schlosses ging es um skurrile oder erotische Formen der Unterhaltung, aber es gab einen Raum, in dem man das Vergnügen sehr geschäftsmäßig betrieb.

Es war der Casinosaal, in dem es um hohe Einsätze ging. Vampire, Hexen, Magier und Hexenmeister spielten magische Versionen von Craps, Roulette, Blackjack, Poker und anderen Glücksspielen. Ein paar Köpfe hoben sich, als Ian und ich hereinkamen, aber die meisten Spieler sahen nicht auf. Ich konnte nachvollziehen, weshalb sie sich in ihrer Konzentration nicht stören ließen. Auf den magischen Coupons, die über den Tischen schwebten, prangten so große Summen, dass es idiotisch gewesen wäre, sich vom Spiel ablenken zu lassen, nur um ein paar neue Gäste abzuchecken.

Mehrere glamourös aussehende Männer und Frauen reichten auf Tabletts Getränke und Hors d'œuvres, während andere die in diesem Schloss verwendeten magischen Spielchips anboten. Wir hatten kaum den Raum betreten, als ein Diener im Smoking zu uns kam und sich verbeugte.

»Darf ich Ihnen dabei behilflich sein, Ihre Barschaft in Coupons umzutauschen, Madame et Monsieur? Ich möchte Sie daran erinnern, dass der Mindestbetrag beim Kauf von Coupons 200 000 Dollar beträgt.«

Mir traten die Augen aus den Höhlen. Ich stammte aus einer Zeit, in der ganze Länder über weniger Kapital verfügten, aber Ian blieb unbeeindruckt.

»Wir fangen mit dem hier an«, sagte Ian und zog einen prall gefüllten Beutel aus der Tasche. Dann schüttete er seinen Inhalt in die weiß behandschuhte Hand des Dieners. Ich machte große Augen, als die Diamanten, Rubine und Smaragde herausfielen. Der Diener musste schon bald beide Hände benutzen, um den ganzen Schatz auffangen zu können.

Jetzt wurde uns mehr Aufmerksamkeit geschenkt. Ian grinste ein wölfisches Grinsen, als Leute anfingen, gierige Blicke auf seinen Juwelenhaufen zu werfen. »Davon gibt es noch jede Menge mehr, falls einer von euch die Eier hat, mich zu schlagen und es zu gewinnen.«

Männer! Irgendwie landeten sie immer wieder bei ihren Genitalien.

»Ian!« Die traurige weibliche Stimme fesselte sofort meine Aufmerksamkeit. Eine wunderschöne, juwelenbehängte Frau mit tintenschwarzem Haar und hellbrauner Haut ging auf Ian zu. Ihr folgten drei Männer, die im Gegensatz zu ihr alles andere als glückliche Gesichter machten.

»Ananya.« Ian küsste sie auf beide Wangen und dann auf die Lippen, weil sie ihre Lippen auf seinen Mund drückte, als er sich gerade wieder von ihr lösen wollte.

Ich knirschte mit den Zähnen. Diese Frau hatte Glück, dass ich heute Abend nur *vortäuschte*, Ians Gefährtin zu sein. Wäre es nicht nur eine Camouflage gewesen, hätte ich ihr eine blutige

Lippe dafür verpasst, dass sie ihren Mund auf seinen pflanzte. Und er hätte dafür, dass er ihren Kuss erwiderte, danach beim Gehen gehumpelt.

Allem Anschein nach konnte ich doch so besitzergreifend wie Vampire sein. Dabei heißt es doch, dass man alten Hunden keine neuen Tricks mehr beibringen kann...

»Ananya, du bist so reizend wie immer«, versicherte ihr Ian, als er endlich seine Lippen von ihr löste.

Dunkle Rehaugen blickten kurz in meine Richtung, dann richtete Ananya ihre Aufmerksamkeit wieder auf Ian. »Genau wie du, Darling, und wie ich sehe, hast du immer noch einen makellosen Geschmack. Deine Neuerwerbung ist einfach hinreißend.«

Neuerwerbung? Ich verschränkte die Arme hinter meinem Rücken, damit man nicht sehen konnte, dass ich gerade die Fäuste ballte. Noch schlimmer war, dass Ian mit einem wissenden Unterton lachte. »Ich sammle nur die besten. Und du? Wer sind all die feinen, neuen Burschen, die du im Schlepptau hast?«

Sie schnippte mit den Fingern, und sie traten vor. »Darf ich vorstellen: Hans, Steven und Amir. Jungs, das hier ist Ian. Und dein Spielzeug heißt...?«

Das reichte. Ich ging weg, ohne mich noch einmal umzusehen. Ian sollte sich ruhig ohne mich an seine Exgeliebte ranschmeißen. Ich beschäftigte mich damit, den restlichen Raum zu erkunden.

Im Gegensatz zu den anderen Zimmern im Schloss waren die Wände hier dunkel, ebenso die Fußböden und die Decke. Dicke, luxuriöse Vorhänge hingen vor Wandnischen, aus denen gedämpftes Stöhnen drang, was darauf schließen ließ, dass dort Transaktionen auf persönlicheren Ebenen durchgeführt wurden. Die Luft war gesättigt mit dem Duft von Zigarrenrauch, Parfüm, Gier, Verzweiflung, Triumph und Sex. Ich fand die Mischung nicht besonders anziehend, deshalb hörte ich nach einem Probeschnuppern auf, die Witterung von Leuten zu suchen, die ich noch von früher kannte, als ich regelmäßig an Orten wie diesem zu Gast gewesen war.

Ich lief bis in den entferntesten Winkel des Raums. Ein Samtvorhang blockierte den Zugang zum nächsten Raum. Man hörte Stimmengemurmel, und ich wollte gerade einen Blick hineinwerfen, als eine bleiche Hand auf meinem Arm landete.

»Das Spiel ist nicht für dich, Süße.«

Ians neuester Kosename für mich machte mich noch wütender als sein Versuch, mir zu sagen, was ich tun sollte. »Warum nicht?«, fragte ich mit allem Verdruss, den ich empfand. *Wir wollten doch als streitendes Paar auffallen.*

»Weil ich dich nicht für jemanden halte, der gern den Drachen jagt«, sagte er affektiert. »Oder irre ich mich?«

Mir war klar, dass er den Slangbegriff für Drogenkonsum verwendete, aber aus dem angrenzenden Raum waren keine Herzschläge zu hören. Ian konnte nur eines meinen. »Da drinnen trinken Vampire mit Drogen versetztes Blut?«

Ians Griff wurde fester, und viele Köpfe drehten sich nach uns um. Vermutlich hatte mein Abscheu vor dem Roten Drachen — wie man mit Drogen versetztes Blut normalerweise nannte — meine Stimme lauter werden lassen.

»Erinnere dich an meinen ersten Befehl«, sagte Ian leise. »Du bist ausschließlich als Partygast hier.«

Ich wurde noch wütender. Diesmal war nicht seine Überheblichkeit schuld daran. Im Gegensatz zu Menschen konnten sich Vampire nicht an den üblichen Wirkstoffen, Pflanzen oder

Chemikalien berauschen. Es gab nur eine einzige Substanz, die stark genug war, um uns high zu machen, und die meisten Vampire hatten keine Ahnung, worum es sich dabei handelte. Aber ich wusste es. Ian hatte recht – ich durfte mich bei meiner Reaktion nicht von meiner Rolle als Gesetzeshüterin beeinflussen lassen, und das hatte nichts mit Ians magischem Befehl zu tun.

»Im Gegenteil«, sagte ich so laut, dass man es im ganzen Raum und auch in dem abgetrennten Raum hinter den Vorhängen hören konnte. »Ich liebe den Roten Drachen nicht nur, ich kann auch jeden Vampir hier unter den Tisch trinken, und ich wette jeden Coupon, den du hast, darauf, dass ich das beweisen kann.«

Ian wollte eine Szene, die sich auf jeden Fall bis zu Dagon herumsprechen sollte? Die konnte ich ihm liefern.

In Ians Augen blitzten wütende Funken. »Sie tut so, als hätte sie das Recht, mein ganzes Geld auszugeben«, rief er in einem künstlich jovialen Tonfall. »Wie jede Frau und jeder Mann, mit denen ich jemals ein Date hatte.«

Seine Antwort sorgte für Gelächter und mitfühlendes Murren, und zwar so laut, dass es sein weitaus leiseres Zischen übertönte. »Bist du verrückt?«, fragte er mich.

»Ich weiß, was ich tue«, zischte ich ebenso leise zurück. »Du musst einmal im Leben jemand anderem so vertrauen wie dir selbst. Bitte«, fügte ich hinzu und benutzte das Wort zum ersten Mal ihm gegenüber.

Die Härte in seinem Blick legte sich nicht, als der Diener mit einem großen Tablett voller unterschiedlich gefärbter Coupons zurückkehrte. Da verzog Ian den Mund, nahm dem Diener das Tablett ab und hielt es sich über den Kopf.

»In Ordnung, Freunde, ich setze alles auf diesem Tablett darauf, dass die entzückende Dame hält, was sie verspricht.«

Mehrere Vampire ließen sich sofort ihren jeweiligen Kontostand auszahlen. Schon war Ian von Leuten umgeben, die auf seine extravagante Wette eingingen. Es war nicht überraschend, dass fast alle gegen mich wetteten.

Das Spiel konnte beginnen.

17

Als ich zu trinken begann, saßen achtundzwanzig Konkurrenten mit mir am Tisch. Eine Stunde später waren es dreizehn. Eine Stunde danach nur noch sechs. Momentan waren es nur noch zwei, und einer von ihnen hing mit so viel Schlagseite in seinem Stuhl, dass sich seine Freunde auf beiden Seiten aufgestellt hatten, damit er aufrecht sitzen blieb.

Ich stützte mich auf beiden Armen ab, weil ich nach meinem letzten Drink zu der Überzeugung gelangt war, dass aufrechtes Sitzen überbewertet wird. Aber Dutzende Kristallgläser waren vor mir zu einem Miniaturschloss aufgebaut. Die Diener hatten meine leeren Gläser nach jedem Drink kreativ aufgetürmt.

»Mählich sollstaba nüber sein«, lallte Andrew, der Vampir mit der schweren Schlagseite. Dann schwenkte er den Finger in meine Richtung. »W… alt bissu?«

Die Besoffenensprache beherrschte ich fließend, deshalb wusste ich, was er meinte. »Gehört sich nich, eine Dame nach ihrem Alter zu fragen«, sagte ich und achtete darauf, so zu nuscheln, dass niemand Verdacht schöpfte. »Un hör auf, Zeit zu schinden. Du bist dran.«

Andrew warf einen finsteren Blick auf das volle Schnapsglas, das vor ihm stand. »'asse dich«, sagte er zu ihm, dann hob er es hoch. Er verfehlte seinen Mund und das Blut spritzte ihm auf die Wange. Er schnitt eine Grimasse, als es sich über seinen vorher makellosen Smoking ergoss, dann ließ er sich das neue Glas geben, das ihm ein Diener rasch eingeschenkt hatte.

Ich beobachtete ihn mitleidig, aber ohne mir ernsthafte Sorgen zu machen. Vampire konnten sich nicht zu Tode saufen. Andrew würde morgen garantiert einen furchtbaren Kater haben, aber ich hoffte, dass er in Zukunft genau überlegen würde, ob er jemals wieder Roten Drachen trinken sollte.

Ian beobachtete weder Andrew noch den anderen, übrig gebliebenen Konkurrenten. Er beobachtete mich, so wie er es die ganze Zeit über getan hatte. Noch schlimmer war, dass seine Aufmerksamkeit meiner Meinung nach nichts damit zu tun hatte, dass er sich wegen der gewaltigen Summe sorgte, die er auf mich gesetzt hatte. Wir tauschten kurz einen Blick, aber dann sah ich rasch woandershin. Er schaute mich so an, als würde er nach und nach alle meine Geheimnisse entschlüsseln.

Ich hatten nicht bemerkt, dass Ian seinen Standort auf der anderen Seite des Tisches verließ, spürte aber, dass er näher kam. Seine Aura strömte über mich hinweg. Sie war auch noch unter all diesen Leuten deutlich zu spüren und wurde immer stärker. Hinter meinem Stuhl blieb er stehen. Dann strichen seine Hände über meine Schultern.

Seine Kraft ließ meine Haut lustvoll vibrieren. Ich unterdrückte ein Stöhnen, als ich mich zurücklehnte, denn ich musste unwillkürlich näher an ihn heranrücken. Aber das war nicht meine Schuld, dachte ich. Schuld war all der Rote Drache, den ich getrunken hatte. Deshalb fühlte sich auch jede Berührung seiner Hände wie ein Zauber an, dem ich immer mehr verfiel.

Seine Finger rutschten unter die dünnen Träger meines eisblauen Kleides, und er knetete meine Schultern, bis alle Spannung aus ihnen herausgeflossen war. Dann streichelte er meinen Nacken, bis ich mich gerade noch davon abhalten konnte, mich wie eine Katze an ihm zu reiben. Vielleicht sah es wie eine einfache Rückenmassage aus, doch es fühlte sich weitaus intimer an. In einer anderen, ungestörten Umgebung hätte man es durchaus als Vorspiel betrachten können.

Shayla, die sich selbst zur Schiedsrichterin dieses Wettbewerbs ernannt hatte, blickte Andrew leidenschaftslos an. »Du hast jetzt noch eine Minute, um auszutrinken, sonst hast du verloren.«

Diese schroffe Ankündigung traf meine Nerven wie ein Eimer eiskaltes Wasser. Ich schüttelte Ian ab und war froh, dass er mich losließ und zurückwich. Jetzt konnte ich wieder klar denken. Andrew warf einen feindseligen Blick auf die Schiedsrichterin. Oder versuchte es zumindest. Ich hatte schon müde Welpen gesehen, die bedrohlicher wirkten. »Geht los«, stammelte er und kippte sich den Inhalt des Glases in den Mund.

Die Menge, die sich um den Tisch versammelt hatte, fing an zu klatschen. Das hörte auf, als Andrew die Augen verdrehte und mit dem Gesicht voran in sein Schloss aus umgedrehten Schnapsgläsern fiel. Seine Freunde zogen ihn sofort hoch und versuchten ihn wachzurütteln. Andrew war, wie man so sagt, ausgezählt.

»Aus«, verkündete Shayla Augenblicke später und nickte den wartenden Dienern zu. »Bringt ihn weg.«

Lyndsay, meine einzige verbliebene Widersacherin, warf einen hoffnungsvollen Blick auf die Coupons, die ein paar Zentimeter über dem Tisch wirbelten. Dann warf sie einen finster entschlossenen Blick auf das Glas, das vor ihr stand. Beim ersten

Versuch verfehlte sie es, aber beim zweiten Mal bekam sie es zu fassen. Dann kippte sie das drogenversetzte Blut in einem einzigen Schluck runter.

Jubel brandete auf, aber ich war eher schockiert als beeindruckt. Ihr Götter, wie viel Roten Drachen musste Lyndsay jahrelang getrunken haben, um so viel davon vertragen zu können! Ich hoffte nur, dass sie nicht ahnte, woher er stammte. Hoffentlich tat das keiner von ihnen. Denn falls sie es wussten und es trotzdem noch regelmäßig soffen ... Es hatte jedenfalls einen Grund, weshalb drogenversetztes Blut illegal war.

»Du bist dran«, sagte Lyndsay und knallte ihr Schnapsglas auf den Tisch.

Ich nahm mein Glas und achtete darauf, keine allzu präzisen Bewegungen zu machen. Dieser Schnaps wirkte auf mich jedoch nicht annähernd so berauschend, wie er es getan hätte, wenn ich eine normale Vampirin gewesen wäre. Ich atmete sogar tief durch, bevor ich schluckte, als ob ich meine Kräfte sammeln müsste. Dann schüttete ich den Inhalt in meinen Mund und behielt ihn dort einen Moment lang, als würde ich dagegen ankämpfen, ihn auszuspucken. Schließlich schluckte ich.

Es wurde wieder applaudiert. Lyndsay fasste sich an den Kopf, als bereitete ihr der Lärm Todesqualen. Dann spuckte sie einen Strahl roter Kotze mitten in die wirbelnden Coupons, für die sie sich so angestrengt hatte. Sie verkrampfte sich immer mehr, ihr Körper versuchte anscheinend, das meiste vom Roten Drachen, den sie zu sich genommen hatte, wieder loszuwerden. Sofort schnappten die Diener die Coupons aus der Luft und schüttelten die Spritzer von ihnen ab.

»Siegerin«, verkündete Shayla und deutete auf mich. Alle anderen brachten lautstark ihre Enttäuschung oder ihren Triumph zum Ausdruck. Es hing davon ab, auf wen sie gesetzt hatten. »Und unsere Siegerin heißt …?«

»Ians kleine Puppe«, verkündete ich und warf ihm einen neckischen Blick zu. Falls mein Sieg in diesem Wettbewerb noch nicht ausgereicht hatte, um das Gerede in Gang zu bringen, konnte es Dagon nunmehr unmöglich entgehen, dass Ian heute Abend hier gewesen war.

Ian zog die Mundwinkel nach oben und kam an meinen Stuhl. »Ich glaube, es ist an der Zeit, Ians kleine Puppe ins Bett zu bringen, damit sie ihren Sieg gebührend feiern kann«, sagte er und handelte sich damit einen unanständigen Applaus ein. Er hob mich hoch, obwohl ich protestierte, dass ich mich problemlos auf den Beinen halten könnte, und nickte der Schiedsrichterin zu. »Könntest du uns auszahlen?«

Shayla schnippte mit den Fingern. Sofort verdichteten sich die Coupons über dem Tisch zu einer rechteckigen Form und flogen danach zu ihr hinüber. Dann deutete sie auf den Samtvorhang, der diesen Raum vom nächsten trennte. »Folgt mir.«

Ian trug mich in den Raum; zwischen uns und Shayla schwebten die Coupons. Drinnen war es so dunkel, dass ich ohne meinen Vampirblick nichts gesehen hätte. Allerdings schien meine Trinkerei allmählich ihre Wirkung zu entfalten. Ich konnte die niedrigen Sofas und breiten Kissen kaum erkennen, die einen Großteil des Mobiliars ausmachten. Shayla führte uns durch eine Tür, die diesmal aus stabilem Holz statt aus weiteren Samtvorhängen bestand. Sie führte uns in einen kleinen, separaten Bereich mit drei weiteren Türen. Shayla wählte die Tür auf der rechten Seite, und das Licht, das dahinter hervorströmte, war so hell, dass ich zusammenzuckte und die Augen schloss.

Auch wenn ich mich nicht übergab oder das Bewusstsein

verlor wie meine Gegner vorhin, war ich doch alles andere als nüchtern. Das Licht tat weh. Mein Kopf ebenfalls. Außerdem drehte sich entweder der Raum oder es war mein Gehirn, das seine eigenen Drehungen vollführte. Vielleicht war es doch keine schlechte Idee von Ian gewesen, mich zu tragen, dabei konnte ich mich gar nicht daran erinnern, wann das zum letzten Mal jemand getan hatte. Aber seine Arme waren stark, und ich fühlte mich sicher in ihnen. Sein Körper war warm und fest, und er roch richtig, richtig gut ...

»Hör auf damit«, sagte Ian und zupfte leicht an meinen Haaren. Ich merkte erst jetzt, dass ich seinen Kragen aufgerissen hatte, um seinen Hals zu streicheln.

Anstatt mich zu schämen, kicherte ich. »Tut mir leid. Ich will dich fressen«, sagte ich völlig ernst.

»Natürlich willst du das. Das wollen alle«, erwiderte er und hielt mein Haar so fest, dass ich ihm nicht an die Kehle gehen konnte. »Aber nicht hier. Shayla, könnten wir die Sache vielleicht beschleunigen?«

»Gewiss«, sagte sie. In meinem schmerzenden Kopf schien ein Licht aufzugehen. Stimmt ja, ich hatte etwas sehr Wichtiges zu erledigen.

»Will mehr Roten Drachen«, sagte ich und machte nur für den Fall, dass sie mich nicht verstanden hatte, eine Handbewegung, als würde ich noch einen Kurzen kippen. »Sofort.«

Ian seufzte. »Achte nicht auf sie. Sie hatte mehr als genug.«

»Habe ich nicht«, sagte ich mit Bestimmtheit und versetzte ihm einen Stoß mit dem Ellbogen. Weshalb versuchte er mich aufzuhalten? Wusste er denn nicht, was ich vorhatte? Ach ja, er wusste es nicht, weil ich es ihm nicht erzählt hatte. Aber egal.

»Roten Drachen«, wiederholte ich. »Zum Mitnehmen«,

fügte ich hinzu und versetzte Ian noch einen Stoß mit dem Ellbogen, als er den Mund aufmachte, um darüber zu diskutieren. »Unverschnitten.«

Bis zu meinem letzten Wort hatte Shayla nur gelangweilt auf mich reagiert. »Unverschnitten?«, wiederholte sie langsam und kniff die Augen zusammen.

Ich nickte und ignorierte, dass Ian steif wurde. »Lässt sich leichter transportieren.« Dann deutete ich auf die Coupons, die zwischen uns und ihr schwebten. »Das alles für eine ganze unverschnittene Flasche.«

»Ich glaube nicht ...«, setzte Ian an.

»Heute Abend«, betonte ich und versuchte meine schwankenden Sinne zusammenzuhalten, während ich sah, wie ihr Blick zwischen mir und dem kompakten Bündel von Coupons hin- und hersprang. »Bitte«, fügte ich zu Ian gewandt hinzu und hoffte, dass er zwischen den Zeilen zu lesen verstand. Er musste mir einmal mehr vertrauen, auch wenn es ihm total gegen den Strich ging und von außen betrachtet verrückt wirkte.

Er veränderte seinen Griff, bis er mich nur noch mit einem Arm festhielt. Dann ließ er mein Haar los und warf Shayla einen resignierten Blick zu. »Gib ihr die Flasche. Sonst gibt sie keine Ruhe.«

Shayla warf einen Blick auf die Coupons. Ich passte so gut auf, wie ich es in meinem berauschten Zustand gerade noch zuwege brachte. Um sie herum flackerte ein Nebel, den niemand sonst sehen konnte. Als er sich grün färbte, hatte ich meine Antwort. Dann lächelte sie kühl, und der Nebel verschwand.

»Sehr schön, aber heute Nacht geht es nicht. Ich brauche etwas Zeit, um eine so spezielle Bestellung zu organisieren.«

»Blödsinn«, sagte ich munter und verwendete einen der Begriffe, die Ian benutzte, wenn er das Gefühl hatte, auf den Arm genommen zu werden. »Ihr habt ihn hier. Bei dem Trinkwettbewerb schmeckten die Drinks von Mal zu Mal frischer und intensiver.«

Ihr Grundbestand an Rotem Drachen musste ihnen ausgegangen sein, weil sie nicht auf ein Massenbesäufnis vorbereitet waren. Um die Trinker beim Wettbewerb zu versorgen, mussten sie vor Ort neuen Drachen herstellen, aber sie hatten anscheinend nicht genug menschliches Blut zur Hand, um die Mischung genauso anzusetzen wie zuvor.

»Hältst du dich für eine Feinschmeckerin?«, fragte Shayla mit falscher Freundlichkeit.

Ich hatte einen Schluckauf, und der war nicht einmal gespielt. »Ist das nicht offensichtlich?«

»Allmählich langweilt es mich«, sagte Ian angespannt. Ich wollte gerade protestieren, als ich sah, dass er Shayla und nicht mich ansah. »Abgesehen davon, dass die Stärke erhöht wurde — was einem Betrug gleichkommt —, hat sie genug Roten Drachen zu sich genommen, um den Unterschied zwischen frisch gebrautem und altem Lagerbestand zu erkennen. Gib ihr, was sie will, sonst bringen wir unsere Gewinne woandershin und suchen uns jemanden, der in der Lage ist zu liefern.«

Shayla richtete sich empört auf. »Wir sind der einzige Lieferant im Staat.«

Ian schnaubte. »Das höre ich diese Woche schon zum zweiten Mal.«

»Dann hat diese andere Person *gelogen*«, ereiferte sich Shayla.

»Mir wird auch langweilig«, unterbrach ich und sank in Ians Arme.

Ian fasste mich etwas bequemer. »Ich weiß, Liebes, wir gehen.

Shayla, dieses Angebot läuft gleich ab. Zum Ersten, zum Zweiten...«

»Verkauft«, sagte sie, warf einen kurzen Blick auf die Coupons und dann wieder auf uns. »Wartet hier.«

»Ich muss mal nach draußen«, sagte ich und strich mit der Hand vorn über meinen Körper, als wäre das dünne Material meines blauen Kleides unerträglich warm. »Es ist zu heiß. Ich brauche Luft. Mir wird allmählich... schlecht.«

Ian warf mir einen erschöpften Blick zu. »Du wirst in den nächsten fünf Minuten die Wände rot färben, richtig?«

Ich rülpste und schluckte danach wieder runter, was hochkam. »Vielleicht.«

»Ja, geh nach draußen.« Shayla riss die Tür auf. »Wir werden die Flasche zur Beobachtungsplattform der Wetterwarte hinaufbringen.«

Ich ließ es mir nicht nehmen, Shayla zu packen und sie zu umarmen, bevor mich Ian zurückriss. »Danke!«

»War mir ein Vergnügen«, log sie so unverhohlen wie nie zuvor. »Bis bald.«

Ian trug mich durch die vielen Räume des Schlosses hinaus, unterwegs klopften ihm Leute, an denen er vorbeiging, auf die Schultern. Ich weiß gar nicht, warum zum Teufel sie ihm gratulierten. Ich war es, die den Wettkampf gewonnen hatte. Draußen atmete ich dankbar die kalte Luft ein, während mich Ian zum Ende der Brücke trug. Ich hatte nicht nur so getan, als wäre mir heiß und schlecht. Es kam mir vor, als würde alles, was ich getrunken hatte, auf einmal seine Wirkung entfalten.

Sobald Ian den Fuß auf den Boden setzte, verschwanden das Schloss und die steinerne Brücke. Ian ging ein Stückchen weiter und setzte mich in der Nähe des felsigen Fundaments von

Schloss Belvedere ab. Dann wartete er, bis er sah, dass ich auf eigenen Beinen stehen konnte, bevor er einen Schritt von mir zurückwich.

»Ich weiß, dass du in Wahrheit gar nicht vorhast, noch mehr Roten Drachen zu konsumieren. Also, was wolltest du mit dieser letzten Nummer bezwecken?«

Ich erwiderte seinen türkisfarbenen Blick und schenkte ihm ein schiefes Lächeln. »Ich wollte die Wände rot färben, so wie du es gesagt hast.«

18

Ians Blick wurde immer härter, bis er hellen, blaugrünen Diamanten ähnelte. »Also zwingt dich der Zauber *nicht*, meinem Befehl zu gehorchen?«

»Der Zauber funktioniert«, sagte ich und hob meinen Kleidersaum, weil ich mich daranmachte, den Felsvorsprung zu besteigen, der das Schloss Belvedere umgab. »Ich handele nicht als Hüterin. Stattdessen werde ich eine Menge Gesetze brechen.«

Er folgte mir mit einem einzigen Sprung und erinnerte mich daran, dass ich auch fliegen konnte. Wie konnte ich das vergessen? Ich musste viel betrunkener sein, als mir klar war. »Wie das?«, wollte er wissen.

»'fangenen'freiung.« Okay, das war zu undeutlich. Ich versuchte es noch einmal. »Gefangenenbefreiung. Die Quelle des Roten Drachen. Du solltest mir helfen. Mit deinen dämonischen Brandzeichen könnte man dich eines Tages auch als Quelle gefangen halten, falls du« – ein lauter Schluckauf – »Dagon überlebst.«

Er starrte mich geschockt an, dann riss er mich näher an sich. »Was hast du gesagt?«

»Wer ist betrunken – du oder ich?«, fragte ich gereizt. »Weißt du denn nicht, was dein Blut jetzt ist, seit du Dagons Brandzeichen trägst? Äh, vielleicht weißt du es nicht. Nicht alle Vampire trinken sich selbst, wenn sie hungrig sind ...«

»Stopp.« Falls er mich noch fester packte, würden meine Knochen brechen. Aber so wild entschlossen, wie seine Augen blitzten, musste er sich sogar noch zurückhalten. »Soll das heißen, du kennst die anderen Auswirkungen dämonischer Brandzeichen?«

»Red Dragon. In deinen Venen. Was dich zur Quelle macht«, bestätigte ich. »Komm schon, das *musst* du doch wissen. Deine Freundin war eine Formwandlerin mit dem Brandzeichen eines Dämons ...«

»Welche Freundin?«, fragte er sofort.

Schwankte der Boden oder war ich das? »'s kann natürlich auch ein Er gewesen sein«, räumte ich ein. »Ich war mir nicht sicher. Er oder sie hatte die Form verändert, damit sie bei der Exekution so aussah wie Cats kleines Mädchen ...«

»Bei Luzifers blutigen Knochen!«, rief Ian und schüttelte mich, bis sich mein Kopf anfühlte, als würde er gleich abfallen. »Du wusstest, dass der Rat hereingelegt wurde? Du wusstest, dass sie das Kind meines Freundes in Wirklichkeit gar nicht getötet hatten? *Du wusstest es* die ganze Zeit?«

»Du wusstest auch, dass sie lebt?« Irgendwie kam mir das ziemlich lustig vor. »Hey, ich dachte, ich müsste so tun, als wäre sie tot, um sie zu schützen, und jetzt kommst du und hast aus demselben Grund vorgegaukelt zu glauben, sie wäre tot? Ich würde lachen, wenn ich keine Angst hätte, dass ich dabei kotzen muss.«

»*Deshalb* hast du darauf bestanden, dass Cat das Schwert des Scharfrichters ausgehändigt wird!« Obwohl er mich nicht mehr schüttelte, fühlte es sich noch an, als würde mein Gehirn in meinem Schädel herumschwappen. »Ich dachte, du hättest das nur als Geste des Bedauerns getan, aber wenn der Scharfrichter einen Tropfen ihres Blutes gekostet hätte, hätte er gemerkt, dass er gerade eine Formwandlerin und nicht Cats kleines Mädchen geköpft hatte! Du hast verlangt, dass er das Schwert weggibt, damit er keine Gelegenheit dazu hatte. Und die ganze Zeit hast du auf verschiedene Weisen versucht, sie zu beschützen!«

»Wahrscheinlich sollten wir aufhören, darüber zu sprechen«, sagte ich und starrte auf den Boden. Alles klar! Er schwankte doch nicht. Das war nur meine Einbildung.

»Aufhören?«, wiederholte Ian. »Veritas, *sieh mich an*.«

Ich weigerte mich, deshalb hob er meinen Kopf und zwang mich, ihn anzusehen. »Ich bin jetzt Ians kleine Puppe, schon vergessen?«, sagte ich schnippisch.

Seine Augen leuchteten grün. »Oh, das bist du wirklich, und zwar mehr, als dir klar ist.«

Ich starrte ihn an, und diesmal überkam mich eine andere Form von Schwindel. Sein Blick war so intensiv, dass ich am liebsten darin versunken wäre, als wäre ich ein Mensch und seine Leibeigene. Seltsamerweise beunruhigte mich diese Vorstellung nicht. Stattdessen stellte ich mir vor, wie es sein würde, wenn ich mich ihm hingab. Eine Benommenheit der anderen Art ergriff mich, und ich schwankte. Er nahm mich sofort in die Arme. Ich musste lächeln. Er hatte mich aufgefangen, bevor ich hinfiel. Und ich ließ es geschehen. Wann hatte ich zum letzten Mal jemandem so vertraut, dass ich ihm das gestattete?

Dann spürte ich eine Reihe von Pings, als ob Sensoren in mir ansprechen würden, und ich wandte mich zur Wetterstation am Schloss Belvedere. »Shayla ist dorthin unterwegs«, sagte ich und deutete mit dem Arm.

Er warf einen zweifelnden Blick in die Richtung. »Sie hat das Schloss nicht verlassen. Ich habe die Brücke im Auge behalten.«

»Unter uns«, sagte ich und deutete auf den Boden.

»Ein Tunnel?« Er wirkte fasziniert. »Wie kommst du auf die Idee?«

»Ich habe einen Verfolgungszauber auf sie gelegt, als ich sie umarmt habe.« Sogar betrunken klang ich gerissen. »Ich wusste, dass sie sofort zu ihrer Quelle geht, um diese Flasche zu füllen. Ihre Aura wurde grün. Sie wollte das Geld.«

Seine Augen begannen zu glänzen. »Was du nicht sagst.«

Ich hatte das ungute Gefühl, schon wieder ein wichtiges Geheimnis ausgeplaudert zu haben. Verdammter Red Dragon. Warum tranken Leute freiwillig dieses Zeug? Man quasselte dann einfach zu viel. Und es machte einen müde, ihr Götter, so müde. Ich hätte auf diesem Felsen einschlafen können, wenn ich nicht zuerst ein paar Leute umbringen müsste. Egal, später konnte ich mich immer noch um das kümmern, was ich zu Ian gesagt hatte. Jetzt musste ich erst mal den Gefangenen befreien.

Ich schubste ihn an. »Muss den Gefangenen befreien...«

»Nein, du musst dich setzen, damit du nicht umkippst«, fiel mir Ian ins Wort. »Bleib hier, ich regle das selbst.«

Empört stotterte ich: »Ich kann sie alle umbringen!«

»Selbstverständlich.« Unterdrückte er ein Lachen? »Du bist schön, du bist fein, schlägst ihnen die Schädel ein.«

Ich lächelte. »Das ist lieb.«

»Das bist du auch, so tödlich wie du bist, aber trotzdem musst du hierbleiben. Vielleicht schickt Shayla einen ihrer Diener, um nach uns zu sehen. Wenn wir beide weg sind, sieht es verdächtig aus.«

Das leuchtete mir ein, aber... »Aber wenn du verletzt wirst.«

Er lachte. »Du bist süß, wenn du betrunken bist, weißt du das?«

»Nicht süß«, erwiderte ich und warf ihm einen bösen Blick zu. »Mich kann keiner töten.«

»Ach was?«, sagte er. »Ich hätte dich lieber gleich mit Alkohol abfüllen sollen, anstatt zwei Befehle an dich zu verschwenden, aber um auf das zurückzukommen, was du gesagt hast: Dank dieser Brandzeichen kann mich auch so gut wie niemand töten.«

Ich stupste ihn an der Stelle, wo ich die harten Umrisse der Waffe in seinem Mantel spürte. »Wenn du diesen Dämonenknochen ins Auge kriegst, kann dich das töten.«

Er lächelte mich unerschrocken an. »Ja, aber wenn die Leute einen Vampir sehen, greifen sie nach Silber und nicht nach Dämonenknochen…«

»Was?«, fragte ich, als er nicht weiterredete. Auch sein Lächeln verging, und als er sich hinhockte – wann hatte er mich auf den Boden gelegt? Ich konnte mich nicht daran erinnern –, wirkte er ernst.

»Was?«, wiederholte ich, aber wegen des Schrecks, der mir in die Knochen fuhr, wusste ich es. Ich hatte zu viele Hinweise gegeben, und er hatte es herausbekommen. Vielleicht nicht alles, aber genug. Vielleicht hatte ich immer gewusst, dass er es sich zusammenreimen würde. Deshalb hielt ich ihn nicht auf, als er meine Hand nahm und sie an seine Lippen hob. Eine höfliche Geste, aber sein Blick war alles andere als ritterlich. Er brannte mit der Intensität eines Raubtiers, das gleich töten will.

Seine warmen Lippen berührten meine Haut. Dann drangen seine Reißzähne langsam in mein Fleisch. Er biss nicht tief. Gerade genug, um zwei Blutstropfen hervortreten zu lassen, die auf meiner goldbraunen Haut wie Rubine wirkten. Dann ließ er langsam die Zunge darüberstreichen, bis sie verschwunden waren, und ich beobachtete, wie er sie erschauernd runterschluckte.

Ich schloss die Augen. *Jetzt weißt du, dass ich nicht nur eine Vampirin bin. Oh, es ist so lange her, seit ich dieses Geheimnis mit jemandem geteilt habe . . .*

Ich riss die Augen auf, als mein innerer Ping anschlug. Shayla musste ein weiteres Mal unter mir durchgegangen sein. Weil sie jetzt in die entgegengesetzte Richtung lief, hatte sie ihre Arbeit anscheinend beendet. Wir mussten zuschlagen.

»Alles, was du jetzt sagen willst, kann warten«, sagte ich und fühlte mich auf einmal viel nüchterner. »Ich muss das Schloss stürmen.«

Er sah in Richtung der Brücke, obwohl sie für unsere Augen unsichtbar war. »Es ist besser, wenn wir warten, bis nicht mehr so viele Leute da sind, die uns aufhalten können.«

»Nicht *das* Schloss.« Ich deutete hinter seinen Rücken. »Belvedere.«

»Du hättest zurückbleiben sollen«, murmelte Ian zum zweiten Mal. »Ich habe so etwas schon einmal getan, und ich kann dir versichern, Quellen für Roten Drachen werden strenger bewacht als Fort Knox. Außerdem bist du so betrunken, dass du kaum gehen kannst.«

»Aber ich kann noch kämpfen«, versicherte ich ihm. Es hätte noch verwegener geklungen, wenn ich am Ende meiner Prahlerei nicht laut gerülpst hätte, aber was soll's. »Hör auf herumzumeckern und lass es uns durchziehen.«

Dann sprang ich auf und trat mit beiden Füßen gegen den

Felsen vor mir. Dahinter befand sich der Tunnel, das konnte ich spüren. Aber obwohl der Fels krachte, als ob ihn eine Abrissbirne getroffen hätte, stürzte er nicht durch die mit Magie verstärkte Hülle, die den Tunnel umgab.

Eine Sirene ging los – es war nicht nur das schmerzhafte Klingeln in meinem Kopf, das ich dieser Anstrengung verdankte. Ian stieß mich zurück, bevor ich reagieren konnte. Dann vollführte er eine schnelle Serie von Handbewegungen. Sein Zauber zerstörte die Höhle vor uns und legte den Tunnel dahinter frei.

»Klaaassse.« Seine Hände waren wirklich magisch.

Er grinste mir zu, als er in den Tunnel lief. »Du solltest mal sehen, was ich mit meinen Händen noch alles anstellen kann.«

Das ließ ich unkommentiert und stolperte hinter ihm her – fluchend, weil sich meine Beine nicht so geschmeidig und koordiniert bewegen wollten wie seine.

»Lass es«, sagte er, drehte sich um und fing mich auf, als ich taumelte. »Wir brauchen jemanden, der hierbleibt und jeden aufhält, der aus der anderen Tunnelrichtung kommt. Kannst du noch zaubern?«

»Aber sicher«, erwiderte ich beleidigt.

»Dann bleib hier.«

Das hätte ich am liebsten ausdiskutiert, aber wir brauchten wirklich jemanden, der verhinderte, dass man uns umzingelte. Hinzu kam, dass mein Körper vielleicht nicht mehr mitspielte, aber meine Magie trotzdem noch funktionierte. Hoffentlich. Ich nickte und setzte mich an Ort und Stelle hin. »Lauf weiter. Schrei, wenn du Hilfe brauchst.«

»Die brauche ich nicht«, sagte er und verschwand hinter der nächsten Biegung.

Fast sofort hörte ich Geräusche wie von Explosionen, danach

schrille Schreie. Der Tunnel erbebte, als die Schreie plötzlich abrissen und eine Staubwolke in die Luft stieg. Wieder ertönten Schreie, die allerdings schnell erstickt wurden, und die Wände erzittern von der nächsten Explosion. Schließlich rollte eine magische Schockwelle durch den Tunnel. Sie schwächte sich bei zunehmender Entfernung ab, aber als sie mich erreichte, war sie noch so stark, dass es mir wehtat.

In welch übernatürliche Schießerei war Ian hineingeraten? »Ian!«, schrie ich und erhob mich schwankend. »Ich komme!«

»Bleib, wo du bist!«, hörte ich ihn schreien und war geschockt, wie aufgedreht und begeistert er klang. »Ich habe alles im Griff!«

Ian hatte das alles getan? Das hätte ich mir am liebsten genau angesehen. Aber dann hörte ich schnelle Schritte aus der anderen Tunnelrichtung und erinnerte mich daran, was meine Aufgabe war. Genau, der Blockadezauber.

Ich fing an, ihn zu beschwören, und war frustriert, weil ich ihn eigentlich aus dem Ärmel hätte schütteln müssen, mich aber in diesem Augenblick voll darauf konzentrieren musste. Dieser verdammte Rote Drache! Davon war ich heftiger angeschlagen als von jedem anderen Gegner, mit dem ich es meiner Erinnerung nach in letzter Zeit zu tun gehabt hatte. Als der Trupp von Wächtern aufkreuzte, war der Blockadezauber nicht bereit.

Wäre ich in meiner offiziellen Funktion tätig gewesen, hätte ich mich als Gesetzeshüterin zu erkennen gegeben, sie festgenommen und vor den Rat gebracht, weil sie Geiseln festhielten, um eine illegale Substanz zu produzieren. Aber dank Ians magisch besiegeltem Befehl durfte ich nichts davon tun. Betrunken, wie ich war, tat mir das nicht einmal leid.

»Ihr«, sagte ich, zeigte auf die ersten beiden Vampire und

dachte mir schnell einen weitaus einfacheren Zauber aus. »Verschmelzen.«

Sie schossen wie von einem magnetischen Supraleiter gezogen aufeinander zu. Dann verschmolzen ihre Körper miteinander, bis sie ein doppelt so großer Torso mit zwei Köpfen und acht Gliedmaßen waren.

»Verschmelzt, verschmelzt, verschmelzt«, sagte ich und zeigte auf die nächsten drei.

Die Vampire krachten mit derselben Kraft in die Fleischmasse. Alle Gliedmaßen zeigten in verschiedene Richtungen, weshalb der Fleischklops ständig über seine eigenen Füße stolperte, sich wieder aufrappelte und danach wieder stürzte.

»Woran erinnert ihr mich nur?«, fragte ich mich und legte den Kopf schräg. »Tausendfüßer-Vampir? Nein, Vampir-Krake.«

Die letzten beiden Vampirwächter wichen jetzt zurück. Ich drohte ihnen mit dem Finger. »Ah-ah-ah. Verschmelzt, verschmelzt.«

Sie schrien, als sie Teil des Fleischballs wurden. Ihre Schreie und das Geheul der anderen Wächter fuhren mir in die Knochen. »Ach, hört auf. In ein paar Stunden ist es wieder vorbei. Ihr solltet hören, was am anderen Ende des Tunnels vor sich geht. *Das* klang endgültig.«

Die heulende Masse von Vampiren mochte mir Kopfschmerzen bereiten, aber sie half auch, die nächste Gruppe von Wächtern in die Flucht zu schlagen, die durch den Tunnel kam. Ich nickte zustimmend, als sie kehrtmachten, nachdem sie gesehen hatten, was aus ihren Freunden geworden war. Aber da war ein Wächter, der den Tunnel herunterkam und nicht stehen blieb, als er die sich krümmende Vampirmasse sah. Stattdessen drängelte er sich daran vorbei und baute sich vor mir auf.

Für so etwas hatte ich keine Zeit. Ich musste weiterhin meinen Blockadezauber beenden, der inzwischen *viel zu viel* Zeit in Anspruch genommen hatte. »Deine Freunde, die weggelaufen sind, waren schlau«, erklärte ich ihm. »Mach's wie sie und verschwinde.«

Er bleckte seine Reißzähne. »Du machst mir keine Angst, Hexe. Ich kenne auch Zaubersprüche.« Dann begann er einen tödlichen Fluch aufzusagen.

Das hätte ich ihm auch nicht durchgehen lassen dürfen, wenn er Teil des Vampir-Kraken gewesen wäre, oder war es ein Hundertfüßer? Egal. »Mein Todeszauber ist schneller«, sagte ich und schüttelte einen alten taktilen Zauber aus dem Handgelenk. »Platsch.«

Er platzte auseinander, aber nur in Stücken statt als Mus, wie es eigentlich gedacht gewesen war. Ich verzog mein Gesicht. Anscheinend verließ mich die Kraft. Hoffentlich nur, weil ich so viel davon abzog, um den Blockadezauber zu setzen. Das war weitaus wichtiger... und wann war ich hingefallen? Eben hatte ich noch gesessen, aber jetzt lag ich auf dem Tunnelboden, und mein Schädel tat so weh, als würden Bergarbeiter darin nach Gold schürfen. Und es kam schlimmer – ich spürte, dass noch mehr Leute vom gegenüberliegenden Ende des Tunnels nahten. Der magischen Woge nach zu urteilen, die ihnen vorauseilte, handelte es sich bei ihnen um gebürtige Hexen.

Ich musste diesen Blockadezauber *sofort* fertigstellen, deshalb sah ich mich nach einer zusätzlichen Energiequelle um. Die gebürtigen oder praktizierenden Hexen aus dem Schloss konnte ich dafür nicht benutzen. Magie verband sich mit ihrem Besitzer. Aber da war etwas in der Nähe... ja, der See! Weshalb war ich nicht vorher darauf gekommen, Energie aus dem Wasser zu ziehen? Es nervte, betrunken zu sein.

Ich zog so viel ich konnte aus dem nahen See, als Ian auf der Bildfläche erschien. Er war voller Blut und Dreck, und sein Smoking war an mehreren Stellen aufgerissen, aber was mich wirklich verwirrte, war das Bündel, das er in den Armen trug. Es war so groß wie ein Jutesack und roch nach Dämon und den Schnapsgläsern mit Rotem Drachen, die ich getrunken hatte.

»Was ist das?«

Er warf einen kurzen, bewundernden Blick auf das Schlachtfest hinter mir, bevor er antwortete. »Die Quelle. Du hast nicht übertrieben, als du gesagt hast, dass du die Wände färben willst, oder? Und was ist *das*?«

»Vampir-Krake«, sagte ich abfällig. »Oder Hundertfüßer. Wie meinst du das, die Quelle? War es ein *Baby*?« Horror überkam mich, und ich hätte beinahe allen Roten Drachen ausgespien, den ich getrunken hatte.

»Kein Baby«, knurrte er. »Auch kein Mensch. Es sieht aus wie ein geflügelter Hundedämon.« Dann veränderte er seine Position, bis er einen Arm frei hatte, mit dem er mich hochziehen konnte. »Kannst du gehen?«

Ich stand auf, sackte aber sofort wieder zusammen, denn ich hatte meine ganze Kraft beim Zaubern und beim Komasaufen verbraucht. Ian fing mich, bevor ich zu Boden ging, dann wuchtete er mich über seine Schulter.

»So geht es sowieso schneller«, murmelte er.

Er lief genau in dem Moment aus dem Tunnel hinaus, als endlich mein Blockadezauber fertig wurde. Er versiegelte den Tunnel, sodass niemand mehr hinein- oder herauskonnte. Er versiegelte auch die unsichtbare Brücke und das magische Schloss.

Jetzt konnte dort mindestens eine Stunde lang niemand entkommen. Bis dahin müssten wir längst weg sein, es sei denn ...

Ich hoffte nur, dass ich den übernatürlichen Saft nicht unterschätzt hatte, den ich in den Zauber hineingelegt hatte. In dem Fall blieben alle nur für Minuten unter Verschluss. Ich war so betrunken, dass ich nicht mehr genau sagen konnte, wie viel ich hineingegeben hatte. Ich fürchtete sogar, das Bewusstsein zu verlieren. Dazu kam noch, dass ich auf Ians Schulter richtig durchgeschüttelt wurde, weil er über unebenen Boden lief. Er kam aber gut voran. Nach wenigen Augenblicken kam der Central Park in Sicht.

Dann stoppte Ian so abrupt, dass ich über seine Schulter geschleudert wurde. Aber ich fiel nicht zu Boden, sondern wurde mitten in der Luft von etwas aufgefangen, das sich wie ein riesiges, klebriges Spinnennetz anfühlte.

»Was zur frischen Hölle ist das?«, fragte ich.

»Dasselbe habe ich auch gedacht«, antwortete kühl eine Stimme auf Mandarin.

Ich erstarrte. Ich erkannte diese Stimme und hätte sie aus Tausenden anderer Stimmen herausgehört. »Xun Guan. Was treibst *du* hier?«

19

Ian wartete die Antwort nicht ab. Er streckte eine Hand vor, ignorierte, dass ich »Stopp!« schrie, und legte einen Zauber auf Xun Guan.

Ich schleuderte im selben Augenblick einen Schutzzauber. Als Ians Zauber sie traf, wurde sie nach hinten geschleudert, und ein paar Schrecksekunden lang war ich mir nicht sicher, ob es ihm gelungen war, sie zu töten. Dann setzte Xun Guan sich auf, hüftlange Haarsträhnen fielen aus ihrem normalerweise makellosen Haarknoten. In ihrer Brust war ein großes, schnell heilendes Loch. Ich konnte den beißenden Geruch von Silber riechen, aber mein Schutzzauber musste ihr Herz geschützt haben.

»Du!«, sagte sie mit eisiger Wut zu Ian. »Wegen der verbrecherischen Anwendung von Magie und des Angriffs auf eine Gesetzeshüterin verurteile ich dich zum Tod.«

»Nein!«, rief ich. »Es ist nicht so, wie du denkst. Er gehört zu mir!«

Sie legte den Kopf auf die Seite und sah mich mit einem Blick an, der normalerweise einer Enthauptung unmittelbar vorausging. »Und du bist?«

Stimmt ja, sie hatte mich noch nie in dieser Erscheinungsform gesehen. »Veritas«, sagte ich und zerrte an dem unsichtbaren Netz, in dem ich gefangen war, konnte mich aber nicht bewegen. »Ich bin es, Veritas.«

Sie zog ihre geschwungenen schwarzen Augenbrauen hoch. Dann verzog sie den Mund zu einem minimalen Lächeln. »Die Veritas, die ich kenne, würde niemals auf eine so offensichtliche Falle hereinfallen.«

»Das stimmt, aber ich bin richtig, richtig betrunken.« Ich merkte, dass Ian eine Hand hinter seinen Rücken schob. Er war drauf und dran, taktile Magie einzusetzen und ihr einen anderen Zauber entgegenzuschleudern. »Tu es nicht«, sagte ich. »Sie ist eine Freundin, Ian.«

»Sie hat eine magische Falle aufgestellt, mit der sie uns fast alle eingefangen hätte«, erwiderte er in einem geschmeidigen Tonfall. »Und sie hat gerade gedroht, mich umzubringen.«

»Sie wusste nicht, dass du heute Abend mein Partner bei der geheimen Razzia gewesen bist«, sagte ich so entschlossen ich konnte. »Wir haben gerade einen der wichtigsten Lieferanten für Roten Drachen ausgeschaltet und seine Quelle getötet«, log ich. »Deshalb bin ich betrunken. Ich musste große Mengen von dem Stoff probieren, damit wir die richtigen Leute erwischten.«

Man muss Ian zugutehalten, dass seine Miene bei meinen Lügenmärchen nicht das geringste Zeichen von Ungläubigkeit zeigte.

Stattdessen machte er eine flotte Verbeugung vor Xun Guan. »Ich freue mich stets, meine Bürgerpflicht zu erfüllen.«

»Und das hier?«, fragte Xun Guan und zeigte auf das blutige, in eine Decke eingeschlagene Bündel. »Was ist das hier? Es stinkt nach Rotem Drachen.«

Ian musste, unmittelbar bevor er den Zauber auf Xun Guan schleuderte, die Quelle fallen gelassen haben. Ich wusste nicht, was für eine Kreatur sich in jener Decke befand – hatte Ian ihn nicht einen geflügelten Hundedämon genannt? Aber falls Xun Guan etwas sah, das sie als bedrohlich einschätzte, würde sie es töten. Und wenn sie es vor den Rat brächte, würde die Kreatur dasselbe Schicksal ereilen. Das durfte ich auf gar keinen Fall zulassen.

»Sie hatten dort auch ein Baby, wahrscheinlich um dessen Blut mit dem der Quelle zu mischen«, sagte ich schnell. »Es riecht nach Rotem Drachen, weil die Quelle Blut darauf vergossen hat, als sie starb.«

Während ich redete, aktivierte ich meine berauschten Sinne und schickte einen einzigen Befehl zu dem eingewickelten Bündel, während Xun Guan sich ihm näherte. *Baby*, dachte ich mit wilder Entschlossenheit, als sie fast so nah dran war, dass sie es hätte aufheben können. *Los, verwandle dich in ein menschliches Baby!*

Ein ohrenbetäubendes Kreischen erklang, als Xun Guan sich bückte und das Bündel aufnahm. Ich hätte vor Erleichterung fast laut gejubelt, als sie die blutige Decke zur Seite schlug und darunter blasse menschliche Haut und zwei winzige, wütend winkende Babyfäustchen zum Vorschein kamen.

Xun Guan zuckte, als das Baby immer weiter schrie. »Einer von euch beiden nimmt das«, sagte sie und machte eine ruckartige Bewegung mit dem Kopf. Jetzt erst merkte ich, dass sie nicht allein war. In etwa zwanzig Meter Entfernung traten zwei Vollstrecker zwischen den Bäumen hervor. Keiner von beiden schien besonders erpicht darauf zu sein, das schreiende Baby zu nehmen, aber sie wagten es nachvollziehbarerweise nicht, sich ihr einfach zu widersetzen.

»Ich werde es nehmen«, sagte ich sofort. »Es gibt nicht weit von hier eine Feuerwehrwache mit einer Babyklappe. Ich werde das Kind dort lassen.«

»Darf ich, bis es so weit ist, dafür sorgen, dass es aufhört zu schreien?«, fragte der dunkelhaarige Mann Xun Guan.

Sie lachte einmal kurz auf. »Du kannst es versuchen, aber es wird dir nicht gelingen. Der Wille von Babys ist zu fokussiert, und deshalb können wir ihn mit unserer Gedankenkontrolle nicht beeinflussen. Menschen sind erst beeinflussbar, wenn sie älter sind.« Dann schwenkte sie ihren dunkelbraunen Blick in meine Richtung. »Beweise mir, dass du unter diesem Glamourzauber Veritas bist. Was hast du mir zum letzten Geburtstag geschenkt?«

Obwohl mir immer noch schlecht war, brauchte ich keine Zeit zum Nachdenken. »Eine Jadebrosche aus der ersten kaiserlichen Dynastie.«

Ian pfiff durch die Zähne. »Ihr beide müsst ganz besondere Freunde sein, dass ihr euch solche Geschenke macht.«

Xun Guan streckte einen Finger in seine Richtung, allerdings ohne dabei den Blick von mir zu nehmen. »Schweig, falls du lange genug leben willst, um vor dem Rat Einspruch gegen deine Todesstrafe einzulegen.«

»Xun Guan, ich habe dir doch gesagt, dass er mit mir zusammen war ...«

»Das hätte er nicht sein dürfen«, sagte sie schroff. »Bei einer Razzia dieser Größenordnung sind nur Vollstrecker oder Hüter zugelassen.«

»Bildest du dir ein, dass du mich gegen meinen Willen irgendwohin bringen kannst?« Ians blödes Grinsen war eine offene Herausforderung. »Du kannst es gern versuchen, aber dann muss ich dich leider umbringen.«

Xun Guan zog ihr Schwert, und in dem uralten, eleganten Stahl spiegelte sich das Mondlicht. Dann senkte sie das

Schwert, und auf Ians Kehle erschien eine fahle Linie. Sie hatte die Gewohnheit, die Stelle zu markieren, die sie verletzen wollte.

»Xun Guan, nein!«, sagte ich und bekam plötzlich einen verrückten Einfall. »Ian hatte das Recht, zu meiner Verstärkung dabei zu sein!«

Xun Guan behielt ihre Position bei und entspannte sich nicht. »Welches Gesetz beschützt ihn deiner Meinung nach?«

Ich atmete tief durch. Das brauchte ich, um die monströse Lüge herauszubringen. »Das Gesetz, das Ehepartnern das Recht gibt, überall hinzugehen, wo sich ihr Ehemann oder ihre Ehefrau aufhält.«

»Was?«, fragte Ian so ungläubig, wie Xun Guan dreinblickte.

»Nein«, sagte Xun Guan tonlos. »Er kann nicht dein Ehemann sein.«

Ich versuchte zu lachen, aber es kam nur ein hohes Kichern heraus. »Wir wollten noch damit warten, es allen zu erzählen, aber sein Leben zu retten ist wichtiger, als die Überraschung nicht zu verderben ...«

»Die Überraschung?«, wiederholte Ian in einem geradezu schrillen Tonfall.

Ich lachte wieder, und diesmal war es noch schlimmer. Gackernde Hexen hätten mich für das beneidet, was aus meinem Mund herauskam. »Kümmere dich nicht um ihn, er muss sich erst noch an den Ehestand gewöhnen. Aber als mein Ehemann darf er überall sein, wo ich hindarf. Deshalb war er heute Abend meine Verstärkung. Ich habe ihm diesen Zauberspruch beigebracht, für den Fall, dass ich in Schwierigkeiten gerate, und er hatte allen Grund, davon auszugehen, als du mich mit dem Netz gefangen hast, ohne dich selbst als Gesetzeshüterin zu erkennen zu geben.«

Schließlich überwand Ian seinen Horror immerhin so weit, dass er begriff, worauf ich hinauswollte. Er wirkte nach wie vor fassungslos, hörte aber auf zu streiten. Xun Guan tat es nicht.

»Ich weiß, wer er ist«, sagte sie rundheraus. »Ich kann kaum glauben, dass du dich so sehr erniedrigst, jemanden wie ihn zu heiraten.«

In Ians Blick flackerte kurz Wut auf. Dann verschwand sie wieder, und er lächelte mit überbordender Sinnlichkeit.

»Du würdest dich wundern, wozu ich Leute bringen kann.«

»Mit deinen Tricks kommst du bei mir nicht weit«, sagte Xun Guan kalt.

»Das ist unübersehbar«, fuhr er in demselben, verführerischen Tonfall fort. »Dafür bist du zu scharf auf Veritas. So etwas finde ich normalerweise zwar erregend, aber das, was mir gehört, teile ich mit niemandem. Also ...« Er schnippte mit den Fingern, was ganz deutlich die Übersetzung von *Verzieh dich* bedeuten sollte.

Xun Guan warf ihm einen vernichtenden Blick zu, dann schaute sie wieder zu mir. »Ich kann verstehen, warum du dem Rat nichts davon erzählt hast, aber warum hast du es mir nicht gesagt?«

Ich hörte, dass ihre Stimme bei den letzten Worten etwas brüchig wurde, und fühlte mich schrecklich. Ich hasste es, sie zu belügen. Xun Guan bedeutete mir sehr viel, aber genau das war der Grund. Ich durfte nicht zulassen, dass sie bei einem Kampf ihr Leben riskierte. Ich durfte auch nicht riskieren, dass Ian vor den Rat gebracht wurde. Er hätte schon nach fünf Minuten etwas gesagt, wofür er den Tod verdient hätte. Eine Lüge war der beste Ausweg aus dieser Situation, und obwohl sie ihr wehtat, rettete sie ihr auch das Leben. Und ihm. Das zählte mehr als irgendein vorübergehendes mieses Gefühl, ganz gleich von wem.

»Ich wusste, dass du nicht damit einverstanden sein würdest«, sagte ich sanft.

Sie blinzelte, und vielleicht lag es nur am Mondlicht, aber mir war, als ob ich eine Träne gesehen hätte. Dann wurde ihre weiche Miene wieder hart. »Beweise mir, dass er dein Ehemann ist.«

»Willst Du die Trauzeugen verhören?« Ich überlegte fieberhaft. Wen könnte ich nur dazu bringen zu behaupten, dabei gewesen zu sein...?

»Nein. Wiederholt euer Ehegelübde«, verlangte Xun Guan. »Jetzt.«

»Xun Guan!« Meine Stimme wurde schneidend, weil ich plötzlich Panik bekam. »Du verlangst zu viel. Du weißt, wie wichtig mir mein Privatleben ist.«

»Ihm nicht«, sagte sie und deutete mit dem Schwert in Ians Richtung. »Ich habe viele seiner Internet-Videos gesehen. Du verlangst von mir zu ignorieren, dass es einen magischen Angriff auf mein Leben gegeben hat – *und* dass du einen Zivilisten zu einer wichtigen Razzia mitgenommen hast. Ohne einen Beweis kann ich das nicht tun. Was hindert euch daran, euer Gelübde zu wiederholen, wenn er das ist, was du sagst?«

Ians Blick schwenkte zu mir. Es lag so viel Angst darin, dass ich vor Schreck erstarrte. Er würde sich weigern, woraufhin Xun Guan das Schwert erheben und Ian einen Todeszauber loslassen würde. Aber ich konnte mich nicht zwischen sie stellen, weil ich in diesem verdammten Netz festhing. Ich wurde immer panischer und fing schließlich an zu zittern. Ich musste ihn aufhalten, bevor er unsere einzige Chance zunichtemachte, aus dieser Sache herauszukommen, ohne dass jemand mit ziemlicher Sicherheit sein Leben verlor.

Erstarre!, dachte ich verzweifelt und versuchte die nötige Kraft aus mir herauszupressen. *Bei der Liebe aller Götter, erstarre!*

20

Meine Kraft strömte aus mir. Aber nicht wie sonst als Blitz, sondern als zöge ein Nebel herauf, so betrunken und erledigt war ich. Ein paar Augenblicke lang beobachtete ich, wie Ians Mund sich zum Protest öffnete und Xun Guan ihr Schwert hob. Dann wurden sie immer langsamer, bis sie an Ort und Stelle erstarrten. Ich war mir nicht sicher, ob ich genug Kraft gesammelt hatte, um mehr als nur die beiden damit einzufangen, aber dann sah ich den brünetten Vollstrecker, der gerade in dem Moment erstarrt war, als er sich die Eier kratzte, und Sephias Kopf, den sie schräg gelegt hatte, um einen besseren Blick auf Ians Hintern werfen zu können.

Nur die Kreatur in den blutigen Laken war nicht erstarrt. Winzige Ärmchen strampelten unermüdlich in der Luft, und ich bekam von ihrem Geschrei so heftige Kopfschmerzen, als würde gleich mein Schädel platzen. Es bewies aber, dass Ian recht gehabt hatte: Nur Dämonen und Dämonenartige waren gegen diese Art der Magie immun.

Ich befreite Ian aus seiner Erstarrung und redete schnell auf ihn ein. »Ich kann die Zeit nicht lange anhalten, deshalb sei vernünftig. Mir gefällt die Vorstellung, dich zu heiraten, auch nicht, aber wir müssen es tun. Oder möchtest du lieber sterben?«

»Ja«, sagte er sofort.

Okay, mit einer derart entschiedenen Antwort hatte ich nicht gerechnet. »Aber die Hochzeit ist doch nicht *real*.«

»Wenn man das Ehegelübde vor Zeugen wiederholt, wird es real.« Er fing an, vor der Stelle hin- und herzulaufen, an der ich festhing. Außerdem warf er immer wieder gefährliche Blicke auf Xun Guans erstarrte Gestalt. »Warum verschwinden wir nicht einfach? Jetzt kann sie uns mit Sicherheit nicht aufhalten.«

Als ob ich nicht selbst schon daran gedacht hätte. »Na klar. Zieh mich aus diesem Netz, dann geht's los.«

Er versuchte es und begann zu fluchen, als sich schon bei der ersten Berührung die klebrigen Fäden an seine Hand hefteten und ihn nicht mehr losließen. Es dauerte nicht lange, bis er jeden Zaubertrick benutzt hatte, den er kannte, um sich zu befreien, aber seine Hand blieb kleben.

»Doch nicht so leicht, wie du gedacht hast, oder?«, sagte ich sarkastisch. »Dieser Zauber kann nur von der Person zurückgenommen werden, die ihn ausgesprochen hat. Das weiß ich, weil ich ihn ihr beigebracht habe.«

Er warf mir einen angespannten Blick zu. »Aber Vampire dürfen sich nicht scheiden lassen. Schlimmer noch, unsere Gesetze sehen vor, dass du alle töten kannst, mit denen ich es treibe!«

»Ach, *auf einmal* bedeuten dir Gesetze etwas?«

»Meine Freiheit bedeutet mir etwas«, antwortete er wie aus der Pistole geschossen. »Das ist alles, was mir geblieben ist.«

Darauf stieg ich ein. »Du hast recht. Wenn diese Sache mit Dagon vorbei ist, wird einer von uns wahrscheinlich tot sein. Deshalb opferst du deine Freiheit nicht, falls sich herausstellt, dass ich diejenige bin, die sterben wird!«

»Und wenn ich es bin, sterbe ich als verheirateter Mann.« Er schüttelte sich. »Lieber lasse ich es auf einen Kampf mit ihr ankommen.«

Die Ränder unserer kleinen Zeitblase begannen nachzugeben; schon bald würde sie zusammenfallen. Mir blieben nur noch Sekunden. »Und wenn sie dich tötet, wanderst du geradewegs in die Hölle, oder hast du vergessen, dass Dagon deine Seele beansprucht?«

Er warf Xun Guan wieder einen vernichtenden Blick zu. »Sie kann mich nicht umbringen, *weil* ich Dagons Brandzeichen trage.«

»Sie ist eine 2000 Jahre alte Gesetzeshüterin, die sich mit dämonischen Brandzeichen auskennt. Wenn sie es mit dem Schwert nicht schafft, sticht sie dir mit dem Dämonenknochen, den sie immer dabeihat, die Augen aus.«

»Aber nicht, wenn ich sie vorher umbringe«, erwiderte er düster.

»Das darfst du nicht tun«, sagte ich. Die Vorstellung war eine Qual für mich.

Ein hartes Lächeln umspielte seine Lippen. »Also hatte ich recht, was euch beide betrifft. Es sieht so aus, als hättest du für sie deine ›Keine Vampire‹-Regel gebrochen.«

Es war sinnlos, an seinen Verstand oder seine Restbestände an Barmherzigkeit zu appellieren. Ich musste stattdessen auf seinen Egoismus hoffen. »Sagen wir mal, du bringst sie um. Dann müsstest du auch die Vollstrecker umbringen, weil sie ihren Tod niemals ungesühnt lassen würden. Dann hättest du die Hüter, die Vollstrecker und den Rat, die alle dein Blut sehen wollen, und *zusätzlich* einen wütenden Dämon an der Hacke. Selbst wenn ich dich ihnen nicht überlassen würde, weil du meine Freundin umgebracht hättest — und das *würde* ich tun —, was glaubst du wohl, wie lange wir durchhalten könnten, wenn uns so viel Dampf gemacht wird? Lohnt es sich, deine Seele zu verlieren und auf deine lang ersehnte Rache an Dagon zu verzichten, nur damit du nicht *formal* mit mir verheiratet sein musst?«

Endlich hatte ich einen Nerv getroffen, das sah ich, aber sein Gesichtsausdruck blieb hart. »Und?«, drängte ich.

Er sah mich feindselig an. »Ich denke nach.«

»Der Zauber hält nicht mehr lange«, warnte ich ihn.

Wieder ein böser Blick. »Ich habe gesagt, dass ich *nachdenke.*«

Ich zitterte von der Anstrengung, im Umkreis alles in der Starre zu halten. Die Übelkeit, die all der Stress in mir verursacht hatte, schoss mir die Kehle hoch. »Selbst wenn wir beide überleben sollten, würde ich meinen Anspruch auf dich nicht durchsetzen«, sagte ich verzweifelt. »Ich würde dich sogar als Erstes wieder in jenem Bordell in Polen absetzen und dir eine neue Karnevalsorgie bestellen, versprochen!« Dann übergab ich mich und bekleckerte ihn von oben bis unten mit einem purpurroten Schwall, als ich meinen Kampf gegen die Übelkeit verlor.

»Siehst du?«, brachte ich heraus, nachdem ich fertig war. »Das Versprechen wurde mit einem Blutschwur besiegelt.«

Er blickte angeekelt an sich herunter. »Genauso habe ich mir die Ehe vorgestellt.«

»Das nehme ich als Ja«, stammelte ich und löste dankbar den Zauber.

Xun Guan bekam anscheinend einen Schreck, als sie feststellte, dass Ian plötzlich hinter ihr statt vor ihr stand. Dann riss sie die Augen auf, als sie das blutige Erbrochene sah, das ihn überzog. »Wie? Was?«, fragte sie verwirrt.

»Er hat gesehen, dass mir schlecht wurde, und kam gelaufen,

um mir zu helfen«, versuchte ich es mit einer Erklärung. Dann lachte ich leise und zitternd. »Und als Dank für seine Mühen hat er sich in deinem Netz verfangen, wie du siehst.«

Ihre tiefen, schwarzen Augen wurden schmaler, als sie zu der Stelle sah, an der Ian zuvor gestanden hatte, und dann dorthin, wo er sich jetzt befand. »Niemand kann sich so schnell bewegen«, sagte sie fast zu sich selbst.

»Nur ich«, erwiderte er mit einem leicht genervten Unterton. »Und wenn du jetzt so gut sein könntest, uns zu befreien.«

Sie blickte mir in die Augen. »Erst beweist ihr mir euer Ehegelöbnis.«

Ian riss sich mit der Hand, die nicht an Xun Guans magischer Falle klebte, das Hemd auf. Ich wusste nicht recht, was er im Schilde führte oder weshalb er sich danach noch die Jacke herunterriss. Dann sah ich ihn seinen Dreizack nehmen. Der fallende Stoff verbarg seine Aktion vor Xun Guans Blick. Er atmete angewidert ein.

Der Drecksack hatte mich hereingelegt! Er wollte die ganze Zeit gegen sie kämpfen!

Ian rammte die Spitze des Dreizacks in den Boden und der Atem schoss aus mir heraus, als ob mich ein Rammbock erwischt hätte. »Ich werde mein Gelübde nicht wiederholen, solange ich mit Red-Dragon-Kotze bedeckt bin«, sagte er und benutzte sein Jackett, um sich damit die letzten Spritzer von der bloßen Brust zu wischen. Danach verwendete er die saubere Seite, um auch mir das Gesicht abzuwischen.

»Schön wie immer«, sagte er mit einem angestrengten kleinen Lächeln, als er fertig war. Dann blickte er abschätzig zu Xun Guan. »Sie braucht freie Hände – oder hast du vergessen, was nötig ist, um die Zeremonie wiederholen zu können?«

Xun Guan sah mich an und sprach die Worte aus, die dem Netz die Kraft entzogen, bis ich herausfiel und in Ians Armen landete. Er hielt mich einen Moment und sah zu den Eingangstoren in der Nähe, als dächte er darüber nach, mit mir über der Schulter dorthin zu laufen. Wieder verzog er die Lippen zu einem Lächeln, dann setzte er mich ab und nahm die Waffe, die er gerade erst in den Boden gerammt hatte.

Ich wusste, wie sehr es ihm gegen den Strich ging, und war deshalb überrascht, als er nicht zögerte, bevor er sich mit dem scharfen, silbernen Zacken des Dreizacks über die Handfläche schnitt.

»Ich erkläre dich bei meinem Blut zu meiner Frau«, sagte er und streckte mir seine blutige Hand und die Waffe entgegen.

Ich zitterte, als ich die Waffe entgegennahm. In all den langen Jahren meines Lebens hätte ich nie damit gerechnet, das hier mit jemandem zu tun. Schon gar nicht mit ihm. Und obwohl alles nur eine Farce war, hatte das Ganze doch mehr Bedeutung, als ich ertragen konnte.

»Bei meinem Blut«, sagte ich, schlitzte eine Linie in meine Handfläche und nahm seine Hand, damit wir unseren Schwur ablegen konnten, während sich unser Blut vermischte. »Ich erkläre dich ... zu meinem Ehemann.«

Xun Guan stieß ein leises Geräusch aus und schloss die Augen. Die beiden Vollstrecker taten es nicht. Sie bewegten sich und blickten in der Gegend herum, als versuchten sie, sich die Langeweile zu vertreiben. Ihre Gleichgültigkeit spielte keine Rolle. Wir hatten das Gelübde vor Zeugen abgelegt. Mehr war nicht nötig, damit eine Vampirhochzeit gültig war – und zwar für immer.

»Du hast die Wahrheit gesagt«, flüsterte Xun Guan. »Er ist wirklich dein Ehemann.«

Ian grunzte. »Ich war auch ganz überrascht, Schätzchen.«

Sie riss die Augen auf. »Sprich nicht so vertraulich mit mir. Ich fordere vielleicht nicht mehr dein Leben, aber gleichgestellt bist du mir *nicht*.«

»Oh, in dem Punkt sind wir uns einig«, erwiderte Ian mit einem Schimmer in den Augen.

Ich hatte einen hohen Preis bezahlt, um sie von einem Kampf abzuhalten. Deshalb wollte ich nicht zulassen, dass sie jetzt wegen einer Kleinigkeit zu streiten begannen. Ich wechselte schnell das Thema. »Du hast noch gar nicht erzählt, warum du hier heute mit einer Falle angerückt bist, Xun Guan.«

Endlich löste sie den Blick von Ian. »Ein Freund bei der Polizeiwache hat mir erzählt, dass mehrere Leute meldeten, einen Troll gesehen zu haben, der Berge von Gold durch den Central Park schleifte. Das klang so ungewöhnlich, dass ich der Sache auf den Grund gehen wollte.«

Innerlich stöhnte ich. Nechtan. Sein Geschenk hatte mich viel mehr gekostet, als es letztlich wert war. Warum hatte er den Glamourzauber nicht aufgehoben, bevor er im Park hin- und herlief? War ihm denn nicht klar, dass er dabei selbst zu dieser späten Stunde gesehen werden würde?

»Was treibst du überhaupt in New York?«, hakte ich nach. »Ich dachte, du bist in Frankfurt.«

Sie schaute woandershin. »Ich habe hier ein paar Vollstrecker beaufsichtigt...«

»Aber es war dein Vorschlag, Frankfurt zu verlassen und herzukommen«, unterbrach Sephia sie, wurde aber sogleich von Xun Guan mit einem Laserblick zum Schweigen gebracht.

Ian fing an zu lachen. »Ihr seid Veritas gefolgt, oder nicht? Wenn das kein Stalking ist. Habt ihr es auf die moderne Art getan und sie anhand ihrer Kreditkarten und ihrer Handysignale verfolgt? Oder habt ihr es mit einem Findezauber versucht?«

»Mach dich nicht lächerlich«, fing ich an, stoppte aber, als sich ein halb kleinlauter, halb wütender Ausdruck in Xun Guans Miene zeigte. »Ihr seid mir wirklich gefolgt?«, flüsterte ich leise und schockiert. »Warum?«

»Ich habe mir Sorgen um dich gemacht«, rechtfertigte sie sich. »Du benimmst dich seit Monaten eigenartig. Und du hast dir eine Auszeit von deiner Rolle als Hüterin genommen. Das hast du vorher nie getan!«

Das hatte ich nicht, wollte mich aber durch nichts davon abhalten lassen, Ian zu finden und Dagon auszuschalten, nicht einmal von einem Beruf, dem ich den größten Teil meines Lebens widmete. »Jeder hat das Recht auf einen Urlaub.«

»Das war kein Urlaub.« Sie machte eine wütende Armbewegung, die auch Ian einschloss. »Du hast dich in einer Ehe gebunden! Das ist *Wahnsinn*...«

»Ganz meine Meinung«, murmelte Ian.

»... und das weißt du auch!«, fuhr Xun Guan fort und schleuderte giftige Blickpfeile auf Ian, bevor sie sich wieder mir zuwandte. »Er ist ein gesetzloser Hurenbock! Wie *konntest* du ihn heiraten?«

Ich wollte gerade antworten, aber Ian kam mir zuvor und ging Xun Guan hart an. »Haben wir es früher mal miteinander getrieben, und ich habe es vergessen? Hasst du mich deshalb so sehr? Oder ist es, weil dir klar geworden ist, dass deine unerfüllte Liebe zu meiner Frau jetzt für alle Zeiten unerfüllt bleiben wird?«

Die Farbe ihrer Augen verwandelte sich von Obsidian in ein strahlendes Grün. »Wie kannst du es wagen...«

»Das reicht«, sagte ich energisch. »Er fordert dich heraus, weil du ihn mehrfach beleidigt hast. Das beleidigt mich auch, und das kann ich nicht zulassen. Ich kenne deine Meinung, Xun Guan. Und jetzt behalte sie für dich.«

Der winzige Dämon schrie jetzt lauter und erinnerte mich daran, dass wir von hier verschwinden mussten. Mein Blockadezauber versiegelte das Schloss und den Tunnel noch, aber lange würde er nicht mehr bestehen bleiben. Ich hätte nichts dagegen gehabt, wenn die restlichen Händler des Roten Drachen Xun Guan über den Weg laufen würden, aber ich wollte nicht, dass unschuldige Vampire, Hexen und Magier heute Abend vor eine Gesetzeshüterin und zwei Vollstrecker treten mussten.

»Dieses Kind muss zu den Menschen zurückgebracht werden«, sagte ich und nahm das in Laken gehüllte Bündel auf. »Und wie ihr sehen könnt, gibt es hier keine Trolle und kein Gold, deshalb waren die Anrufe nur ein Streich. Um den Roten Drachen habe ich mich gekümmert, und ich bin müde. Ist sonst noch etwas?«

»Da ist noch mehr«, sagte Xun Guan und blickte wieder mit zusammengekniffenen Augen zu Ian hinüber. »Aber das kann warten.«

»Sehr erfreut, euch kennenzulernen«, sagte er gedehnt. »Wir vier sollten bald einmal gemeinsam zu Abend essen.«

»Wir vier?«, wiederholte sie. »Wir sind hier zu fünft.«

»Die beiden nicht«, sagte er und gestikulierte in Richtung der Vollstrecker. »Ich meinte dich, mich, Veritas und deine glühende Eifersucht.«

»Ian!«, bellte ich, weil ich sah, dass Xun Guan kochte. O ihr Götter, konnte diese Nacht denn nicht ohne Blutvergießen zwischen den beiden enden?

Er tätschelte meinen Arm. »Reg dich nicht auf, ich bin fürs Erste mit ihr fertig. Und jetzt lass uns das mit dem Kind regeln, damit wir unsere Hochzeitsnacht feiern können.«

Ich spürte Xun Guans Blick auf mir, als wir den Central Park verließen, aber das war es nicht, was meinen Nerven so zusetzte. Es war der gefährliche Kitzel, den ich spürte, als ich darüber nachdachte, ob Ian die letzte Bemerkung gemacht hatte, weil er noch seiner Rolle gerecht werden wollte... oder ob er es ernst meinte.

21

Der Kitzel hielt nur so lange vor, bis mir wieder schlecht wurde, und das geschah schon vor der nächsten Straßenecke. Was ich dort aus mir herauswürgte, ließ den Bürgersteig wie den Tatort eines Mordes aussehen. Danach musste Ian mich und den kleinen Dämon festhalten, während er zum Hotel zurückflog. Gehen wäre meinem Magen besser bekommen als diese Luftlöcher und Wirbel, aber wir wollten nicht, dass jemand sah, wo wir untergekommen waren. Wäre uns ein gewitzter Vampir gefolgt, hätte er uns jedoch hören können. Der Dämon brüllte, und ich würgte und konnte gut verstehen, weshalb Ian leise vor sich hin fluchte. Umso weniger konnte ich begreifen, warum er uns beide nicht einfach vor dem Park stehen gelassen hatte.

Als wir endlich unsere Hotelsuite erreichten, waren wir alle drei mit Erbrochenem bespritzt. Ian brachte uns auf direktem Weg in die Dusche, drehte sie auf, setzte mich und den winzigen Dämon auf den Boden der Dusche und unter den reinigenden Wasserstrahl. Ich rechnete damit, dass er gehen würde, aber er öffnete den Reißverschluss meines Kleids, half mir heraus und hockte sich neben mir auf den Boden.

»Was tust du da?«, murmelte ich.

»Ich mache mich sauber und passe auf, dass du nicht ohnmächtig wirst und an deiner eigenen Kotze erstickst«, erwiderte er und gab mir ein paar Waschlappen. »Sag Bescheid, wenn du Hilfe brauchst.«

»Keine Anspielung, welche Stellen du am liebsten waschen möchtest?«, versuchte ich – eher erfolglos – witzig zu sein.

Er grinste süffisant. »Bei der erzwungenen Heirat, dem Dauergeschrei dieses Wesens und angesichts der Tatsache, dass du mich mehrfach mit deiner Kotze vollgesaut hast, sind mir die Anspielungen vorübergehend ausgegangen.«

Ich hatte geglaubt, schon das gesamte Kontingent an Rotem Drachen ausgekotzt zu haben, was aber offenbar nicht der Fall war, weil ich etwas tat, das mir seit fast 600 Jahren nicht mehr passiert war: Ich fing an zu weinen. »Es tut mir leid. Ganz ehrlich. Die ganze Sache ist mir dermaßen unangenehm...«

Überraschung Nummer zehntausend: Ian konnte es anscheinend nicht ertragen, wenn Frauen weinten. Er stand auf wie der Blitz, tupfte mir verlegen das Gesicht mit einem Waschlappen ab und tätschelte währenddessen mit der anderen Hand meine Schulter. »Komm, komm, hör auf damit. So schlimm ist es doch gar nicht, finde ich. Ich war früher schon unzählige Male voller Blut und Kotze, und an Dämonenschreie sollte ich mich wahrscheinlich so langsam gewöhnen, wenn man bedenkt, wo ich am Ende landen werde.«

»Wir werden dich von Dagon befreien«, sagte ich. »Aber wenn wir das nicht schaffen, werde ich bei einem der Typen ganz unten ein gutes Wort für dich einlegen.« Dann schnäuzte ich mich in den Waschlappen und gab ihn Ian zurück. Ich merkte zu spät, wie eklig das war, und entriss ihm das Ding schnell wieder. »Äh, tut mir leid. Ich habe nicht mitgedacht...«

»Offensichtlich nicht«, schnaubte er. »Du kennst also jemanden aus den Tiefen der Unterwelt, ja? Gibt es sonst noch etwas, das du gestehen willst, bevor du nüchtern wirst?«

»Bei den Göttern, nein«, stöhnte ich und ließ den Kopf auf meine Knie sinken. Ich sollte lieber ohnmächtig werden, bevor ich noch etwas sagte, das ich bedauern würde.

Ein fester Knuff an meinem Knöchel ließ mich den Kopf ruckartig wieder aufrichten. Das Baby sah mich böse an und holte schon mit der Faust aus, um mich wieder zu boxen, wenn ich es weiterhin ignorierte. Genau, ich musste den Zauber von ihm nehmen und nachsehen, mit welcher Dämonenart wir es zu tun hatten.

»Gib dich zu erkennen«, sagte ich, weil ich so erschöpft war, dass ich auf Zaubersprüche zurückgriff.

Sofort verwandelte sich seine weiche, rosafarbene Haut in Federn, die so kurz, fluffig und weich waren, dass sie an Pelz erinnerten. Dann verlängerten sich sein Mund und seine Nase zu einer Schnauze. Auch die Augen veränderten sich, und seine Arme und Beine streckten sich, bis sie an Pfoten erinnerten. Es hatte keinen Schwanz, aber zwei Flügel, die vorsichtig zu schlagen begannen, als ich die Hand ausstreckte und seinen Kopf streichelte.

»Ach, das bist du also«, sagte ich erleichtert. Und zu Ian gewandt: »Mach dir keine Sorgen, er ist harmlos.«

»Er sieht aus wie ein kleiner Samojede mit einer Löwenmähne und Flügeln«, erwiderte er und betrachtete das Geschöpf.

»Er ist ein Simargl«, sagte ich. »Simargl sind genauso loyal wie Hunde, besitzen die besten Eigenschaften eines Dämons ...«

»Wäre das Gier? Oder Narzissmus?«, warf er ein.

»... kombiniert mit der süßen Unschuld eines Kindes«, fuhr ich fort und sah ihn böse an. »Es ist eine große Ehre, einen zu empfangen.«

»Empfangen?«, schnaubte er. »So nennen es die Kinder heute?«

Er war so krass. »Simargl werden geschaffen, aber sie vermehren sich nicht.«

Er verdrehte die Augen. »Ich wusste nicht, dass bisher niemand mit dir *darüber* gesprochen hat. Also, kleine Hüterin, wenn ein Hundedämon einen anderen Hundedämon richtig lieb hat, dann umarmen sie sich auf eine ganz besondere Weise und…«

»Das reicht!«, sagte ich und spritzte ihn nass.

Aber Ian grinste nur. »Wenigstens weinst du nicht mehr.«

Er hatte recht. Jetzt war ich sauer. Und das fühlte sich viel besser an als die Erschöpfung, die Sorge, die Schuldgefühle und die Übelkeit, die mich vorher im Griff gehabt hatten. Weil ich jetzt fast schon sauber war, nahm ich einen der Waschlappen und fing an, die Flecken von dem Simargl abzuwaschen. Er zuckte zusammen, als ich ihn berührte, entspannte sich aber wieder, als er merkte, dass ich ihm nicht wehtun wollte. Das arme Ding. Er hatte nicht einmal wegzulaufen versucht, als ihm Schmerzen drohten. Jetzt wünschte ich, ich hätte all die Vampire getötet, die geholfen hatten, ihn gefangen zu halten. Es war keine Übertreibung, als ich behauptet hatte, dass die Simargl so geschätzt wurden, weil sie so selten waren. Einen von ihnen so misshandelt zu sehen, machte mich wütend.

Der Simargl bewegte den Kopf, damit ich beim Saubermachen besser an seine Ohren herankam. Das süße Wesen versuchte, es mir recht zu machen, obwohl ich ihm keinen Grund gegeben hatte, mir zu vertrauen. Er musste mich für seine neue Besitzerin halten, weil Simargl normalerweise nur dann in andere Hände kamen, wenn man ihnen einen neuen Beschützer gab. Ich schrubbte ihn, bis sein Fell silbern und nicht mehr wie

Asche aussah, und verkniff es mir gerade noch, ihn umzudrehen, damit Ian sehen konnte, wie falsch er mit seinem Kommentar von der »besonderen Umarmung« gelegen hatte. Simargl hatten keine Genitalien. Ich konnte nur an seinen Ohren erkennen, dass es sich bei dem hier um ein Männchen handelte. Er zauste sie sich so, dass sie eher spitz als rund aussahen, was Simargl zu tun pflegten, wenn sie sich für Männchen hielten.

Ian legte den Kopf schräg. »Du behandelst ihn, als ob er zerbrechlich wäre, dabei muss er robust sein, denn sonst hätte er das alles nicht überlebt.«

Ich sah ihn kühl an. »Nur weil er auch schwere Zeiten überlebt, heißt das noch nicht, dass man ihn schlecht behandeln sollte.«

»Da hast du wohl recht«, sagte er und erwiderte meinen Blick. »Das ist auch der Grund, warum ich heute Nacht deine Freundin nicht getötet habe.«

Vom plötzlichen Themenwechsel wurde mir schwindelig – oder vielleicht lag es auch an den berauschenden Substanzen, die sich noch in meinem Körper befanden. »Wie bitte?«

»Du bereust es, was ich über dich erfahren habe, aber das ist nicht nötig«, sagte er und streckte die Beine aus. »Wenn du nicht total betrunken gewesen wärst, hättest du mir vielleicht nie deine Rolle bei Katies Rettung gestanden.«

»Heißt sie so?« Der Rat hatte sich nicht die Mühe gemacht, mir ihren Namen zu nennen, als er sie zum Tode verurteilte.

»So heißt sie jetzt.« Ians Stimme wurde sanfter. »Die Schweine haben ihr nur eine Nummer gegeben, als sie ihre Gene spalteten, um ihrer halb vampirischen Erscheinung Ghul-DNA hinzuzufügen, aber einer der Soldaten, die sie gefangen setzten, änderte ›K80‹ zu ›Katie‹, sodass sie jetzt einen richtigen Namen hat. Cat und Bones haben ihn beibehalten, als sie sie schließlich fanden.«

Ich musste den Blick abwenden, weil es mir plötzlich das Herz zusammenzog. »Ja, Namen sind wichtig«, flüsterte ich. »Ganz besonders wenn du vorher wie ein Ding und nicht wie eine Person behandelt wurdest.« Mich hatte man auch lange Zeit nicht für würdig gehalten, einen Namen zu tragen. Das gehörte ebenfalls zu den Dingen, für die ich mich bei Dagon bedanken konnte. Ich musste diese Erinnerungen unterdrücken, bevor sie mich in meinem geschwächten Zustand fertigmachten. Deshalb schickte ich eine Frage hinterher: »Aber was hat das mit dir und Xun Guan zu tun?«

Etwas Hartes zeigte sich in seinem Gesichtsausdruck. »Auf dieser Welt gibt es nur wenige Leute, die mir wirklich am Herzen liegen. Wie du bereits weißt, ist Mencheres einer von ihnen. Auch Bones gehört dazu, und Katie ist das Kind seiner Frau. Wenn ich geglaubt hätte, dass du bei Katies Exekution behilflich gewesen warst, hätte ich Xun Guan vor deinen Augen ermordet, um es dir heimzuzahlen. Danach hätte ich mit meinem letzten Befehl dafür gesorgt, dass du mir auch weiterhin hilfst.«

Die Wassertemperatur hatte sich nicht verändert, aber plötzlich war mir viel, viel kälter. Auch der Simargl spürte die neue, tödliche Eiseskälte, die Ian ausstrahlte. Er kauerte sich hinter mich und wimmerte ganz leise. Doch dann heiterte sich Ians Miene ganz plötzlich auf, und die kalte Anspannung verschwand.

»Aber du hast Katie geholfen. Es hätte dich deinen Job und sogar dein Leben kosten können, wenn du erwischt worden wärst, dabei kanntest du sie nicht einmal. Und mit ihren Eltern warst du auch nicht befreundet. In Wahrheit verstehe ich überhaupt nicht, weshalb du es getan hast. Cat und Bones ist vielleicht gar nicht bewusst, wie viel sie dir schulden, aber ich weiß es, und ich konnte diese Schuld nicht dadurch vergelten, dass ich jemanden umbrachte, der dir wichtig ist.« Er machte eine Pause und lachte voller Selbsthass auf. »Selbst wenn es bedeutete, dass ich zur lebenden Verkörperung meines schlimmsten Albtraums werden musste – zu einem verheirateten Mann.«

Der tief verwurzelte Ehrbegriff, der seine Handlungen bestimmte, berührte mich. Wieder einmal hatte er sich lieber selbst geopfert, als einen einfachen Ausweg zu suchen. Ian mochte extrem wählerisch darin sein, wem er seine Loyalität schenkte, aber wenn er sie einmal vergeben hatte, hielt er sich rückhaltlos daran.

»Mencheres und Bones können sich glücklich schätzen, dich zum Freund zu haben«, sagte ich absolut ernst. Und weil ich wusste, dass er es hasste, ständig für seine guten Taten gepriesen zu werden, fuhr ich fort: »Ich will noch einmal betonen, dass ich auf alle meine Rechte als deine Frau verzichte. Ganz im Ernst: Du wirst unseren Sieg über Dagon auf meine Kosten mit einer neuen Karnevalsorgie feiern. Versprochen!«

»Das sagst du«, erwiderte er mit dem knappsten Lächeln.

»Ich versprach es mit einem Blutschwur, und wenn Vampire einen Blutschwur leisten, brechen sie ihn nicht.«

Er höhnte sofort: »Vampire brechen ständig Blutschwüre.«

»Ich tue das nicht«, sagte ich mit Bestimmtheit.

»Nein, das tust du nicht.« Seine Stimme klang sanft, aber es war eine Intensität hinzugekommen, die mich erschauern ließ. »Du würdest nichts versprechen, wenn du es nicht halten wolltest.«

Er streckte die Hand aus und strich mit dem Finger über die

Wölbung meiner Wange. Dann tupfte er einen Wassertropfen von meiner Unterlippe. Ich weiß nicht, weshalb ich nicht schon vorher bemerkt hatte, dass er halb nackt war und ich nur BH und Höschen trug. Ja, ich war betrunken, aber *das* hätte mir auffallen müssen. Erst recht, wie das Wasser an seinem nackten Oberkörper haftete, als ob es etwas dagegen hätte, seine gut definierten Muskeln zu verlassen.

Vielleicht war es mir vorher nicht aufgefallen, weil ich mich sicher gefühlt hatte. Ich erinnerte mich nicht, wann mir zum letzten Mal jemand ein derartiges Gefühl vermittelt hatte, und ich konnte es nicht auf den Roten Drachen schieben. Ich war nicht zum ersten Mal betrunken, aber die Geheimnisse, die ich heute Abend Ian offenbarte, hatte ich noch nie jemand anderem verraten. Nein – aus Gründen, die sich jeder Logik widersetzten, vertraute ich offenbar Ian auf einer Ebene, wie ich das seit Tenoch nie mehr getan hatte. Es ergab keinen Sinn, aber ich konnte es nicht leugnen. Nicht nachdem ich so viele meiner Geheimnisse vor ihm ausgebreitet hatte. Aber jetzt hatte sich mein Gefühl für Sicherheit verändert und in etwas anderes verwandelt. Etwas, das weitaus stärker und ganz und gar nicht sicher war, wenn man die Intensität berücksichtigte, mit der ich es wahrnahm.

»Du solltest mich nicht so berühren«, flüsterte ich.

»Warum?« Seine Stimme war so leise wie meine, aber der Blick seiner Augen war nicht zärtlich. In ihm war dieselbe dunkle Wildheit, die in mir schwelte. »Fürchtest du, ich könnte mich jetzt an dir vergreifen, weil du noch betrunken bist?«

»Nein«, sagte ich und rückte näher an ihn heran. »Wenn du mich weiter so anfasst, verliere ich die Kontrolle und vergreife mich an *dir*.«

Ich spürte sein tiefes, sinnliches Lachen, als würde es über meine empfindlichsten Nervenenden reiben, und es weckte in ihnen die Sehnsucht nach mehr. Als er sich näher heranbeugte, kam ich ihm auf halbem Weg entgegen, und als ich meine Hände über seine Brust gleiten ließ, spürte ich, wie sehr er mich wollte, als sich plötzlich seine Muskeln zusammenzogen und seine Augenfarbe zu reinem Smaragdgrün wechselte.

Deshalb war ich geschockt, als er meine Hände ergriff und mich zurückdrängte. »Nein. Du hast schon viele Dinge getan, die dir leidtun werden, wenn du morgen wieder nüchtern bist. Ich möchte nicht, dass dies dazugehört.«

»Du weist mich zurück?«, fragte ich völlig ungläubig.

Er lachte schroff. »Ja. Und wenn mein Schwanz reden könnte, würde er seinen Einspruch herausschreien. Aber obwohl du betrunken viel ehrlicher zu mir gewesen bist, als du es nüchtern jemals warst, weiß ich nicht, ob das hier real ist. Und falls es das nicht ist, möchte ich es nicht.«

Er meinte es ernst, das spürte ich an der Entschiedenheit, mit der er mich abwies. Wie bewundernswert von ihm, verdammt. Ich lehnte mich gegen die Wand der Dusche und stieß einen frustrierten Seufzer aus. »Dein unbestechlicher Sinn für Anstand ist dein verdammt größtes Geheimnis, oder nicht?«

Er lachte, diesmal natürlicher. »Erzähl es nicht weiter. Mein Ruf wäre ruiniert.« Dann berührte er mein Gesicht voller Zuneigung statt Erregung. »Dein größtes Geheimnis ist, dass du ein Dämonenzeichen trägst wie ich.«

Vielleicht war es meine Erschöpfung. Vielleicht verpasste mir alles, was ich getrunken hatte, eine letzte, volle Dröhnung. Jedenfalls tat ich, was ich schon längst hätte tun sollen, bevor ich weitere meiner Geheimnisse offenbarte.

Ich verlor das Bewusstsein.

22

Zwick. Zwick, zwick, zwick!

»Hör auf«, murmelte ich und schlug nach dem, was mich so zwickte. Ein verängstigtes Jaulen ließ mich die Augen aufschlagen und den Kopf heben. Ich wünschte gleich, ich hätte es nicht getan. Schon diese kleine Bewegung quetschte meinen Kopf zusammen, als würde er in einem Schraubstock stecken.

Durch kaum geöffnete Lider sah ich den Simargl unter die Bettdecke huschen. Ich konnte mich nicht erinnern, ins Bett gebracht worden zu sein, und schon gar nicht daran, dass der Simargl mit unter meine Decke kam, aber hier waren wir zwei. Jetzt hatte ich dem armen Ding Angst gemacht.

»Tut mir leid«, sagte ich und zuckte zusammen, weil jedes Wort das gnadenlose Hämmern in meinem Kopf verstärkte. Aber der Simargl zitterte unter der Decke, und es tat mir total leid, dass ich ihn erschreckt hatte. »Ich bin dir nicht böse«, fuhr ich fort, streichelte die Decke über ihm und versuchte es mit einem Singsang: »Ist doch alles gut. Du kannst rauskommen.«

Er streckte langsam den Kopf heraus. Ich lächelte ermutigend, obwohl es sich anfühlte, als würde mir die Anstrengung das Gesicht spalten. Zum letzten Mal war ich vor fast 1000 Jahren so verkatert gewesen. Es war absolut genauso furchtbar, wie es mir in Erinnerung geblieben war. Sogar schlimmer. Hatte ich damals schon den Tod herbeigesehnt, nur damit der Schmerz nachließ – so wie jetzt?

Schließlich kam der Simargl ganz unter der Decke hervor. Kaum draußen, blickte er flehentlich zur Tür.

»Was ist?«, fragte ich verwirrt. »Du musst nicht zum Pinkeln vor die Tür, solche Körperteile hast du nicht.«

Der Simargl schaute immer aufgeregter zwischen der Tür und mir hin und her. Irgendetwas beunruhigte ihn. Ich wusste nicht, was es war, aber es hatte offenbar mit dem zu tun, was sich auf der anderen Seite der Tür befand.

Ich stand auf und fasste mir sofort an den Kopf, weil es sich anfühlte, als würde er gleich explodieren. Es gelang mir nur deshalb, mich nicht zu übergeben, weil mir beim Gedanken daran, wie schmerzhaft es sein würde, vor Angst jeder Gedanke daran verging. Die Sonne war schon aufgegangen, was alles noch schlimmer machte. Das helle Licht, das durch die Fenster strömte, ließ mich zurückzucken, als ob die Sonnenstrahlen eine echte Gefahr darstellten, wie es alle alten Vampirmythen behaupteten. Bei allen Göttern! War die Sonne schon immer so furchtbar und gemein *hell* gewesen?

Ein Klopfen an der Tür dröhnte bis in meinen Hinterkopf. »Zimmerservice«, rief eine männliche Stimme.

Hatte Ian Frühstück bestellt? Falls es so war, musste der Simargl den Zimmerkellner gespürt haben und deshalb so verängstigt sein. So, wie er vor der Tür zurückschreckte, mochte er anscheinend keine Fremden.

»Ich komme«, murmelte ich; einen Schluck vom Hals des Kellners hätte ich gebrauchen können. Etwas frisches, sauberes Blut half vielleicht gegen das gnadenlose Wummern in meinem

Kopf. Ich war fast an der Tür, als der Simargl seine Pfoten um mein Bein legte und mich mit aller Kraft aufzuhalten versuchte.

»Was ist?«, fragte ich, betrachtete die Tür danach aber mit anderen Augen. Ich spürte nichts Bedrohliches auf der anderen Seite, aber das Verhalten des Simargls warnte eindeutig vor *Gefahr!*

»Bin gleich da!«, rief ich, änderte aber mein Vorgehen und bedeutete dem Simargl, sich unter dem Bett zu verstecken. Dann sah ich mich nach meinen Waffen um. »Ich suche nur noch meinen Morgenmantel...«

Die Tür krachte aus den Angeln und erwischte mich fast, als sie durchs Zimmer flog. Dann schob ein grinsender Zimmerkellner einen Servierwagen ins Schlafzimmer. Noch bevor er ganz über die Schwelle war, kamen Vampire darunter hervor, sodass mich das kleine Wägelchen an das Auto voller Clowns seinerzeit im polnischen Bordell erinnerte.

Es waren nicht nur Vampire, stellte ich fest, als mein Abwehrzauber von den ersten abprallte, die er berührte. Es waren auch geborene, also dämonenartige Hexen, und das machte sie sehr gefährlich. Mein Erstarr-Zauber würde bei denen nicht funktionieren, wie auch der überwiegende Rest meiner Magie, und ich war nicht gerade in Bestform für einen Kampf, wenn es darum ging, etwas Mächtigeres zu beschwören. Deshalb stürzte ich mich auf sie und bekämpfte sie auf die altmodische Art.

Da sprang die andere Schlafzimmertür auf und Ian, der nur eine schwarze Jeans anhatte, stürzte sich ins Getümmel. Nachdem ich für ein paar kurze Momente aus den Augenwinkeln seine Bewegungen beobachtet hatte, wurde mir klar, dass er sich bei unserem ersten Kampf zurückgehalten haben musste. Da hatte er schon hervorragend gekämpft, aber nicht unschlagbar gewirkt. Jetzt dagegen kam er mir wie ein Sensenmann vor, dem es auf furchtbare Weise misslang, seine Aggressionen unter Kontrolle zu halten. Bald blieben mir nur noch die Nachzügler, weil Ian sich mit so viel Effizienz und unbekümmerter Bosheit in die Menge der Angreifer stürzte, dass Körperteile durch die Luft flogen und dabei das Hotelzimmer fast völlig zerstört wurde.

»Ich liebe ein gutes Gemetzel am Morgen!«, rief er, bevor sein nächster Luftangriff fünf von ihnen durch die Wand und ins angrenzende Hotelzimmer schleuderte. Für mich blieben vier übrig und ich schaffte es, mit zwei von ihnen fertigzuwerden, bevor das Bett umkippte und der ängstliche, wimmernde Simargl zum Vorschein kam.

»Da bist du ja!«, rief der elfenbeinhäutige, nordisch aussehende Vampir. »Es war also doch nicht ganz verkehrt, dass der Chef einen Aufspürzauber auf dein Blut gelegt hat.«

Ich sprang vor ihn, schnappte mir den Simargl und schob ihn hinter meinen Rücken.

»Wenn du näher kommst, schneide ich dir das Herz raus«, warnte ich und streckte mein sehr blutiges, silbernes Messer vor, um meinen Worten Nachdruck zu verleihen.

Der nordische Vampir und sein dunkelhäutiger Kumpan wechselten einen kurzen Blick, dann blickten sie zu dem Servierwagen, der hinter ihnen stand. Er vibrierte und lud die Luft im Umkreis magisch auf. Das bedeutete wahrscheinlich, dass sich ein Portal in dem Wagen verbarg. Wie sonst hätten damit über ein Dutzend Vampirhexen in dieses Zimmer gelangen können?

»Willst du nicht aufhören zu kämpfen?«, fragte der nordische Vampir plötzlich. »Das Einzige, was wir wollen, ist die Quelle. Gib sie uns, dann lassen wir dich am Leben.«

Sein tintenschwarzhaariger Gefährte grunzte: »Der Boss hat aber was anderes befohlen.«

Der Blonde bedachte ihn mit einem Blick, der *Ich lüge doch, du Blödmann!* sagte. Dann grinste er mich an, als hätte ich nicht zwischen den Zeilen gelesen. »Komm schon, du willst doch nicht für eine Art Heroin mit Kuschelflügeln sterben, oder? Und das eine kannst du mir glauben: Dein anderer Freund kommt so oder so mit. Auf ihn ist eine Belohnung ausgesetzt, für die es sich lohnt, dieses Hotel hier plattzumachen.«

Ich sah mich um und checkte schnell die Lage. Als ich hörte, dass nebenan weitere Wände zu Bruch gingen, zuckte ich zusammen. Ian und ich konnten diesen Kampf wahrscheinlich gewinnen, aber wie viele Unschuldige würden dabei ihr Leben verlieren? Wir durften die Schlägerei nicht auf die gesamte Hoteletage ausweiten. Dagon hatte ein Kopfgeld auf Ian ausgesetzt. Diese Söldner würden sich über menschliche Kollateralschäden keine Gedanken machen, um es sich zu verdienen.

Plötzlich zerbarst die nächste Wand, und durch das entstandene Loch taumelte Ian ins Zimmer. Er hielt zwei Vampire am Hals, aber nach einer bösartigen Drehung seinerseits blieb nur noch einer übrig. Mit beeindruckendem sportlichem Geschick versetzte er dem Kopf, den er zuvor abgedreht hatte, einen Tritt und brach dem Vampir in seinen Armen gleichzeitig das Rückgrat.

»Toooor!«, schrie er laut, als der Kopf genau zwischen den beiden Vampiren vor mir hindurchflog. Dann riss er dem Vampir, den er noch festhielt, die Arme aus und fing an, mit den schnell verwitternden Gliedmaßen auf ihn einzudreschen.

Manche Kämpfer sind kalt und rücksichtslos. Andere unerschrocken und talentiert. Ian vereinte all diese Eigenschaften mit so viel Enthusiasmus, dass man sich vorkam, als wäre man Zuschauer eines blutigen Balletts. »Ich könnte dir den ganzen Tag beim Kämpfen zusehen«, sagte ich völlig ernst, aber jetzt kamen immer mehr Vampire aus dem Servierwagen. Ich hatte recht gehabt: Das verdammte Ding war ein Portal.

Diese Sache musste enden, bevor jemand zu Schaden kam, der es nicht verdiente. Ich hatte nie vorgehabt, vor Ians Augen zu tun, was ich als Nächstes tat, aber es musste sein. Sonst wäre ich genau wie diese Söldner bereit gewesen, das Leben Unschuldiger zu opfern, wenn es meinen Zwecken diente. Ich setzte den Simargl ab, schnitt mir mit meinem Messer in die Hand und strich damit über den grauen Kopf des Simargls. Danach fügte ich mir noch einen Schnitt zu und schmierte mein Blut über Ians Arme.

»Hör auf, mit ihnen zu kämpfen«, befahl ich Ian, als immer mehr Vampire aus dem Portal im Servierwagen drangen. »Begleite sie stattdessen. Erinnere dich an das, was ich dir letzte Nacht gesagt habe, denn ich werde dich *schon bald* wiedersehen.«

Dann rammte ich mir die silberne Klinge ins Herz und drehte sie um.

»Nein!«, hörte ich Ian schreien, bevor mich mein Tod des Klanges seiner Stimme beraubte. Ich spürte zuerst, dass Ian über mir kauerte, und dann einen neuen, furchtbaren Schmerz von Feuer, der sich in meinem ganzen Körper ausbreitete. Ian ließ mich los, als das Feuer stärker wurde, und das war auch gut so, weil ich explodierte.

Danach spürte ich nichts mehr.

23

Die ersten paar Dutzend Male oder so ist es noch schrecklich, wenn man stirbt. Es dauert eine Weile, bis man sich daran gewöhnt hat, eine körperlose Form zu sein, die zum Gipfel der Ewigkeit fliegt. Ganz zu schweigen davon, wie erschreckend es ist, zum ersten Mal den Torwächter der Unterwelt zu sehen. Es soll reichen, wenn ich sage, dass es gut ist, keinen Darm mehr zu haben, denn sonst würde man sich richtig einsauen.

Aber nach Hunderten – oder mehr? – Toden fühlte ich mich nur leicht beklommen, als ich auf den Fluss zusteuerte, der diese Welt von der nächsten trennte. In Wirklichkeit war da natürlich kein Fluss, er war nur ein Konstrukt, das mein eigener Geist sich erschuf. Genau wie die äußere Erscheinung jener Gestalt, die ich an seinem Ufer stehen sah. Sein Aussehen änderte sich je nach den persönlichen Glaubensvorstellungen. Hätte ich wie Mencheres die alten ägyptischen Götter verehrt, hätte ich Aken, den Fährmann, gesehen. Momentan sah ich den ersten Gott, an den ich jemals geglaubt hatte – und schauderte.

Dann löste sich das Bild auf, und übrig blieb ein großer Mann mit bronzefarbener Haut. Sein silbernes Haar war mit goldenen und blauen Strähnen durchsetzt, und seine Augen blitzten so silberhell, dass ich ihre eigentliche Farbe nicht erkennen konnte. Als er mich sah, nickte er mir sehr knapp zu, als wäre er enttäuscht, dass ich schon wieder gestorben war. Doch bevor ich ins Land der Lebenden zurückgebracht wurde, sagte ich: »Warte!«

Ich hoffte, dass er zuhörte. Manchmal tat er es, manchmal nicht.

Er winkte mich heran. Ich spürte, dass ich mich ihm näherte, bis ich schließlich vor ihm stand. Zum Glück war er diesmal bereit, mich anzuhören.

»Was willst du von mir?«, fragte er.

Meine Angst vor ihm hatte ich schon vor langer Zeit verloren, aber wohl fühlte ich mich in seiner Nähe nie. Ganz gleich, welchen Namen ihm die Religionen gaben – der Wächter des Tors zur Unterwelt war keine beruhigende Erscheinung. »Bevor du mich zu denen zurückbringst, die ich mit meinem Blut markiert habe, müssen in meiner Welt eine bis maximal zwei Stunden vergangen sein.«

Er lächelte nicht. Das wäre eine zu menschliche Reaktion gewesen. Aber ein minimales Zucken in seiner Miene konnte so interpretiert werden, als hätte ich ihn amüsiert. »Muss es das?«

Ich hatte ihn einmal um etwas gebeten, das er mir nicht zugestanden hatte, deshalb wusste ich nicht, wie gut meine Chancen bei dieser Bitte standen. Im Gegensatz zum letzten Mal war dies jedoch nur eine kleine Bitte, und er war hoffentlich großzügig gestimmt. »Bitte«, sagte ich. »Es ist sehr wichtig.«

Er streckte den Arm aus und ein kleines, schmales Boot erschien auf dem Fluss. »Du kennst den Preis eines Vertrages mit mir und weißt, was es dich kostet, wenn du versagst.«

»Okay, ich werde dein Boot füllen«, sagte ich finster entschlossen.

Ohne ein weiteres Wort flog ich zurück, und der Wächter, der Fluss und alles andere verschwanden aus meinem Blick. Dann explodierte Licht vor meinen Augen, und ich sah die Dächer von Gebäuden, als würde ich aus großer Höhe darauf hinabstürzen. Ich machte mich instinktiv auf alles gefasst, aber ich hatte keinen Körper und spürte deshalb keinen Aufschlag, als ich eines der Gebäude berührte.

Ich durchquerte mehrere Stockwerke, alles verschwamm, und schließlich blickte ich auf ein unterirdisches Parkhaus. Ian war dort und sah viel schlechter aus als bei unserer letzten Begegnung. Aus seinem Körper ragten mehrere silberne Harpunen, die mit Ketten gesichert waren. Nicht weniger als ein Dutzend Vampirwächter hielten die anderen Enden dieser Ketten fest. Die Harpunenspitzen mussten mit Widerhaken versehen sein, denn jedes Mal, wenn Ian sich bewegte, rissen sie große Teile seines Körpers auf.

Der Simargl war auch dort, er lag in einem Metallkäfig in Ketten. Neben dem Käfig stand der nordische Vampir. An der Art, wie er immer wieder auf seine Armbanduhr blickte, konnte man sehen, dass er mit baldigem Besuch rechnete. Es war an der Zeit, die Party platzen zu lassen.

Ich zielte auf Ians Schulter, die ich mit meinem Blut markiert hatte, und alles wurde schwarz. Bevor ich wieder etwas sehen konnte, fing ich einige Brocken der Unterhaltung auf.

»Wo kommt denn die ganze Asche her?«

»Die kommt da aus seiner Schulter! Sieh doch!«

»Jetzt bewegt sich etwas darin.«

»Es ist groß. Es erhebt sich aus der Asche. Was ist das?«

»Heilige Scheiße, es . . . es sieht aus wie eine Frau.«

Ich strich mir mein silbriges, goldenes und blaues Haar aus

den Augen und schaute mich nach Ian um. Einen Sekundenbruchteil lang sah ich ihn durch die Augen des *anderen* in mir, statt mit denen des Vampirs, der ich war. Lichtstrahlen brachen aus ihm heraus, Anzeichen für seine Integrität und seinen inneren Edelmut, die ich bereits an ihm entdeckt hatte. Aber in diesem Licht wirbelte auch die Düsternis, und sie stammte nicht nur von seinen Brandzeichen. Ian hatte schon immer innere Dämonen gehabt – und zwar lange bevor er den Handel mit Dagon eingegangen war.

Im selben Moment sah Ian mich an. Seine Miene offenbarte, dass er mich wiedererkannte, und ich war froh, mich ihm schon früher in dieser Erscheinungsform gezeigt zu haben. Fast hatte ich damit gerechnet, dass er erschrecken würde, wenn er erkannte, dass ich das Wesen war, das sich aus der Asche zu seinen Füßen formte. Seine Bewacher schrien jedenfalls, als fürchteten sie sich sehr. Aber Ians Gesichtszüge entspannten sich. Dann bückte er sich und zog mich in seine Arme, obwohl ihm die Harpunen dabei tiefer ins Fleisch drangen.

Sein Blut spritzte auf mich. Ich wurde wütend. Sie hatten ihm wehgetan. Sie hatten ihm wehgetan, und er hatte es sich gefallen lassen, weil ich von ihm verlangt hatte, sie zu begleiten. Jetzt wollte ich jeden einzelnen Tropfen seines Blutes rächen. Ich fasste ganz kurz seine Hände. Von der Asche abgesehen, die an meinem Leib klebte, war ich nackt. So stürzte ich mich auf Ians Bewacher.

Dass mein alter Körper explodiert war, hatte den Vorteil, dass dabei auch mein Kater vernichtet wurde. Der neue Körper war nicht erschöpft oder mit Chemikalien vollgepumpt. Was bedeutete: Ich war im Vollbesitz meiner körperlichen und magischen Kräfte. Also entfesselte ich meine Kraft wie ein Abschlussfeuerwerk am Unabhängigkeitstag. Ehrlich gesagt, vielleicht habe ich dabei auch ein bisschen angegeben. Ian hatte mich mit seinen Kampfkünsten wirklich beeindruckt. Jetzt zeigte ich ihm, wozu ich imstande war.

Als ich fertig war, bewegte sich in der Garage niemand außer mir, Ian und dem Simargl, der in seinem Käfig aufgeregt im Kreis lief. »Ich habe dich auch vermisst«, sagte ich zu ihm und nahm mir vor, dem Simargl sobald wie möglich einen Namen zu geben.

Ich zog einem der toten Wächter den Mantel aus. Er war blutbefleckt, aber schwarz, weshalb sich das Blut darauf nicht stark abzeichnete. Das musste zunächst reichen, bis ich mir etwas Richtiges zum Anziehen besorgen konnte. Ich schüttelte die dicksten Fleischfetzen heraus, bevor ich ihn anzog. Dann strich ich mein Haar zurück – wie gerne hätte ich eine Haarklammer oder ein Haarband gehabt. Wenn ich mein Haar offen trug, sah es immer aus, als wirbelte mir eine unsichtbare Brise die lange, dreifarbige Mähne um die Schultern.

Zum Schluss verwendete ich Magie, um die mit Widerhaken versehenen Harpunenspitzen stumpf zu machen, die in Ian steckten, damit ich sie herausziehen konnte, ohne ihm noch mehr Fetzen aus dem Fleisch zu reißen. Als alle entfernt waren, starrte Ian auf die zerfetzten Kadaver, auf die Schäden, die in der Garage an mehreren Autos entstanden waren, und dann schließlich zu mir.

Seine Erleichterung von vorhin war verschwunden. Jetzt dämmerte in seinem Blick die Tragweite all dessen, was geschehen war. Ich war froh, dass er mich früher schon in dieser Aufmachung gesehen hatte, sonst hätte ich erklären müssen, wer ich war, was diesen Augenblick noch merkwürdiger gestaltet hätte.

»Ich habe dir doch gesagt, dass wir uns wiedersehen«, sagte ich in einem kümmerlich unzureichenden Versuch, die angespannte Situation ein wenig aufzulockern.

Er lachte kurz auf. »Das hast du getan… Und dann bist du explodiert und mir um die Ohren geflogen.«

Ich wurde auf eine seltsame Weise verlegen. Andererseits hatte ich mich auf die denkbar extremste Weise exponiert – weshalb es vielleicht doch nicht so seltsam war. Trotzdem versuchte ich es herunterzuspielen. »Es sah schlimmer aus, als es war. Du hast doch auch deine Formwandler-Freundin vorübergehend sterben sehen, als sie sich vom Scharfrichter des Rates enthaupten ließ…«

»Hör auf«, sagte er brüsk. »Keine Lügen mehr, keine Halbwahrheiten und kein Verschweigen. Zuerst hielt ich dich für eine Vampirin, die von einem Dämon besessen ist, weil du allein mit deiner Willenskraft zaubern konntest – und das kann kein Vampir. Dann habe ich dein Blut geschmeckt und dachte, dich hätte ein Dämon gebrandmarkt, so wie mich. Ich dachte, Dagon hätte dich gezeichnet, und deshalb wolltest du seinen Tod, aber jetzt… Jetzt weiß ich überhaupt nicht mehr, was du bist. Du hast recht. Ich habe früher schon Leute ›sterben‹ sehen, die das Brandzeichen eines Dämons trugen. Die haben aber nicht plötzlich Feuer gefangen und sind explodiert. Die sind auch nicht aus einem Haufen Asche auferstanden, die irgendwie aus der Stelle herausgerieselt ist, an der du mich markiert hattest, und ihre Augen hatten auch nicht diesen silbernen Glanz wie deine. Deshalb frage ich dich zum letzten Mal: *Was bist du?*«

Am liebsten wäre ich noch betrunken gewesen. Es wäre mir viel leichter gefallen, mein nächstes Geständnis abzulegen, wenn

Chemikalien meine Nervosität betäubt hätten. »Du weißt, dass ich zur Hälfte Vampir bin. Die andere Hälfte...« Ich zuckte hilflos mit den Schultern. »Je nach Kultur oder Glauben gibt es dafür unterschiedliche Namen. Halbgott. Nephilim. Phönix. Titan. Höllenbrut...«

»War einer deiner Eltern ein Engel, ein Dämon oder ein Gott?«, fiel er mir ins Wort.

Nur Tenoch hatte jemals die Wahrheit über mich erfahren, und er hatte mich unzählige Male beschworen, sie niemandem zu verraten. Alle diese Warnungen aus alter Zeit dröhnten mir in den Ohren, als ich sagte: »Ich habe meinen Vater einmal gefragt, was er sei, weil ich es nicht herausbekam. Er antwortete nie, und er ist keiner, den man bedrängt. Du wirst noch sehen, was ich meine.«

Er sah mich durch zusammengekniffene Lider an. »Das werde ich noch sehen? Wie meinst du das?«

Ich ließ den Blick über die Leichen schweifen, die in der Garage verteilt lagen. »Ich konnte nicht sofort zu dir kommen, sonst wärst du noch im Hotel gewesen, mit zu vielen unschuldigen Menschen in der Nähe. Ich konnte auch nicht zu lange abwarten, weil sie dich sonst an Dagon ausgeliefert hätten. Für so viel Präzision musste ich ein angemessen großes Angebot machen. Mein Vater wird gleich kommen und es einfordern.«

Als ob ihn diese Worte herbeigerufen hätten, wurde die halbe Garage plötzlich stockdunkel, und ein geisterhaftes Boot glitt über einen Fluss, der sich aus dem Nichts materialisierte. Ian schrie, als er die Gestalt am Ruder des Bootes sah, und seine helle Haut wurde totenblass.

»Alles in Ordnung!«, sagte ich schnell. »Er will nicht zu dir. Er ist für die dort gekommen.«

Ian sah wieder zu mir, sein Blick war halb entsetzt und halb ungläubig. »Der blutige *Sensenmann* ist dein Vater?«

»Er sieht in Wirklichkeit gar nicht so aus wie das, was du siehst. Auf dieser Seite des Schleiers siehst du das, wovor du dich fürchtest.«

»Ich sehe ein riesiges, in einen Umhang gehülltes Skelett, das eine mächtige Sichel schwingt«, sagte Ian sofort. »Siehst du nicht dasselbe?«

Ich blickte zu meinem Vater und sah einen großen Mann mit silbernem, goldenem und blauem Haar, einem hinreißend schönen Gesicht und dunkelbrauner Haut. Die wahre Gestalt des Wächters ähnelte meiner realen Erscheinung so sehr, dass ich ständig einen Glamourzauber benutzen musste, der mich wie eine schlanke, blonde Gesetzeshüterin aussehen ließ, damit ich nicht als sein Kind erkannt wurde.

»Nein, ich sehe etwas anderes«, sagte ich, schaute meinem Vater kurz in die blitzenden Augen und senkte dann den Blick. Ich deutete auf die Gestalten, die Ian bewacht hatten. »Dein Preis, Wächter.«

Mein Vater streckte den Arm aus, und geisterhafte Schemen stiegen von den Leichen auf und wurden in sein Boot dirigiert. Keiner von ihnen ging glücklich. Sie schrien alle so ähnlich wie Ian beim Anblick meines Vaters. Der Simargl war der Einzige, der keine Angst hatte. Er drückte sich, soweit es seine Ketten erlaubten, gegen die Gitterstäbe seines Käfigs und machte Geräusche, die sehr nach fröhlichem Kläffen klangen. Mein Vater sah zu ihm hinüber und nickte ihm ganz leicht zu – ein größeres Zeichen der Anerkennung hatte ich noch nie von ihm gesehen.

»Du wirst dich um ihn kümmern«, sagte er zu mir. Das war ein Befehl und keine Bitte. »Sein voriger Besitzer hat ihn auf eine unwürdige Weise behandelt. Ich werde ihn über den Wechsel informieren.«

Der Befehl machte mir nichts aus. Ich hatte sowieso beschlossen, es zu tun. Aber der letzte Teil überraschte mich. »Weißt du, wer der frühere Besitzer ist?«

Zum zweiten Mal war ich mir sicher, meinen Vater amüsiert zu haben, obwohl sich sein Gesichtsausdruck nicht änderte. »Ja. Es ist Dagon, und er wollte gerade gehen.«

Ian und ich drehten uns augenblicklich um. Ich konnte mein Gesicht nicht sehen, aber ich war wahrscheinlich genauso geschockt wie Ian, als ich sah, dass Dagon sich irgendwann hinter uns materialisiert hatte.

24

Ich hatte Dagon seit über 4000 Jahren nicht gesehen. Der Dämon sah noch genauso aus, wie ich mich an ihn erinnerte: groß, blond, knabenhaft attraktiv und immer mit einem kleinen Lächeln, das ihn nur selten verließ, ganz gleich, welche Gräueltaten er verübte. Sein Grinsen wurde breiter, als er Ian sah, verging ihm aber ganz und gar, als er zu mir schaute. Verdammt! Ich hatte mir keine Zeit für den Glamourzauber genommen, damit Dagon mich nur als die Gesetzeshüterin sehen konnte, als die ich mich tarnte.

»Du?«, fragte er erstaunt. »Ich dachte, du *musst* inzwischen tot sein!«

Ich hatte unzählige Male davon geträumt, was geschehen würde, wenn ich Dagon schließlich gegenüberstand. Die Details variierten, aber es endete immer damit, dass ich ihm Dämonenknochen in die Augen rammte, um ihm das Schicksal zu bereiten, das er auf jeden Fall verdiente. Jetzt hatte es mich unerwartet und unvorbereitet erwischt, aber ich durfte ihn nicht erkennen lassen, wie sehr er mich aus der Fassung brachte.

»Gerade du solltest wissen, wie schwer ich umzubringen bin.«

Jede Silbe war hasserfüllt. Dagons Grinsen kehrte zurück, als er es hörte. Ich gab mir Mühe, nicht zu zittern, weil mich jene Mischung aus blinder Wut und Verzweiflung erfasste, an die ich mich noch von früher erinnerte. Es heißt, die Zeit schwäche alles ab, doch in diesem Moment hasste und fürchtete ich Dagon so sehr, wie ich es vor all jenen Jahrtausenden getan hatte, als ich nichts weiter als sein Lieblingsspielzeug gewesen war.

Er wedelte spielerisch mit dem Finger in meine Richtung, so wie es Leute tun, wenn sie ein Kind dabei erwischen, wie es etwas Ungezogenes tut. »*Du* musst die Unruhestifterin sein, die mir die letzte Seele weggenommen hat, die ich erworben hatte. Es war sehr schlau von dir, die Verbindung in Ians Brandzeichen zu dämpfen, aber jetzt ist für mich die Zeit gekommen, ihn zurückzuholen.«

Ich stellte mich vor Ian, bevor er oder Dagon auch nur mit der Wimper zucken konnten. »Er geht mit dir nirgendwohin.«

Dagons Miene verdüsterte sich wie der Himmel vor einem tödlichen Unwetter. »Das wird er nicht? Du solltest dich erinnern, was mit Leuten geschieht, die mich ärgern.«

»Ist das eine Drohung?«, fragte mein Vater in einem äußerst sanften Tonfall. Dagon zuckte zusammen, als wäre er geohrfeigt worden.

»Selbstverständlich nicht, mein Lord«, sagte er und lachte, als hätten wir alle einen Witz gerissen. »Das würde gegen unsere Vereinbarung verstoßen.«

»Das würde es, deshalb kannst du jetzt gehen«, erwiderte der Torwächter der Unterwelt. Auch dies war kein Vorschlag.

Dagon lächelte meinen Vater an, bedachte aber mich und Ian mit einem Blick, der blutige Rache verhieß. Dann verschwand er.

Mein Vater blickte nicht zu mir, doch ich wusste, er würde

dafür sorgen, dass Dagon nicht so bald wieder auftauchen und uns umbringen würde. Er kümmerte sich vielleicht nicht so um mich, wie Sterbliche sich um ihre Kinder kümmern, aber er würde es nicht tolerieren, wenn einer seiner Befehle, bereits Stunden nachdem er ihn erteilt hatte, gebrochen wurde. *Darauf* konnte ich mich verlassen.

Der Befehl war natürlich zwiespältig. Vor langer Zeit hatte mir mein Vater befohlen, Dagon niemals umzubringen. Ich war fest entschlossen, mich nicht an diesen Befehl zu halten. Und Dagon würde vielleicht nicht gerade heute versuchen, mich zu töten, aber jetzt wusste er, dass ich noch lebte, und schmiedete mit Sicherheit sofort Mordpläne gegen mich. Was den Hass anbetraf, den wir gegeneinander hegten, war keiner von uns beiden rational oder gehorsam.

Mein Vater sah nicht zu mir herüber, als er aufbrach. Er wendete einfach das Boot voll schreiender geisterhafter Passagiere in die Gegenrichtung und fuhr in die unergründliche Dunkelheit zurück, aus der er gekommen war. Dann verschwand die Dunkelheit, und an ihre Stelle trat die nüchterne Garage mit den demolierten Autos und den herumliegenden Leichen.

Ich ging zum Käfig des Simargls und brach ihn auf, dann befreite ich ihn von all den Ketten, mit denen man ihn gefesselt hatte. Sobald der Simargl befreit war, fing er an, in fröhlichen Kreisen um mich herumzufliegen.

»Ich werde dich Silver nennen«, sagte ich zu ihm. »Gefällt dir das?« Ich bekam ein enthusiastisches Kläffen zur Antwort. Dann sollte es also Silver sein.

Ian hatte bisher nur die Augen bewegt. Sein Blick glitt über mich, den Raum voller Leichen und die Stelle, wo mein Vater erschienen und wieder verschwunden war. Sein Gesicht war nicht mehr so blass wie frisch gefallener Schnee, aber er biss die Zähne so fest aufeinander, dass ich sie knacken hören konnte. Die stumme Spannung wuchs, bis ich es nicht mehr aushalten konnte.

»Zerbrich dir nicht den Kopf darüber. Ich erwarte nicht von dir, dass du damit klarkommst. Das Volk der Vampire hat normalerweise etwas gegen Leute, die eine Mischung verschiedener Spezies sind.« Ich lachte einmal kurz auf. »Das weiß ich nur zu gut. Ich hatte versucht, die Feindseligkeiten zu stoppen, die zwischen den Vampiren und den Ghulen ausgebrochen waren, als ›Abscheulichkeiten‹ wie ich entdeckt wurden, und ich bin damit gescheitert.«

Ian war vielleicht wegen Katies Exekution verbittert gewesen, doch es war ein großer Unterschied, ob man nicht wollte, dass das Kind von Freunden ermordet wurde, oder ob man weiterhin jemanden zum Gefährten hatte, der zur Hälfte Vampir war und zur Hälfte einer Spezies angehörte, die man kaum benennen konnte. Schlimmer noch war, dass meine Kräfte genau das verkörperten, was Vampire und Ghule fürchteten, wenn sie von den Gefahren sprachen, die sich aus der Mischung unterschiedlicher Spezies ergaben.

»Es ist okay«, fuhr ich fort. »Ich bitte dich nur, niemandem zu verraten, was du über mich weißt.«

Tenoch hätte ihn umgebracht, um sicherzugehen, dass er schwieg. Das hätte ich früher auch getan. Aber irgendwann im Laufe der kurzen Zeit, die wir beide miteinander verbracht hatten, hatte ich angefangen, etwas für Ian zu empfinden. Das war zwar extrem dumm von mir, aber so war es nun mal.

»Wir werden getrennte Wege gehen«, fuhr ich energischer fort. »Deine Brandzeichen sind noch abgeschirmt, sodass Dagon dich auch weiterhin nicht finden kann. Deshalb wird dir nichts passieren, wenn du versteckt bleibst. Ich habe immer noch vor, ihn zu erledigen, deswegen solltest du keine Probleme mehr haben, sobald er tot ist.«

Falls ich ihn töte, fügte der pessimistische Teil von mir hinzu, doch das sprach ich nicht laut aus, weil ich zuversichtlich klingen wollte. Ich versuchte auch nicht zu zeigen, wie sehr es mir wehtun würde, wenn Ian sich umdrehte und davonging. Aber Tenoch hatte mich lange auf Leute vorbereitet, die nicht akzeptieren konnten, was ich war. Dass Tenoch recht hatte, konnte ich in meinem Jahrtausende währenden Leben beobachten, wenn sich andere wegen weitaus geringfügigerer Differenzen millionenfach abschlachteten.

Ich war mir so sicher, Ian würde mich zurückweisen, dass ich einen Moment brauchte, bis ich begriff, was er sagte. »Ich weiß nicht, wie es dir geht, aber ich habe Hunger. Es kommt mir vor, als hätte ich seit Tagen nichts Vernünftiges gegessen.«

»Wie bitte?« Seine Reaktion auf eine so monumentale Offenbarung konnte doch nicht einfach nur *Hunger* sein.

Er nahm jetzt ebenfalls einem der toten Wächter den Mantel ab, schüttelte ihn, damit der schlimmste Dreck abfiel, und streifte ihn sich über. Dann kam er zu mir und gab mir einen Klaps auf den Hintern.

»Halb taub und halb Halbgott, was? Soll das heißen, deine Ohren haben sich nicht zusammen mit dem Rest von dir völlig regeneriert? Dann sage ich es eben lauter: Komm mit. Mir knurrt der Magen, und ich kenne den perfekten Ort, wo wir so richtig schlemmen können.«

25

Ich legte einen Schutzzauber über den Simargl, damit Dagon ihn nicht mehr über sein Blut aufspüren konnte. Es sei dir gedankt, nordischer Vampir, dass du dieses wichtige Detail verraten hast. Dann legte ich den Mantel eines anderen toten Wächters über den Käfig des Simargls, damit seine Flügel keine Blicke auf sich ziehen würden.

Ein paar Blocks weiter klopfte Ian gegen die Tür eines Hintereingangs, die mit »Crimson Fountain, Mitarbeitereingang« beschriftet war.

Die Tür ging auf, und eine junge Frau mit lilafarbenen Haaren und dunklem Augen-Make-up öffnete die Tür. »Die Bewerbergespräche beginnen erst in einer Stunde«, fing sie an, stoppte aber, als sie Ian zum ersten Mal richtig anschaute. »Aber Sie können drinnen warten«, fügte sie hinzu, und ihr Geruch änderte sich, bis Lust den intensiven Geruch ihres Parfüms übertönte.

»Großartig«, sagte er und ging ins Haus. Ich folgte ihm, worauf sie enttäuscht die Mundwinkel herunterzog. Dann sah Ian ihr in die Augen, und sein Blick wurde grün. »Ruf die anderen Angestellten zusammen und bring sie her.«

Sie drehte sich um, ohne ein weiteres Wort zu sagen. Kurz

danach schlurfte etwa ein halbes Dutzend Leute in den engen Flur. »Sind das alle?«, fragte Ian das Mädchen mit den lilafarbenen Haaren.

»Bis jetzt«, sagte sie. »Nach sechs kommen noch mehr, wenn die Hauptschicht anfängt.«

»Bring sie zu mir, sobald sie eintreffen. Und was den Rest von euch betrifft ...« Sein leuchtend grüner Blick fixierte jeden Einzelnen von ihnen, bis sie alle unter seinem Bann standen. »Ihr seht weder mich noch diese Frau, und auch nicht diese Kreatur, bis wir euch dazu auffordern. Ihr hört uns auch nicht. Und jetzt macht weiter wie gehabt.«

Sie drehten sich um und gingen weg; ein paar fragten sich laut, weshalb Dahlia sie gebeten hatte, sich einen leeren Flur anzusehen.

»Sag die Bewerbungsgespräche für heute ab«, befahl Ian Dahlia als Nächstes. »Aber bevor du das tust, zeig uns den VIP-Bereich und schalte die Musik ein. Hier ist es so still wie in einem Grab.«

Sie nickte, und wir folgten ihr durch den Laden, bei dem es sich offenbar um einen Club handelte. Überrascht sah ich Holzsärge, die rings um eine Bühne aufgebaut waren. Als ich große gläserne Reißzähne über der Bar entdeckte, falsche Grabsteine als Stuhllehnen sowie Holzpfähle anstelle der Zapfhähne für Bier wurde mir alles klar. Jetzt verstand ich auch, was der alberne Name für den Club zu bedeuten hatte.

»Du hast uns in eine Vampirbar-Imitation gebracht?«

Ian stellte Silvers Käfig neben dem Tresen auf den Boden, dann grinste er mich an. »Der Besitzer und ich mögen uns, obwohl er mich für einen dieser Aufschneider hält und nicht für einen echten Vampir. Der arme Kerl weiß überhaupt nichts von der Welt der Untoten. Deshalb käme Dagon nie auf die Idee, hier nach uns zu suchen.«

Er hatte recht. Ich war davon ausgegangen, dass wir entweder aus der Stadt oder in das Haus eines Verbündeten flüchten würden – aber nicht in einen Club, der auf eine schlimme Weise alle Klischees präsentierte, die Menschen normalerweise mit dem Wort »Vampir« verbanden.

»Meinst du, es ist okay, ihn herauszulassen? Oder wird er die Angestellten fressen?«, fragte Ian und strich mit den Fingern über die Schlösser von Silvers Käfig.

»Simargl sind Vegetarier«, erwiderte ich und übernahm es für Silver, beleidigt zu sein.

»Bring ihm, was du an Gemüse hast«, forderte er Dahlia auf, als sie nach dem Einschalten der Musik zurückkam. Sie hatte das Putzlicht aus- und die Clubbeleuchtung eingeschaltet. Jetzt war der Club fast überall dunkel, bis auf die bunten Lichtstrahlen, die über die leere Tanzfläche zuckten, und den Nebel, der gelegentlich aufstieg.

»Der VIP-Bereich ist da drüben«, sagte Dahlia und ging eine Treppe hinauf. Ich tätschelte Silver und sagte ihm, dass er dableiben solle, dann folgte ich Dahlia in den ersten Stock. Am anderen Ende war ein Bereich mit Seilen und Vorhängen abgetrennt, der eine eigene Bar sowie lange, schwarze Sofas beherbergte und eine gute Aussicht auf die Tanzfläche bot, wenn man die Vorhänge offen ließ.

Ian tat es nicht. Er schloss sie und zog sich den Mantel aus, dann fläzte er sich auf die nächste Couch.

Dahlia ließ ihren Blick über Ians nackten Oberkörper gleiten, als ob er von ihr verlangt hätte, sich detailliert einzuprägen, wie seine geschmeidige Haut Muskeln überzog, die sich bei der kleinsten Bewegung anspannten. Als sie sich die Lippen leckte, kochte etwas in mir hoch, bei dem es sich nur um Eifersucht handeln konnte.

Lächerlich. Ich hatte Ian eine Orgie auf meine Kosten versprochen, sobald das hier vorüber war. Wie konnte ich mich da ärgern, wenn ihn jemand nur *ansah*? Ich tat es aber, und zwar so heftig, dass ich dies schon durch meinen Geruch preisgab. Ebenso gut hätte ich mich mit einer ganzen Flasche »Eifersüchtige Zicke« einsprühen können.

Ian sah mir kurz in die Augen, und ich blickte schnell zur Seite. Von meinem akuten irrationalen Besitzdenken konnte er nichts wissen. Bei allen Göttern, ich konnte doch ein paar Geheimnisse vor ihm haben!

»Offensichtlich steht sie auf dich, du solltest dein Gelage mit ihr beginnen«, sagte ich und versuchte zu beweisen, dass mir alles, was zwischen den beiden geschehen könnte, völlig egal war.

Ian verzog langsam den Mund zu einem Grinsen. Super. Er hatte wahrscheinlich gespürt, wie besitzergreifend ich war, und amüsierte sich darüber. *Du bist so blöd!*, sagte ich streng zu mir. Es spielte keine Rolle. Nach allem, was geschehen war, fehlten mir die Reserven, auf die ich normalerweise zurückgreifen konnte, um zu verbergen, was ich empfand.

Aber ich hatte es nicht nötig, hier herumzustehen und mich dafür verspotten zu lassen, also drehte ich mich schnell um. »Ich werde mal nach Silver sehen.«

»Warte.« Es war nicht Ians Befehlston, der mich zurückhielt. Es war die gefährliche Intensität in seinem Blick, als ich mich wieder umdrehte.

Wir starrten einander an. Es war, als würde mich Elektrizität durchströmen, als sein Lächeln verschwand und stattdessen nacktes Verlangen in seiner Miene zutage trat. »Komm wieder her, Veritas.«

Der neu hinzugekommene, kehlige Klang seiner Stimme zog mich noch mehr an als seine Worte. Es wäre wieder einmal das Klügste gewesen wegzugehen. Stattdessen ging ich zu ihm, als stünde ich unter einem hypnotischen Befehl. Ich konnte nicht einmal mehr dem Roten Drachen die Schuld an meinem Verhalten geben.

Sein Blick wurde immer grüner. Meine Augen brauchte ich gar nicht zu sehen, um zu wissen, dass sie wahrscheinlich auch angefangen hatten, grün zu leuchten. Ich wurde von einem unerträglichen Begehren gepackt, das alles andere überlagerte. Ja, ich hätte mich umdrehen und weggehen sollen. Aber ich wollte nicht.

»Geh«, befahl Ian Dahlia; das Vibrieren in seiner Stimme verriet mir, dass er seine Macht bei ihr einsetzte. »Schließ die Vorhänge hinter dir. Komm nicht zurück und denke nicht einmal an uns, bis ich dich rufe.«

Dahlia ging sofort. Als ich sie beobachtete, erlebte ich einen kurzen Augenblick geistiger Klarheit. Ich wollte ihr folgen, aber Ian stand auf und hielt mich fest. Dann starrte ich nicht ihn, sondern die blassen Hände an, die meine Arme festhielten. »Was denkst du wohl, was du hier tust?«, fragte ich leise.

»Das hier.«

Ich keuchte, als er mich mit sich auf die Couch zog. Alle meine Nervenenden jubelten, als ich seinen harten Körper auf meinem spürte. Eigentlich wollte ich sagen, dass es gar keine gute Idee sei, doch ich verzichtete darauf, als seine Lippen die meinen bedeckten.

Sein Mund war fest, aber seine Lippen samtweich, und sein Kuss war wie eine Provokation, als sollte ich zeigen, ob es mir gelingen konnte, die Glut zu verleugnen, die in mir aufloderte. Ich verlor diese Herausforderung und öffnete den Mund, ohne zu zögern. Sein Kuss wurde tiefer, die Zunge umkreiste meine Zunge, bis mir vor Erregung ganz schwindelig wurde. Wie er schmeckte, wie er duftete, die Art, wie er mir mit den Händen ins Haar fuhr, das Geräusch, das er machte, als er an meiner Zunge saugte ... Ich schmolz dahin und brannte gleichzeitig.

Dann bäumte ich mich gegen ihn auf, als er meine Unterlippe zwischen seine Reißzähne nahm und ganz leicht hineinbiss. Der Biss würzte unseren Kuss mit dem Geschmack meines Blutes. Ich erwischte seine Lippe mit meinen Reißzähnen und stöhnte, als ich sein Blut schmeckte. Ambrosia war nichts dagegen. Danach nahm ich mir seine Zunge vor und saugte daran. Sein Kuss wurde noch erotischer. Dieses tiefe, innere Sehnen in mir begann zu pochen, und ich verlor zusehends die Kontrolle über mich. Viel zu sehr.

Ich sah, dass ich zu weit gegangen war, als er seine Position veränderte und ich über seine breiten Schultern hinweg einen Blick auf seinen Rücken warf. Er war von purpurroten Streifen durchzogen, und meine Hände waren ebenfalls rot. Irgendwann musste ich blutige Spuren in seine Haut gerissen haben.

»Tut mir leid!«, sagte ich und zog schnell meine Hände weg.

»Mir nicht.« Er schnappte sich meine Hände und legte sie sich wieder auf den Rücken. »Ich will mehr.«

Er riss meinen Mantel auf. Darunter war ich nackt, und er musterte mich mit schmelzendem Blick. »Hinreißend«, keuchte er. »Ich kann kaum glauben, dass du real bist.«

Oh, ich war real, und ich wollte, dass er nie wieder aufhörte, mich zu küssen. Ich zog seinen Kopf herunter und er presste von Neuem seinen Mund an meinen. Ich stöhnte, als meine nackte Brust seinen festen Körper berührte. Seine Muskeln waren so hart, so straff – aber seine Haut… fühlte sich besser an als Seide. Ich rieb mich an ihm, um noch mehr davon zu spüren. Dann fingen seine Hände an, über meinen Körper zu wandern. Überall dort, wo zuvor noch das Verlangen nur gezehrt hatte, fühlte es sich jetzt an, als würde es von seiner Berührung in Flammen gesetzt. Es kam mir vor, als wäre ich jetzt noch entflammbarer als kurz vor meiner Explosion. Es dauerte nicht lange, bis ich unzusammenhängende Geräusche an seinem Mund machte.

Er schlüpfte zwischen meine geöffneten Beine, dann drehte er die Hüften so, dass die Beule in seiner Jeans dort an mir rieb, wo es bei mir am heftigsten pochte. Ich bäumte mich bei jeder seiner Drehungen auf, drängte mich an ihn und packte ihn schließlich so fest mit meinen Oberschenkeln, wie ich ihn in meinen Armen hielt. Ich konnte nicht mehr warten und musste ihn in mir spüren. Mir war nur eines im Weg – die verdammte Jeans, die er immer noch anhatte.

Er gluckste knurrend, als ich vorne daran herumriss, bis der dunkle Stoff in alle Richtungen flog. Dann setzte er sich auf und hielt meine Hände fest. »Nein«, sagte er zu meiner Verblüffung. »Erst wenn du aufhörst, dich zurückzuhalten.«

Wie bitte?

»Ich halte mich nicht zurück«, fing ich an, aber dann schleuderte er mich mit so viel Kraft gegen die Couch, dass ich mit dem Sofa quer durchs Zimmer rutschte.

Er kam hinterher, als die Couch schließlich von einer Wand gestoppt wurde. »Lügnerin! Nur als du mir den Rücken zerkratzt hast, hast du es nicht getan.« Seine Stimme wurde bei jedem Schritt tiefer. »Aber seitdem du dich dafür entschuldigt hast, hast du mir kein Blut mehr abgefordert. Ich toleriere keine halbherzige Reaktion. Ich will alles, und wenn du dich weiterhin zurückhältst...« – er beugte sich vor und verweigerte mir den Kuss, den ich von ihm begehrte, um mir stattdessen die Beine geradezu auseinanderzureißen –, »werde ich dich mit Lust quälen, bis ich dir die Selbstbeherrschung ausgetrieben habe.«

26

Ein Schauer erfasste meinen ganzen Körper, aber ich blieb vorsichtig und ließ mich nicht hinreißen. »Ich kann nicht. Ich würde dir wehtun.«

»Gut«, sagte er und lachte finster. »Ich freue mich darauf.«

Ich holte Luft, um mich mit ihm zu streiten. Aber ich stieß sie wieder aus, als sein Mund zwischen meine Beine abtauchte.

Er reizte mich nicht mit langsam intensiver werdenden Zungenschlägen, so wie er es getan hatte, als wir uns zum ersten Mal küssten. Er verschlang mein Fleisch mit derselben Hingabe, die er von mir verlangt hatte. Meine Lenden verkrampften sich in einer Woge unglaublicher Lust. Ich packte seine Schultern, als sich mein Stöhnen in laute Schreie verwandelte.

»Lass dich gehen«, hörte ich ihn an meinem Fleisch stammeln. »Gib mir alles von dir.«

Seine Zunge musste aus Feuer bestehen. Nur so ließ sich erklären, welche Glut er entfachte. Ich konnte mich nicht erinnern, zu Boden gegangen zu sein, aber so war es anscheinend, denn Holz ersetzte das weiche Leder der Couch. Splitter bohrten sich in meine Finger, so fest grub ich die Nägel hinein. Ich spürte die Schmerzen überhaupt nicht, weil erneut Wogen der Lust meinen Rücken vom Boden hoben.

Immer wieder stieß ich Schreie aus, so laut, dass die Angestellten des Clubs herbeigelaufen wären, hätte Ian ihnen nicht hypnotisch befohlen, uns weder zu hören noch zu sehen. Dann brachte eine weitere Folge von Zungenschlägen einen neuen Ansturm von Ekstase, so plötzlich, als hätte jemand eine Reißleine gezogen. Der Höhepunkt, den ich begehrte, stand kurz bevor...

Da riss er seinen Mund weg und verweigerte mir den Orgasmus, von dem ich nur noch Augenblicke entfernt gewesen war. »Nein. Erst wenn du dich richtig gehen lässt.«

Frustriert schlug ich schneller zu, als ich denken konnte. Dann starrte ich entsetzt auf den deutlichen Abdruck auf seiner Wange. »Es... es tut mir so leid...«

Er blies auf mein geschwollenes, schmerzendes Fleisch, und die sofort aufwallende Lust raubte mir die Stimme. »Der Schlag ist besser, aber noch nicht genug.« Er gluckste, bevor der nächste provozierende Atem wie ein Büschel Federn über meine Klitoris fuhr. Die Lust vergrößerte mein Begehren, wie auch die nächste leichte Berührung seiner Zunge.

Meine Hände suchten seinen Kopf, um ihn wieder nach unten zu zwingen, damit er weitermachte. Er hielt sie fest und drückte sie mir auf den Bauch. »Erst wenn du *alles* loslässt, was du zurückhältst. Bis es so weit ist, genieße die Qual.« Ein leises, durchtriebenes Lachen. »Ich weiß, dass ich es tun werde.«

Er brachte mich immer wieder bis kurz davor und riss mich jedes Mal zurück, als ob er der Orgasmusflüsterer wäre und genau wüsste, wann er aufhören musste. Es dauerte nicht lange, bis ich daran dachte, Magie einzusetzen, damit er aufhörte, mich auf diese exquisite Weise zu quälen. Gleichzeitig wollte ein düsterer Teil von mir, dass ich mich so gehen ließ, wie er es verlangte. Das ständige Hin und Her von Leidenschaft und Verweigerung raubte mir die letzte Selbstkontrolle. Es interessierte mich nicht mehr, ob ich zu weit gehen oder ihn verletzen würde. Das Einzige, was mich jetzt noch interessierte, war mein Verlangen.

Ich bemerkte kaum Ians anerkennendes Knurren, als in meinem tiefsten Inneren die Ketten zerrissen. Plötzlich hatte ich mehr als genug Kraft, um mich seinem Griff zu entziehen. Ich stieß Ian so fest von mir herunter, dass er auf der anderen Seite des Zimmers an die Wand krachte. Zement und Gips platzten ab, als sein Körper aufschlug, aber das war mir egal. Ich stürzte mich auf ihn, begehrte ihn mit geradezu animalischem Verlangen.

Er war schneller und erwischte mich in der Zimmermitte. Er packte mich, bevor wir beide die nächste Wand rammten. Wieder flog eine Wolke von Zement, Staub und Schutt in die Luft. Dann ließ er seinen Mund auf meinen krachen und riss meinen Schenkel bis an seine Taille. Mit einem brutalen Stoß drang er in voller Länge in mich ein. Mein lauter Schrei vermischte sich mit seinem heiseren Ruf.

Sein Griff wurde so fest, dass er wehgetan hätte, wenn ich etwas anderes als den Feuersturm in mir gespürt hätte. Er fing an, sich zu bewegen, und die Lust durchströmte mich wie niemals zuvor. Seine Größe, meine heftige Reaktion auf das Silber in seinem Piercing, die zusätzliche Reibung, die es verursachte, die Stöße, die zu meinem überwältigenden Verlangen nach kochender Ekstase passten... Jedes Mal, wenn er sich mir entzog, schluchzte ich sehnsüchtig, und jeder Stoß ließ mich nach mehr schreien. Ich brauchte ihn ganz und gar. Alles. Jetzt.

Unsere Küsse schmeckten nach Blut. Ich wusste nicht, ob es seines war oder meins. Ich wusste auch nicht, wer von uns den anderen zu Boden geworfen hatte. Ich spürte nur noch die animalische Lust, die von jenen harten, tiefen Stößen ausging. Ich riss an seinem Rücken, um ihn anzufeuern. Er packte meine Hüften und bewegte sich noch schneller. Mein Höhepunkt kam immer näher, und ich wurde fast rasend. Diesmal konnte er ihn mir nicht wieder vorenthalten. Das durfte er nicht. Das wollte ich nicht zulassen.

Ich drehte uns um, bis ich auf ihm war. Dann packte ich seine Hüften so fest, dass meine Finger durch seine Haut drangen. Das war mir egal. Ich verschaffte mir einen Orgasmus, der mich so heftig wie ein Todesstoß traf, der mich den Rücken durchdrücken und so laut schreien ließ, dass es mir in den Ohren wehtat.

Danach sank ich so matt auf seine Brust, als wäre mein Herz von Silber durchbohrt worden. Einige Augenblicke später schob er mein Haar zur Seite und küsste meinen nackten Hals.

»Bei Luzifers Bohrhammer, das war eine *richtige* Nummer.«

Seine Stimme durchdrang mein fast lähmendes Nachglühen. Ich blickte auf ihn herab... und holte erschrocken Luft. Sein Körper war von roten Streifen überzogen, die nur die blutigen Spuren meiner Nägel sein konnten. Aber das war es nicht, was mich nach Luft schnappen ließ. Es war der Fußboden. Er hatte bei unserer entfesselten Lust nicht nur ein paar Dellen abbekommen. Ich konnte an einigen Stellen sogar bis auf den Tanzboden darunter hinabschauen.

»Das tut mir so...«, fing ich an, aber er unterbrach mich mit seinem Gelächter.

»Falls du dich schon wieder entschuldigen willst, hör damit

auf. Nur ein Idiot würde glauben, dass ich etwas anderes wollte, und eine Idiotin bist du nicht.«

Darüber ließe sich diskutieren, doch jetzt war nicht der richtige Moment dafür. Ich wollte von ihm runtersteigen, damit er nicht herunterfiel, falls der falsche Deckenbalken brach, aber er legte die Hände auf meine Hüften.

»Was fällt dir ein?«

Ich deutete auf das, was sich nicht übersehen ließ. »Ich hole uns aus einem Loch heraus.«

»Lass mich«, sagte er, packte meine Hüften fester und nutzte seine Kraft, um uns schweben zu lassen. Dann drehte er sich mitten in der Luft um, bis ich anstatt nach unten zu ihm hinaufsehen musste. Er war noch in mir, war noch hart, und ich machte große Augen, als jene Flugkunststücke neue Stöße mit sich brachten, die mir gar nicht zufällig zu sein schienen.

»Bist du nicht fertig geworden?« Ich war davon ausgegangen, aber zu behaupten, ich wäre abgelenkt gewesen, war eine absolute Untertreibung.

Er unterstrich sein Grinsen mit einem Hüftschwung, der absolut kein Versehen war. »Meinst du, ob ich gekommen bin? Ja. Aber ich bin noch nicht annähernd fertig, kleine Hüterin. Momentan habe ich vor, bei dir alle Hemmungen aufzugeben, genau wie du es bei unserem ersten Kampf gesagt hast.« Ein tiefer Stoß, und ich bäumte mich selig auf. »Jetzt bin ich dran.«

Er hatte sich in Zurückhaltung geübt? In dem Fall brannte ich darauf herauszufinden, wie er jetzt sein würde. »Wenn das so ist ... Was hast du damals gesagt? Komm und hol mich.«

Stunden später kam Ian in den VIP-Raum und ließ den Vorhang fallen, der ihm als einzige Kleidung gedient hatte. »Der

Club ist heute geschlossen, der letzte Angestellte ist nach Hause gegangen, die Polizei ist weg, und die Renovierungsfirma kommt erst morgen wieder.«

»Gut«, sagte ich und war froh, dass ich nicht rot werden konnte.

Ian hatte die Angestellten zwar so hypnotisiert, dass sie uns weder sehen noch hören konnten, das hatte sie aber nicht davon abgehalten, herausfinden zu wollen, weshalb im VIP-Bereich die Wände, die Fußböden und das Clubmobiliar in die Brüche gingen. Sie hatten zur Schadensbegrenzung sogar die Polizei und eine Baufirma gerufen. Ich war vielleicht bereit gewesen, in der Hitze unserer Leidenschaft ein paar vergessliche Angestellte zu akzeptieren, aber eine Notfallmannschaft von Handwerkern *und* ein paar Polizisten? Nein.

Ian hatte sich um all das gekümmert, *nachdem* er mir den unglaublichsten Orgasmus meines Lebens beschert hatte. Ich hätte ihm dabei helfen können, Erinnerungen zu löschen und die Leute nach Hause zu schicken, aber ich war zu sehr damit beschäftigt gewesen, mich von den Nachwirkungen zu erholen. Jetzt war der Club leer, übrig geblieben waren nur Ian, ich und Silver, der momentan auf einem der Dachbalken des Clubs hockte. Ich versuchte, nicht darüber nachzudenken, seit wann der Simargl dort schon saß. Es war schon peinlich genug einzugestehen, dass mir das Publikum eine Zeit lang egal gewesen war – ich wollte nicht auch noch mein neues Haustier zu diesem Voyeursverein hinzuzählen.

Ich lag jetzt auf einem der beiden unversehrt gebliebenen Sofas. Ich hatte beide zusammengeschoben, bis sie ein brauchbares, wenn auch enges Bett bildeten. Zugedeckt war ich mit Vorhängen aus dem Raum. Der dunkelrote Stoff raschelte, als

Ian schließlich zu mir kam. Von seinem zarten Kuss auf meine Stirn hätte mir eigentlich nicht wärmer werden dürfen, doch das wurde es, auch als er den Arm um mich legte und mich näher an sich heranzog.

»Wie spät ist es?«

Eigentlich war es mir egal, aber die Frage war eine Ablenkung von den sehr unvertrauten Gefühlen, die in mir wirbelten. Ich konnte mich nicht entscheiden, was nun beunruhigender war: der Gedanke, dass er mich dazu gebracht hatte, für einen kurzen Moment vor mehreren Fremden Sex zu haben, oder die Erkenntnis, wie gleichgültig es mir in jenem Moment gewesen war. War ich unter all meiner schwer erarbeiteten Selbstbeherrschung in Wahrheit eine Exhibitionistin? Oder hatte er so viel Gewalt über meinen Körper und meine Gefühle, dass er es mich gegen meinen Willen tun lassen konnte?

»Kurz nach Mitternacht«, erwiderte er und drehte sich um, bis er mir ins Gesicht sah. Ich stellte fest, dass ich noch nicht so weit war, ihm in die Augen zu sehen, deshalb schloss ich meine sofort, als ob ich müde wäre.

Ich musste dabei nicht sehr überzeugend gewesen sein, denn seine Brust vibrierte von Gelächter. »Schutzschilde auf voller Leistung, wie ich sehe.«

»Ich weiß nicht, was du meinst«, sagte ich und öffnete die Augen, weil mir jetzt keine andere Wahl blieb.

Er strich mit den Fingern über mein Schlüsselbein. »Du hast dein Leben lang verborgen, was du bist, bis hin zu dem silbernen Schimmer in deinen Augen und der elfenhaften Erscheinung, die du dir gibst. Ja, ich habe begriffen, dass *dies* deine wahre Erscheinung ist, als du in dieser Aufmachung aus der Asche aufgestiegen bist. Also hast du in sehr kurzer Zeit dein wahres Aussehen, deinen wahren Duft, deine Abstammung, deine Macht und jetzt auch deine Leidenschaft offenbart. Du fühlst dich entblößt, deshalb ist es verständlich, dass du dich emotional wieder zu schützen versuchst.«

Ich zuckte zusammen, weil seine Einschätzung so zutreffend war. Er grinste süffisant, drehte mich in die Löffelchenstellung und zog mich wieder an seine Brust. Jetzt konnte ich seinen allzu wissenden Blick vermeiden.

»Besser?«

Ich antwortete nicht, obwohl damit ein Teil der Anspannung von mir abfiel. Ja, es half, ihn nicht ansehen zu müssen, aber das wog alles andere nicht auf. Er hatte recht: Ich fühlte mich äußerst verletzlich. Wäre ich körperlich nicht so befriedigt gewesen, wäre ich vielleicht aufgestanden und hätte einen Spaziergang gemacht, um zu versuchen, mich wieder zu sammeln.

Er seufzte, als spürte er meinen inneren Kampf. »Würde es helfen, wenn ich dir eines meiner tiefen, dunklen Geheimnisse verriete?«

»Ja«, sagte ich sofort. Ich wusste so wenig von ihm, und er wusste mehr von mir als irgendjemand sonst, seit Hunderten von Jahren.

Sein Lachen kitzelte mich im Nacken. »Na schön, hier ist etwas, das nur Mencheres über mich weiß: Mein richtiger Name lautet nicht Ian.«

27

Das schockierte mich so, dass ich mich aufsetzte. »Was?« Stimmte denn *nichts*, was in seinem Dossier gestanden hatte?

»Es ist wahr. Das wissen nicht mal meine besten Freunde. Sie lernten mich als Ian kennen, während wir als verurteilte Straftäter auf dem Weg zur Strafkolonie in New South Wales waren. Ich war zu seekrank, um ihnen zu sagen, dass das nicht mein richtiger Name war. Außerdem wäre ich bei dieser Reise verdurstet, wenn Crispin nicht sein bisschen Brot und Wasser mit mir geteilt und Charles und Timothy dazu gezwungen hätte, das Gleiche zu tun.«

»Also deshalb hasst du Schiffe«, murmelte ich und erinnerte mich an seine Bemerkung auf dem Privatflugplatz in Polen.

»Oh, auf jeden Fall. Keiner hat die Erfindung der Fliegerei so gefeiert wie ich. Seit es für Interkontinentalreisen Flugzeuge gibt, brauchte ich nie wieder den Fuß auf ein schwankendes Schiff zu setzen.«

Ich hatte ihm bereits zu viel erzählt, aber aus irgendeinem Grund wollte ich noch etwas anderes offenbaren. »Ich habe Angst vor Feuer«, gestand ich. »Deshalb ging es mir genau wie dir, als der elektrische Strom erfunden wurde. Aber wenn du nicht Ian heißt, warum glauben es dann alle?«

Er sagte nachdenklich: »Im Jahr 1788 ermordete Ian Maynard in London eine Prostituierte und wurde deshalb zu zwanzig Jahren Zwangsarbeit in den australischen Strafkolonien verurteilt. Aber Ian hat die *Alexander* nie betreten. Ich wurde in der Nacht, bevor die Gefangenen verschifft wurden, mit ihm vertauscht.«

»Warum? Und weshalb sind sie mit diesem Austausch davongekommen?«

»Gier.« Sein Tonfall war nonchalant, aber sein Körpergeruch wurde sauer. »Ians Vater hat die Wächter bestochen, deshalb stieß mein Einspruch auf taube Ohren. Ich kann es ihnen nicht zum Vorwurf machen. Die Wächter standen vor der Wahl, den Zorn eines reichen Mannes auf sich zu ziehen, wenn sie die Wahrheit sagten, oder eine gute Summe dafür einzustecken, dass sie die Klappe hielten. Sie trafen eine weise Entscheidung.«

»Du bist ja äußerst nachsichtig«, sagte ich und empfand wegen der gierigen Wächter allen Zorn, den er nicht aufbrachte.

»Sie haben mich nicht hintergangen.« Jetzt hatte seine Stimme einen stählernen Unterton. »Ich spare mir meine Wut für diejenigen auf, die es getan haben. Ich bin in der Nacht, in der ich ausgetauscht wurde, nicht *zufällig* im Gefängnis gelandet. Man hat mich dort unter Vorspiegelung falscher Tatsachen hingebracht. Ian und ich hatten nämlich denselben Vater. Viscount Maynard war aber der Meinung, dass nur Ian es verdient hatte, gerettet zu werden, weil er sein rechtmäßiger Erbe war. Ich war lediglich das jämmerliche Produkt einer Affäre zwischen ihm und seiner ehemaligen Küchenmagd. Aber wir hatten ungefähr das gleiche Alter und sahen uns ähnlich, deshalb wusste Viscount Maynard, dass er mit dem Austausch durchkommen konnte.«

Ich schloss die Augen. Solche grausamen Klassenunterschiede hatten sich in den letzten Jahrhunderten nivelliert, aber ich erinnerte mich noch gut an die Zeiten, als sie den Unterschied zwischen Leben und Tod bedeutet hatten. »Das tut mir leid. Es war unverzeihlich von ihm.«

»So habe ich das auch gesehen«, sagte er trocken. »Ganz besonders, als er meine Mutter davon überzeugte mitzuspielen.« Als ich scharf die Luft einsog, fügte er hinzu: »Ihr anfänglicher Verrat war wenigstens nachvollziehbar. Mein Vater drohte, sie und ihren neuen Ehemann auf die Straße zu setzen. Sie waren seine Mieter, deshalb hatte er die Macht, sie hinauszuwerfen, und es war Winter. Wenn die Kälte sie nicht getötet hätte, wären sie verhungert, obendrein war sie schwanger.«

»Was für ein Monstrum«, sagte ich hasserfüllt. Zu den wahren Freuden meines Berufs gehörte es, Menschen wie den Viscount Maynard ihrer gerechten Strafe zuzuführen.

»Ja, und deshalb hat meine Ma nichts gesagt.« Er schwieg einen Moment. Als er weiterredete, klang er energischer. »Ich habe erst viel später herausgefunden, dass sie es nach dem Austausch nicht mehr aushalten konnte und dem Magistrat alles verraten hat. Mein Vater tat es als das Geschwätz einer Verrückten ab und gab noch mehr Geld dafür aus, alle zum Schweigen zu bringen, die ihr womöglich Glauben schenkten. Dann warf er sie auf die Straße, so wie er es versprochen hatte. Sie starb an einer Lungenentzündung, noch bevor das Baby geboren wurde. Das wusste ich natürlich nicht. Zu dem Zeitpunkt war ich bereits auf See. Fast zwei Jahrzehnte lang hasste ich sie für ihren Verrat, dabei war sie schon lange tot, weil sie versucht hatte, mich zu retten.«

Ich schloss die Augen. Es gab nur wenig, was so niederdrückend war wie der Tod eines geliebten Menschen. Und wenn dieser Tod mit Schuld verknüpft war, wog er noch viel schwerer. Ich hatte mich lange Zeit selbst zerfleischt, weil ich mich fragte, ob es denn nichts gegeben hätte, um Tenoch aus der Dunkelheit zu befreien. So leiderfüllt, wie Ian klang und sein Körper sich krümmte, als träfen ihn unsichtbare Schläge, bestrafte er sich immer noch für den Tod seiner Mutter und dafür, dass er sie irrtümlich gehasst hatte.

»Es war nicht deine Schuld.« Diese Worte hatte man mir oft in Hinsicht auf Tenoch gesagt. Ich hatte ihnen nicht geglaubt, aber es war trotzdem notwendig, sie zu hören. Vielleicht ging es Ian jetzt auch so.

Er lachte höhnisch auf. »Ich habe sie zwar nicht hinausgeworfen, damit sie stirbt, aber ich hätte auf dem ganzen Weg vom Gefängnis bis zu den Strafkolonien hinausschreien müssen, dass ich vertauscht worden war. Doch mein Vater hatte mir gesagt, dass mir niemand glauben würde, und seine gesellschaftliche Stellung schüchterte mich ein. Er hatte die Wärter in der Tasche, und ich glaubte, dass ich als Bürgerlicher keine Chance gegen die ›hohen Herren‹ hatte, wie man die Oberschicht damals nannte. Deshalb hielt ich den Mund.«

»Vielleicht hättest du auch gar nicht gewinnen können«, sagte ich sanft. »Damals haben die Gerichte die Reichen und Mächtigen bevorzugt.« Das taten sie auch heute noch viel zu oft. »Außerdem war dein Vater ein gewissenloser Mann. Wahrscheinlich hätte er dich zum Schweigen gebracht, wenn du den Mund aufgemacht hättest.«

»Aber was hat es mir gebracht, keine Risiken einzugehen und mich den Autoritäten zu beugen?«, erwiderte er schroff. »Eine Verurteilung als Mörder, eine infernalische Zwangsarbeit und eine tote Mutter, die ich hasste, bevor ich herausfand, dass sie weitaus tapferer als ich gewesen war.«

So vieles an ihm ergab jetzt einen Sinn. Ich hatte mich gefragt, weshalb jemand, der in seinem innersten Wesen so loyal und ehrenwert war, auch so ein Unruhestifter, Gesetzesbrecher und manipulativer Mistkerl sein konnte. Jetzt wusste ich, dass Ian sich selbst zu dem genauen Gegenteil des Mannes geformt hatte, der er damals gewesen war, weil er diesem Mann seine Gefangenschaft und den Tod seiner Mutter zum Vorwurf machte. War das auch der Grund, weshalb Ian zwar für seine Freunde sterben würde, aber sie immer auf Distanz hielt? Glaubte er, dass er ihre Liebe nicht verdiente?

Ich wollte das nicht durch löchernde Fragen aus ihm herausquetschen. Wenn einem jemand seine Narben zeigt, dann bohrt man nicht den Finger hinein, um festzustellen, welche am meisten wehtut. »Bitte sag, dass dein Vater für seine Taten bezahlt hat«, sagte ich stattdessen. »Sag mir, dass er eines gewaltsamen und schmerzhaften Todes gestorben ist.«

Ich legte viel Nachdruck in die Worte, und er gab ein zustimmendes Geräusch von sich. »Als ich zwei Jahrzehnte später nach London zurückkehrte, habe ich ihn befragt und herausgefunden, was sonst noch geschehen war. Danach riss ich ihm die Kehle heraus.«

Gut. »Was war mit deinem Bruder?«

Er seufzte. »Ich brauchte ihn nicht umzubringen. Oh, ich wollte es, weil er sich über den Austausch im Gefängnis so begeisterte, obwohl wir uns für einen Bastard und einen Erben ziemlich gut verstanden. Aber Ians kurze Begegnung mit der Justiz, und die Tatsache, dass ihn unser Vater zu Verwandten nach Frankreich schickte, reichte nicht aus, um ihm seine sadistischen Anwandlungen auszutreiben. Irgendwann ermordete er die falsche Prostituierte und wurde von ihrem Liebhaber getötet.«

Die Gerechtigkeit hat gesiegt, dachte ich, aber das behielt ich für mich. »Nach deiner Flucht aus der Strafkolonie hast du den Namen behalten, den man dir aufgezwungen hatte. Weshalb?«

Darauf schwieg er so lange, dass ich meine Frage schon zurückziehen wollte. Aber dann sagte er: »Ich schätze, aus dem gleichen Grund, weshalb mein Kumpel Charles sich Spade nennen lässt – nach dem Werkzeug, das man ihm damals in die Hand gedrückt hatte. Es gibt Dinge, die man nie wieder vergessen will, weil man eine Lehre daraus gezogen hat. Meine Lektion war es zu begreifen, wer ich war. In den guten Zeiten hatte ich geglaubt, es zu wissen, aber der, als der du dich zeigst, wenn alles zum Schlimmsten kommt... das ist dein wahres Ich. Und das ist der Grund, warum ich den Schmerz genieße. Entweder man spürt ihn oder nicht – keine Lügen, kein gebrochenes Vertrauen und keine Selbsttäuschung. Damals bildete ich mir ein, dass ich *kein* Mörder sei, so wie mein Bruder. Aber wie sich herausstellte, war ich es doch. Als ich das akzeptierte, behielt ich Ians Namen als Erinnerungsstütze.«

»Wen hast du ermordet?«, fragte ich leise.

Ich spürte, wie er den Kopf auf seinen Arm stützte. Am liebsten hätte ich mich umgedreht, aber ich blieb, wie ich war, und blickte in die andere Richtung. Vielleicht brauchte er jetzt auch das Gefühl, allein zu sein, so wie ich es zuvor gebraucht hatte.

»Den Aufseher der Gefängniskolonie. Er hatte ein Auge auf mich geworfen, und er war ein fieser Drecksack, dem es egal war, dass ich sein Interesse nicht erwiderte. Nach der dritten oder vierten Vergewaltigung...« – er zuckte mit den Schultern, als ob die Zahl für ihn keine Rolle mehr spielte – »... beschloss ich, ihn zu töten. Ich wusste, dass ich dafür hängen würde, aber das kümmerte mich nicht. Eines Nachts täuschte ich vor, etwas von ihm zu wollen, und lockte ihn aus dem Lager. Dann schnitt ich ihm die Kehle durch und rannte weg. Ich dachte, dass mich die anderen Wärter einfangen würden, aber als die Tage verstrichen und sie es nicht taten, wusste ich, dass ich davongekommen war. Dann merkte ich, dass es keine Rolle spielte. Sterben würde ich auf jeden Fall. Den Rest der Geschichte hast du schon gehört.«

Ja. Mencheres hatte ihn gefunden, und daraus erwuchs Ians grenzenlose Loyalität zu seinem Ahnherrn. »Danke, dass du meine Frage beantwortet hast«, sagte ich gefasst. »Aber deine Bereitwilligkeit, den Namen deines Bruders zu behalten, kann ich nicht nachvollziehen. Du warst kein Mörder wie er. Du hast das Unrecht gerächt. Hätte ich damals einen Namen für dich aussuchen können, hätte ich Aequitas gewählt.«

»Das lateinische Wort für ausgleichende Gerechtigkeit?« Ich spürte, wie er lachte ... und dann die Berührung seiner Lippen an meinem Rücken. »Manchmal bist du richtig niedlich, kleine Hüterin. Ich bin so wenig ›gerecht‹, wie man nur sein kann. Diesem Namen hätte ich nur zugestimmt, wenn es ironisch gemeint gewesen wäre.«

»So wie ich mir das lateinische Wort für Wahrheit als Namen ausgesucht habe, obwohl alles an mir eine Lüge ist?«, bemerkte ich.

Diesmal lachte er leiser. »Ja, und dafür ziehe ich meinen Hut vor dir. Ich hielt *mich* für einen Rebellen, aber du verkörperst den Begriff hundertprozentig.«

»Du trägst keinen Hut«, murrte ich.

»Nein, tue ich nicht«, sagte er und hob, um seine Worte zu

unterstreichen, das Stück Vorhang hoch, das zwischen uns lag. Ich schloss die Augen, als ich seinen nackten, sinnlichen Körper an meinem spürte. Noch vor wenigen Augenblicken war ich mehr als befriedigt gewesen, aber jetzt bekam ich schon wieder Appetit.

Wie hatte mir entgehen können, dass Sex mit ihm so süchtig machen würde? Es hatte einen Grund, dass zahllose Männer und Frauen hinter ihm her waren. Aber ich konnte mir nicht erlauben, mich zu abhängig von ihm zu machen. Das war fast so gefährlich wie die riskanten Begleitumstände. Er hatte sich nicht nur den Zugang zu meinen tiefsten Geheimnissen verschafft, sondern, wie ich befürchtete, auch eine Tür geknackt, die zu meinem Herzen führte.

»Wie heißt du wirklich?«, fragte ich und hoffte zugleich, dass er meine unverfrorene Frage zurückweisen und meinen Gefühlen damit einen Dämpfer verpassen würde.

Ich spürte, wie er sich versteifte, wenn auch an den falschen Stellen. Er antwortete, als ich schon dachte, mein Ausweichmanöver hätte funktioniert und er wäre drauf und dran zu gehen. »Ich verrate es dir unter der Bedingung, dass du mich nie so nennst. Ich habe mich vor langer Zeit entschieden, den Namen Ian zu behalten, und ich werde Ian bleiben.«

»Einverstanden«, sagte ich, weil ich meine Neugierde nicht im Zaum halten konnte.

»Killian.« Er sprach es etwas ironisch aus, als ob er vergessen hätte, wie es sich anfühlte, wenn dieser Name über seine Lippen kam. »Als ich geboren wurde, bekam ich den Namen Killian.«

Den nächsten Teil hätte ich ihm *absolut nicht* erzählen dürfen. Hätte, hätte, hätte … Ach, scheiß drauf.

»Der Name, den Tenoch mir gab, lautete Ariel. Er wählte ihn aus, weil die Stadt so hieß, aus der er mich rettete.« Ich lachte einmal kurz auf. »Inzwischen denkt jeder, der ›Ariel‹ hört, an den Engel des Zorns aus der Bibel ... oder an ein Waschmittel. Wenn ich nicht schon vor langer Zeit aus Geheimhaltungsgründen dazu gezwungen gewesen wäre, mir einen anderen Namen zuzulegen, wäre *das* ein Grund gewesen, es zu tun.«

»Tenoch hat dir den Namen gegeben? Erinnerst du dich nicht an den Namen, den du bei deiner Geburt bekommen hast?«

Ich schloss die Augen und sah nur Feuer – das war meine früheste Kindheitserinnerung. »Nein, ich war zu jung, als Dagons Leute mein Dorf niedergebrannt haben. Als ich aus der Asche stieg, brachten sie mich zu ihrem Herrn, und Dagon nannte mich immer nur ›Mädchen‹.«

Ich hatte mich oft gefragt, ob ich jedes Mal, wenn ich starb, in Flammen aufging und zu Asche verbrannte, weil es beim ersten Mal so gewesen war. Vielleicht ging es aber auch jedem mit meiner Abstammung so. Ich wusste es nicht. Soweit ich wusste, war ich die Einzige meiner Art.

Jetzt fühlten sich die Hände, die sich auf mich legten, tröstlich und nicht mehr sinnlich an. »Das muss der Grund sein, weshalb du Dagon unbedingt tot sehen willst.«

Ich lachte voller Bitterkeit. »Eigentlich nicht. Ich würde nicht Tausende möglicher Lebensjahre für einen selbstmörderischen Rachefeldzug aufs Spiel setzen, wenn es mir nur um mich ginge.«

Das überraschte ihn. »Aber wen willst du rächen, wenn es nicht um dich geht?«

Tausende, deren Schreie mir noch in den Ohren klingen. Aber das verriet ich Ian nicht, denn dann hätte ich ihm auch den Rest erzählen müssen, und das konnte ich nicht. Die Erinnerungen waren zu schmerzhaft.

214

»Warum erzähle ich dir das alles überhaupt?«, wunderte ich mich laut. »Ich weiß nicht, was du an dir hast, das mich dazu bringt, dir Geheimnisse zu verraten, die nur Tenoch kannte. Ich habe nicht einmal Xun Guan erzählt, was ich wirklich war, dabei ist sie jahrhundertelang meine engste Freundin und Gelegenheitsgeliebte gewesen.«

Er atmete so heftig aus, dass mir sein Atem ins Haar fuhr. »Es kann ja sein, dass du Xun Guan länger gekannt hast, als ich am Leben bin, aber eine wahre Freundin ist sie nicht. Wenn sie das wäre, hätte sie dich nicht gezwungen zu beweisen, dass du mit mir verheiratet bist. Sie hätte es auf sich beruhen lassen. Leute, die das Gesetz über alles andere stellen, sind vielleicht bewundernswert, aber sie sind miese Vertrauenspersonen. Falls deine anderen Freunde und Exlover so sind wie sie, ist es kein Wunder, dass du mir deine Geheimnisse anvertraut hast. Bei manchen Geheimnissen warst du vielleicht umständehalber dazu gezwungen, aber die anderen hast du mir erzählt, weil du weißt, dass ich dich brauche. Deshalb weißt du auch, dass ich dich nicht betrügen werde. Und weil ich ein Halunke bin, der weitaus schlimmere Dinge getan hat, weißt du auch, dass ich dich nicht verurteile.«

»Du bist längst nicht der Halunke, der zu sein du behauptest. Ich werde sogar dein *ganzes* Dossier umschreiben müssen, wenn das hier vorbei ist.«

Er lachte leise. »Untersteh dich. Ich habe sehr hart daran gearbeitet, mir diesen schrecklichen, verkommenen Ruf aufzubauen.« Dann verebbte sein Lachen, und er schlug einen ernsteren Tonfall an. »Es gibt natürlich noch einen anderen Grund. Die sehr reale Möglichkeit, dass wir beide bald tot sein werden. Deshalb teilst du einige deiner bestgehüteten Geheimnisse mit mir. Aus demselben Grund habe ich dir auch welche von mir erzählt. Wenn die Zeit knapp ist, möchte man keine Zeit damit verschwenden, nicht ganz ehrlich zu sein.«

Auch das entsprach der Wahrheit.

»Ich möchte immer noch wissen, weshalb du dein Leben riskierst, um Dagon zu töten«, sagte er jetzt in einem sanften Ton. »Aber wenn du es mir nicht sagen willst oder einfach nicht kannst, verstehe ich das.«

Ein Teil von mir wollte es ihm überraschenderweise tatsächlich sagen. Er hatte sicherlich recht. Als Tenoch starb, verlor ich die einzige Person, die alles über mich gewusst und mich trotzdem akzeptiert hatte. Mir war nicht klar gewesen, wie einsam ich war, bis ich jemanden fand, dem ich meine Geheimnisse anvertrauen konnte. Und ja, vielleicht blieb uns wirklich nur noch sehr wenig Zeit, deshalb wäre es absolut sinnlos gewesen, mich an meine Geheimnisse zu klammern.

Aber ich brachte es auch nicht über mich, die schrecklichsten Erfahrungen meiner Vergangenheit noch einmal zu durchleben. Nicht jetzt. Ich wollte, dass sie unangetastet blieben. Aber Ian konnte meinem Herzen gefährlich werden, und ich wusste, dass er mir meine gesamte Vergangenheit und auch alles andere entlocken konnte.

»Ich will nicht mehr reden«, sagte ich, drehte mich um und presste meine Lippen auf seine.

Er reagierte sofort, als wüsste er, wie verzweifelt ich den Erinnerungen zu entkommen versuchte, die mich verfolgten. Es dauerte nicht lange, bis sein Mund, seine Hände und sein Körper meine ganze Aufmerksamkeit beanspruchten. Diesmal brauchte ich mich nicht lange bitten zu lassen, bevor ich mich völlig gehen ließ. Er hatte schon unter Beweis gestellt, dass er mit allem fertigwurde, was in mir steckte, und ich gab mich ihm hemmungslos hin.

Was den Club anbetrifft ... nun ja, es stellte sich heraus, dass der nicht so widerstandsfähig war. Aber dafür gab es schließlich Versicherungen, richtig? Und falls sie nicht den ganzen Schaden abdeckten, würde ich den Besitzern später einen Scheck zukommen lassen. So gut hatte ich mein Geld jedenfalls noch nie angelegt.

28

Wir verließen den Club im Morgengrauen. Für mich als Vampirin war es die unangenehmste, aber auch die sicherste Zeit zum Reisen. Wenn die Sonne aufgegangen war, brauchten wir uns keine Sorgen darüber zu machen, ob uns Dagon hinterherschnüffelte, falls er die Warnungen meines Vaters so rasch ignorieren wollte. Und das helle Sonnenlicht ließ mich einfach nur lächeln; ich schreckte nicht mehr so wie am gestrigen Tag davor zurück. Wie anders doch alles war, wenn man keinen Kater hatte. Und viel Sex.

Ich hatte mir Klamotten aus den Fundsachen des Clubs herausgesucht. Sie passten zwar nicht zusammen, aber das spielte keine Rolle. Ian trug eine Polizeiuniform. Ich bezweifelte, dass er sie unter den liegen gebliebenen Kleidungsstücken gefunden hatte, deshalb vermutete ich, dass einer der Polizisten, die letzte Nacht im Club aufgekreuzt waren, mit weitaus weniger Kleidung am Leib gegangen als gekommen sein musste. Ich konnte mir nur ausmalen, welche Geschichte ihm Ian als Erklärung für die fehlende Kleidung suggeriert hatte.

Silver lief an unserer Seite, er war wie ein ganz normales Haustier angeleint. Ich hatte ihm mit einem Glamourzauber ein anderes Aussehen verpasst und seine Flügel und Federn unsichtbar gemacht. Jetzt sah er nur wie ein etwas klein geratener grauer Samojedenwelpe aus.

Auch ich hatte mir ein anderes Aussehen gegeben und die Erscheinung angenommen, in der ich normalerweise unterwegs war. Das Straßenkind – um Ians Worte zu benutzen. Ja, es war nicht so schön und kurvig wie meine wahre Gestalt, aber Tenoch hatte mir diese Erscheinungsform nach dem Bild seiner biologischen Tochter gegeben. Ich hatte meine Hautfarbe behalten, aber ich hielt es für eine der größten Ehren, die mir im Leben zuteilgeworden waren, dass ich das Gesicht und die Figur seiner Tochter hatte. Tenoch hatte sie so sehr geliebt, er erinnerte sich noch Tausende von Jahren nach ihrem Tod an jede Einzelheit. Er hatte seine kostbare Erinnerung mit mir geteilt, weil er mir helfen wollte, mich vor Dagon, der mich zuvor gefangen gehalten hatte, und seiner Gefolgschaft zu verbergen. Noch bevor er eine Vampirin aus mir machte, hatte mich Tenoch wie ein Familienmitglied behandelt.

»Zur Hölle!«

Als Ian fluchte, drehte ich mich zu ihm um. Er hielt sich das neue Handy ans Ohr, das ihm irgendwie in die Hände gefallen war. Seine Lippen waren zu einem schmalen Strich zusammengepresst, während er zuhörte. Ich konnte nicht verstehen, was gesagt wurde, aber mir war, als würde ich Mencheres' Stimme erkennen. Es klang, als würde Ian eine aufgezeichnete Nachricht abhören. Plötzlich schleuderte er das Gerät zu Boden.

»Was ist los?« Hatte Dagon einem von Ians Freunden etwas Furchtbares angetan? Das sähe ihm ähnlich.

»Xun Guan«, knurrte Ian.

Ich blinzelte. »Was ist mit ihr?« Sie würde niemandem etwas tun...

Ian stampfte auf den Überresten seines Handys herum, als ob er es nicht schon genug zerstört hätte. »Die eifersüchtige Ziege hat so viel über unsere angebliche Heirat hinausposaunt, dass es sich bis zu Mencheres herumgesprochen hat. Jetzt will er wissen, was zum Teufel vor sich geht, und wenn ich ihn ignoriere, gibt es *zwei* Leute, die hinter uns her sind.«

Ich kannte unzählige Worte in Hunderten von Sprachen, aber mir kam einfach nur »Oh, Scheiße!« über die Lippen.

Ian sah mich frustriert an. »Genau.« Dann murmelte er ein paar Flüche und sagte zum Schluss: »Mencheres wird es Crispin erzählen, Crispin sagt es Cat, und Cat erzählt es *allen*. Eigentlich können wir auch gleich nach einer verdammten Band für die Hochzeitsfeier suchen.«

»*Scheiße*«, sagte ich, diesmal noch vehementer. »Das heißt, Dagon wird auch davon hören!«

Ian warf mir einen wütenden Blick zu. »Als ob mich kümmert, was er denkt.«

Sein scharfer Verstand musste unter seiner Angst gelitten haben, als angeblich verheirateter Mann geoutet zu werden. »Dagon weiß jetzt, dass ich am Leben bin, doch er weiß nicht, hinter welcher Identität ich mich verberge. Er weiß, dass wir uns zusammengetan haben, und was meinst du wohl, wie lange er braucht, bis er begreift, dass ich in Wirklichkeit Veritas bin, wenn er erfährt, dass du plötzlich eine Gesetzeshüterin geheiratet hast?«

Ian runzelte die Stirn und blickte äußerst finster drein. »Du hast dich so darum bemüht, dich zu verstecken...«

»Ich bin aufgeflogen«, sagte ich und erschauerte. »Einfach so.« *Verdammt, Xun Guan! Wie konntest du nur?*

Aber es war nicht ihre Schuld. Ich hätte Xun Guan nicht so nah an mich herankommen lassen dürfen, dass ich sie so verletzen konnte. Ich hatte von Zeit zu Zeit Trost in ihren Armen gesucht, obwohl ich wusste, dass sie tiefe Gefühle für mich hegte. Wie Ian hatte sie auch gespürt, dass ich mich zurückhielt, im Bett und außerhalb. Aber ich hatte es bei ihr nie an Vorsicht fehlen lassen. Meine Verweigerung hatte Xun Guan zutiefst verletzt, ebenso meine Abneigung gegen ernsthafte Beziehungen. Dass ich nun offenbar eine Kehrtwendung gemacht und jemanden geheiratet hatte, der buchstäblich ein Fremder war, musste zu viel für sie gewesen sein. Dass sie anderen ihr Leid klagte, musste ich allein mir selbst zum Vorwurf machen.

Trotzdem hatten es all die Leute, für die ich Gerechtigkeit wollte, nicht verdient, dass Dagon nur deshalb über mich triumphierte. Auch Ian hatte es nicht verdient, und er brauchte mich für seinen Triumph. Für mein Alias mochte die Stunde geschlagen haben, aber das Spiel war noch nicht vorbei.

»Vor Mencheres spielen wir das glückliche Paar, dann müssen wir schnell zuschlagen und Dagon töten.«

»Wie das?«, fragte Ian direkt. »Selbst wenn wir Mencheres weismachen könnten, dass unsere Heirat zwar äußerst idiotisch, aber trotzdem echt war, brauchten wir Zeit für unsere Pläne mit Dagon. Diese Zeit haben wir jetzt nicht mehr.«

»Ich weiß!« Mir schmerzte schon der Kopf von all den Ideen, die ich ausheckte und sofort wieder verwarf. Meine Not war mir offenbar anzusehen, denn Silver wimmerte und drückte sich an mein Bein. Ich beugte mich zu ihm hinunter, tätschelte ihn und überlegte währenddessen, wie wir unseren ursprünglichen, raffinierten Plan in einer viel schnelleren Version umsetzen konnten.

Ian kniete sich neben mich. »Ich wollte dich nicht so anfahren. Dich trifft an allem keine Schuld.«

»Nein?«, fragte ich und lachte sarkastisch auf. »Es ist schließlich keine deiner Exgeliebten, wegen der alle unsere Pläne zum Teufel gegangen sind.«

»Es hätte aber gut eine sein können«, sagte er und grinste mich kurz an. »Statistisch gesehen hätte es sogar so sein *müssen*. Obwohl du schon uralt bist, hast du dich wahrscheinlich auf nicht mehr als vier oder fünf Liebhaber pro Jahr beschränkt. So viele hatte ich oft in einer einzigen Nacht und deshalb garantiert mehr Exen als du.«

Da er die Zahl meiner Liebhaber erheblich überschätzte, hatte er recht. »Ich erinnere mich an das, was du getan hast, als ich dich gefunden habe«, sagte ich und ärgerte mich, dass beim Gedanken daran die Eifersucht an mir nagte.

»Ach, das.« Ian tat die karnevalistische Orgie mit einer Handbewegung ab. »Das hat mir nicht mal richtig Spaß gemacht.«

»Das glaube ich dir aufs Wort. Du hast so schrecklich unglücklich ausgesehen.«

Er zog die Brauen hoch. »Nun, ›unglücklich‹ ist vielleicht etwas übertrieben ...«

Ich seufzte. »Komm schon, Ian. Du dachtest, dir bleiben nur noch 100 Wochen zu leben. Du hast dich dafür entschieden, diese Zeit nicht mit deinen Freunden oder Mitgliedern deiner Linie, ja nicht einmal mit Fremden, die dich attraktiv finden, zu verbringen. Stattdessen hast du sie mit Leuten verbracht, die du für ihre Teilnahme bezahltest. Du musst dich schrecklich einsam gefühlt haben. Diese Orgie zu veranstalten, war nur wenig besser, als wenn du dich selbst gegeißelt hättest.«

Ein sardonisches Lächeln umspielte seinen Mund. »Es ist typisch für dich, die Oberfläche zu durchschauen und zu sehen, was darunter liegt. Die meisten Menschen würden sich gar nicht erst die Mühe machen. Aber mit einer Sache liegst du falsch. Mit meinen Freunden zusammen zu sein, wäre noch schlimmer gewesen. Dann hätte ich darüber nachdenken müssen, wie sehr ich sie vermissen würde. Aber es stimmt – weil mir die Zeit davonlief, wollte ich Erinnerungen sammeln, wie es sich anfühlte, wenn mich Leute berühren, ohne mir schaden zu wollen. Ich wusste, dass es nicht mehr viele solcher Gelegenheiten gegeben hätte, weil mir weniger als zwei Jahre blieben, bis Dagon kommen und meine Seele einsammeln würde. Aber natürlich hatte die Orgie nur den Effekt, dass ich mich noch einsamer fühlte.«

Ich berührte seine Wange. »Ich weiß, wie es ist, den Schmerz auf ungesunde Weise zu betäuben. Manchmal urteile ich vorschnell und vergesse es, aber während ich mich von meinem schlimmsten Trauma erholte, habe ich Dinge getan, die mir das Recht nehmen, dich oder irgendjemanden sonst zu kritisieren.«

Er legte seine Hand auf meine Hand an seinem Gesicht. »Vielleicht wirst du mir eines Tages von deinem schlimmsten Trauma erzählen.«

Ich wandte den Blick ab, sah aber wieder einen Anflug seines sardonischen Lächelns, bevor er seine Hand fallen ließ. Sofort vermisste ich seine Berührung, aber ich war noch nicht imstande, mich so zu öffnen, wie er es von mir verlangte.

»Also, was Xun Guan tut, ist nicht deine Schuld«, sagte er und nahm sein ursprüngliches Argument wieder auf. Silver spürte meinen inneren Konflikt. Er wimmerte wieder und rieb seinen Kopf an mir. Ich kraulte ihm die Federn an den Flügeln und stutzte, als ich einen Knubbel spürte. Dann tastete ich tiefer mit meinen Fingern, um zu sehen, was es war.

Die Knubbel waren Narben. In mir loderte Wut auf. Ich konnte mir nicht vorstellen, was Dagon getan haben musste, um bleibende Narben an einer Kreatur zu hinterlassen, die fast ebenso schnell heilte wie ich. Allen Göttern sei Dank, dass der nordische Vampir seine Zunge nicht gehütet hatte. Hätte er mir nicht vom Findezauber erzählt, mit dem Dagon sein Blut belegt hatte, wäre Silver jetzt wieder in der grausamsten aller Gefangenschaften, und das alles nur, damit Dagon seinen Profit aus einer Kreatur ziehen konnte, die geschaffen war, um wertgeschätzt zu werden.

»Silver!«, schrie ich laut und sprang aufgebracht hoch.

Das erschreckte den Simargl so sehr, dass er rückwärts flog, bis ihn seine neue Leine aufhielt. Ich versuchte sofort, ihn wieder zu beruhigen – und das alles, während mich Ian musterte, als hätte ich den Verstand verloren.

»Ich bin nicht verrückt«, verkündete ich und lachte, als ein Pärchen, das an uns vorbeikam und mich gehört hatte, einen genaueren Blick auf uns warf. Ja, wahrscheinlich war das nicht gerade ein überzeugender Beleg dafür, dass jemand geistig gesund war. »Ich weiß, wie wir Dagon jederzeit zu uns locken können.«

»Indem du deinen Schutzzauber von meinen Brandzeichen nimmst«, erwiderte Ian.

Ich wedelte mit dem Finger. »Nicht das, obwohl das auch funktionieren würde. Aber dann wüsste Dagon, dass es eine Falle ist, weil man so etwas niemals *versehentlich* tut. Wenn ich allerdings den Schutzzauber auf Silvers Blut aufhebe, könnte Dagon ihn wieder aufspüren. Er weiß, dass Silver bei uns ist, und Dagon ist so überheblich sich einzubilden, dass seine Magie meinen Zauber durchlöchert hat. Falls Dagon glaubt, meine Magie bezwungen zu haben, würde er nicht mit einer Falle rechnen.«

Noch besser war, dass mich mein Vater nicht dafür bestrafen konnte, gegen seinen Befehl zu verstoßen. Dagon würde zuschlagen, sobald er mich sah. Danach konnte ich alles, was ich tat, um mich zu schützen, mit Fug und Recht Selbstverteidigung nennen.

Für einen Sekundenbruchteil wirkte Ian erschreckt. Ich konnte mir nicht denken, weshalb, aber dann verschwand dieser Ausdruck wieder, als wäre er nie da gewesen. »Überheblich oder nicht – Dagon ist nicht dumm. Er würde mit Verstärkung kommen. Wir können ihn nur mit vereinten Kräften töten, außerdem müssen ein paar verzauberte Spiegel bereit sein.«

Warum konnte er mich mit allem, was er sagte, immer noch überraschen? »Du planst, bei Dagon die Spiegelfalle anzuwenden?« Das hatte *ich* auf jeden Fall geplant, aber davon hatte ich Ian nichts erzählt.

Er sah mich belustigt an. »Was glaubst du wohl, weshalb ich sie zuerst an dir ausprobiert habe? Du kannst mir glauben, ich hätte unsere Wette auch auf ganz andere Art gewinnen können.«

»Meinst du?« Ich grinste, weil ich wieder Hoffnung schöpfte.

Er beugte sich herunter. »Ich meine es nicht«, murmelte er, »ich weiß es. Genauso wie ich wusste, dass ich dich haben musste, obwohl ich dich für das verachtete, was du nach meinem damaligen Wissensstand getan hattest.«

Seine Nähe brachte mich ziemlich durcheinander. Als sein Mund zu dem empfindlichsten Punkt an meiner Kehle glitt, vergaß ich fast, worüber wir redeten. Und als er ganz leicht hineinbiss, schoss das Verlangen durch mich hindurch wie der Bolzen einer straff gespannten Armbrust.

»Ich würde niemals eine Unschuldige töten«, brachte ich keuchend hervor. »Nur weil Katie bei ihrer Geburt ungewöhnlich gewesen ist, heißt das noch lange nicht, dass ihre Geburt ein

Fehler war. Es sind Handlungen, nicht die bloße Existenz, die einen Charakter definieren.«

»Da bin ich ganz deiner Meinung.« Er knurrte es an meiner Haut und leckte dann langsam darüber, sodass mir ein Schauer über den Rücken lief. »Genauso hatte ich dich auch eingeschätzt, aber dann sah ich dich bei dieser Exekution. Ich konnte es bis zu deinem betrunkenen Geständnis nicht mit meinem Bauchgefühl vereinbaren.«

Nach und nach wurde ich immer glücklicher darüber, dass ich letzte Nacht so hemmungslos getrunken hatte. Auch das passte *ganz und gar nicht* zu mir, aber jetzt stand ich hier und war anscheinend auch noch stolz darauf, mich in einen Vollrausch gesoffen zu haben.

»Hör auf«, sagte ich und schob ihn, wenn auch widerwillig, von mir weg. »Wir haben etwas zu erledigen. Ruf Mencheres an und versuche ihn zu beruhigen. Sobald er versorgt ist, kümmern wir uns um die Spiegel, damit wir sie für Dagon parat haben.«

Ein leichtes Grinsen hob seine Mundwinkel an. »Kommen noch mehr Befehle?«

Mir fielen sofort Dutzende ein, die nicht jugendfrei waren. Ian atmete ein, als würde er die Luft schmecken. »Ich vermisse deinen wahren Duft, wenn du erregt bist. Das hier riecht so, wie du aussiehst: langweilig und niedlich. Aber wenn dein Glamourzauber von dir abfällt und du so bist, wie du sein solltest ...« Er atmete noch einmal ein und brachte den Mund zurück an meinen Hals. »... dann erinnert mich dein Duft an Frühlingsregen im Sturmgewitter – wild, rein, tödlich und hinreißend schön. So wie du.«

Ich schloss die Augen und schwelgte in seiner Stimme, seinen Worten und seiner Nähe. Noch nie hatte mich jemand auf so vielen Ebenen berührt. Der Teil von mir, der es genoss, stürzte sich gierig auf jedes geheimnisvolle Gefühl. Aber der vernünftige Teil behauptete, dass sich all das nur in Schmerz verwandeln würde. Und was noch schlimmer war – ich wusste, dass der vernünftige Teil recht hatte.

Ian brauchte mich jetzt, aber sobald das nicht mehr der Fall war, würde er verschwinden. Das hatte er unmissverständlich zum Ausdruck gebracht. Vielleicht genoss er die Vorteile, die es mit sich brachte, dass wir zusammengekommen waren, aber die tieferen Gefühle hegte ich ganz allein. Das musste aufhören, sonst war Xun Guan bald nicht mehr die Einzige mit einem verwirrten und verwundeten Herzen.

»Spar dir deine Komplimente für später«, sagte ich und öffnete die Augen. »Wir haben jetzt viel zu viel zu tun.«

Ians Grinsen nahm eine Schräglage ein. »Jetzt möchtest du deine Schilde wieder hochziehen, oder?«

Wenn sie das Einzige waren, das mich vor dem Ansturm der Gefühle schützte, die nur ich empfand? *Ja.* »Ich weiß nicht, was du meinst, aber solltest du nicht telefonieren?«

»Allerdings.« Er ging zu der Person, die uns am nächsten war, sah sie mit blitzenden Augen an und kam mit ihrem Handy zurück. Nachdem er Mencheres' Nummer eingetippt hatte, wurde der Anruf schon nach dem zweiten Klingeln entgegengenommen. »Mencheres«, sagte Ian mit einer hellen, lebhaften Stimme. »Ich habe deine fünfzehn Nachrichten erhalten.«

»Ist es wahr?« Ich stand so dicht bei Ian, dass ich Mencheres deutlich hören konnte. Der frühere Pharao hatte noch nie so aufgebracht geklungen. »Hast du wirklich *geheiratet*?«

Ian krümmte sich, sagte aber: »Gute Nachrichten verbreiten sich anscheinend schnell«, als ob gar nichts dabei wäre. Wenn ich nicht gewusst hätte, wie sehr er es eigentlich hatte vermeiden wollen, dass die Kunde von seiner Schande bis zu Mencheres vordrang, hätte ich nie ermessen können, was es ihn kostete, die Frage zu bestätigen.

Eine volle, sehr beklemmende Minute verging ohne ein Wort. Dann fragte Mencheres: »Bist du noch in New York City?«, und zwar so ausdruckslos, dass ich es mit der Angst bekam. Dass Mencheres sich aufregte, war eines, aber wenn er so kalt klang, bedeutete es normalerweise, dass jemand sterben würde.

»Zurzeit noch«, erwiderte Ian, »aber wir fahren bald wieder...«

»Ich bin schon da«, unterbrach ihn Mencheres. »Ich bin sofort hergeflogen, nachdem ich erfuhr, wo du bist und was du getan hast.«

Ian verdrehte die Augen. »Natürlich.« Dann schüttelte er den Kopf und sah mich an, als ob er sagen wollte: *Eltern, was soll man da machen?* »Wir kommen vorbei. Bist du im Ritz? Oder im Waldorf?«

»Im Ritz«, erwiderte Mencheres schroff. »Penthouse-Suite. Komm sofort und bring sie *nicht* mit.«

Sie? Wurde mir nicht einmal die Ehre zuteil, bei meinem Namen genannt zu werden? Normalerweise besaß Mencheres tadellose Manieren, und er pflegte sie schon so viele Tausend Jahre vor der Einführung der Höflichkeit, dass ich mich oft gefragt hatte, ob er ihr Erfinder war. Und jetzt war ich »sie«. Er musste wirklich wütend sein.

»Bis bald«, sagte Ian und blickte auf.

Ich vergewisserte mich, dass er wirklich aufgelegt hatte, dann sah ich ihn an. »Dir ist klar, dass ich dich begleiten werde, oder?«

Ians Lachen klang ebenso unbekümmert wie der Tonfall, mit dem er die Heirat bestätigte, die er nie gewollt hatte. »Du hast doch Xun Guan darauf hingewiesen, dass ein Vampir-Ehegatte auf jeden Fall dort sein darf, wo sich sein Partner befindet. Aber du musst dich umziehen.« Er ließ den Blick über meine zusammengewürfelte Garderobe und die zu großen Schuhe schweifen und schnalzte abfällig mit der Zunge. »Ich kann dich deinem neuen Schwiegervater nicht vorstellen, wenn du wie eine Streunerin aussiehst.«

»Ich wüsste nicht, wie ich mein Outfit verbessern könnte, außer wenn ich jemanden dazu überrede, mit mir die Kleidung zu tauschen. Wir haben unsere Brieftaschen in dem Hotelzimmer gelassen, das diese Vampire gestürmt haben. Schon vergessen?«

»Kennst du nicht einen Troll, der dir eine Wagenladung Gold schuldet?«, konterte er.

»Er schuldet mir nichts«, korrigierte ich, doch Ian hatte recht. Ich wollte das Gold, das mir Nechtan versprochen hatte, eigentlich nie abholen, aber es wäre weitaus einfacher, einen Teil davon im nächsten Pfandhaus zu Geld zu machen, als mir die neuen Ausweise zu verschaffen, die ich brauchte, um an meine Konten zu kommen. Wenn wir mit Bargeld bezahlten, war es auch schwieriger, unseren Spuren zu folgen. Also schön, auf zu Nechtan.

»Dann lass uns im Central Park vorbeischauen.«

29

Ian und ich brauchten nur eine von Nechtans Opfergaben ins Pfandhaus zu bringen, um gleich viel besser auszusehen. Ich versetzte ein paar weitere Stücke für unser Reisegeld, dann verstaute ich den Rest in einem Lagerhaus, in dem ich mich kurzfristig einmietete. Mit einem Lkw voller Gold herumzufahren hätte uns noch mehr Ärger eingehandelt, als wir ohnehin schon hatten. Doch sobald wir durch die Tür von Mencheres' Penthouse-Suite traten, wurde mir klar, dass dies hier weitaus schlimmer war als das Treffen mit einem missbilligenden Schwiegervater. Ian sah es auch sofort.

»Was soll das sein? Eine Intervention?«, fragte er die drei Männer und die Frau, die sich an der Tür aufgebaut hatten. »Ihr seht aus, als wolltet ihr mich angreifen.«

»Das werden wir auch, wenn du versuchst zu verschwinden«, entgegnete Mencheres in einem ätzend geschmeidigen Tonfall. »Und ich habe dir gesagt, dass du sie nicht herbringen sollst.«

»›Sie‹ ist aber trotzdem hier«, sagte ich und ignorierte wütend, wie seltsam sich das anhörte.

Ich erkannte sie alle, obwohl ich mich nicht daran erinnern konnte, dem großen, schlaksigen Vampir mit dem schwarzen Zottelhaar zuvor bereits begegnet zu sein. Aus Ians Dossier wusste ich, dass es Spade war, richtiger Name Charles DeMortimer, der ausgerechnet mit einer menschlichen Frau verheiratet war. Er sah vielleicht so aus, als wäre er bei einem schicken Brunch, aber er hatte sich wie ein entschlossener Kämpfer aufgebaut. Er war gefährlich, aber nicht die größte Bedrohung im Raum. Das waren Mencheres und nach ihm sein Mitregent Bones.

Bones und Cat hatten ihre äußere Erscheinung verändert. Bones' kurzes, lockiges dunkles Haar war jetzt aschblond und so lang, dass es sein attraktives Gesicht teilweise verdeckte. Cats auffällige, blutrote Locken hatten jetzt einen so langweiligen Braunton, dass die Schachtel mit Haartönung den Aufdruck »Ist doch egal, he« gehabt haben musste. Außerdem hatte sie es so frisiert, dass es auf einer Seite nach vorn fiel und fast ihr halbes Gesicht verdeckte. Sie hätte sich mit einem Glamourzauber leichter und effektiver tarnen können, aber das musste schließlich jede selbst wissen.

Ich hatte sie bei der Scheinexekution ihrer Tochter zum letzten Mal gesehen. Als ich Cats eiskaltem grauem Blick begegnete, stufte ich ihre Gefährlichkeit sofort höher als die von Bones ein. Er war vielleicht älter, aber wenn ich Bones in die Augen sah, gruben sich keine Eiszapfen in meine Wirbelsäule. Cat musste Zugriff auf die gefährlichste aller magischen Künste haben – die Grabesmacht. Es gab nur wenige auf der Welt, die sie anwenden konnten, und sie war fast unschlagbar. So wie Cat durch mich hindurchblickte, als läge ich bereits ermordet auf dem Boden, hatte sie vor, mich auf diese Weise zu töten.

Kein Wunder, dass Mencheres gesagt hatte, ich solle nicht mitkommen! Wenn ich gewusst hätte, dass Cat und Bones hier waren, wäre ich nicht gekommen. An ihrer Stelle hätte ich auch meinen Tod gewollt. Jetzt musste ich etwas Drastisches tun, falls ich nicht wollte, dass es hier Leichen gab.

»Ich weiß, dass eure Tochter noch am Leben ist«, sagte ich ohne Umschweife. »Es war ein Gestaltwandler, der enthauptet wurde, nicht sie. Ihr habt nichts zu fürchten, ich werde ihr Geheimnis auch weiterhin für mich behalten.«

Aus irgendeinem Grund schien Spade darüber am meisten schockiert zu sein. Er glotzte mich an, als hätte ich mir gerade einen Blitz aus dem Hintern gezogen. »Aber du bist eine Gesetzeshüterin«, stammelte er.

»Ja«, sagte ich mit allem Stolz, den ich für meinen Beruf empfand. »Und die Gesetze wurden ursprünglich geschaffen, um Leute zu schützen, und nicht, um sie zu unterdrücken. Manche davon sind im Laufe der Zeit verdreht worden, aber nirgendwo steht, dass Mischlingskinder zweier Spezies illegal sind. Nur Angst und Engstirnigkeit führen zu solchen Regeln, und ich bin nicht verpflichtet, so etwas durchzusetzen.«

Cats Blick zuckte ganz kurz zu Ian, dann fasste sie mich wieder ins Auge. »Ist das Geschwätz, oder meint sie es ernst?«

Ian grunzte. »Du machst dir keine Vorstellung, wie ernst es ihr bei dieser Sache ist, Cat. Katies Geheimnis ist bei ihr sicher. Sie hat dir das Schwert gegeben, das mit Denise' Blut beschmiert war, damit die Sache nicht auffliegt, weißt du noch?«

»Halt den Mund, Ian«, knurrte Spade.

Ach so. *Jetzt* begriff ich, weshalb Spade so geschockt gewesen war. Die menschliche Frau, die Spade geheiratet hatte, hieß Denise, aber Ians Kommentar nach zu schließen war Denise nicht nur menschlich. Sie war auch eine Gestaltwandlerin mit dämonischem Brandzeichen. »Deine Frau hat auch nichts von mir zu fürchten«, versicherte ich Spade.

»Ich glaube dir nicht.«

Die leise gesprochenen Worte kamen von Mencheres. Er hatte sich nicht gerührt, aber ganz plötzlich summte so viel elektrische Spannung in der Luft, dass es wehtat. »Ich habe selbst gesehen, wie du geholfen hast, viele von denen, deren einziges Verbrechen es war, anders zu sein, einzukerkern und umzubringen. Weshalb sollte ich glauben, dass du dich geändert hast?«

Ian sah mich mit hochgezogenen Brauen an und wollte sehen, ob ich Mencheres' Behauptungen zurückwies. »Das klingt schlimmer, als es ist«, fing ich an.

Plötzlich verdichtete sich die Luft rings um mich, als hätte sie sich in eine massive Faust verwandelt. Meine Knochen brachen, und ich spürte einen neuen, merkwürdigen Druck an meinem Hals. Drohte er mir wirklich mit Enthauptung? Falls er es tat, würde ich ihm, sobald ich von den Toten zurückkehrte, einen Zauber verpassen, der ihn das die nächsten hundert Jahre bereuen lassen würde!

»Hör sofort damit auf«, befahl Ian wütend.

Gleichzeitig presste ich heraus: »Verdammt, Mencheres, lass es mich dir beweisen. Oder hast du vergessen, dass ich mich trotz aller Zweifel auf deine Seite geschlagen habe, als der Rat lauthals deinen Kopf verlangte?«

Ob es nun meine Erinnerungshilfe oder Ians Befehl war, jedenfalls ließ der brutale Druck nach, sodass meine Knochen nicht mehr wie trockene Zweige knackten. »Sprich«, sagte Mencheres knapp.

Ian legte den Arm um mich, und sein zorniger Blick teilte Mencheres all das mit, was ich von seiner Art, mich zu behandeln, dachte. Aber wie viele neue Familienmitglieder musste ich mir um der guten Sache willen zunächst ein paar Beleidigungen gefallen lassen. Während ich heilte, murrte ich trotzdem einen sumerischen Fluch, der Ian glucksen ließ, weil er ihn natürlich übersetzen konnte. Danach hob ich mit finsterem Gemurmel meinen Glamourzauber auf. Weshalb sollte ich nicht noch ein Geheimnis offenbaren? Eigentlich konnte ich auch gleich anfangen, jedem, dem ich auf der Straße begegnete, die Wahrheit über mich zu erzählen.

Mencheres sog hörbar die Luft ein, als er sah, wie sich mein gewöhnliches, blondes Haar silbern färbte, mit eingeflochtenen goldenen und blauen Strähnen. Als ich mehrere Zentimeter größer wurde, mein Körper Kurven bekam und Muskeln bildete, die jeden Knopf und jede Naht meines eleganten Hosenanzugs bis an die Grenze ihrer Strapazierfähigkeit beanspruchten, machte er ein unverständliches Geräusch. Ich spürte den Augenblick, als ich mein wahres Gesicht bekam. Im selben Moment kam ihm mein wahrer Name von den Lippen, und er trat einen Schritt nach hinten, was Cat und Bones noch mehr zu erschrecken schien als mein neues Aussehen.

»Ariel«, flüsterte Mencheres geschockt.

Das weckte Ians Neugier. »Du kennst sie in ihrer wahren Gestalt?«

»Ja.« Mencheres klang immer noch etwas verblüfft. »Ariel ist die mächtigste Hexe, der ich jemals begegnet bin. Außerdem hat sie mir während der Großen Säuberung dabei geholfen, unzählige praktizierende Vampire, Hexen, Magier und Dämonenbrut herauszuschleusen.«

»So nannte man die Zeit, als der Rat neue Gesetze verfasste, die alle unterdrückten, die keine ›normalen‹ Vampire waren«, stellte ich klar. »Damals war ich nur eine Vollstreckerin, aber ich hatte in dieser Position trotzdem Zugriff auf Informationen über bevorstehende Razzien. Ich habe diese Informationen an Mencheres übermittelt, nur glaubte er damals, sie stammten von einer geborenen Vampirhexe namens Ariel und nicht von der neuen Vollstreckerin namens Veritas.«

Mencheres schüttelte den Kopf, als wollte er einen klaren Gedanken fassen. »Aber als Veritas hast du trotzdem viele eingefangen und verhaftet.«

Ich zuckte mit den Schultern. »Nur diejenigen, die ihre angeborene Macht oder ihre Fertigkeiten missbraucht haben, um anderen zu schaden. Es gibt immer faule Äpfel, Mencheres, und die habe ich dem Rat ausgeliefert. So bildete sich der Rat ein, dass es ihm gelang, den ›gefährlichen‹ Teil der Bevölkerung zu dezimieren. Wenn er das nicht geglaubt hätte, wären die Razzien fortgeführt worden, und man hätte mir keine wichtigeren Informationen mehr anvertraut.«

Ian fing an zu lachen. »*Daher* kannte dich Nechtan! Du hast die ganze Zeit für den Rat gearbeitet und gleichzeitig ihre Informationen gegen sie verwendet. Jetzt habe ich deinetwegen *so* einen Ständer gekriegt.«

Ich sah hin, und nein, er hatte nicht gelogen. Ich war anscheinend nicht die Einzige, die den sichtbaren Beweis seiner Behauptung gesucht hatte. Bones hüstelte betont.

»Dafür ist jetzt wohl kaum der geeignete Moment, Ian. Trotz dieser unerwarteten Enthüllungen sind wir alle aus einem bestimmten Grund hergekommen. Dieser Grund hat sich nicht geändert, auch wenn ich nicht mehr vorhabe, deine Frau umzubringen.«

Da verging Ian sämtlicher Humor – und die Erektion auch. »Du wolltest *was*, Crispin?«

»Er wollte deine neue Frau umbringen«, wiederholte Cat unverblümt. Dann warf sie einen halb entschuldigenden, halb trotzigen Blick auf mich. Ich sah sie im Gegenzug streng an. Ob es nun meine neue Familie war oder nicht, Todesdrohungen nahm ich nicht auf die leichte Schulter. »Wir dachten, dass sie dich benutzt, um an Katie heranzukommen«, fuhr Cat fort. »Ich hatte mich immer gefragt, ob sie bei der Exekution mehr wusste, als sie sich anmerken ließ. Ich werde nie ihren Blick vergessen, als sie mir jenes Schwert reichte …«

»Konntest du ›Halt die Klappe und nimm es‹ nicht übersetzen?«, murmelte ich.

»… und warum sollte eine Gesetzeshüterin *dich* heiraten, wenn sie keine extremen Hintergedanken dabei hätte?«, fuhr Cat fort und richtete ihre Aufmerksamkeit auf Ian. »Du bist gegen Monogamie und Gesetzestreue allergisch und sagst *nie* die Wahrheit! Ich meine, ich liebe dich und alles …«

»Das höre ich«, warf er sarkastisch ein.

»… aber du bist der Letzte, und ich meine der *Allerletzte*, den eine verklemmte Gesetzeshüterin heiraten würde.« Bei dieser Bemerkung standen mir die Haare zu Berge, aber Cat war das egal. »Und ich kann mir beim besten Willen nicht vorstellen, warum du *sie* geheiratet hast«, fuhr Cat fort. »Wir sind hergekommen, um herauszufinden, ob sie dich mit einem deiner vielen Verbrechen erpresst hat, denn der Ian, den ich kenne, würde niemals freiwillig heiraten.«

»Das Gleiche hätte ich früher auch von Crispin behauptet«, erwiderte Ian mit smaragdgrün funkelndem Blick. »Oder von Mencheres oder sogar von Charles, eigentlich von allen verheirateten Männern. Eigentlich müsste ich euch die Schuld daran geben. Ihr habt aus der Ehe eine Waffe gemacht und sie auf uns alle losgelassen.«

»Siehst du?«, sagte Cat zu Bones. »Redet so jemand, der glücklich verheiratet ist?«

Ian verdrehte die Augen. »Glaubt ihr, ein Bluttausch und ein Ehegelübde würde ändern, wer ich bin? Nichts kann mich ändern, und wenn Veritas das akzeptiert, sollten meine ältesten Freunde es auch tun.«

Spade schnaubte empört. »Wir sind deine ältesten Freunde. Und deshalb wissen wir, dass du dich nicht mit einem unauflöslichen Schwur binden würdest. Eher würdest du dich darüber lustig machen.«

Ich hatte genug gehört. »Wenn ihr Ian wirklich kennen würdet, wüsstet ihr eines: In ihm steckt so viel Ehre, dass ihr anderen nicht einmal davon träumen könnt.«

Cat machte große Augen. »Wir sprechen über *diesen unseren* Ian hier, oder?«

Sie hatten keine Ahnung, welche Opfer Ian für sie gebracht hatte. »Ja, *diesen* Ian!« Es fiel mir schwer weiterzureden, weil es so vieles gab, das er ihnen nicht erzählen würde, obwohl ihn sein Schweigen vielleicht das Leben und die Seele kosten konnte. »Jede andere Frau wäre stolz, ihn ihren Ehemann nennen zu dürfen, und es wäre für jeden, der etwas im Kopf hat, eine Ehre, mit ihm befreundet zu sein.«

»Hat sie uns gerade dumm genannt?«, fragte Cat flüsternd Bones.

»Ich glaube, ja«, behauptete Bones.

Spade starrte mich an, als ob ich ihn faszinieren würde. »Ich habe noch nie eine Frau gesehen, der man den Verstand herausgevögelt hat.«

»Dann tut mir deine Frau leid«, knurrte Ian, bevor ich selbst etwas Unhöfliches erwidern konnte. »Arbeite an deinen Liebeskünsten, Charles, bevor Denise jemanden findet, der das besser kann. Aber was noch wichtiger ist...« Seine Reißzähne zeigten sich, als er den Satz knurrend zu Ende brachte. »... dem Nächsten, der sie beleidigt, stopfe ich das Maul mit seinem eigenen Hintern.«

Bones machte ein überraschtes Gesicht. »Du fühlst dich ernsthaft beleidigt... obwohl es um jemand anderen geht.«

Er sagte es, als ob er nicht glauben könnte, dass ihm so etwas über die Lippen kam. Dann versteinerte sein dunkelbrauner Blick.

»Ich könnte mir vorstellen, dass du dich richtig verknallt hast, aber *heiraten*? Das ist eine so abrupte Abkehr von deiner Promiskuität, dass die Welt in ihren Angeln bebt. Ihr seid doch erst ganz kurz zusammen? Wie lange läuft das zwischen euch beiden schon? Es sind doch höchstens Wochen?«

Ian sah ihn wütend an. »Hilf meiner Erinnerung auf die Sprünge, Crispin. Hast du dich, als du Cat kennengelernt hast, gleich am ersten Abend in sie verliebt? Oder hast du dich noch bis zum zweiten Abend zurückhalten können?«

Bones wandte den Blick von ihm ab. »Das ist nicht das Gleiche.«

Ian schnaubte. »Ja, es gibt nämlich den sehr deutlichen Unterschied, dass dich deine liebe *Gevatterin Tod* damals umbringen wollte. Außerdem sind wir alt genug, um sofort zu merken, ob jemand so wie die anderen ist oder etwas ganz Besonderes.« Er sah nur einen Augenblick lang zu mir, doch es berührte mich wie eine Liebkosung. »Bei meiner ersten richtigen Begegnung mit Veritas habe ich gemerkt, dass sie unvergleichlich ist. Aber vor allem, dass sie zu mir gehört.«

Ich setzte ein falsches Lächeln auf, dabei tat es mir im Innersten gnadenlos weh. Er sagte das nur, um seine Lüge zu verkaufen, aber − o Götter, steht mir bei − ich wünschte, dass es anders wäre. Denn für mich war es so gewesen, es hatte mich voll erwischt. Nach einer Stunde hatte ich gewusst, wie einzigartig Ian war, und seitdem hatte er mich immer wieder überrascht. Schlimmer noch − es waren kaum zwei Wochen vergangen, und schon wachte ich so eifersüchtig über ihn, wie ich es vorher noch nie erlebt hatte. Ich hatte ihm fast jedes meiner Geheimnisse anvertraut und fand ihn immer faszinierender und unwiderstehlicher. War es das, was Leute spürten, wenn sie sich verliebten? Falls ja, dann war es noch stärker als alle Magie, die mir je begegnet war.

Spade beugte sich näher zu Mencheres. »Du sagst, sie ist eine mächtige Hexe?«, fragte er im Flüsterton. »Vielleicht hat sie ihn mit einem Zauberspruch dazu gebracht, sich *einzubilden*, dass er sie heiraten will ...«

Ich überlegte gerade, ihn in die sprichwörtliche Kröte zu verwandeln, als Ian sich auf ihn stürzte. »Ich habe dich gewarnt, Kumpel. Mach schon mal den Mund auf!«

Dann erstarrte er mitten in der Luft − mit den Händen an Spades Knöcheln, als ob er gerade vorgehabt hätte, Spades Hintern hoch- und seinen Kopf herunterzureißen. Cat sah mit hochgezogenen Brauen zu Bones, doch der schüttelte den Kopf.

»Es reicht«, sagte Mencheres, womit klar war, dass er seine Macht benutzt hatte, um Ian aufzuhalten. »Spade, du willst nicht erleben, wozu Ariel imstande ist, wenn sie sich ärgert, und außerdem bist du wirklich sehr unhöflich gewesen.«

»Das wird man doch wohl fragen dürfen«, stammelte Spade.

»Aber sicher, warum sollte man *nicht* davon ausgehen, dass ich Ian mit Hexerei dazu gezwungen habe, mich zu heiraten?«

Meine Stimme war brüchig, wahrscheinlich weil Spade den richtigen Riecher hatte und sich nur in der Überzeugungsmethode irrte. Wenn ich nicht gewusst hätte, dass sie sich nur so benahmen, weil sie sich ernsthaft Sorgen um Ian machten, hätte ich ihnen jetzt ein wenig richtige Hexerei gezeigt. »Das ist genau das, was jede frisch getraute Braut hören will, oder nicht?«

Nach einer angespannten Pause machte Cat einen Vorschlag. »Vielleicht sollten wir ganz von vorn anfangen, hm? Anscheinend war alles doch anders, als wir dachten.«

»Allerdings«, sagte Ian eisig. »Und jetzt lass mich runter, schleunigst.«

Mencheres grunzte. »Erst wenn du deine Drohung zurücknimmst.«

»Erst soll Charles sich entschuldigen.« Ian klang angespannt, entweder weil er sich immer noch über Spade ärgerte, oder weil er mit dem Kopf auf Fußbodenniveau festhing, während der Rest seines Körpers nach oben gebogen war.

Spade hüstelte spöttisch. »Ich habe mir so viele Sorgen gemacht, dass ich alles stehen und liegen ließ, um dafür zu sorgen, dass du nicht zur Ehe gezwungen wirst. Falls ich dabei übereifrig war, bitte ich um Verzeihung.«

»Nicht mich, du Einfaltspinsel«, schimpfte Ian. »Sie.«

»Wozu überhaupt einen Namen tragen?«, sagte ich gereizt. »Von jetzt an nenne ich mich einfach nur noch ›sie‹.«

»Da wir gerade von dir sprechen: Wirst du lieber Veritas oder Ariel genannt?«, fragte Cat.

»Veritas«, sagte ich und legte, um meine Worte zu unterstreichen, meinen Glamourzauber wieder an.

Als Mencheres beide Augenbrauen hochzog, merkte ich, dass ich vergessen hatte, taktile Magie vorzutäuschen oder das, was ich tat, zuerst mit einem Zauberspruch zu kaschieren. Die anderen schienen den Unterschied glücklicherweise nicht zu bemerken.

»Also, Veritas«, sagte Spade und betonte jede der drei Silben meines Namens. »Ich entschuldige mich für die unbeabsichtigte Kränkung.«

»Entschuldigung angenommen«, sagte ich und meinte es ebenso ernst wie Spade mit seinem erzwungenen Schuldbekenntnis. Zu Ian gewandt fügte ich hinzu: »Ernsthaft – ich bin nicht darauf erpicht, mir anzusehen, wie er seinen Hintern serviert bekommt.«

Ian sah zu Mencheres. Dieser löste seinen telekinetischen Griff, und Ian fiel auf den Boden. Er stand weitaus eleganter auf, als er gefallen war, und klopfte beiläufig sein Hemd und seine Hose ab. Dann sah er zu Spade, zeigte ihm lächelnd die Zähne und sagte: »Hoffentlich hast du nicht schon Hunger bekommen.«

Ich war nicht die Einzige, die sich ein Grinsen verkniff. Cat tat es auch.

»Nun, anscheinend hat sich diese Krisensitzung in eine Party verwandelt«, sagte Cat, die jetzt deutlich freundlicher klang. »Hoch die Tassen! Mencheres, ich hoffe, es gibt Gin Tonic in deiner Minibar. Ich weiß nicht, wie es euch geht, aber dieses Fast-Gemetzel hat mich durstig gemacht.«

30

Nach einem freundlicheren Verhör, das als Kennenlernen getarnt war, war mir nach Gehen zumute. Sämtliche Alkoholvorräte im Hotel konnten mich weder über all das falsche Lächeln hinwegtrösten, noch darüber, zum Zielobjekt zahlloser abschätziger Blicke zu werden und verschleierte Fangfragen beantworten zu müssen. Ich musste mich sehr zusammenreißen, um ihnen nicht zu sagen, dass sie sich heraushalten sollten. Ians Freunde versuchten vielleicht nicht mehr aktiv, mich umzubringen, aber es war klar, dass sie mir noch nicht vertrauten. Das sollten sie auch nicht, wenn auch aus anderen Gründen, als sie glaubten.

Den Göttern sei Dank, dass Ian auch keinen Spaß hatte und nicht davor zurückschreckte, es zu zeigen. Nach der zweiten Stunde stand er auf, verkündete, dass er sich langweile und wir gehen würden.

Ich jubelte nicht, war aber kurz davor.

»Okay, Freunde, es war ganz toll«, sagte Ian in einem Ton, der erkennen ließ, dass er das Gegenteil empfand. »Bevor wir gehen, möchte ich euch daran erinnern, dass Veritas' wahre Identität als Ariel absolut vertraulich bleiben muss. Denn wenn sich das herumspräche, würde der Rat sie in Grund und Boden foltern, und wer weiß, welche anderen Geheimnisse sie dann noch enthüllen müsste?«

Cat erstarrte, und Bones bekam schmale Augen, während Spade sichtbar zusammenzuckte. Auch diesmal hätte ich fast gejubelt. Mit seiner kleinen Bemerkung hatte Ian ihnen ins Gedächtnis gerufen, dass sie riskierten, geliebte Personen zu verlieren, falls sie mich verrieten. Nicht einmal Mencheres wäre sicher, wenn man bedachte, was er zusammen mit mir als Ariel getan hatte, obwohl er sich am wenigsten Sorgen zu machen schien. Er lächelte mich sogar an.

»Das wäre äußerst interessant«, murmelte er.

Ich wusste nicht, was er damit meinte, aber Ian sagte: »Bis zum nächsten Mal«, und begleitete mich zur Tür. Ich wusste nicht recht, wie ich mich verabschieden sollte, schließlich konnte ich nicht gerade behaupten, dass es heute für mich ein Vergnügen gewesen war. So eine große Lüge brachte nicht einmal ich zustande.

»Es freut mich, dass ich keinen von euch umbringen musste«, sagte ich schließlich.

Ian lachte und zwinkerte seinen Freunden zu. »Ist sie nicht ein Original?«

Ich war überrascht, dass Cat mich in den Arm nahm. Sie musste es mir angesehen haben, denn sie grinste, als sie mich losließ. »Tut mir leid, aber da, wo ich herkomme, umarmt man seine Familienmitglieder. Ian ist Bones Cousin, also sind wir beide jetzt auch Familie. Jetzt lauf nicht weg, Ian. Du weißt, dass du der Nächste bist«, fügte sie hinzu und schnappte sich Ian.

Cousins? Ich wusste, dass Ian Mencheres als Ersatzvater ansah, mir war jedoch nicht klar gewesen, dass sie Blutsverwandte waren. Ians und mein Blick begegneten sich. Er zog die Brauen nur kurz hoch, als ob er sagen wollte: *Ich habe es dir doch gesagt. Dein Dossier wusste nichts.*

Über sein Verwandtschaftsverhältnis zu Bones würde ich ihn später befragen, aber jetzt wollte ich nur noch weg. Als Cat Ian schließlich losließ, gingen wir.

Wir nahmen den Fahrstuhl zum ersten Stock. Dort holten wir Silver aus einem leeren Zimmer, das uns ein hypnotisierter Angestellter hatte benutzen lassen. Wir hatten Silver dort zurückgelassen, weil es etwas viel geworden wäre, wenn Ian mit einer neuen Frau *und* einem neuen Haustier aufgekreuzt wäre, erst recht mit einem, das wie ein geflügelter Hund aussah.

»Das hat so viel Spaß gemacht wie von einem Hai einen geblasen zu kriegen«, bemerkte Ian, als wir das Hotel mit Silver an der Leine verließen.

Ich knurrte zustimmend. »Wollen wir wetten, dass sie uns gerade verfolgen?«

»Ganz bestimmt, aber keine Sorge. Ich habe vor, sie in den Röhren abzuhängen.«

»Du meinst in der U-Bahn?«

Er grinste mich schelmisch an. »Ja. Lust auf ein bisschen Spaß?«

Das musste ich wohl haben, denn ich erwiderte sein Grinsen. »O ja. Selbst wenn sie es irgendwie schaffen sollten, uns auf den Fersen zu bleiben, möchte ich mich trotzdem für den miserablen Nachmittag bei ihnen revanchieren.«

Er lachte. »Dann halte Silver gut fest und lass es uns durchziehen.«

Wir trafen in Trenton, New Jersey, ein, als die Sonne gerade über dem Delaware-Fluss aufging. Ians Freunde hatten wir irgendwo in New York abgehängt. Sie hatten uns verloren, nachdem wir so oft von fahrenden Zügen zu fahrenden Zügen gesprungen waren, dass mir richtig schwindelig geworden war. Aber es war jene ausgelassene Form von Schwindel gewesen, welche mich an Kinder erinnerte, die sich so lange im Kreis drehten, bis sie hinfielen und sich darüber kaputtlachen konnten. Ian hatte ein Talent dafür, den Moment zu genießen, ganz gleich, wie die Umstände waren. Seine Freude war ansteckend, und ich merkte, dass ich selbst sie irgendwann verloren hatte. Sie wiederzuentdecken war so, als würde es auf ausgedörrtes Land regnen.

Ich würde ihn so vermissen, wenn das hier vorbei war! Mit Ian hatte ich so viel Spaß wie seit ... ich wollte mich gar nicht erst daran erinnern, wie lange es her war. Jetzt wollte ich nur noch den Moment genießen. Schon bald – aber nur dann, wenn alles genauso lief wie erhofft – würden wir beide jeweils in unsere angestammten Leben zurückkehren.

Ian legte ein schnelles Tempo vor, als wir durch einen Innenstadtbezirk von Trenton gingen. Nach einigen Minuten kam Silver nicht mehr mit. Ich nahm ihn hoch und murmelte: »Armer Junge, ich weiß, du bist müde. Es war ein langer Tag für dich.«

»Nur noch ein paar Blocks weiter, dann sind wir beim Basar«, sagte Ian. »Es dürfte nicht lange dauern, dort alles zu bekommen, was wir brauchen.«

»Was kaufen wir? Spiegel?« Das hätten wir bereits in einem der vielen Läden tun können, an denen wir vorbeigekommen waren, aber vielleicht hatte Ian einen bestimmten Typ im Sinn.

»Magisches Zubehör, um unsere Zaubersprüche zu verstärken. Was es im Basar gibt, ist nicht besonders gut, aber wir können nicht riskieren, die Sachen aus einer meiner Wohnungen zu holen. Falls Dagon weiß, wo sie sich befinden, lässt er sie bestimmt von Spitzeln überwachen.«

»Ich kann die Zaubersprüche verstärken«, protestierte ich.

Er sah mich amüsiert an. »Deine Fähigkeiten sind wirklich beeindruckend, aber wir dürfen nicht zulassen, dass du dich mit deiner Zauberei zu sehr verausgabst. Du wirst nicht genug Zeit haben, um dich wieder zu verjüngen. Hast du schon vergessen, dass Xun Guan mit ihrem Gejammer darüber, dass sie dich verloren hat, unseren Zeitplan über den Haufen geworfen hat?«

Das mit dem »Gejammer« sah ich anders, aber den Rest konnte ich nicht abstreiten. Eigentlich war ich sogar ganz froh, dass ich mein Handy in dem zerstörten Hotelzimmer in New York City zurückgelassen hatte. Wahrscheinlich glühte es schon von den Textnachrichten, die mir andere Hüter und wohl auch ein paar Ratsmitglieder wegen meiner Überraschungshochzeit mit Ian geschickt hatten.

»Ich schätze, ich muss meinen Glamourzauber ablegen, bevor wir ankommen«, war alles, was ich sagte. »In meiner Erscheinung als Gesetzeshüterin kann ich wohl kaum auf einem magischen Basar aufkreuzen.«

»Nicht ohne eine Panik zu verursachen«, gab Ian mir recht und grinste mich an.

Ich erwiderte sein Grinsen und löste den Glamourzauber auf. Meine Kleidung dehnte sich wie gehabt, um Platz für eine Größenveränderung und meine Kurven zu schaffen. Lange Zeit hatte ich mit meiner wahren Form nur Negatives verknüpft. Mein platinblondes Haar mit seinen goldenen und blauen Strähnen erinnerte mich ständig daran, dass ich in den Augen der meisten Vampire und Ghule als Mischling zweier Spezies etwas Abscheuliches darstellte. Doch in Ians Blick fand sich nichts von dem Abscheu, den Tenoch für den Fall befürchtet hatte, dass die Leute erfuhren, was ich war. Ganz im Gegenteil. Das Begehren funkelte nur so in seinen smaragdgrünen Augen.

»Perfekt«, murmelte er.

Silver unterbrach uns mit seinem fröhlichen, leisen Bellen und schnupperte an mir herum. Er musste bemerkt haben, dass sich auch mein Duft verändert hatte. Ian war anscheinend nicht der Einzige, der meine wahre Gestalt bevorzugte. Plötzlich fragte ich mich, ob Silver vielleicht deshalb so glücklich war, weil er noch andere meiner Art kannte. *Gab* es andere? Schade, dass Silver nicht reden und es mir erzählen konnte.

Fünf Blocks später stoppte Ian. »Da sind wir.«

Ich sah nur eine Brückenunterführung vor uns, links befand sich der Fluss und rechts ein unbebautes Grundstück. Das Haus, das dort einmal gestanden hatte, war schon vor langer Zeit abgerissen worden; jetzt waren nur noch die Fundamente übrig. Aber dort musste noch mehr sein.

»Mit welchem Trick durchdringt man den Glamourzauber, der diesen Ort umgibt? Muss man wieder einen Brückentroll beschenken?«

Ian grinste. »So extravagant ist es nicht. Man braucht nur etwas Zauberei. Es müsste gleich losgehen.« Aus einem Gebüsch in der Nähe der Unterführung sprang eine schwarze Katze. Sie zischte uns an, und Silver zitterte.

»Keine Angst«, sagte ich zu ihm. »Das ist nur eine Katze ...« Ich verstummte mitten im Satz, als ich das große Namensschild am Katzenhalsband sah.

»Ich bin ein Hund«, las Ian laut und prustete. »Sie haben den Zauber zu lasch gehandhabt.«

Er bewegte die Finger, als rollte er eine unsichtbare Münze zwischen ihnen. Als er fertig war, hatte sich die Katze in einen Hund verwandelt. Jetzt begann Silver freundlich mit den Flügeln zu schlagen.

»Du kannst nicht mit ihm spielen«, klärte ich ihn auf und seufzte. »Vielleicht ist er gar nicht nett.« Vielleicht war es auch überhaupt kein Tier.

Noch bevor ich den Satz zu Ende gedacht hatte, änderte sich alles um uns herum. Das ganze Grundstück war bis zur Brückenunterführung voller Buden, Leute, Lichter und Lärm. Es war so laut.

»*Hier Liebeszauber im Sonderangebot!*«

»*Fünf Zentimeter Penisverlängerung mit einer einzigen Dosis!*«

»*Sehen Sie über Nacht zwanzig Jahre jünger aus!*«

»*Mit unserem neuen Elixier verlieren Sie über Nacht so viel Gewicht, wie Sie wollen!*«

»Es klingt, als wäre die Werbung aus dem Nachtprogramm zum Leben erwacht!«, sagte ich gequält. Aus alten Zeiten erinnerte ich mich an Basare, die sich für gewöhnlich an den Schnittpunkten der Handelsrouten befanden. Damals stellten sie eine der wenigen Möglichkeiten dar, andere Kulturen kennenzulernen. Wenn ich die Augen schloss, hörte ich noch die Menschen in längst untergegangenen Sprachen miteinander reden, dann roch ich die köstlichen Fleischdüfte aus unzähligen brodelnden Kochtöpfen und sah die flackernden Lagerfeuer, die nächtens die einzigen Lichtquellen waren.

Ian schnaubte. »Vorne sind die Verkäufer, die Touristen ausnehmen wollen. Die Läden, in denen es hochwertige Magie zu kaufen gibt, sind weiter hinten.«

Die Buden befanden sich nicht nur links und rechts des von

Leuchtkugeln erhellten Pfades, sondern auch darüber. Manche Händler streuten Proben ihrer Mixturen auf die Leute unter ihnen, so wie Parfümverkäufer in Einkaufszentren unachtsame Passanten einsprühten. Alles war wie ein Verkaufsparcours angelegt, und ich konnte mir nicht vorstellen, dass jemand von hier entkommen konnte, ohne nicht zumindest einen Teil seiner Barschaft eingebüßt zu haben.

Wir wühlten uns durch die Verkäufer und ignorierten die Angebote, die uns aus allen Richtungen erreichten, ebenso die Zaubereien, die von oben über uns ausgeschüttet wurden. Einmal färbte sich mein Haar für einen kurzen Moment zuerst braun und dann rot, bevor ich wieder meinen natürlichen platinblonden, strähnigen Look zurückbekam. Dann wurde ich mit einem Zauberpulver besprenkelt, von dem meine Brüste so riesig wurden, dass mir die Knöpfe von der Bluse platzten, bevor der Effekt wieder nachließ. Ian quittierte den Zauber mit einem breiten Grinsen, aber das ignorierte ich und sagte dem Verkäufer sehr deutlich meine Meinung.

Der Besucherandrang dünnte sich abrupt aus, als wir zu den hinteren Verkaufsständen gelangten. Auch die Atmosphäre änderte sich. Knisternde Magie berührte meine Haut wie ein Trommelwirbel. Ian hatte recht: In diesem Bereich gab es echte Macht.

»May, mein Schatz«, sagte Ian und ging zu einer Bude, die mit feinen Seidenbahnen und nicht mit Plastikplanen überzogen war, wie die Stände der anderen Händler. »Es ist viel zu lange her.«

Eine majestätisch aussehende Frau mit roten Reflexen in ihrem tiefschwarzen Haar erhob sich. »Mein Schöner«, grüßte sie Ian, beugte sich über den Tisch, auf dem ihre Waren ausgebreitet lagen, und ließ sich von Ian auf beide Wangen küssen. »Es ist wirklich schon zu lange her. Und wer ist das?«

»Ariel«, antwortete ich, damit er nicht erst überlegen musste, wie er mich nennen sollte. Dann streckte ich den Arm aus. »Schön, dich kennenzulernen, May.«

Sie schüttelte meine Hand. Ihre dunkelbraune Haut war warm, was auf ihre menschliche Abstammung schließen ließ, aber die Macht, die ihre Aura durchdrang, zeigte mir, dass sie eine geborene Hexe war. Außerdem war etwas in ihrem Blick, das mich glauben ließ, sie müsse viel älter sein, als ihre äußere Erscheinung suggerierte, in der sie wie Mitte dreißig wirkte. Entweder hatte sie sich auf dem Basar mit Anti-Aging-Zauber eingedeckt, oder sie trank regelmäßig Vampirblut gegen die Effekte des Alterns.

»Bezaubernd«, sagte sie und richtete ihre Aufmerksamkeit dann höflich wieder auf Ian. »Wonach suchst du heute Abend?«

»Sechs der stärksten Fesselzauber, die du hast«, erwiderte er.

»Sechs?« Sie zog die Brauen hoch. »Du musst etwas sehr Gefährliches oder Tödliches vorhaben.«

Ian lächelte sofort. »Beides.«

Sie hielt inne, dann zuckte sie mit den Schultern. »Na schön, aber wie immer gilt: Wenn man dich damit erwischt, hast du sie nicht von mir.«

»Keine Sorge, May«, erwiderte Ian verschmitzt und amüsiert. »Gesetzeshüter jagen mir keine Angst ein.«

Ich verdrehte die Augen. Er konnte es einfach nicht lassen, oder?

Nachdem eine große Goldsumme den Besitzer gewechselt hatte, bekam Ian sechs sorgfältig eingepackte Zauberfesseln in sechs unterschiedlichen Tüten. »Vergiss nicht, dass sich die

Grundstoffe erst berühren dürfen, wenn du sie benutzen willst«, sagte May zum Abschied.

»Es war wie immer ein Vergnügen, mit dir Geschäfte zu machen«, erwiderte Ian.

Wir waren auf dem Rückweg und drängelten uns durch einen überlaufenen Teil des Basars, als ich mich von einer ganz bestimmten, vertrauten Macht berührt fühlte. »Sie haben uns gefunden«, flüsterte ich Ian zu.

»Ich weiß. Die wissen, was sie wollen, nicht?«, bemerkte er ohne das geringste Zeichen von Überraschung.

Dann rief eine vertraute Stimme so laut: »Da seid ihr ja!«, dass sie den Lärm der vielen Verkäufer übertönte, die ihre Waren anpriesen.

Ian und ich drehten uns gleichzeitig um. Cat winkte uns freundlich zu und drängte sich durch die Marktbesucher auf uns zu. Bones war hinter ihr, sein Gesichtsausdruck war so angespannt, wie der von Cat gekünstelt wirkte.

Ich seufzte innerlich. Man konnte vor der Familie davonlaufen, sich aber nicht vor ihr verstecken.

31

»Es fühlt sich an, als hätte es *Ewigkeiten* gedauert, um hierher-
zukommen«, sagte Cat in einem gespielt munteren Ton, als sie
uns erreichte. »Aber wow, für das hier hat es sich wirklich ge-
lohnt! Ich wusste gar nicht, dass die Nutzer von Magie ihre
eigene Version eines Flohmarktes haben. Diesen Brustvergrö-
ßerungszauber werde ich mir unbedingt holen. Es macht bestimmt Spaß, für eine Nacht eine Doppel-D-Größe zu haben.
Oder vielleicht sollte ich versuchen...«

»Wie habt ihr uns gefunden?«, unterbrach Ian sie. »Wir wissen, dass wir euch in der U-Bahn abgehängt haben.«

Cat sah ihn mit hochgezogener Braue an. »Oh, das habt ihr,
aber ich habe keine Magie eingesetzt, sondern GPS-Sender. Ich
habe euch beiden einen in die Taschen gesteckt, als ich euch
umarmte. Mit dem U-Bahn-Surfen habt ihr euch wirklich alle
Mühe gegeben, was? Es sah anstrengend aus. Deshalb haben
Bones und ich uns einfach hingesetzt, einen getrunken und dabei die blinkenden Punkte auf unseren Handys verfolgt.«

Ich verlagerte Silver, bis ich ihn mit einem Arm hielt. Dann
durchsuchte ich meine Taschen. Und tatsächlich fand ich in
meiner vorderen Tasche ein winziges, flaches Gerät, kleiner als
ein Marienkäfer. Ich schleuderte es fluchend in den nahen Fluss.

Das Karma hatte sich schnell an mir gerächt. Erst neulich hatte ich Shayla trickreich dazu gebracht, mich zu umarmen, damit ich sie verfolgen konnte. Und jetzt war mir das Gleiche widerfahren.

Ian reichte mir seine verbliebenen Beutel mit Gold. Dann riss er sich die Taschen ab und warf alles, was darin war, mitsamt dem Stoff auf den Boden. Anscheinend wollte er nicht riskieren, dass ihm Cat mehr als einen GPS-Sender untergejubelt hatte.

»Clever«, erklärte er und setzte nun selber ein falsches Grinsen auf. »Einen Zauber hätte ich gespürt, aber ich wäre nicht auf die Idee gekommen, nach technischen Geräten zu suchen.«

»Das tun ältere Vampire wie du nur selten«, versicherte ihm Cat.

Bones schloss zu Cat auf. Er sah sich in aller Ruhe auf dem Markt um und blickte dann zu Ian. »Ein ungewöhnlicher Ort für ein Paar in den Flitterwochen, findest du nicht?«

»Das sagst du«, antwortete Ian sofort. »Ich habe ein halbes Dutzend magischer Sexspielzeuge in diesen Taschen.«

Ich spielte mit. »Ich mag es abgefahren. Richtig abgefahren.«

»Macht uns nichts vor«, schimpfte Bones. »Ihr seid nicht hier, um euch geheimnisvolle Schlafzimmerrequisiten zu besorgen. Mencheres und Charles fragen bei allen Verbündeten nach, ob einer von ihnen weiß, was ihr wirklich im Schilde führt, aber ich wollte euch eine Chance geben, es uns einfach zu *erzählen*.«

»Komm schon, Ian«, sagte Cat und hörte auf, freundlich zu tun. »Was auch immer es ist – wir wollen helfen.«

Ich warf einen kurzen Seitenblick auf Ian. Wir konnten ihre Hilfe *wirklich* gebrauchen. Bones konnte bei Dagon seine Telekinese anwenden, falls der Spiegelzauber nicht funktionierte. Bones war vielleicht nicht stark genug, um ihn völlig bewegungsunfähig zu machen, aber er konnte Dagons Tempo verlangsamen, was uns einen entscheidenden Vorteil verschaffen würde. Außerdem saugte Cat jedem Vampir, von dem sie trank, auch Fähigkeiten ab. Falls sie Bones' Blut trank, verfügte sie selbst über telekinetische Fähigkeiten. Sie hätte auch von Vlad trinken und über das Feuer gebieten können. Oder von der Voodookönigin Marie Laveau, um sich Grabeskraft zu verschaffen, und immer so weiter.

Hätte ich so mächtige Freunde, hätte ich mich schon längst ihrer Hilfe versichert. Aber meine beste Freundin war Xun Guan, und sie wäre nur angewidert davon gewesen, wie viele Gesetze ich brach. Mencheres war die einzige andere Person, die für mich vielleicht infrage gekommen wäre, aber ich hatte Ian schwören müssen, dass ich Mencheres nie etwas von Dagon erzählen würde. Alle anderen, denen ich traute und die mächtig genug gewesen wären, uns zu helfen, waren tot. Es hatte einen Nachteil, so alt zu werden wie ich. Der Preis war, dass ich viele meiner besten Freunde hatte beerdigen müssen.

»Ian?« Mein Tonfall machte deutlich, was ich ihn fragen wollte. Aber als seine Miene steinhart blieb, hatte ich meine Antwort.

»Wie ich euch beiden bereits sagte«, erklärte Ian säuerlich, »ist alles in Ordnung, abgesehen davon, dass ich verhört, verfolgt und wieder verhört werde. Pass mal auf, Crispin. Als du damals geheiratet hast, war ich nicht so misstrauisch, und vielleicht erinnerst du dich, dass unsere Freundschaft damals auf ihrem Tiefpunkt war.«

Bones zuckte kaum merklich, aber ich sah es. Und Cat sah es auch. Sie hakte sich bei ihm unter und sah Ian durchdringend an. »Bones war damals der Meinung, er würde dich beschützen.

An seiner Stelle hättest du wahrscheinlich das Gleiche getan. Aber wir lieben dich, Ian. Das weißt du. Und wir wollen helfen. Lass uns bitte helfen.«

Bones schob Cat sanft weg und trat näher an Ian heran. Dann hob er die Hand, als ob er ihn berühren wollte, ließ sie aber seufzend wieder sinken.

»Es gibt keine Entschuldigung dafür, dass ich dich betrogen habe. Oh, damals hatte ich viele Entschuldigungen, aber ich hätte dir vertrauen sollen. Das habe ich nicht getan. Mach nicht denselben Fehler wie ich damals. Es tut mir immer noch leid, das kannst du mir glauben. Du bist nicht nur mein Freund, mein Ahnherr und mein Cousin, sondern mehr als jeder andere auch so etwas wie ein Bruder. Das weißt du doch, Kumpel, oder? Ich würde alles für dich tun, also sag mir, was los ist, und *lass* mich helfen.«

Ians Miene wurde weicher. Er seufzte sogar, als wüsste er nicht, wo er anfangen sollte. Ich verschränkte meine Finger mit seinen und drückte ihm aufmunternd die Hand. Er erwiderte den Druck, dann sah er Bones an.

»Crispin«, fing er an. Dann wurden seine Augen schmal und fixierten etwas, das sich hinter ihnen befand. Und ganz plötzlich schoss es aus ihm heraus: »Verschwindet«, knurrte er. »Sofort.«

Bones wirkte ebenso erschrocken, wie ich es bei Ians plötzlichem Wutausbruch war, doch er trat einen Schritt vor. »Ich werde nicht gehen, bis...«

»Dann werden wir es tun!«, bellte Ian.

Jetzt sah ich, weshalb er so nervös war. Zwei Dämonen kamen auf uns zu und schoben links und rechts die Leute aus dem Weg. Ihren Mienen nach zu urteilen kannten sie Ian. Und Ians Miene nach zu urteilen waren es keine Freunde. Wie hatten uns die Dämonen finden können? Oder hatten wir einfach nur Pech? Es waren nicht die ersten Dämonen, die wir auf diesem Basar gesehen hatten. Es gab hier jede Menge übernatürliche Wesen. Aber sie waren die ersten, die offenbar vorhatten, uns Ärger zu machen, den wir nicht brauchten.

Ich nahm Silver fester in meinen Arm. Dann sprangen Ian und ich in die Luft. Wir konnten jedoch nicht sehr hoch fliegen, weil wir uns noch unter der Überführung befanden.

»Wenn du nicht stoppst, Ian, werde ich dich stoppen!«, rief Bones. Er und Cat waren uns sofort hinterhergeflogen.

Im nächsten Moment packte mich eine Kraft. Verdammt noch mal! Bones' telekinetische Kraft war so stark, wie ich vermutet hatte. Er musste mehr davon für Ian als für mich verwendet haben, weil Ian wie ein Stein abstürzte. Nur ein schneller Griff von mir verhinderte, dass er in die Menge fiel. Schlimmer war, dass uns die Dämonen fast erreicht hatten. Sie hätten nur zu springen brauchen, um uns herunterziehen zu können. Und meine Magie funktionierte bei ihnen nicht. Sie waren so immun wie geborene Hexen und Hexenmeister.

Aber Cat und Bones waren es nicht. Ich schleuderte einen Zauber auf sie, der vor ihnen wie eine Blendgranate explodierte. Es erschreckte sie so, dass Bones' Kraft aussetzte. In diesem Moment sprangen Ian und ich zum anderen Ende der Unterführung. Wir waren kaum unter freiem Himmel, als uns die Kraft wieder schraubstockartig erwischte.

Wir plumpsten nur wenige Meter vom Ende des Basars entfernt zu Boden. Jetzt konnte ich mich überhaupt nicht mehr bewegen. Ian ebenso wenig. Sogar Silver schien in meinen Armen erstarrt zu sein. In der Nähe war ein Rauschen zu hören — es musste von Cat und Bones stammen, die zu uns unterwegs waren. Wir brauchten ein gewaltiges Ablenkungsmanöver, um hier herauszukommen, aber ich durfte weder Cat noch Bones verletzen. Ich wollte auch sonst niemandem auf dem Basar ein Leid zufügen. Was konnte ich tun?

Der Fluss! Ich konzentrierte mich auf ihn und zog mit meiner ganzen Willenskraft, aber diesmal riss ich nicht nur die Energie aus dem Wasser. Ich holte mir Tausende Liter Wasser aus dem Fluss und schleuderte alles auf Cat, Bones und die Dämonen, die uns inzwischen fast erreicht hatten.

Das Wasser klatschte auf sie herunter und schleuderte sie in verschiedene Richtungen. Es ergoss sich auch in einen Teil des Basars und warf Buden und Leute durcheinander, obwohl ich die Schäden hier zu begrenzen versuchte. Sobald ich spürte, dass Bones' Griff, mit dem er mich festhielt, wieder nachließ, hechtete ich zu Ian, aber da streckte er bereits die Hand nach mir aus. Wir stiegen in den Himmel, Silver schüttelte sich das Wasser aus den Federn wie eine wütende Ente. Ich spürte, wie uns Bones mit seiner Kraft wieder zu ergreifen versuchte, aber wir waren schon zu weit weg, und er konnte uns nicht mehr aufhalten. Ich schleuderte einen stärkeren Blendgranatenzauber in seine Richtung, und der unsichtbare Druck verschwand. Das übernatürlich verbesserte Seh- und Hörvermögen von Vampiren hatte auch Nachteile, besonders den, dass es Blend- und Knallzauber weitaus effektiver machte.

Aber obwohl sie vorübergehend blind und taub waren, machte ich mir keine Sorgen darüber, Cat und Bones mit den beiden Dämonen allein zu lassen. Dafür waren sie zu tödlich. Deshalb wäre ich auch froh gewesen, wenn sie uns bei Dagon geholfen hätten. Falls die Dämonen auf dem Basar etwas versuchten, waren sie schneller tot, als sie ihren Irrtum bedauern konnten.

»Flieg nach Osten!«, schrie ich Ian zu und schoss schneller voran.

Er hielt das Tempo mühelos. Bald waren wir so weit entfernt, dass uns Bones mit seiner Kraft nicht mehr erreichen konnte. Falls es Cat und Bones noch gelingen sollte, sich so rechtzeitig aus den Wassermassen zu befreien, dass sie uns folgen konnten, wollte ich so nah am Wasser sein, dass ich seine Kraft einsetzen konnte, um sie aufzuhalten. Auf der anderen Seite von New Jersey lag ein ganzer Ozean. Das war mehr als genug.

32

Später betrachteten wir von einer privaten Residenz in der Nähe des Atlantic City Boardwalk aus die weißen Schaumkronen auf dem Ozean. Die Eigentümer wollten ihre Wohnung eigentlich nicht kurzfristig vermieten, und wir hatten zwar viel Bargeld, aber noch keine neuen Papiere. Außerdem war ein Hotel der erste Ort, an dem Cat, Bones oder die Dämonen nach uns suchen würden. Ehemann und Ehefrau wurden von Ian mit ein paar blitzenden Blicken und großzügig bemessenen Reisespesen ausgestattet und beschlossen spontan, einen Wochenendausflug zu machen.

Nach dem Fiasko auf dem Basar war ich erschöpft. Es war ein sehr langer Tag gewesen, aber wir hatten noch Arbeit zu erledigen. Unsere Tüten aus dem Basar waren auf der Wohnzimmercouch verteilt. Silver lag daneben, er hatte sich die Flügel um den Kopf gefaltet, sodass man nur noch seine Nasenspitze sah. Er war nach einer großen Portion Röstgemüse eingeschlafen. Für uns fing die Nacht gerade erst an.

»Ich glaube, wir sollten anfangen, die Zauber vorzubereiten«, seufzte ich.

»Oder«, sagte Ian sanft, »du könntest mir erzählen, weshalb du bisher nicht erwähnt hast, dass du zusätzlich zu deinen anderen Fähigkeiten auch noch über Telekinese verfügst.«

Selbstverständlich ließ er die Ereignisse auf dem Basar nicht unkommentiert. »Ich beherrsche keine Telekinese…«, begann ich etwas lahm.

»Du behauptest also, dass sich der Fluss plötzlich selbstständig gemacht hat und unbedingt einkaufen gehen wollte?«

Ich ignorierte seinen Sarkasmus. »Telekinetische Vampire können ihre Kraft auf alles anwenden. Ich kann nur Wasser manipulieren, und diese Fähigkeit hat nichts damit zu tun, dass ich eine Vampirin bin.«

Ian sah mich interessiert an. »Erzähl weiter.«

Ich breitete die Arme aus. »Das war es auch schon. Meine andere Abstammung erlaubt es mir, Kraft aus Wasser zu ziehen und es über kurze Strecken zu bewegen. Mehr nicht.«

»Wann hast du denn zum letzten Mal versucht, etwas anderes damit zu machen?« Als ich schwieg, verzog er vielsagend den Mund. »Habe ich mir gedacht.«

»Du verstehst nicht«, redete ich nun leiser weiter. »Meine andere Natur ist…« *Gefährlich. Unkontrollierbar. Vielleicht herzlos.* Ich entschied mich für ein Wort und sagte: »Unvorhersehbar. Deshalb halte ich sie unter Verschluss. Aber wie alles, was in einen Käfig eingesperrt ist, kann es seine Finger hindurchstrecken.«

Er zog die Brauen hoch. »Das, was du mit Wasser tun kannst, geschieht, wenn du an den metaphysischen Fingern deiner anderen Natur ziehst?«

Es klang fast wie eine Furzwitz-Analogie, aber gut. »Kurz gesagt: Ja.«

Er kam näher. »Hast du dich mal gefragt, ob die Angst vor deiner anderen Hälfte vielleicht irrational ist?«

Ich warf ihm einen genervten Blick zu. »Du hast meinen Vater gesehen. Was sollte irrational daran sein, *das* zu fürchten?«

»Stimmt«, erwiderte er und grinste mich kurz an. Dann streckte er zu meiner Überraschung den Arm aus und fing an, die verbliebenen Knöpfe meiner Bluse zu öffnen. Wenn das kein Themenwechsel war!

Ich griff nach seiner Hand. »Ich ... äh ... glaube nicht, dass das eine gute Idee ist.«

»Bin ich dir etwa schon langweilig geworden?« Er wusste, dass die Antwort Nein lautete, sonst hätte er dabei nicht gekichert.

Ich sah mich vielsagend um. »Hier kann eine Menge kaputtgehen, wenn ich mich nicht zurückhalte. Und das willst du nicht.«

»Bestimmt nicht«, antwortete er sofort.

»Und es wäre nicht okay, wenn wir diesem Paar die Wohnung zertrümmern«, fügte ich hinzu, nur für den Fall, dass er noch nicht selbst daran gedacht hatte. Wir hatten bereits eine echte Spur der Verwüstung hinter uns hergezogen.

Er strich mit dem Finger über meinen Hosengürtel, dann löste er die Schnalle und zog ihn langsam aus den Laschen. »Es gibt andere Möglichkeiten, uns Befriedigung zu verschaffen.« Jetzt zog er den Gürtel ganz heraus und wickelte ihn um meine Handgelenke. »Mehrfach.«

Ich lachte, obwohl ich sofort scharf wurde. »Du weißt, dass ein Gürtel nicht reicht, um mich zu fesseln.«

Er beugte sich vor und berührte meine Lippen mit seinen, während er gleichzeitig meine Handgelenke enger verschnürte. »Kein gewöhnlicher Gürtel, nein. Aber wenn er magisch aufgeladen ist? Ja.«

Ich spürte einen Kitzel, der durch meinen Körper ging, aber dann von Erinnerungen gedämpft wurde, die auch nach viereinhalb Jahrtausenden in mir aufstiegen. »Ich bin mir nicht sicher.«

Er lehnte sich so weit zurück, dass er mich ansehen konnte. »Sag bloß nicht, du hast noch nie Fesseln und Sex kombiniert?«

»Nicht freiwillig«, antwortete ich mit einem grimmigen Unterton.

Er nahm mir sofort den Gürtel von den Handgelenken. »Wenn ich das gewusst hätte, hätte ich dich letzte Nacht niemals so festgehalten.«

Ich prustete leise. »Wenn ich es nicht gewollt hätte, hätte ich dich aufgehalten. Schließlich kann ich die Zeit anhalten, schon vergessen?«

»Ja.« Seine Stimme wurde tiefer. »Aber du brauchst keine Magie. Es reicht schon, wenn du Nein sagst, außer du bevorzugst ein anderes Safeword.«

»Ich kenne überhaupt keins.« Mein Tonfall wurde ironisch. »Ich habe noch nie eins gebraucht. Die wenigen Male, als ich in meiner Jugend bei Leuten die Kontrolle verloren habe, wusste ich, dass ich aufhören musste, wenn ich Schreie hörte, denen Variationen von ›Aua, mein Rücken, *mein Rücken!*‹ folgten.«

Sein Lachen hatte auf mich dieselbe Wirkung wie eine starke Droge. »Wie gut, dass ich fast sofort wieder gesund werde und darauf stehe, wenn du wild bist, also brauchst du dir darüber bei mir keine Sorgen zu machen.«

Ich sah zu dem Gürtel hinunter, der lose in seiner Hand hing. Vertraute ich ihm so sehr, dass ich mich von ihm fesseln lassen wollte? Ich zweifelte nicht daran, dass die Magie, mit der er mich binden wollte, so stark war, dass ich die Fesseln nicht lösen konnte.

Er sah, wo ich hinschaute, und warf den Gürtel weg. »Vergiss es. Da draußen ist ein ganzer Strand. Nicht einmal du kannst dem Sand dauerhaften Schaden zufügen.«

Ich sah aus dem Fenster. Jetzt lag Mondlicht auf dem Wasser und verlieh ihm einen schönen, silbernen Schimmer. Aber da waren auch Schnee und eisiger Wind, vor allem aber die Erkenntnis, dass ich mich von uralten Wunden stärker einschränken ließ, als es magische Fesseln jemals vermocht hätten.

Er wollte mich nach draußen ziehen, aber ich hielt ihn auf. »Warte«, sagte ich. »Ananas.«

Er zuckte mit den Schultern. »Das ist nicht die erste Frucht, die mir in den Sinn kommt, wenn ich an Sex denke, aber wenn du darauf stehst ...«

»Doch nicht so.« Bei der Vorstellung schüttelte ich den Kopf, dann nahm ich den Gürtel, den er weggeworfen hatte. »Mein Safeword.« Ich sah ihm in die Augen und drückte ihm den Gürtel in die Hand. »Ich entscheide mich für ›Ananas‹, okay?«

Er fragte nicht, ob ich es ernst meinte, und ich war froh darüber. Ich wollte nicht befragt werden, als ob ich nicht selbst wüsste, was ich wollte. Er sagte nur: »Wie weit willst du gehen?«

Ich dachte darüber nach. »Keine Schläge, keine Erniedrigung und keine Beleidigungen.« Es mag Leute geben, die daran Spaß haben, aber ich nicht. »Und weil ich nicht sicher bin, ob mir Bondage gefällt, bleiben wir beim Blümchensex – wie man das so nennt.«

Seine Augenfarbe änderte sich, leuchtendes Smaragdgrün ersetzte ihren türkisfarbenen Farbton, der an südliche Meere erinnerte. »Sonst noch etwas?«

»Wir bringen Silver in ein anderes Zimmer.« Ich rümpfte die Nase. »Ich möchte nicht, dass er uns wieder zusieht.«

Er lachte leise und voller Erwartung. »Ist das alles?«

»Nein.« Es war bisher noch kein Thema gewesen, aber ich wollte nichts dem Zufall überlassen. »Niemand sonst, nur wir beide.«

In seinen Augen blitzte etwas auf und war so schnell wieder verschwunden wie die kurze Helligkeit bei einem Blitz. »Blümchen oder nicht – ich habe vor, meine ganze Energie auf dich zu richten, deshalb wird bei keinem von uns etwas für andere übrig bleiben.«

Mit diesen Worten riss er mich an sich, presste seinen Mund auf meinen, und seine Hände vollführten wahre Wunder an meinem Körper. Morgen konnte ich mir immer noch Sorgen darüber machen, wie viel ich in seinen Armen empfand, aber in diesem Moment wollte ich einfach nur mehr davon.

»Und jetzt«, murmelte er an meine Lippen, »lass uns endlich anfangen.«

33

Ich war im Schlafzimmer; meine Hände mit dem Gürtel auf den Rücken gefesselt, der sich jetzt stärker anfühlte als das mythische Vibranium. Ich war noch bekleidet, was mich überraschte, denn ganz gleich, was Ian so vorschwebte – von einem bestimmten Punkt an war Nacktheit unerlässlich. Ich befand mich auch nicht auf dem Bett, aber das war weniger überraschend. Ian schien sich beim Sex von Betten eingeschränkt zu fühlen.

Er hatte mich hier zurückgelassen, während er nach unten ging um . . . etwas zu tun. Ich war versucht nachzusehen, was es war, aber als ich mich bewegen wollte, merkte ich, dass er nicht nur den Gürtel verzaubert hatte. Ich konnte meine Beine zwar strecken oder meine Position mit ihnen verändern, aber gehen konnte ich nicht. Danach versuchte ich es mit Hüpfen. Auch das funktionierte nicht. Ich konnte zwar auf der Stelle springen, aber ich konnte mich weder vor- noch zurückbewegen.

Er war jetzt erst ein paar Minuten weg, aber allmählich wurde mir unbehaglich. War es ein Riesenfehler von mir gewesen, mich von ihm völlig hilflos machen zu lassen? Wie seine Freunde mehrfach betont hatten, kannten wir einander kaum. Vielleicht hatte ich das *Gefühl*, ihm vertrauen zu können, aber gerade ich hätte wissen müssen, wie verschlagen jemand sein konnte, der einen Handel mit Dämonen eingegangen war.

Vielleicht hatte er mich nur dazu manipuliert, mich so einschnüren zu lassen, damit er mich Dagon ausliefern konnte? Ian wusste, wie sehr mich der Dämon hasste. Wahrscheinlich könnte er bessere Bedingungen für seinen Vertrag mit Dagon aushandeln oder komplett davon entbunden werden, wenn er mich dem Dämon wie ein eingewickeltes Geschenk präsentierte. Und dafür, dass ich in so eine Falle tappte, hätte ich es wirklich verdient, wenn mich Dagon nach Strich und Faden auslachen würde.

»Da bin ich«, sagte Ian, als er ins Zimmer zurückkam. In einer Hand hielt er eine Teigschüssel, in der sich zu allem Überfluss verschiedene Kochutensilien befanden. Als ich mich reckte, um zu sehen, was er in der anderen Hand hielt, sagte er: »Na, na, na! Nicht gucken, sonst ist die Überraschung dahin.«

»Ich hoffe, es ist kein Beschwörungszauber.«

Ich hatte es leise gesagt, aber er konnte es hören. Er sah mich streng an, stellte alles ab und kam zu mir.

»Jetzt könnte ich beleidigt sein«, stieß er hervor, »aber das wäre heuchlerisch, denn andere habe ich mit so etwas schon hereingelegt.«

Das beunruhigte mich noch mehr. Mir lag schon das Wort »Ananas« auf der Zunge, obwohl das auch nicht viel genützt hätte, wenn meine Ängste berechtigt gewesen wären. Ian starrte mich an und gab einen wütenden Ton von sich.

»Das Safewort brauchst du gar nicht erst zu bemühen. Ich bin sowieso nicht mehr in Stimmung.« Dann machte er ein paar komplizierte Drehungen mit den Fingern, und der Gürtel fiel mir von den Händen. »Und nur damit das klar ist: *Falls* ich vorgehabt hätte, dich an Dagon zu verraten, hätte ich keine Privatwohnung gewählt, in die er nicht hineinkommt. Ich hätte dich auch nicht so lange allein gelassen, dass du Zeit gehabt hättest, dir zu überlegen, ob es eine Falle ist. Außerdem hätte ich keinen Beschwörungszauber benutzt. Wenn du es gesehen hättest, hättest du einfach die Zeit angehalten. Dann hätte ich nichts ausrichten können. Aber wenn ich mir den Dämpfungszauber abgeschnitten hätte, während ich es dir von hinten besorgte, hättest du nicht gemerkt, was vor sich geht, bis es zu spät gewesen wäre.«

Alles, was er sagte, war so einleuchtend, dass ich zusammenzuckte. »Ja, das hätte funktioniert.«

Aber trotzdem konnte ich es mir nicht verkneifen und testete meine Arme und Beine. Als sie sich normal bewegen ließen, war ich sehr erleichtert, aber dann folgten sofort Schuldgefühle, weil Ian auf dem Absatz kehrtmachte und ging.

»Es tut mir leid«, sagte ich und war frustriert, weil diese Worte so nichtssagend klangen, als ich hinter ihm herlief. »Ich weiß nicht, warum ich das gesagt habe ...«

»Weil du es gedacht hast«, rief er nach hinten. »Du begehrst mich, aber trotzdem hältst du mich noch für einen verlogenen, manipulierenden Mörder. Und du hast nicht ganz unrecht. Ich lüge und manipuliere und töte, aber das tue ich nur bei anderen Lügnern, Manipulierern und Mördern. Wer mir nicht wehtut, dem tue ich auch nicht weh, aber ich kann nichts dafür, dass auf dieser Liste nur sehr wenige Namen stehen.«

»Deine Freunde und dein Dossier behaupten etwas anderes.« Es war schon heraus, bevor ich etwas dagegen tun konnte. Dann war ich so entsetzt, dass ich mir die Hand vor den Mund schlug, als ob ich damit die Worte ungesagt hätte machen können.

Er drehte sich so schnell um, dass ich in ihn hineinlief.

267

»Dein kostbares Dossier«, sagte er höhnisch. »Stand da auch drin, dass Cat an dem Tag, als wir uns kennenlernten, meinen langjährigen Freund ermordete und auch mich fast getötet hätte? Trotzdem habe ich ihr nicht heimgezahlt, was sie verdient gehabt hätte. Ich habe nur ein paar ihrer Kumpel gekidnappt und sie damit erpresst. Und nicht einmal das hätte ich getan, wenn mir Crispin die Wahrheit über sie gesagt hätte. Ich habe ihm alle Freiheiten gelassen, als er meiner Sippe diente – und wie hat er es mir gedankt? Indem er mich vor den Augen unserer beiden Sippen hinterging. Er hat recht – wenn er mir einfach *gesagt* hätte, dass er Cat liebt, wäre ich nie zwischen die beiden geraten. Ich hätte einen sanfteren Weg gefunden, um meinen gefallenen Freund zu rächen.

»Was ist mit Spade?«, fragte ich in einem viel weicheren Tonfall.

Er lachte höhnisch. »Auch 200 Jahre konnten den Standesdünkel von Baron DeMortimer nicht zum Verschwinden bringen. Für ihn bleibe ich ein hinterhältiger Prolet. Und deshalb behandele ich ihn auch so, wenn es um kleine, unbedeutende Dinge geht. Aber als er Hilfe brauchte, um nach Denise einen, der mit Rotem Drachen dealte, zur Strecke zu bringen, oder als er von einem verdammten Dämon besessen war, der jede seiner Handlungen kontrollierte, da war ich für ihn da.«

»Und Mencheres?«, flüsterte ich geradezu.

Er wandte den Blick von mir ab. »Ich musste mir oft seine Gemeinheiten gefallen lassen, und ich kann gar nicht zählen, wie oft er mir seine telekinetische Version einer ›Auszeit‹ verpasst hat. Aber er hat immer zu mir gehalten. Und als ich sah, wie Vlad ihn ermordete, habe ich Dagon gerufen und ihm meine Seele verkauft, um Mencheres zurückzubekommen.«

Ich war geschockt. Ja, im Internet hatte ein Video zirkuliert, das angeblich zeigte, wie Vlad Mencheres ermordete. Aber es war fast sofort als Fälschung erkannt worden. »Hast du das für real gehalten?«

Ian verzog den Mund. »Ich bin da gewesen. Und dass das Ganze ein Schwindel war, habe ich erst herausgefunden, nachdem ich meine Seele weggegeben hatte. Dagon hat sich kaputtgelacht, als er mir erzählte, dass ich sie für nichts verkauft habe, weil der Kerl, den Vlad enthauptete, nur dank Glamourzauber wie Mencheres aussah. Aber du kennst die Verträge mit Dämonen. Es gibt kein Zurück, auch nicht, wenn man hereingelegt wurde.«

Mein Schock legte sich, an seine Stelle trat eine tiefe Traurigkeit. »Ich war dabei, als Vlad Mencheres von dem gefälschten Video erzählte, aber keiner hat erwähnt, was du deshalb getan hast.«

»Zuerst wusste es nur Leila.« Er grinste sarkastisch. »Dagon hielt die Zeit an, sobald ich ihn herbeirief, aber Leila ist eine geborene Hexe, deshalb konnte er ihr nichts anhaben. Sie hat alles beobachtet und auch gesehen, wie Dagon zugab, dass Mencheres' Tod nur vorgetäuscht war. Ich wusste, dass sie Vlad davon erzählen würde, deshalb sorgte ich dafür, dass mir die beiden einen Gefallen schuldeten und spürte für sie den Nekromanten auf, der sich an Leila gebunden hatte. Damit erkaufte ich mir Leilas und Vlads Schweigen und stellte sicher, dass Mencheres nicht erfuhr, was ich getan hatte.«

Vlad ist mir etwas schuldig, hatte Ian gesagt, als er Vlad dazu brachte, uns sein Privatflugzeug zu schicken. Ja, der Pfähler stand wirklich in seiner Schuld, und zwar weitaus tiefer, als es ausgeliehene Flugzeuge und andere Gefälligkeiten wettmachen konnten.

»Und wenn du nicht willst«, sagte Ian in einem härteren Tonfall, »dass ich jetzt gehe und nie wieder zurückkehre, erzähl mir, wer dich so schlimm betrogen hat, dass du schon nach fünf Minuten, die du gefesselt und allein gewesen bist, davon überzeugt warst, ich würde dich an Dagon verschachern.«

Ich wusste nicht, was mich mehr erschreckte – der plötzliche Themenwechsel oder seine Drohung. »Wie bitte?«

»Es muss einen Betrug gegeben haben«, fuhr er in seinem knallharten Ton fort. »Ich weiß aus eigener Erfahrung, was Panikattacken nach einer Vergewaltigung sind. Das war keine. Ich habe dich für einen Moment allein gelassen, um herauszufinden, ob du es aushältst, gefesselt zu sein, ohne dass solche Erinnerungen hochkommen, aber du warst totenstill … und überzeugt, dass ich dich betrog. Warum?«

Ich fragte irgendwas, nur um nicht die Wahrheit zu sagen. »Würdest du wirklich gehen? Unser Plan, Dagon zu töten, wäre dann erledigt!«

Er biss die Zähne aufeinander, bis es knackte. »Du bist ein kluges Mädchen, aber manchmal ignorierst du das Offensichtliche. *Dafür brauchst du mich nicht mehr*, denn du hast recht: Wenn du die Dämpfung vom Findezauber nimmst, der auf Silvers Blut liegt, wird Dagon kommen. Deshalb ist meine Anwesenheit jetzt nicht mehr unbedingt erforderlich.«

Ich wusste, dass mir der Mund offenstand. Ich wusste auch, dass ich ihn schließen und etwas Angemessenes und Rationales von mir geben sollte, aber die Gedanken, die mir durch den Kopf wirbelten, waren alles andere als das. Schlimmer noch – alles lief auf den Schrei *Warte, geh nicht!* hinaus, und zwar so verzweifelt, dass ich fürchtete, er käme auch dann aus meinem Mund, wenn ich eigentlich etwas anderes zu sagen versuchte.

Ein bitteres Lächeln krümmte seine Mundwinkel. »Dein Schweigen ist Antwort genug.« Dann drehte er sich um und ging die Treppen hinunter.

»Warte, geh nicht!«

Ich schrie es mit all dem Gefühl, das ich vorher noch unterdrücken wollte. Es so deutlich ausgesprochen zu hören erschreckte mich. Und damit, dass ich nur fürchtete, seine Kampfkraft zu verlieren, konnte ich es nicht abtun. Dazu war meine Stimme zu entfesselt, zu offen und *ehrlich* gewesen. Er wusste jetzt, was ich für ihn empfand. Sonst hätte er taub sein müssen.

Am unteren Treppenabsatz blieb er stehen. Ich schloss die Augen. Ich hatte keine Lust auf seinen mitleidigen Blick, als er sich umdrehte. Ich war jetzt über 4000 Jahre alt, und hier gestand ich ihm wie ein Schulmädchen meine Verliebtheit und textete ihn mit lauter Einzelheiten über meine Gefühle zu. Dumm, dumm, dumm! Ich war ein Musterbeispiel für das Sprichwort »Alter schützt vor Torheit nicht«.

»Verdammt«, seufzte ich und setzte mich auf die Treppe. »Können wir beide nicht so tun, als ob die letzten fünf Minuten nie geschehen wären?«

»Nein.« Er sagte es so energisch, dass ich die Augen aufriss. Er drehte sich um und starrte mich an. In seiner Miene lag eine äußerst seltsame Mischung von Amüsiertheit und gefährlicher Intensität.

»Was willst du damit sagen?«, erwiderte ich ebenso energisch. Ich mochte innerlich angeschlagen sein, aber ich wäre schön dumm gewesen, es ihm noch deutlicher zu zeigen, als ich es bereits getan hatte. »Ich kann dir nicht ansehen, ob du mich gleich auslachen oder mir die Kehle herausreißen wirst.«

Plötzlich stand er vor mir und riss mich so grob hoch, dass meine Jacke zerriss.

»Weder noch. Ich werde dich vögeln, bis wir beide um die Wette schreien.«

34

Ian küsste mich so intensiv, dass sich alle Gefühle, die ich nicht unterdrücken konnte, in Leidenschaft verwandelten. Ich erwiderte seinen Kuss, und ein neuer Rausch von Gefühlen explodierte in mir. Es interessierte mich nicht, ob es dumm war oder zu schnell oder zu gefährlich, oder ob es mir am Ende das Herz brechen würde. Ich *brauchte* ihn so sehr, wie ich noch nie zuvor etwas gebraucht hatte.

Wir stürzten so hart auf die Treppe, dass mir die Luft aus den Lungen gepresst wurde. Dann riss ich an seiner Kleidung, bis mich seine nackte Haut berührte. Ich musste ihn spüren, um mir zu beweisen, dass ich ihn noch nicht verloren hatte. Meine Hände glitten über seinen Rücken und die Schultern, spürten die Muskeln unter seiner seidigen Haut. Ich grub meine Finger in sein rotgoldenes Haar, das leuchtete wie ein Sonnenaufgang, und zog ihn näher an mich heran.

Er liebkoste mich mit dem Mund, als er mir die Kleidung vom Leib riss. Dann wanderte sein Mund zu meinem Hals. Seine Reißzähne sanken tief ein, und ich schrie auf. Ich hatte Hitzewallungen, als der Saft seiner Reißzähne in meine Blutbahn eindrang. Dann vergrößerte sein langsames, starkes Saugen meine Lust so intensiv, dass es meine Vorstellungskraft überstieg.

Er packte mich fester, seine Reißzähne bohrten sich wieder in mich und jagten von Neuem diese unglaublichen Wogen durch meinen Körper. O ihr Götter, ich hatte nicht gewusst, dass es sich so anfühlen konnte. Als Tenoch mich biss, um mich in einen Vampir zu verwandeln, hatte es wehgetan. Seitdem habe ich mich nie wieder von einem anderen Vampir beißen lassen. Ich konnte es nicht. Mein Blut hätte mich als das verraten, was ich war.

Ian drückte meinen Mund an seinen Hals. Ich zögerte; ich hatte auch noch nie von einem Vampir getrunken, weil ich ihm keine Gegenseitigkeit anbieten konnte. Dann trieb mir ein neuer, tieferer Biss von ihm alles Zögern aus. Ich versenkte meine Reißzähne in ihn und stöhnte, als sein Blut meine Kehle hinunterlief. Mit den Brandzeichen war sein Blut jetzt wie der stärkste aller Weine. Bei jedem Schluck fuhr köstliches Feuer durch meine Venen.

Die Begierde raubte mir den Verstand. Jedes Mal wenn seine Haut über meine Haut rieb, wurde ich lüsterner, und bei jedem neuen Biss, den wir tauschten, erschauerte ich vor Lust. Schließlich riss ich meinen Mund weg und schrie in der ersten Sprache, die mir in den Sinn kam: »Bitte!«

Er nahm den Mund von meinem Hals, um meine Lippen zu versengen. Dann schlüpfte er zwischen meine Beine, und ich spürte das herrliche Feuer eines silbergepiercten Stoßes. Noch als er sich wieder aus mir herausziehen wollte, packte ich ihn mit meinen Armen und Beinen, um ihn zu zwingen, tiefer zu stoßen, und schrie auf, als er dann ungestüm ganz und gar in mich eindrang.

Das Geräusch, das er machte, war den Schmerz wert. Wegen seiner Größe wäre mehr Vorsicht nötig gewesen, damit es nicht wehtat, aber das war mir egal. Ich presste mich gegen ihn, und er bewegte sich, als sich die Leidenschaft, die in mir loderte, auf ihn übertrug. Der Schmerz nahm zu, doch ebenso die Lust, bis beide mich so laut schreien ließen, dass er aufhörte und seinen Mund von meinen Lippen riss.

»Hör nicht auf!«, keuchte ich.

Er runzelte besorgt die Stirn. »Ich hatte das Gefühl, du verspannst dich, und es tut dir weh.«

»Das ist mir egal.«

In meinem Blick lag alles offen zutage, was ich empfand, aber ich sah nicht weg. Ich straffte nur meine Beine, mit denen ich ihn umfing, um ihm auf eine andere Weise mitzuteilen, dass ich mehr von diesen harten, tiefen Stößen wollte, auch wenn es manchmal etwas wehtat. Sie drückten alles aus, was ich nicht aussprechen mochte.

»Mir ist es nicht egal«, sagte er eindringlich.

Er küsste mich, bewegte sich aber nicht so, wie ich wollte. Er blieb tief in mir und fing an, seine Hüften kreisen zu lassen. Sein Unterleib rieb zärtlich über meine Klitoris.

Dieses Ausgefülltsein und die Verbindung mit den immer neuen Schauern ließen mich schreien. Er setzte dieses sinnliche Reiben fort, bis alle meine Nervenenden vor Lust explodierten. Das war alles zu viel. Ich kam mit einem Schrei, den sein Mund nicht völlig ersticken konnte.

Ian richtete sich auf und nahm die Hände von meinen Hüften. Dann wedelte er mit den Fingern, als würde er etwas zählen, das ich nicht sehen konnte. Danach berührte er seinen Mund, griff schließlich nach unten und ließ seine Finger über meine Klitoris gleiten.

»Sag Ja«, keuchte er heiser. »Du musst diesen Zauber akzeptieren, damit er funktioniert.«

»Welchen Zauber?«, stammelte ich noch ganz aufgewühlt von meinem Orgasmus und dem Gefühl, das mir seine Finger bereiteten.

»Sag Ja«, sagte er mit tieferer Stimme, »dann zeige ich es dir.«

»Ja...«

Ich erwischte einen kurzen Blick auf sein Lächeln, bevor sein Kopf wegtauchte. Dann keuchte ich erschreckt, als ich seinen Mund an zwei Stellen gleichzeitig spürte. Seine Zunge schlängelte sich um meine Zunge und tanzte gleichzeitig über meine Klitoris. Er war immer noch in mir, und die Kombination von unglaublichem Erfülltsein und Zungenschlägen ließ mich erbeben.

Ich rückte näher an ihn heran, wollte, dass er die gleiche Lust verspürte, die mich durchströmte. Er lachte leise, hörte auf, mich zu liebkosen und hielt meine Hüfte fest. Diese magisch gespiegelten Zungenschläge und Vorstöße verwandelten das postorgiastische Kribbeln in neue, pochende Erregung, und er küsste mich, bis ich nur noch daran denken konnte, wie er schmeckte. Er bewegte sich nicht in mir, aber die Bewegungen, die ich unwillkürlich machte, dehnten und streichelten mich von innen, gleichzeitig jagte jedes Geisterlecken neue Lustkaskaden durch meinen Körper.

»O ihr Götter, ich liebe diesen Zauber«, stöhnte ich an seinen Lippen.

Sein Lachen war die verführerischste Form von Durchtriebenheit. »Finde ich auch. Dass er illegal ist, ist das wahre Verbrechen«, provozierte er mich, bevor er wieder seine Lippen auf meine drückte.

Ich war so in Ekstase, dass ich kaum einen klaren Gedanken fassen konnte. Meine Hände strichen über seinen Rücken und seinen Hintern, und ich genoss das Gefühl seiner glatten Haut über diesen festen Hügeln und Senken. Dann drückte ich meine Nägel tief in seine Haut und spürte, wie er am ganzen Leibe zitterte. Meine Brüste glitten über seine Brust, bevor ich ihn so fest in die Nippel kniff, dass er laut stöhnte. Als ich es hörte, zuckte mein Schoß fast so wie bei seinem endlosen Zungenspiel, deshalb tat ich es noch einmal, fester diesmal. Er hörte auf, mich zu küssen, und beugte seinen Kopf mit einem kehligen Lachen zu meiner Brust.

Ich schrie auf, als seine Reißzähne den Nippel durchbohrten. Wegen des Zaubers spürte ich es in meinem Nippel und gleichzeitig in der pochenden Spitze zwischen meinen Beinen. Ich stöhnte ausgiebig, als der Saft aus den Reißzähnen meine Brust und meinen Schoß mit süßester Glut erfüllte. Als Nächstes biss er in den Nippel meiner anderen Brust und kniff gleichzeitig in den, in den er bereits gebissen hatte. Ich wurde von erbarmungsloser Lust gepackt. Mir war zum Aus-der-Haut-Fahren, meine Nippel brannten, und meine Klit fühlte sich an, als wollte sie vor Glück explodieren. Ich war jetzt so nass, dass ich es an der Innenseite meiner Oberschenkel spüren konnte. Als sich mein Schreien fast in ein Schluchzen verwandelte, fing er endlich an, sich mit der unbändigen Leidenschaft zu bewegen, die ich von ihm verlangt hatte. Die Lust kehrte mein Innerstes nach außen. Seine Wildheit ließ mich so sehr nach mehr betteln, dass es mir später bestimmt peinlich sein würde – falls dann noch etwas übrig war von mir, das denken konnte. Ich kam zu einem Höhepunkt, der meinen ganzen Körper durchschüttelte. Die Nachbeben waren noch gar nicht verklungen, als er uns umdrehte, an mir herunterrutschte und seinen Kopf diesmal ganz real zwischen meinen Beinen vergrub.

Die Treppenstufen zerbröckelten mir zwischen den Fingern. Er riss mich näher, seine Zunge kreiste, trommelte und tauchte so tief, dass mir schwindelig wurde. Seine Finger waren woanders beschäftigt und taten Dinge, von denen ich bis zu diesem Moment noch gar nicht gewusst hatte, dass sie mir gefielen. Dann saugte er an meinem Kitzler, bis ich den Verstand zu verlieren glaubte, aber das war nichts im Vergleich zu dem Moment, als seine Reißzähne eindrangen und noch mehr von dieser unglaublichen Ekstase injizierten.

Ich kam so heftig, dass ich tatsächlich für einen Moment das Bewusstsein verloren haben musste. Ich merkte nur noch, dass er plötzlich auf mir lag und sich so bewegte, dass sich mein Rücken ihm leidenschaftlich entgegenwölbte. Ich war erschöpft, aber ich wollte, dass er die gleiche unglaubliche Lust empfand wie ich, deshalb holte ich das Letzte aus mir heraus und presste meine inneren Muskeln mit aller Kraft zusammen.

Er schrie infolge dieser schonungslos sinnlichen Spannung, und ich jauchzte bei jeder einzelnen der tiefen Zuckungen, die gleich darauf folgten. Als auch das letzte Beben verebbt war, sank er auf mich herunter, als könnte er plötzlich sein eigenes Körpergewicht nicht mehr tragen.

35

Nach ein paar Augenblicken merkte ich, dass ich ab und zu atmete – was bei Vampiren einem Hyperventilieren gleichkam. Mein Blut kribbelte wie verrückt, und hätte mein Herz noch schlagen können, wäre es ein Hämmern gewesen. Das war aber nicht das Einzige, was ich fühlte. Mich drückte so vieles von unten in den Rücken und gegen die Beine – anscheinend hatten wir diesen Teil der Treppe auch kaputtgekriegt.

Ihr Götter, Sex mit ihm würde ein Vermögen kosten, sofern ich nicht beabsichtigte, eine breite Spur Geschädigter hinter mir zu lassen. Aber ich bewegte mich nicht. Sämtliche Splitter waren nichts gegen den warmen Nachhall dieses Höhepunkts. Es war, als würden unter meiner Haut ganz sanft Tausende von kleinen Wunderkerzen knistern.

Schließlich hob Ian den Kopf und stützte sich auf den Armen ab. Er lächelte, dann senkte er den Mund auf meine Lippen. Es war ein ausgiebiger Kuss, als wollte er in meinem Geschmack schwelgen. Der Zauber musste aufgebraucht sein, denn ich spürte es diesmal nur an meinem Mund. Er hörte auf, als er die Tränen spürte, die mir aus den Augen quollen.

»Was ist das?« Er berührte eine der Tränenspuren und zog besorgt die Brauen zusammen. »War das immer noch zu brutal?«

Ich stieß ein leises, kaum hörbares Lachen aus. »Ganz und gar nicht. Anscheinend machst du noch eine Weltklasse-Masochistin aus mir.«

Der Hauch eines Lächelns huschte über seine Lippen, aber dann wurde seine Miene wieder ernst: »Was dann?«

Ich streichelte sein Gesicht, strich mit den Fingern über seine dunkelroten Brauen, die hohen Wangenknochen, das markante Kinn und die vollen, festen Lippen. Er war so schön. Falls ich ihn jetzt zu lange anstarrte, würde es mich überwältigen, und dann könnte ich nicht mehr sagen, was ich sagen musste. Deshalb ließ ich meine Hand sinken. Ich war entschlossen gewesen, mein letztes Geheimnis für alle Zeiten zu bewahren, doch jetzt war es an der Zeit, auch dieses zu lüften.

»Du wolltest wissen, wer mich betrogen hat. Sie hieß Ereshki.«

Ich spürte, wie er sich anspannte, aber er fragte in einem lockeren Ton: »Auch eine ehemalige Geliebte?«

Wie viel leichter wäre alles, wenn sie nur das gewesen wäre. »Nein. Sie war meine Freundin... jedenfalls dachte ich das lange Zeit.«

Er rollte sich von mir herab und lag schließlich neben mir, drückte mich nicht mehr auf die zerbrochenen Treppenstufen.

»Warum hat sie dich betrogen?«

Ich atmete tief ein. »Um aus dem Vertrag über den Verkauf ihrer Seele herauszukommen... den sie mit Dagon geschlossen hatte.«

Nach dem Höhepunkt hatten seine Augen eine türkise Färbung angenommen, aber als er das hörte, strahlten sie wieder leuchtend grün. »Erzähl mir alles.«

Um mich von dem Schmerz abzulenken, der für mich mit diesen Erinnerungen verknüpft war, fing ich an, mit den Holzsplittern herumzuspielen, die aus den Trümmern der Treppe herausragten.

»Fenkir und Rani waren die Dämonen, die unser Dorf abbrannten und mich als Erste ermordeten. Das taten sie, weil ihnen Dagon die Aufgabe übertragen hatte, die Leute davon zu überzeugen, ihre eigenen Götter aufzugeben und stattdessen ihn anzubeten. Wenn sich ein Dorf weigerte, konnten Fenkir und Rani unangenehm werden. Damals versuchte Dagon sich als Gottheit zu etablieren, weil er Energie aus Leuten abziehen kann, wenn sie ihn ausreichend verehren. Wusstest du das?«

»So etwas hat er mir erzählt«, sagte Ian. »Ich habe ihm nicht geglaubt, weil er ein Lügner und ein selbstherrliches Schwein ist.«

»Das ist er«, stimmte ich Ian zu. »Aber was das betrifft, hat er nicht gelogen. Nach dem wenigen, das ich über die Regeln der Dämonen weiß, dürfen sie Menschen beeinflussen, aber ihre *Kraft* nicht dafür einsetzen, von ihnen angebetet zu werden. Deshalb durfte Dagon weder die Zeit anhalten noch teleportieren oder seine anderen Tricks so einsetzen, dass ihn die Bevölkerung für einen Gott hielt. Darum war er so erfreut, als ihm Fenkir und Rani ein Kleinkind brachten, das sich nicht töten ließ. Jetzt hatte er eine großartige Requisite für seine ›Ich bin ein Gott‹-Nummer und konnte so die Regeln umgehen.«

»Wie konnten ihm *deine* Fähigkeiten dabei helfen, angebetet zu werden?«, fragte Ian sarkastisch.

»Er hat sich damit geschmückt, als ob es seine eigenen wären. Fenkir und Rani brachten mich von Dorf zu Dorf und opferten mich dort. Anschließend behauptete Dagon, dass er es gewesen sei, der mich auferstehen ließ, wenn ich mich danach aus der Asche erhob.«

Ian zuckte mit keiner Wimper, aber der Duft seines Zorns hüllte mich ein. »Und wo war dein fürchterlicher biologischer Vater, als das alles geschah?«

»Zuerst wusste er gar nicht, dass es mich gab. Es entstehen nur selten Kinder aus Verbindungen seiner Art mit Menschen, sagte er, und seine Affäre mit meiner Mutter war sehr kurz. Aber die Leute sehen den Wächter des Tors zur Unterwelt nur dann, wenn es Probleme mit ihrem Leben nach dem Tod gibt. Als mich mein Vater zwischen meiner Ermordung und meinen Wiederauferstehungen immer wieder kurz zu sehen bekam, wusste er, dass ich sein Kind sein musste. Unsere Blutsverwandtschaft war der einzige Grund, weshalb ein Kind jemals in seinen Teil der Unterwelt gelangen konnte.«

Ians Körper war so hart, als hätte er sich in Marmor verwandelt. »Er wusste, was du durchmachst, aber trotzdem war nicht er es, der dich gerettet hat, sondern Tenoch? Gut zu wissen, dass die Verdammten nach ihrem Tod vor deinen Vater treten. Dann habe ich die Gelegenheit, ihm zu sagen, was für ein ausgesprochener Mistkerl er ist.«

»Er konnte nicht selbst nach mir suchen«, begann ich.

»Unfug«, sagte Ian brüsk. »Für Mencheres ist er Aken, der Fährmann, und Mencheres hat ihm befohlen, Keira zu finden, als sie in Gefahr war. Und zwar ausdrücklich deshalb, weil er *jeden* sieht.«

»Mich nicht«, sagte ich grimmig. »Wesen wie er sind ›blind für ihr eigenes Blut‹, wie er sich ausdrückte. Er konnte sich auch bei seinen anderen Was-auch-immer keine Hilfe holen, weil es offenbar tabu ist, ein Kind mit einem Menschen zu zeugen. Er brauchte jemand anderen, der mich finden konnte, aber keinen Menschen, weil Menschen nicht stark genug sind, um gegen Dämonen vorzugehen. Ein Dämon konnte es auch nicht sein, weil sonst Dagon wahrscheinlich davon erfahren hätte. Somit blieben nur Vampire und Ghule übrig, aber mein Vater hatte unter ihnen keine Freunde. Er brauchte eine Weile, bis er auf Tenoch kam und genug von ihm wusste, um ihm zu vertrauen und ihn auf die Suche nach mir zu schicken.«

»Wie lange?«, fragte Ian mit stahlharter Stimme.

Ich seufzte. »In jenem Teil der Welt gibt es keine großen Unterschiede zwischen den Jahreszeiten. Ich weiß also nicht genau, wie alt ich war, als Dagon mich nahm. Du hast gesehen, wie ich ohne meinen Glamourzauber aussehe. Ich war wahrscheinlich Anfang zwanzig, als Tenoch mich rettete.«

»Zwei... Jahrzehnte.« Rings um ihn begann die Luft zu knistern. Es erinnerte mich an das Vorspiel, bevor Mencheres wütend wurde. »Man hat dich zwanzig Jahre lang immer wieder umgebracht, aber vorhin hast du gesagt, dass du Dagon nicht töten willst, um dich an ihm zu rächen. *Warum* nicht, verdammt noch mal?«

Ich schloss die Augen. Dies war die Sache, die mich am nachhaltigsten verfolgte, ganz gleich, wie viel Zeit inzwischen vergangen war. »Ich war nicht die Einzige, die umgebracht wurde. Dagon konnte die meiste Energie absaugen, wenn seine Anhänger Menschenopfer darbrachten. In jedem neuen Dorf erzählten Fenkir und Rani den Leuten, was für ein großartiger Gott Dagon war, und dass sie es beweisen konnten, weil Dagon in der Lage war, Tote zum Leben zu erwecken. Dann brachten sie mich auf die Weise um, von der sie glaubten, dass sie die Dorfbewohner am meisten beeindrucken würde. Nachdem ich von den Toten auferstanden war... glaubten die Dorfbewohner normalerweise an Dagon und feierten ihren neuen Gott, indem sie seine Befehle ausführten – und ihm ein paar ihrer eigenen Leute opferten.«

Ich öffnete die Augen und wischte die Tränen nicht weg, die jetzt aus ihnen strömten. »Am schlimmsten war, dass ich selbst viele Jahre lang an Dagon glaubte. Oh, ich hasste ihn, weil mein Leben schrecklich war. Ich fürchtete ihn auch, weil ich wusste, dass er es schlimmer machen konnte. Aber ich war zu jung, um mich daran zu erinnern, dass Dagon nicht dabei gewesen war, als ich zum ersten Mal von den Toten auferstand. Dagon erzählte mir, dass er es wäre, der mich immer wieder auferstehen ließ, und dass er Dinge tun könnte, die niemand anders vollbrachte. Also glaubte ich *wirklich*, dass er ein Gott sei. Und deshalb...« Meine Stimme brach, und ich konnte für eine Weile nicht sprechen. »... und deshalb habe ich seine Behauptungen bekräftigt«, flüsterte ich schließlich. »Ich habe den Leuten erzählt, dass er ein Gott sei... und dass sie tun sollten, was er sagte.«

Als ich es laut aussprach, wurde ich von all den wiederkehrenden Erinnerungen überschwemmt, die bleischwer auf mir lasteten. Ich schlug die Hände vors Gesicht und weinte, wie ich es mir seit Jahrhunderten nicht gestattet hatte. *So viele unschuldige Menschen – ermordet. So viele Familien zerstört, weil ihre Liebsten nicht so von den Toten auferstanden, wie ich es getan hatte.* Es kam sogar noch schlimmer. Fenkir, Rani und Dagon erzählten den Familien dann immer, dass es ihr mangelnder Glaube sei, der die Wiederauferstehungen verhinderte. Und was war nötig, um ihren Glauben auf das erforderliche Niveau zu bringen? Noch mehr Opfer.

»Komm bloß nicht auf die Idee, dir die Schuld daran zu geben«, durchdrang Ians Stimme die Schuldgefühle, die jedes Mal so schlimm waren, dass sie mich zu zerstören drohten. »Dagon hat ein unschuldiges Kind dazu missbraucht, ihm bei seinem Täuschungsmanöver zu helfen, aber es war *sein* Täuschungsmanöver, nicht deines. Was du durchgemacht hast, ist absolut entsetzlich. Ich finde es erstaunlich, dass du nicht davon gebrochen wurdest. Aber komm bloß nicht auf die Idee, dich mit seiner Schuld zu belasten. Er hat sie *ganz und gar* selbst verdient.«

»Er verdient es, dafür zu bezahlen«, bestätigte ich und wischte mir die Augen. Ich hielt mich nicht für unschuldig, aber wenigstens darin war ich mir sicher. »Deshalb ist es mir egal, wie viele Leben mir noch bleiben, wenn ich mich von Dagon fernhalte. Das werde ich nicht tun. Diese Menschen verdienen, dass ihnen Gerechtigkeit widerfährt. Darauf warten sie schon viel zu lange.«

Er streckte die Hand aus, nahm meine Hand und verschränkte seine Finger mit meinen. Es war eine einfache Geste, insbesondere wenn man an die weitaus drastischeren Dinge dachte, die wir getrieben hatten. Aber in diesem Augenblick spürte ich eine größere Nähe als bei allem, was zuvor geschehen war.

»Du wirst es schaffen.« Seine Stimme vibrierte von dem Nachdruck, mit dem er es sagte. »Menschen wie du verfügen über die seltenste Form von Tapferkeit. Freunde und Liebhaber sind vielleicht bereit, füreinander zu sterben, aber das ist zum Teil egoistisch. Für Leute, die man nicht kennt, alles zu riskieren, das ist wahre Tapferkeit. Du hast dich der Sache all jener Menschen verschrieben, die Dagon getötet hat; du wolltest sie rächen, obwohl du es nicht musstest. Dann wurdest du eine Gesetzeshüterin, um Verfolgte in Sicherheit zu bringen und jene zu bestrafen, die andere missbrauchten. Mit alldem hast du dich gegen den Rat gestellt, aber du hast es trotzdem getan. Du bist von der seltensten aller Tapferkeiten erfüllt, Veritas. Dagon weiß es nicht, aber gegen dich hat er keine Chance.«

36

Ich drückte seine Hand und weinte noch mehr, diesmal aber nicht, weil ich so litt. Ich hatte es wirklich nötig gehabt, jemanden aussprechen zu hören, dass ich Dagon schlagen konnte! Jetzt gab es noch jemanden, der daran glaubte, dass es möglich war.

»Ich danke dir«, sagte ich sanft. »Und du hast diese Tapferkeit auch, weißt du. Oh, du sagst vielleicht, sie sei egoistisch, weil dir an Mencheres und deinen anderen Freunden gelegen ist. Aber du würdest eher deinen Tod riskieren, als sie in diesen Kampf hineinzuziehen. Das ist tapfer und loyal und alles andere als egoistisch.«

Er erwiderte meinen Händedruck, weigerte sich aber natürlich, in sein Verhalten auch nur den geringsten Edelmut hineinzuinterpretieren. Dann ließ er mich los. »Aber du hast noch nicht erzählt, was Ereshki damit zu tun hat.«

Ich schnaubte, doch es war zu bitter, um noch als Lachen durchzugehen. »Obwohl ich damals so manipuliert war, fing ich trotzdem an, mich zu fragen, weshalb ich die einzige Person war, die von den Toten auferstand. Irgendwann fand ich das so fragwürdig, dass ich die Dorfbewohner dazu aufforderte, *nicht* auf Dagon zu hören. Fenkir, Rani und Dagon versuchten mich mit jeder Foltermethode, die man sich nur vorstellen kann, davon abzuhalten, aber ich widersetzte mich. Inzwischen bedauerten die Dörfler zutiefst, dass sie sich für kurze Zeit darauf eingelassen hatten, Dagon anzubeten. Das sprach sich herum, und die Zahl neuer Anhänger und Opfer ging rapide zurück. Dann brachte Dagon eines Tages Ereshki in meinen Käfig.«

Ich hatte sie noch vor Augen: Langes schwarzes Haar, ihre Haut hatte, genau wie meine, die Farbe von Wüstensand, sie hatte klare braune Augen und bekam Fältchen in den Augenwinkeln, wenn sie lachte.

»Er sagte, er könne beweisen, dass er ein Gott sei. Dann schnitt er ihr die Kehle durch. Damals hatte ich schon so viel Tod gesehen, dass es mich nicht berührte... bis ihre Kehle verheilte und sie zurückkehrte. Dagon sagte mir, Ereshki sei wie ich etwas Besonderes, weil wir beide den *wahren* Glauben besaßen, und wenn die anderen ihn auch hätten, würde es überhaupt keinen Tod mehr geben...«

»Ich kann es wirklich *nicht abwarten*, ihn umzubringen«, zischte Ian, sprang auf und lief am unteren Absatz der zerstörten Treppe hin und her. »Ich wusste, dass Dagon ein Mistkerl ist, aber davon hatte ich keine Ahnung. Ich dachte, er würde nur den Gierigen und den Korrupten ihre Seelen abschwindeln, wie es die anderen Dämonen tun.«

Es berührte mich, dass Ian es so persönlich nahm. Vielleicht war ich für ihn nicht so wichtig wie er für mich, aber offensichtlich empfand er etwas, wenn er sich meinetwegen so aufregte.

»Mehr ist von Dagon nicht übrig geblieben. Deshalb hasst er mich so. Als mein Vater irgendwann die ganze Geschichte erfuhr, bestrafte er Dagon und verbot ihm, sich je wieder eine Anhängerschaft aus Menschen aufzubauen. Das nahm Dagon die

Quelle seiner Kraft, und seither gibt er mir die Schuld daran. Doch zurück zu Ereshki. Sie kehrte von den Toten zurück, weil sie das Dämonenzeichen trug – was ich nicht wusste. Ich hielt sie für meine Freundin. Ich ... ich hatte vorher nie eine gehabt, und ich liebte sie mehr, als Worte es ausdrücken können. Ich war am Boden zerstört, als ich sie eines Tages belauschte, während sie mit Fenkir und Rani sprach, und bei dieser Gelegenheit herausfand, dass sie nur schauspielerte, damit ich nicht aus der Reihe lief. Aber ich bin nie dazu gekommen, sie dafür zur Rede zu stellen. In jener Nacht fand mich Tenoch.«

Ian hörte auf herumzutigern. »Die Erste, der du vertraut hast, war eine Schlampe mit Dämonenzeichen, die dich manipulierte, um von Neuem an das Schwein zu glauben, das dich immer wieder umgebracht hat?« Er lachte sarkastisch. »Kein Wunder, dass du dich an diesen Verrat erinnert hast, als du von einer anderen Person mit Dämonenzeichen gefesselt wurdest.«

»Es tut mir leid«, sagte ich sanft. »Ich glaube wirklich *nicht*, dass du so bist wie sie. Wenn ich das glauben würde, hätte ich dir niemals alles erzählt.«

»Sag mir nur noch eins. Sag mir, dass Tenoch, nachdem er dich gefunden hatte, jeden Einzelnen von ihnen brutal und schmerzvoll tötete.«

Ein Lächeln huschte über meine Lippen. Er hatte dieselben Worte benutzt wie ich, als er mir von seinem Vater erzählte. »Das hat ihm mein Vater nicht erlaubt, weil es Tenoch zur Zielscheibe anderer Dämonen gemacht hätte. Er hat Fenkir, Rani und Ereshki in Stücke gerissen, aber das hat sie nur so lange ausgebremst, wie Tenoch brauchte, um mich wegzuschaffen. Ich vermute, Dagon hat sie umgebracht, weil sie zugelassen haben, dass ich gestohlen wurde, denn ich habe sie seitdem nicht mehr gesehen, und ich habe nach ihnen gesucht, das kannst du mir glauben. Danach brachte mich Tenoch zu meinem Vater. Es war das erste Mal, dass wir uns ›kennenlernten‹, von den wenigen kurzen Blicken abgesehen, die ich auf ihn werfen konnte, wenn ich starb. Der Wächter erzählte mir von Dämonen, Vampiren, meiner gemischten Herkunft und allem anderen.«

»Das muss ein großer Schock gewesen sein«, sagte Ian ruhig.

»Oh, das war es.« Ich lachte bitter auf. »Ich war völlig traumatisiert, sowohl wegen der Dinge, die mir geschehen waren, als auch wegen der Dinge, die ich Dagon geholfen hatte, anderen anzutun. Außerdem warf ich, so wie du, meinem Vater vor, sich nicht stärker dafür eingesetzt zu haben, mich früher herauszuholen. Aber das war ihm egal. Die Wächter empfinden nicht so wie wir, oder er hält mich seiner tieferen Gefühle nicht für wert. Aber er hat Tenoch gebeten, sich um mich zu kümmern, und das war sein größtes Geschenk. Tenoch hat mich körperlich, geistig und spirituell gerettet. Dann ersetzte er mir jede Minute, die Dagon mir geraubt hatte, indem er mich in eine Vampirin verwandelte. Er lehrte mich auch die Magie, brachte mir bei, wie ich *alle* meine Kräfte nutzen konnte. Tenoch wollte sicherstellen, dass ich mich gegen jeden verteidigen konnte, der mir wehtun oder mich für seine eigenen Zwecke benutzen wollte.«

Nach diesen Worten stand ich auf, ging zu Ian hinüber und nahm ihn bei den Händen. »Deshalb verstehe ich genau, warum du deine Seele verkauft hast, um Mencheres zu retten. Ich versuchte dem Wächter mein Leben im Tausch für Tenochs Leben zu geben, nachdem er Selbstmord begangen hatte. Der Wächter sagte, dass er es nicht tun könne, weil Tenoch auf dem Weg in sein nächstes Leben nicht durch seinen Teil der Unterwelt gekommen sei. Das ist gut zu wissen, trotzdem habe ich Tenoch seitdem jeden einzelnen Tag vermisst.«

Ian drückte meine Hände, dann ließ er sie los und legte die seinen links und rechts an mein Gesicht. »Natürlich hast du das getan, aber jetzt bist du nicht mehr allein. Das weißt du doch, oder?«

Ich wandte den Blick von ihm ab und schnaubte unwillkürlich. Das war besser als das erstickte Schluchzen, das in meiner Kehle hochstieg. »Es ist okay, Ian. Ich mache mir keine Illusionen über uns. Auch wenn wir gewinnen sollten, bist du nicht gerade ein ›anhänglicher Typ‹. Du bist der Typ, nach dem die Leute sehnsüchtig seufzen, wenn sie später mit der Person zusammen sind, die sie *nicht* wieder verlässt.«

Er grinste, wie es typisch für ihn war: ziemlich gefährlich und äußerst verlockend. »Oh, es gibt ganze Heerscharen, die nach mir seufzen, das kannst du mir glauben. Aber du weißt doch, dass Mencheres in die Zukunft sehen konnte? So etwas Ähnliches kann ich auch.«

»Das kannst du?«, fragte ich überrascht.

Er nickte. »Vor ein paar Jahren fing es damit an, dass ich *Ahnungen* hatte. Ich wusste zum Beispiel plötzlich, dass die Person, mit der ich zusammen war, mich berauben würde. Zuerst hielt ich es nur für Glückstreffer, und dann für Paranoia, als ich es bei Crispin empfand. Aber nach Crispins Betrug achtete ich verstärkt darauf. Wie sich herausstellte, lag ich mit meinen Ahnungen nie verkehrt. Aber ich hatte sie nicht jedes Mal. Ich wäre froh gewesen, wenn mich etwas gewarnt hätte, bevor ich Dagon meine Seele verkaufte, aber hat mich meine paranormale Stabilitätskontrolle damals gewarnt? Nein. Da habe ich begriffen, weshalb Mencheres seine Begabung stets eher als Fluch betrachtet hat. Weil sie so unzuverlässig ist, kann sie sich mehr wie eine Verhöhnung anfühlen denn als Segen, wenn es schließlich geschieht. Bei dir zum Beispiel.«

Ich spannte mich an. Falls er nur schlimme Dinge vorahnen konnte, würde es wehtun.

»Als ich dich zum ersten Mal sah, hast du ein Duell Crispins überwacht und Cat fast dafür exekutiert, dass sie ihn rettete ...«

»Das war *nicht* mein Fehler«, fiel ich ihm ins Wort. »Es war bei Todesstrafe verboten, sich einzumischen. Cat hat vor den Augen von vier Gesetzeshütern und Hunderten von Zeugen den Kopf von Bones' Gegner abgefackelt. Sie hätte seine inneren Organe frittieren können, um Bones zu helfen. Oder seine Wirbelsäule kochen oder irgendetwas anderes, was man nicht sehen konnte. Aber nein. Sie mischte sich so offensichtlich ins Duell ein, wie man es noch nie gesehen hatte ...«

»Diese Frau hat kein Fingerspitzengefühl«, gab mir Ian lachend recht. »Aber was ich eigentlich sagen wollte: Damals habe ich dich gesehen und nichts gespürt. Monate später sah ich dich beim Aufstand der Ghule, und da spürte ich auch nichts ... bis ich sah, wie du eine Gruppe von Ghulen aufgemischt hast, bis von ihnen nur noch Blut im Wind übrig war. Davon habe ich einen derartigen Ständer bekommen, dass ich fast darüber gestolpert wäre, als ich mich auf den Ghul vor mir stürzen wollte, um ihn umzubringen.«

»Romantisch«, sagte ich säuerlich, aber in meinem Bauch flatterten Schmetterlinge, die ich nur mühsam unter Kontrolle halten konnte.

Er grinste kurz. »Aber wirklich. Als du so unhöflich in meine Orgie geplatzt bist, habe ich auch nichts gefühlt – nur Wut, als ich in dir die Hüterin erkannte, die an Katies vorgetäuschter

Exekution teilgenommen hatte. Dann haben wir gekämpft ...
und ich spürte das Gleiche wie vor Jahren, als ich dir zusah, wie
du die Ghule zerpflückt hast.«

»Etwas Langes und Hartes?«, warf ich ein und fügte hinzu:
»Ich erinnere mich, dass es mir auf den Fuß gefallen ist, als ich
versucht habe, dich am Boden festzuhalten.«

»Das nicht. Obwohl ... das auch«, sagte er und grinste un-
verschämt. Aber nur bis er sagte: »Ich habe gespürt, dass du
mir gehörst. Das hat mich so erschreckt, dass ich damals auf
dem Schlachtfeld einen weiten Abstand zu dir gehalten habe.
Es war ein Schock, so etwas bei jemandem zu empfinden, aber
dann auch noch bei einer *Gesetzeshüterin*?« Er schüttelte den Kopf.
»Damit wollte ich nichts zu tun haben, deshalb habe ich darauf
geachtet, dass wir uns nicht wieder über den Weg laufen. Ich
war fest entschlossen, von dir wegzukommen, als du mir in dem
Bordell aufgelauert hast. Dann hast du Dagons Brandzeichen
eingedämmt, und ich wusste, dass ich mit dir zusammenkom-
men musste, weil meine Seele sonst verloren gewesen wäre. Was
mich noch zurückhielt, war mein Abscheu wegen der Sache mit
Katie. Nachdem du das geradegerückt hast, habe ich erst begreifen können, wieso ich manchmal diese Gefühle dir gegenüber
empfunden habe, die ich niemals bei anderen verspürt hatte.«

Er ließ seine Hände über mich gleiten, und seine Berührung
ging mir fast so nah wie die Worte, bei denen ich kaum meinen
Ohren traute.

»Du hast dich vorher immer versteckt, entweder unter deinem Glamourzauber oder hinter deinem strengen, gesetzes-
treuen Getue. Aber als du beim Kampf aus dir herausgegangen
bist oder dich total betrunken hast oder fliegende Dämonen-
hunde rettetest ... oder als du mir sagtest, dass du nie Sex

mit mir haben würdest, mich dabei aber so lüstern angesehen hast« – seine Stimme wurde tiefer, und er zog mich fest an sich –, »da habe ich dein wahres Ich gesehen, und jedes Mal wenn ich es sah, wusste ich, dass du mir *gehörst*.«

Ich öffnete immer wieder den Mund, konnte aber anscheinend nicht sprechen. Deshalb starrte ich ihn nur an und wartete darauf, dass er etwas Sinnvolles sagte. Denn das hier war es nicht. Auch die Freude nicht, die sich explosionsartig in mir ausbreitete und in meinem Innern erstrahlte, als hätte ich die Sonne verschluckt. Ich wollte ihm glauben, aber wagte ich es? Durfte ich solche Gefühle riskieren?

»Wenn du mich anlügst, bringe ich dich um«, sagte ich unwillkürlich. Dann biss ich mir so fest auf die Lippe, dass sie blutete. O ihr Götter, was stimmte nicht mit mir? Ich konnte nicht damit umgehen. *Absolut nicht.*

Ian grinste, dann beugte er sich vor und leckte mir das Blut von der Lippe. »Ich weiß, das ist jetzt viel auf einmal. Du hättest nie gedacht, dass du einmal glücklich sein würdest, stimmt's? Oder dass du *so viel* Glück haben könntest. Aber hey, darauf kannst du dir was einbilden. Viele andere werden neidisch sein, das kann ich dir versichern.«

Ich musste lachen, obwohl meine Augen so zu glänzen begannen, dass ich ihn nur noch verschwommen sehen konnte. »Du bist vielleicht der eingebildetste Mann, den ich jemals getroffen habe, und mir sind Millionen von ihnen begegnet.«

Er lachte leise und verführerisch und legte mir gleichzeitig die Hände auf die Hüften. »Dafür hast du ein paar Klapse auf deinen Hintern verdient, oder? Ich fange schon mal an.«

Mit diesen Worten klatschte er mir mehrmals kurz hintereinander auf den Hintern. Ich sah an mir herunter, als hätte es nicht gereicht, es zu spüren, und als müsste ich die geröteten Handabdrücke mit eigenen Augen sehen, um zu glauben, dass er es wirklich getan hatte. Als er es sah, lachte er wieder.

»Hast du noch nie ein Spanking gekriegt? Du hast so viel nachzuholen. Fangen wir gleich an.«

»Moment!«, sagte ich, als er mich küssen wollte. Er stoppte, als seine Lippen ganz leicht meinen Mund berührten. »Du hast diese... diese *tollen Sachen* gesagt, aber ich habe dir nicht erzählt, was ich gefühlt habe.«

»Veritas.« Die Art, wie er meinen Namen sagte, ließ mich erschauern. Ebenso der Blick aus seinen Augen, als er sich zurücklehnte, damit ich jede Nuance seines Gesichtsausdrucks betrachten konnte. »Du hast mir alles gesagt, was ich wissen musste. Es war die Art, wie du mir vorhin hinterhergerufen hast, dass ich dich nicht verlassen soll.«

Ich fühlte mich wieder wie ein offenes Buch, als hätte er meine sämtlichen Schutzmechanismen ausgeschaltet und würde mir direkt in die Seele blicken. Aber diesmal wandte ich mich nicht ab, ich schlug die Augen nicht nieder und versuchte auch nicht, es zu überspielen. »Gut«, sagte ich mit fester Stimme. »Denn so habe ich es gemeint.«

Dann klatschte ich ihm so fest auf den Hintern, dass mir die Hand davon brannte. Sein Gelächter folgte mir, als ich die Treppen hinaufflog und über meine Schulter nach hinten rief: »Komm und hol mich!«

»Gleich habe ich dich«, sagte er lachend und flog hinter mir her.

37

»Das ist der Letzte«, sagte Ian und ich hörte hinter mir Stoff rascheln. »Du kannst dich jetzt umdrehen.«

Ich tat es und sah, dass eine schwere schwarze Stoffbahn über den großen Spiegel hinter mir drapiert war. Ähnliche Stoffbahnen verdeckten weitere Spiegel an den übrigen drei Wänden des kleinen Zimmers, in dem wir uns befanden.

Vor fünfzig Jahren war dieses verspiegelte Geisterhaus vielleicht voller Spaß und Action gewesen, aber heute war es eines von vielen leer stehenden Häusern. In dem ehemaligen Vergnügungspark hatten sich Büsche und Unkraut ausgebreitet wie ein Eroberungsheer in einer verlorenen Stadt. Die Gebäude, die noch standen, waren voller Graffiti, und das halb verrottete Skelett einer hölzernen Achterbahn kam mir wie ein trauriger, gespenstischer Wächter vor, der über den Überresten des Parks aufragte.

Ian hatte diesen Ort für unseren Hinterhalt gewählt. Ich hätte uns eher etwas Ruhiges, Verlassenes ausgesucht, das mindestens ein paar Meilen von bewohnten Häusern entfernt war. Aber ich wäre nie auf die Idee gekommen, tatsächlich ein verspiegeltes Geisterhaus auszuwählen, um Dagon mit ein paar verzauberten Spiegeln in die Falle zu locken. Einen so perversen Sinn für Humor hatte ich nicht.

Ian schon, und allmählich erkannte ich die Ironie. Zuerst erkundeten wir die Gegend, um uns davon zu überzeugen, dass dieser winzige Fleck im Westen Pennsylvanias noch so war, wie Ian ihn in Erinnerung hatte, danach machten wir uns an die Arbeit. Zuerst richteten wir das Geisterhaus so her, dass es für unsere Zwecke brauchbar wurde. Viel war dazu nicht nötig, denn wir versuchten nicht, seinen alten, zweifelhaften Glanz wiederherzustellen. Für unsere Zwecke brauchte es nur als Falle zu taugen. Dagon sollte nicht misstrauisch werden, wenn er entdeckte, dass ein paar Spiegel zurückgelassen wurden, und es war für unseren Plan von entscheidender Bedeutung, dass wir ihn überraschten.

Als Nächstes kam der Park an die Reihe. Ich wollte ein paar Überraschungen für Dagon und seine Verstärkung vorbereiten, falls es im Geisterhaus nicht lief wie erhofft. Zum Schluss musste ich Silver vorbereiten. Ich versah den Simargl mit der magischen Entsprechung eines Lokalisierungssignals, außerdem pflanzte ich einen winzigen GPS-Sender unter seine Haut. Ich hatte nicht vor, ihn von Dagon zurückholen zu lassen, aber ich wollte Silvers Schicksal auch nicht dem Zufall überlassen, falls der schlimmstmögliche Fall eintreten sollte.

Außerdem erklärte ich Silver, dass ich ihn nicht an Dagon zurückgeben, sondern dafür sorgen wollte, dass Dagon ihm nie mehr wehtun würde, weshalb ich ihn herlocken musste. Ich wusste nicht, wie viel der Simargl begriff. Aber ich musste es wenigstens versuchen.

Die gesamte Vorbereitung dauerte drei Tage. Zum Sonnenuntergang des dritten Tages waren wir endlich fertig. Ich legte meine Hände auf Silver und schwächte den Schutzzauber ab, den ich zuvor über ihn gelegt hatte. Jetzt konnte Dagon Silver wieder über sein Blut lokalisieren. Danach ging ich Ian suchen.

Er stand gleich vor dem Geisterhaus und betrachtete den Sonnenuntergang, der die Ruinen des Themenparks in violettes und purpurnes Licht tauchte. Ian war so wie ich ganz in Schwarz gekleidet, und jeder von uns beiden hatte jeweils zwei Messer aus Dämonenknochen in Scheiden am Gürtel hängen. Die Klingen waren mit Stahl verstärkt, damit man nicht riskierte, sie zu zerbrechen, wenn man sie durch andere Knochen trieb.

Es waren nicht unsere einzigen Waffen. Wir hatten auch silberne Messer dabei, um mit Vampiren fertigwerden zu können, und Kurzschwerter für die Ghule, außerdem waren überall im Park magische Überraschungen vorbereitet. Doch trotz all dieser Vorbereitungen hatte mich ein Zittern erfasst, wie es großen Kämpfen vorausging. So vieles in meinem Leben hatte mich bis zu diesem Punkt geführt. Ob Ian die gleiche nervenaufreibende Mischung aus Sorge, Entschlossenheit, Wut, Hoffnung und Furcht empfand?

Vielleicht spürte er aber auch etwas anderes. Neulich hatte er mich erst wieder daran erinnert, dass ich ihn nicht mehr brauchte. Er hatte mich damit provozieren wollen, aber sah er seine Rolle bei alldem hier inzwischen doch in einem anderen Licht? Falls es Dagon gelingen sollte, unserer Falle zu entkommen, würde ich auferstehen, wenn er mich tötete. Aber falls Ian starb ... verlor er nicht nur sein Leben, sondern auch seine Seele.

Diese Vorstellung erfüllte mich mit einer üblen Angst, wie ich sie nicht empfunden hatte, seit ich menschlich gewesen war. Das war das Risiko nicht wert. »Es wird nicht mehr lange dauern, bis Dagon spürt, dass er wieder eine Verbindung zu Silver hat, aber du hast genug Zeit, um zu gehen«, sagte ich. »Eigentlich solltest du gehen. Du hast schon mehr als genug getan. Lass mich von hier an übernehmen.«

Er drehte sich um und lachte. »Und Dagons Gesichtsausdruck verpassen, wenn wir ihn mit diesen Spiegeln einfangen? Vergiss es.«

Ich starrte ihn an, und plötzlich hatte ich Angst, dass ich ihn nie wiedersehen würde, wenn er blieb. »Ian, wirklich, du solltest gehen ...«

Er presste einen Finger auf meine Lippen. »Schluss jetzt. Deine Sorge ist rührend, aber wenn ich nicht hier sein wollte, wäre ich nicht hier. Und jetzt bring Silver in Position. Wir wissen nicht, wie schnell Dagon ist.«

Mir lagen Gegenargumente auf der Zunge, fast hätte ich ihn mit zitternden Lippen angefleht, aber das unterdrückte ich alles. Ian mochte viel jünger sein als ich, aber mit über 250 Jahren war er mehr als alt genug, um zu wissen, was er wollte. Wenn ich mich weiterhin von meinen Befürchtungen hinreißen ließ, konnte ich uns beide so in Furcht und Schrecken versetzen, dass wir kämpferisch nicht auf der Höhe waren. Das konnten wir uns nicht leisten, dazu war das, was wir vorhatten, zu gefährlich.

Deshalb nickte ich nur, lächelte und küsste den Finger, den er mir auf die Lippen presste. »Dann pass auf, dass du dich nicht zu sehr verausgabst«, sagte ich so unbeschwert ich konnte. »Ich habe vor, Dagons Tod zu feiern, und dafür musst du *sehr* standhaft sein.«

Er lachte wieder. »Das Gleiche gilt auch für dich, kleine Hüterin.«

Dann küsste er mich, hart, wild und unter den gegebenen Umständen erstaunlich leidenschaftlich. Als er aufhörte, war mein Mund nicht der einzige Körperteil von mir, der pochte.

An seinem schiefen Grinsen erkannte ich, dass er wusste, was er in mir ausgelöst hatte.

Um mich nicht übertrumpfen zu lassen, schnappte ich mir seinen Schwanz und drückte ihn, bis seine Augen grün leuchteten. »Jetzt bin ich nicht mehr die Einzige, die ungeduldig auf unsere Siegesfeier wartet«, neckte ich, dann ließ ich ihn los und machte mich auf, um mich um Silver zu kümmern.

Sein leises Lachen versprach mir für später süße Rache. Meine Laune besserte sich, und ich verdrängte die Ängste von vorhin. Wir würden heute Abend *gewinnen* und beide überleben, um es zu feiern. Das mussten wir.

Sobald ich Silver sicher hinter einer kleinen Schwingtür versteckt hatte, durch die der Simargl notfalls auch hinauskam, ging ich hinter einer anderen Tür auf der gegenüberliegenden Seite des Raums in Deckung. Ian kam herein und flog hinauf zur Decke, wo er sich hinter einer bemalten Sperrholzplatte versteckte. Sobald wir vor dem Blick in die Spiegel sicher waren, zog ich den Hebel des Zugsystems, das wir gebaut hatten. Die Stoffbahnen hoben sich in die Höhe und legten die Spiegel frei. Jetzt konnten wir nur noch warten.

Eine Stunde verging. Dann zwei. Dann drei. In der vierten Stunde war ich versucht, meine Position zu verlassen und meine Beine auszustrecken, doch ich tat es nicht. Notfalls wollten wir bis nach Einbruch der Morgendämmerung warten. Nach Sonnenaufgang sanken die Chancen, dass Dagon auftauchte, dramatisch. Aber nachts ... in der Nacht war er aktiv.

Kurz nach ein Uhr morgens hörte ich es rauschen, als würde ein Windstoß durchs Geisterhaus fahren. Gleich danach breiteten sich eine Energiewelle und der Geruch von Schwefel aus, der allen Dämonen eigen war. Ich unterdrückte meine Aura und alle

Hinweise auf meine übernatürliche Energie. Gleichzeitig bereitete ich mich darauf vor, meine Energie in einer Eruption freizusetzen. Dagon hatte die Zeit noch nicht eingefroren, doch er würde es tun. Es war sein Lieblingstrick.

Ich hörte Schritte und dann einen Singsang: »Geisterhaus, was? Spieglein, Spieglein an der Wand, wer ist der Schönste im ganzen Land?«

Dagons Stimme. Ja! Ich hatte schon befürchtet, er würde als Vorsichtsmaßnahme jemand anderen schicken. Das hatte er nicht getan, und auf diese Arroganz hatte ich gehofft. Wir hatten vor dem Geisterhaus noch mehr Spiegel aufgestellt, ein paar davon zerbrochen, andere nicht, aber alle ohne magische Wirkung. Er sollte sich bei den Spiegeln in diesem Raum nichts denken, wenn er schließlich hereinkam.

»Wo ist mein kuscheliger, kleiner Geldsack?« Dagon verwendete immer noch jenen Singsang, aber jetzt klang es näher. Ich hielt mich an dem fest, was ich in den Fingern hatte. In einer Hand war die Fernbedienung für die Spiegelvorhänge, die ich schon die ganze Zeit umklammerte, mit der anderen Hand hielt ich das Knochenmesser. »Ich weiß, dass du hier bist. Komm raus, komm raus, egal wo du ...«

Silver wimmerte leise und kläglich. Dagons Schritte wurden schneller. »Da bist du ja«, sagte er. Jeder freundliche Unterton war aus seiner Stimme verschwunden. Seine Schritte waren jetzt direkt vor dem Raum zu hören. Silver wimmerte wieder. Er klang verzweifelt.

»Komm her, du kleiner ...«, fing Dagon an.

Magie flutete den Raum und tränkte mich mit ihrer Kraft. Dagon stieß ein Knurren aus, das rasch zu einem Heulen wurde. Ian hatte mir erzählt, dass es den Spiegelzauber in zwei Ausführungen gab: leise und laut. Ich brauchte nicht zu überlegen, welche ich bevorzugte. Ich hätte nicht einmal den vollen Energiestoß der Magie gebraucht, um zu wissen, dass die Falle zugeschnappt war. Inzwischen verwandelte sich Dagons Heulen in reine Wutschreie.

Dabei zuzuhören war die beste Therapie. Ich hatte über viereinhalbtausend Jahre darauf gewartet, dass Dagon für alle seine Taten bezahlte. Heute bekam er endlich die Rechnung präsentiert.

Ich drückte den Knopf der Fernbedienung, dann hörte ich, wie das System aus Gegengewichten, das wir gebaut hatten, die Stoffbahnen wieder fallen ließ und die Spiegel verdeckte. Als ich mein Versteck verließ, sah ich, dass Ian von seiner Position in der Decke bereits nach unten tauchte. Er rammte Dagon sein Knochenmesser mit so viel Kraft ins linke Auge, dass die Klingenspitze aus Dagons Hinterkopf wieder herauskam.

Ich hielt mich nicht damit auf, Dagons neuerliches Schreien zu genießen, sondern rammte ihm mein Knochenmesser ins andere Auge und legte all meine Wut, meine Schuldgefühle und meine Trauer in den Stoß. Meine Hand durchschlug Dagons Schädel und den Spiegel hinter ihm, der zerbrach, als der doppelte Angriff Dagons Schicksal besiegelte. Dagons Augenhöhlen verwandelten sich in geschwärzte, qualmende Löcher, die meinen Arm versengten, weil ich zu dicht dran war. Aber darum kümmerte ich mich nicht. Sein letzter wütender Schrei wurde von den restlichen Spiegeln übertönt, die explodierten, als der Zauber mit seinem Tod endete.

Glasscherben flogen durch den Raum und verletzten mich von Kopf bis Fuß, doch ich spürte den Schmerz nicht. Ich war viel zu erleichtert, als ich sah, wie Dagon immer kleiner wurde und schrumpfte, genauso wie die Körper von Vampiren schrumpften, wenn sie starben, und so lange alterten, bis sie ihr wahres Alter erreicht hatten. Als Ian meinen Arm aus Dagons Schädel riss und mich in einem Freudentanz herumschleuderte, erinnerte Dagons Körper nur noch an ein mannsgroßes Stück Trockenfleisch.

»Verflucht, verflucht, dreimal verflucht, wir haben es geschafft!«

Ian schrie im selben Moment, als ich in Gelächter ausbrach, als wäre mein Glück so groß, dass ich nicht mehr an mich halten konnte. Endlich war es vorbei! All das Leid, die Planung, das Jahrtausende währende Warten – und der Kampf gegen die verzweifelte Sorge, dass Dagon vielleicht nie zur Rechenschaft gezogen würde. Damit war es jetzt vorbei. Vielleicht konnten alle Opfer Dagons jetzt endlich in Frieden ruhen.

Ich weiß nicht, ob Ian mich küsste oder ich seinen Kopf zu mir herunterriss. Jedenfalls pressten wir unsere Lippen aufeinander und feierten unseren gemeinsamen Sieg. Und nicht nur Dagons Opfer waren gerächt, auch Ian war frei, und seine Seele gehörte wieder ihm. Ich war so glücklich wie nie zuvor.

Dann traf mich eine Stimme, als würden gleichzeitig tausend Eiszapfen in meine Venen eindringen. »Das ist ja so süß. Wenn ich ein Herz hätte, würde ich weinen.«

Ian schob mich zurück und stellte sich zwischen mich und den Besitzer jener Stimme, der gar nicht da sein sollte, gar nicht da sein *konnte*.

»Hallo«, schnurrte Dagon. »Habt ihr mich vermisst?«

38

Dagon zuckte zusammen, als er den Körper sah. »Ich hatte Rani vor Fallen gewarnt, aber er hielt euch beide nicht für schlau genug, um etwas vorzubereiten, aus dem er nicht entkommen konnte.«

Diese ausgetrocknete Dämonenhülle war *Rani*? »Du hast ihn mit Glamourzauber so aussehen lassen wie dich.«

Dagon grinste bis über beide Ohren. »Ich habe die Idee von deinem Freund Vlad, weil der Glamourzauber schon beim ersten Mal so gut bei Ian funktioniert hatte. Du weißt, was man von Leuten sagt, die sich zweimal reinlegen lassen, Junge.« Er warf sein blondes Haar nach hinten und wackelte dann mit dem Finger vor Ians Gesicht. »*Selber* schuld.«

Ian erwiderte das Grinsen. »Hier ist ein Sprichwort, das ich besser finde: Hast du das erste Mal versagt...«

»... versuch es wieder unverzagt«, beendete ich seinen Satz. Uns war klar gewesen, dass die Spiegelfalle vielleicht nicht funktionieren würde. Deshalb hatten Ian und ich noch ein weiteres Knochenmesser und einen ganzen Themenpark voller Überraschungen parat.

Ohne Vorwarnung explodierte Dagons Energie, als würde eine Bombe losgehen. Sie hielt im Raum die Zeit an und rollte über mich hinweg, bevor sie Ian in ihren erbarmungslosen Griff nahm. Ebenso schnell stieß ich meine Energie aus und befreite Ian aus seiner Erstarrung, bevor Dagon auch nur einen Schritt in seine Richtung machen konnte.

»Das sehe ich anders.« Ich erkannte kaum meine eigene Stimme in dem Knurren, das aus meiner Kehle kam. Auch Dagon starrte mich an, als hätte er plötzlich eine Fremde gesehen. Dann lachte er.

»Sieh an, Mädchen! Jetzt, wo du erwachsen bist, steckst du voller Energie.« Dann schnupperte er und lachte wieder. »Deinem Geruch nach zu urteilen hast du die Arbeit mit dem Vergnügen verbunden. Aber das kann ich dir nicht verdenken, ich konnte Ian auch nicht widerstehen.«

Ich warf einen erschreckten Blick auf Ian. »Hast du etwa?«

Dagon nutzte den Moment, sprang um Ian herum und rammte mir die Faust in den Bauch. Der Schlag war so heftig, dass ich durch alle stehen gebliebenen Wände des Geisterhauses in ein Karussell geschleudert wurde, das sich dahinter befand. Ich schlug so fest auf, dass mein Schädel brach, dann schüttelte ich den Kopf, um ihn wieder freizubekommen, und sah mich nach dem Geisterhaus um.

Ian und Dagon flogen durchs Dach. Sie kämpften in der Luft und beharkten sich mit vernichtenden Schlägen. Dagon versuchte wieder, die Zeit anzuhalten. Ich sprengte seinen Zauber, bevor Ian auch nur langsamer wurde. Dann nahm ich mein zweites Knochenmesser in die Hand und wollte gerade zu ihnen hinauffliegen, als knisternde Energie wie ein Schwarm stechender Hornissen meinen Rücken traf. Ich drehte mich rasch um, weil ich sehen wollte, wer es war, und ... was zum Teufel?

Dagon war hinter mir! Ich riskierte einen kurzen Blick, um nachzusehen, ob sich der andere Dagon noch in der Luft befand und mit Ian kämpfte. So war es. Der Dämon hatte tatsächlich Verstärkung mitgebracht und zusätzlich den Trick angewandt, alle mittels Glamourzauber so aussehen zu lassen wie sich selbst. Jetzt wusste ich nicht, wer der wahre Dagon war. Aber das spielte keine Rolle. Wir würden sie einfach alle umbringen.

Dieser Dagon grinste, bevor er verschwand. Offenbar versuchte er, per Teleportation zu mir zu gelangen. Ich nahm mein Knochenmesser fest in die Hand und flog zu dem Punkt, wo ich ihn zuletzt gesehen hatte. Sekunden später erschien er wieder genau dort und verzog das Gesicht.

Überraschung!, dachte ich boshaft. Das komplexe Netz, das Ian und ich in tagelanger Arbeit über den ganzen Park gespannt hatten, ließ zwar zu, dass Dämonen hineinteleportieren konnten, aber innerhalb des Parks funktionierte das mit dem Teleportieren nicht.

Ich stürzte mich auf ihn und rammte ihm gleichzeitig mein Messer ins Auge. Von der Kraft krachten wir beide durch das Karussell, an dem ich mir gerade erst den Schädel gebrochen hatte. Das schwere Stahlgerüst barst, als wir es auf beiden Seiten durchschlugen, und die scharfen Metallkanten schnitten in mein Fleisch. Der doppelte Aufprall war so heftig, dass ich das andere Auge des Dämons verfehlte, als ich darauf zielte.

Er schlug mich ins Gesicht. Mir wurde schwarz vor Augen, und in meinem Schädel krachte es ganz furchtbar. Ich schaffte es, ihm auszuweichen, bevor er den nächsten Schlag landen konnte, und flog blind, bis meine Augen so weit geheilt waren, dass ich wieder sehen konnte. Doch alles war noch verschwommen. Ich blinzelte, bis ich unter mir den Schatten eines Dämons laufen sah, der etwas Großes in den Händen hielt.

Ein Karussellpferdchen, merkte ich, als er es nach mir warf. Ich konnte weit genug ausweichen, sodass es mich fast verfehlte, aber die Beine trafen meine Schultern heftig. Ich blinzelte, damit meine Sehkraft schneller heilte.

»Hast du etwas verloren, Mädchen?«, stichelte der Dämon auf Sumerisch und hielt diesmal einen kleinen Gegenstand hoch. Ich blinzelte noch ein paarmal und sah, dass es mein Dämonenknochenmesser war. Doch das war es nicht, was mich wirklich erschütterte.

Seine Stimme und sein Geruch entsprachen Dagons Merkmalen. Der Glamourzauber, den Dagon benutzt hatte, war gründlich gewesen. Aber die Art, wie dieser Dämon »Mädchen« sagte und dabei eine Silbe mehr benutzte, als es die alte Sprache verlangte... Ich erinnerte mich an einen Dämon, der es so auszusprechen pflegte.

»Fenkir«, sagte ich, und der Hass schnitt tiefer, als es das Metall getan hatte.

Dagons Gesicht grinste mich an. Aber das eine Auge, das nicht geschwärzt war und qualmte... Ich kannte die Person, die mich aus diesem Auge anstarrte, ganz gleich, welche Farbe und Form sie annahm.

»Määäädchen«, sagte Fenkir und zog absichtlich das einzige Wort in die Länge, mit dem er und die anderen mich gerufen hatten, als ich ihre Gefangene gewesen war. »Diesmal bleibst du tot, wenn ich dich umbringe.« Mit diesen Worten schwenkte er das Dämonenknochenmesser in meine Richtung.

Ich war nie zuvor von einem Dämonenknochen getötet worden, der mir durch die Augen getrieben wurde, deshalb war es durchaus möglich. Vielleicht wussten sie, dass mein Vater eigentlich nur eine andere Art von Dämon war.

Aber danach würde ich nicht fragen. Ich war auch nicht bereit, mich von der Angst vor einem dauerhaften Tod aufhalten zu lassen. Ich hielt nur kurz inne, um für einen Sekundenbruchteil in Ians Richtung zu sehen. Er und Dagon deckten sich noch immer mit Schlägen ein und machten alles platt, was ihnen in den Weg kam, aber Ian schien meine Hilfe momentan nicht zu benötigen. Und ich wollte Fenkir *wirklich* beweisen, was aus dem traumatisierten, gebrochenen Mädchen geworden war, an das er sich erinnerte.

Ich breitete die Arme aus. Wind zauste mein Haar, als sich die Energie, die ich sammelte, rings herum ausdehnte. Fenkir neigte den Kopf, blinzelte mit seinem einen Auge und musterte mich. »Bist du zu feige, um herunterzukommen und zu kämpfen?«

»Keine Sorge. Ich komme.«

Die Energie wuchs. Sie wurde von den Erinnerungen angeheizt, die ich schließlich freisetzte, weil sie noch mehr Energie mobilisierten. Als sie so weit angestiegen war, dass meine Haut dermaßen brannte, als versuchte etwas, sich von innen den Weg nach draußen freizukratzen, richtete ich die Energie direkt auf Fenkir und entfesselte sie.

Er schrie. Ein gnadenloser Teil von mir hörte es mit Genuss. *Ich habe dir doch gesagt, dass ich komme. Hier bin ich.*

Dann rannte er los. Meine Energie laserte ihn mit konzentrierten Strahlen. Seine Beine gaben nach. Als er stolperte, flog ich zu ihm. Er rollte sich beim Fallen ab und streckte das Knochenmesser vor. In sein Gesicht trat ein Ausdruck, den ich dort nie zuvor gesehen hatte.

Panik.

Wäre Fenkir an meiner Stelle gewesen, hätte er jetzt innegehalten, um den Ausdruck im Gesicht seines Opfers zu genießen. Dann hätte er sich Zeit gelassen, diese Person zu foltern, anstatt sie sauber umzubringen. Er hätte auch gelacht und seinem Opfer versprochen, damit aufzuhören, falls es ihn nur dramatisch genug anflehte. Aber das würde er natürlich nicht tun und lachend weiterfoltern. So war Fenkir.

Aber ich nicht. Ich landete mit aller Kraft auf ihm, die ich sammeln konnte. Dabei brach ich mir die Beine, aber ich zertrümmerte seinen Brustkorb und seine Wirbelsäule. Die temporäre Lähmung machte es mir leicht, ihm das Knochenmesser aus der Hand zu reißen. Dann stach ich es ihm durch beide Augen, obwohl eines noch geschwärzt war und qualmte. Ich war schon wieder von ihm herunter, bevor sein Körper zu schrumpfen begann.

Wenn Fenkir Leute umbrachte, zog er den Schmerz gerne in die Länge. Ich dagegen wollte nur Gerechtigkeit. Und er bekam jetzt endgültig seine Strafe.

Ich riss das Knochenmesser aus Fenkirs Auge und flog zum Geisterhaus zurück. Ian und der andere Dagon waren nicht mehr da. Sie hatten ihren Kampf zu dem verrosteten Twister verlegt. Zwei der metallenen Fallschirmimitationen wurden aus ihrer Verankerung gerissen, als Dagon Ian hineinschleuderte. Ich flog schneller, packte Ian am Arm und drehte ihn um, bevor er zurückfliegen und wieder angreifen konnte.

»Nicht hier!«, beschwor ich ihn leise.

Der Blutdurst in seinem Blick legte sich ein bisschen, und er nickte, aber Ian war voll Blut. Ich hoffte, dass ein Teil von Dagon stammte. Den roten Streifen nach zu urteilen, die den Dämon verunstalteten, war das auch sehr wahrscheinlich. Aber war das wirklich Dagon? Oder ein anderer Dämon unter dem Einfluss von Glamourzauber?

Ich musste es herausfinden. »Fenkir ist jetzt bei Rani«, rief ich. »Ich hoffe, du vermisst ihn nicht zu sehr.«

Dagons Gesicht glühte vor Wut. Dann entspannte er sich wieder und lachte. »Wie schade. Er hatte sich so darauf gefreut, wieder ein Stück von dir zu bekommen. Weißt du noch, wie gern sich Rani und Fenkir immer bei dir abgewechselt haben? Ich habe nie verstanden, wie sie all dein *Schluchzen* ertragen und genießen konnten, aber genossen haben sie es auf jeden Fall.«

Ja, das hier war der wahre Dagon; sein schiefes Grinsen machte all diese Erinnerungen wieder lebendig. Er hatte unzählige Male genau dasselbe Gesicht gemacht, wenn ich missbraucht wurde. Diese Erinnerungen hatten mir bei dem Kampf mit Fenkir Kraft gegeben, aber jetzt taten sie mir weh. Das durfte ich nicht zulassen. Ich musste die Verzweiflung hinter mir lassen, durfte nur die Wut behalten.

»Weißt du, woran ich mich erinnere, Dagon?«, fragte Ian in einem durchdringenden, ätzenden Tonfall. »Wie du mir wochenlang hinterhergehechelt bist, bevor ich zugestimmt habe, die Nacht mit dir zu verbringen. Es ist dann doch nicht so gelaufen, wie du gehofft hattest, oder? Als es vorbei war, hattest du immer noch dicke Eier und ich deinen eigroßen blauen Diamanten. Der macht sich übrigens herrlich auf dem Kaminsims meines Lieblingshauses.«

Dagons Gesicht färbte sich rot vor Zorn. »Fick dich.«

Ian grinste ihn wild an. »Oh, das hast du ja versucht. Und bist gescheitert.«

Dagon riss eine der übrig gebliebenen Twistergondeln ab und schleuderte sie auf Ian. Der wich aus und höhnte: »Immer noch sauer deswegen, hm? Solltest du auch sein, denn ich bin fantastisch. Frag sie.«

»*Deshalb* ist Dagon jahrzehntelang hinter dir her gewesen?«
Ich lachte laut über die Demütigung des Dämons. Dagon hatte
versucht, mich mit meiner Vergangenheit zu verletzen, aber das
hatte ich verwunden. Jetzt hatte Ian dafür gesorgt, dass sich Dagons Strategie gegen ihn wandte. »Wow, du bist gefickt worden,
alles klar«, fuhr ich gnadenlos fort. »Nur nicht so, wie du wolltest. Aber das eine kann ich dir sagen – du hast etwas *verpasst*.«

Ian grinste und flog weiter zur hölzernen Achterbahn. Dagon
jagte hinter uns her. »Der Diamant ist Millionen wert«, rief mir
Ian zu. »Aber trotzdem war ich nicht bereit, dafür mit ihm zu
kuscheln und ihn zu küssen, um nah genug an ihn heranzukommen, damit ich ihn stehlen konnte.«

Wir hatten die Achterbahn fast erreicht. Dagon war noch
wütend, aber der blinde Zorn, mit dem er uns verfolgte, hatte
sich etwas gelegt. Ich musste ihn so wütend machen, dass er die
Verfolgung fortsetzte.

»Wenn wir von hier verschwinden, verkaufen wir den Diamanten und spenden das Geld der Wohlfahrt«, sagte ich Ian.
»Wir werden die Schenkung sogar in Dagons Namen machen,
damit ihm jeder dafür danken kann.«

Ian lachte. »Du tust immer noch so, als ob dein wäre, was
mein ist, wie ich sehe.«

Ich hob meine Stimme, damit Dagon jedes Wort verstehen
konnte, das ich sagte. »Du bist jetzt verheiratet, gewöhn dich
daran, Süßer!«

Das reichte. Dagon kam auf uns zu, hoch aufgerichtet, als
hielte die Wut seine Wirbelsäule kerzengerade. Ich flog um die
Achterbahn, Ian direkt hinter mir. Dagon war *fast* in der Explo-
sionszone. Nur noch ein kleines Stück ...

Er stoppte, als würde er genau spüren, wie weit die Salzbomben streuten. Dann streckte er fast genauso die Arme aus, wie ich es getan hatte, um die Energie zu kanalisieren, mit der ich Fenkir stolpern ließ. Ich hätte diese Taktik auch bei Dagon angewendet, wenn er dafür nicht zu stark gewesen wäre. Außerdem musste ich mit meiner Energie sparsam umgehen, für den Fall, dass er wieder versuchte, die Zeit anzuhalten.

Aber das tat er nicht. Augenblicke später traf mich eine Schockwelle, aber nicht von dem Versuch, die Zeit zu stoppen. Sie stammte von der Energie, die drei Dutzend Dämonen ausstrahlten, die plötzlich in unseren Bereich teleportiert worden. Ian fluchte, und ich starrte sie entsetzt an.

Ich blickte zu Dagon zurück und sah ihn gerade noch grinsen. »Ihr habt euch doch nicht eingebildet, dass ich so leicht umzubringen bin, oder?«

39

»Arschloch«, drückte Ian mit einem einzigen Wort genau das aus, was ich dachte. Dann gab er mir einen leichten Schubs in Richtung der Horde. »Du musst sie und Dagon einen Moment lang allein abwehren. Ich habe etwas zu erledigen.«

»Etwas, das wichtiger ist als *das hier*?«, ereiferte ich mich.

Sein Grinsen war nur ein kurzes Aufblitzen seiner Reißzähne. »Wie du auch mir bereits sagtest: Du musst mir einmal vertrauen, ohne herumzudiskutieren.«

Mit diesen Worten flog er davon. Ich, Dagon und die frisch eingetroffenen Dämonen starrten hinter ihm her.

Dagon fing so heftig an zu lachen, dass es sich anhörte, als würde er sich gleich den Kiefer ausrenken. »Er hat dich verlassen, um seine eigene Haut zu retten! Ah, Mädchen, dein Gesichtsausdruck gefällt mir so sehr, ich glaube, ich werde Ian einen Vorsprung lassen.« Dann pfiff er die anderen Dämonen herbei. »Bringt sie mir lebend!« An mich gewandt fügte er hinzu: »Du hast mir meine letzte Quelle für Roten Drachen gestohlen, deshalb werde ich dein Blut als meine neue Quelle benutzen, und das ist nur einer von vielen, vielen Plänen, die ich für dich habe.«

»Dann muss ich dich genauso enttäuschen wie Ian«, bellte

ich und wandte mich dann der Horde zu. Iiih. Fast vierzig gegen eine war ein furchtbares Zahlenverhältnis, ganz egal, wie stark ich war.

Ich biss die Zähne zusammen, schob das Knochenmesser in eine der vielen Taschen meiner Cargohose und machte den Reißverschluss zu. Es war zu riskant, das Messer in die Gürtelscheide zu stecken, weil der Gürtel abgerissen werden konnte, und ich durfte nicht riskieren, dass man es mir wieder aus den Händen riss. Schließlich brauchte ich es noch, um Dagon damit zu töten. Außerdem war ihnen befohlen worden, mich nicht umzubringen, und sie kamen mir wie gewöhnliche Soldaten vor, nicht wie hochrangige Dämonen. Es gab andere Wege, die Zahl der Spielfiguren zu reduzieren, ohne mein einziges Dämonenknochenmesser zu riskieren.

Ich flog zu ihnen hinüber, hielt mich aber gerade eben außerhalb ihrer Reichweite. Ian hatte gesagt, dass er Zeit brauchte. Ich wollte ihm so viel wie möglich davon verschaffen. Dagon hatte Wort gehalten und war Ian nicht hinterhergejagt. Nein, er schien sich damit zufriedenzugeben, die Show mit mir und seinen Dämonen zu genießen.

»Na los, versucht euch zu mir hochzuteleportieren«, reizte ich sie und lachte über ihre vielen missglückten Versuche. Aber damit konnte ich sie nur ein paar Minuten aufhalten. Ich brauchte etwas Dramatischeres, womit ich ihre Aufmerksamkeit länger fesseln konnte.

»Ich schätze, keiner von euch kann fliegen, aber kann einer von euch hoch genug springen, um mich zu erreichen?«

Das hatte weitere Versuche zur Folge, manche zwangen mich sogar plötzlich höher zu fliegen. Die ganze Zeit über verhöhnte ich sie mit Kommentaren wie: »Fast!« und »Du warst so nah dran!«, während ich mich der *Enterprise* immer mehr näherte. Wenn sie aufrecht stand, sah sie wie ein Riesenrad aus, doch jetzt lag sie verlassen auf dem Boden — ein riesiges Metallrad mit vielen Speichen.

»Allmählich langweilt es mich, deshalb werde ich es euch leichter machen«, sagte ich und landete genau in der Mitte des rostigen Karussells.

Die Dämonen hechteten über die verbliebenen Gondeln und die zahllosen Metallarme, an denen die Gondeln befestigt waren. Ich ließ meine Magie frei, aber nicht mit einem Knall, der sie gewarnt hätte, sondern in Tropfen, die das Karussell so langsam überzogen, dass mich zwei der schnellsten Dämonen anspringen konnten, bevor ich auch nur halb fertig war.

Ich verteidigte mich gegen ihre schlimmsten Schläge, aber ich wehrte mich nicht, als noch mehr Dämonen dazukamen. Ich konzentrierte meine ganze Energie darauf, in unauffälligen Tropfen noch mehr Magie auszusäen. Es tat mir überall weh. Die Schläge kamen zu schnell hintereinander, als dass ich zwischendurch hätte heilen können. Es dauerte nicht lange, bis mein Kopf sich anfühlte, als würde man einen Sack voller Steine zusammendrücken. Vor lauter Blut konnte ich nichts sehen, und ich musste mich anstrengen, um nicht meine pulverisierten Organe auszukotzen.

Aber meine scheinbare Hilflosigkeit stachelte die Dämonen an. Den Geräuschen nach zu urteilen befanden sie sich jetzt wahrscheinlich alle auf dem Karussell. Ich konnte sie schreien hören, wenn sie versuchten, sich aneinander vorbeizudrängen, um auch an die Reihe zu kommen, mich zu schlagen. Als ich spürte, dass meine Magie das Ende des riesigen Rades erreicht hatte, ließ ich mich auf die Knie fallen und meinen Zauber vom

Stapel. Der größte Teil meiner Magie funktionierte bei Dämonen nicht, aber wunderbar bei leblosen Objekten.

Das Rad platzte auseinander, als sich Tausende Kilo Metall plötzlich in Hochgeschwindigkeitsschrapnelle verwandelten. Dem Chor der Schreie nach zu urteilen wurden alle anderen von den Schrapnellen getroffen. Als die Dämonen zurückfielen, die mich umgaben, weil sie zu spät versuchten, in Deckung zu gehen, schoss ich so schnell hoch, dass mich nur einige wenige Schrapnelle trafen. Dann holte ich mein Knochenmesser heraus, wartete ein paar Sekunden, bis keine Schrapnelle mehr in tornadoartiger Geschwindigkeit herumwirbelten, flog wieder nach unten und stach so viele Augen aus, wie ich nur konnte.

Knietief stand ich in Dämonenkadavern, als mich von hinten etwas rammte. Ich wurde so heftig in den Dämon vor mir geschleudert, dass wir beide zu Boden gingen. Ich blickte an mir herunter und sah das zerfetzte Ende einer großen Eisenstange aus meinem Bauch herausragen. Sie hatte mich und den braunhaarigen Dämon, auf dem ich gelandet war, durchbohrt.

Mein Körper war festgenagelt, aber meine Arme waren noch frei. Ich stach dem Dämon die Augen aus, bevor mir jemand das Knochenmesser aus der Hand riss. Der Schmerz wurde immer größer, als die Eisenstange angehoben wurde und ich wie ein harpunierter Fisch am anderen Ende aufgespießt war. Ich biss so fest die Zähne zusammen, dass mir ein Reißzahn abbrach, und zog mich mit aller Kraft vorwärts. Es fühlte sich an, als wäre der Pfahl aus NATO-Draht gemacht, aber ich hörte erst auf, als ich am anderen Ende herunterfiel. Dann drehte ich mich schnell um und bespuckte den Dämon, der mir das angetan hatte, mit meinem Reißzahn.

Dagon sah auf den Zahn und zog eine Braue hoch. »Ich

habe nie gefragt, weil es mich eigentlich nicht interessierte, aber wachsen die eigentlich nach?«

»Ich werde sofort zwei neue haben, um dich zu beißen«, versprach ich.

Er nahm die Stange, mit der er mich gepfählt hatte, und schleuderte sie ein zweites Mal nach mir. Doch anstatt mich zu treffen spießte er damit den Dämon auf, der neben ihm stand. Alle machten große Augen, auch ich.

»Als ich sagte, dass ihr sie mir bringen sollt, war das kein Vorschlag«, erklärte er den Dämonen in einem ätzend-fröhlichen Tonfall. »Wozu brauche ich euch lebendig, wenn ihr euch so dämlich anstellt, dass ich sie mir selbst holen muss?«

Ich wurde von hinten gepackt, bevor ich auch nur einen Muskel rühren konnte, um wegzufliegen. Danach stürzten sich die Dämonen auf mich, als hinge ihr Leben davon ab, und wie sie jetzt wussten, tat es das auch. Es dauerte nicht lange, bis ich meine ganze Kraft dafür brauchte, bei Bewusstsein zu bleiben und zu verhindern, dass mir Arme und Beine abgerissen wurden. Ich war von Schmerz überwältigt und konnte mich bei Weitem nicht genug konzentrieren, um einen Zauber loszulassen. Nach einiger Zeit war ich mir nicht einmal mehr sicher, ob ich noch stand. *Wenn Ian zurückkommt, sollte das, was er noch erledigen wollte, wirklich eine ganz große Nummer sein*, dachte ich benommen.

Die Energie traf mich ganz plötzlich wie eine Riesenwelle. Die Schläge hörten auf, als die Dämonen sich umdrehten, um nachzusehen, woher sie kam. Ich versuchte es auch, hatte aber zu viel Blut in den Augen, um etwas erkennen zu können. »Was?«, hörte ich Dagon sagen. Er klang überrascht. War das gut oder schlecht?

Ich wischte meine Augen aus und drehte mich in die Richtung, aus der Dagons Stimme kam. Ich musste noch ein paarmal blinzeln, dann sah ich Ian auf uns zufliegen. Er war circa dreißig Meter entfernt und von kleinen, hellen Objekten umgeben, die ihn in der Luft umkreisten. Zuerst dachte ich, es sei ein Schwarm kleiner weißer Vögel. Als ich wieder blinzelte, erkannte ich, dass es Knochen waren. Sie umkreisten Ian immer schneller. Seine Lippen bewegten sich auch, aber er war zu weit entfernt, als dass ich ihn verstehen konnte, aber es musste sich wohl um einen Zauberspruch handeln. Warum? Ian wusste doch, dass die meisten Beschwörungen bei Dagon versagten, weil er zu mächtig war.

Plötzlich explodierten die Knochen und formten rings um Ian eine helle Wolke. Sofort danach rammte sich Ian eins seiner silbernen Messer in die Brust und drehte die Klinge. Hätte er keine Dämonenzeichen gehabt, hätte es ihn getötet. Blut quoll hervor, und ich war geschockt. Ich kannte nur *eine* Art von Zaubersprüchen, für die pulverisierte Knochen und Herzblut gebraucht wurden: Grabesmagie.

»Ian, nicht«, schrie ich.

Er ignorierte mich, und sein Blut überzog den Knochenstaub, bis die Wolke, die ihn umgab, rot geworden war. Dem Fluch nach zu urteilen, den Dagon stammelte, wusste auch er, an welchem Zauber Ian sich versuchte. Noch mehr Kraft fegte durch die Luft, als Ian anfing, die dunkelsten Energien von jenseits des Grabes zu beschwören.

Bei allen Göttern, er versuchte offenbar, einen Geist zu erschaffen. Falls es ihm gelang, konnte nicht einmal Dagon sich dagegen zur Wehr setzen. Aber wenn jemand Grabesmagie verwendete, war es weitaus wahrscheinlicher, dass sie ihn selbst tötete, als dass sie erfolgreich war. Deshalb hatte selbst ich es nie damit probiert. Ians Brandzeichen verhinderten vielleicht, dass der Zauber ihn umbrachte, doch er konnte ihn so schwer verletzen, dass er sich danach nicht einmal mehr gegen einen schwachen Dämon wehren konnte, von Dagon ganz zu schweigen. Ich musste sicherstellen, dass Dagon diese Schwäche nicht zu seinem Vorteil nutzte.

Aber dafür musste ich an diesen verdammten Dämonen vorbeikommen! Ich machte mir die Verwirrung zunutze und riss dem nächstbesten den Arm ab, während er noch zu Ian hinaufschaute. Dann rammte ich den Arm mit den Fingern voran in sein Gesicht, als er sich wieder umdrehte. Er schrie, als beide Augen von seinen eigenen zuckenden Gliedmaßen durchbohrt wurden. Dann kippte er auf mich, seine Augen qualmten noch, als er starb. Dämonenknochen war Dämonenknochen, ob noch Haut daran saß oder nicht.

Ich hielt ihn vor mich wie einen Schild, während ich ihm weitere Knochen herausriss, um sie als Waffen zu verwenden. Wenn ich doch nur noch mein Messer gehabt hätte — aber irgendwann hatte einer der Dämonen es mir abgenommen. Sie bedrängten mich jetzt nicht mehr von vorne, weil ich eine Waffe hatte, die sie töten konnte. Aber es hingen weiterhin zwei Dämonen an meinem Rücken, weshalb ich nicht wegfliegen konnte.

Blitzschnell warf ich mich nach hinten und versuchte sie mit brutaler Gewalt abzuschütteln. Als ich auf sie stürzte, stach ich blindlings auf alles ein, was sich hinter mir befand. Es war pures Glück, dass ich dabei schließlich einen der beiden tötete. Als sich noch einer an mir festklammerte, gelang es mir, mich in die Luft zu erheben, aber dann schnappte sich ein anderer Dämon mein Bein und hielt mich am Boden. Aus den Augenwinkeln sah ich Dagon zu Ian fliegen, er schlug, trat und stach wie ein

Wahnsinniger auf ihn ein. Ian schützte beim Kämpfen nur seine Augen und bewegte die ganze Zeit unablässig seine Lippen.

Eine vertraute Kraft brach aus Dagon heraus. Ebenso schnell blockierte ich seinen dritten Versuch, die Zeit anzuhalten. Dann lenkte ein brutaler Schlag meine Aufmerksamkeit wieder zu dem Dämon in meinem Rücken. Ich ließ mich fallen und benutzte meinen ganzen Schwung, damit er unsere Landung voll abbekam. Um uns spritzte Blut hoch, aber er machte immer weiter und schlug seine Zähne und Krallen in mich. Ich stach auf alles ein, was ich erreichen konnte, und sah mich währenddessen nach etwas anderem um, das ich verwenden konnte. In wenigen Augenblicken würden sich noch mehr Dämonen auf mich stürzen. Ich wagte es nicht, noch mehr von meiner Kraft mit einem anderen komplizierten Zauber aufzubrauchen. Schließlich musste ich immer noch Dagons Zaubersprüche gegen Ian neutralisieren.

Ein Dämon, der auf mich zugelaufen kam, wollte über einen Haufen Metallsplitter springen, der sich zwischen uns befand. Ja, was! Ich wirkte einen schnellen Zauber, um das Metall in seine Augen und die des Dämons hinter mir zu schleudern. Die Splitter blendeten den laufenden Dämon, und ich brachte ihn zu Fall, als er näher kam. Er stürzte auf mich. Ich trieb ihm mein provisorisches Knochenmesser durch die Augen, dann schleuderte ich ihn auf den nächsten Dämon, der auf mich zuraste. Der Körper ließ ihn stürzen. Ich nutzte diesen Sekundenbruchteil, drehte mich schnell um und stach dem Dämon unter mir die Augen aus, dann sprang ich auf die Füße. Ich hackte mir den Weg durch zwei weitere Dämonen frei, als mich Dagons Lachen den Kopf wieder hochreißen ließ.

Die rote Wolke um Ian hatte sich in zwei Gestalten verwandelt, die man jetzt deutlich genug erkennen konnte, um sie zu identifizieren. *Fenkir und Rani*, stellte ich ungläubig fest. Hatte Ian *ihre* Knochen für diesen Zauber verwendet?

»Du Narr!«, gluckste Dagon. »Weißt du denn nicht, dass man Geister macht, indem man die Wut einer ermordeten Person aus ihren Knochen zieht und ihr Gestalt gibt? Aber ich habe Fenkir und Rani nicht getötet. Du erschaffst Kreaturen, die *sie* angreifen werden!«

Dagon hatte recht. Geister gingen auf ihre Mörder los und auf niemanden sonst. Wie kam Ian nur auf die Idee, aus den Knochen Fenkirs und Ranis Geister zu formen? Sobald der Zauber fertig war, würden mich die beiden sofort angreifen, falls Dagon Ian nicht zuerst tötete.

Du musst mir einmal vertrauen, ohne herumzudiskutieren.

Ich war so entsetzt, dass ich mich kaum an Ians Worte erinnerte. Aber ich konnte nicht ignorieren, dass Ian mir vertraut hatte, als seine ganze Erfahrung energisch dagegengesprochen hatte, es zu tun. Dasselbe schuldete ich ihm nun, auch wenn mich meine gesamte Erfahrung dringend nötigen wollte, um mein Leben zu laufen, bevor er mit seinem Zauber fertig war.

Aber falls es darauf hinauslief, dass ich umgebracht wurde, wusste ich schon, was ich als Erstes zu Ian sagen würde, wenn ich von den Toten auferstand: *Ich wusste, dass es eine schlechte Idee war!*

40

Doch ganz gleich, was geschah, ich konnte mir nicht erlauben, handlungsunfähig zu sein, wenn Ian mit seinem Zauber fertig war. Ich riss ein Stück Brustplatte samt Rippen aus dem nächsten Dämonenkörper. Dann nahm ich es so in die Hand, dass die Rippenknochen zwischen meinen Fingern herausragten. Damit und mit dem langen, dünnen Speichenknochen in meiner anderen Hand hieb ich auf jeden Dämon in meiner Nähe ein.

Sie kämpften ebenso erbittert, und inzwischen ignorierten sie Dagons Befehl, mich nicht zu töten. Sie verwendeten sogar dieselbe Methode wie ich und rissen Knochen aus ihren toten Kumpanen, um sie als Waffen zu benutzen. Ich wurde unzählige Male geritzt, gestochen und geschnitten, und wenn eine Wunde heilte, dann nur, um gleich darauf von Neuem geschlagen zu werden. Adrenalin, Entschlossenheit und Wut betäubten den Großteil des Schmerzes. Der Rest ließ mich taumeln, als ich versuchte, sie weit genug zurückzutreiben, um wegfliegen zu können. Vor allem schützte ich meine Augen. Alles andere konnte heilen. Ich wollte es nicht darauf ankommen lassen, die Theorie zu testen, dass ich *davon* nicht zurückkommen konnte.

Plötzlich wurden die Dämonen, die mich umgaben, so heftig zurückgeschleudert, dass viele von ihnen auf dem Hintern landeten. Meine Freude währte jedoch nicht lange, als ich sah, weshalb. Zwei hauchdünne Gestalten flogen auf mich zu. Sie strahlten mit so unglaublicher Kraft eisige Energie aus, dass sie damit alles aus ihrem Weg räumten. *Scheiiiße!*, war mein einziger Gedanke. Dann stürzten sich die Geister auf mich, die aus Fankirs und Ranis Knochen gemacht waren.

Die Zeit verflog. Und ausgeprägte Gefühle mit ihr. Unterschiedliche Körperteile wie zwei Arme, zwei Beine, einen Oberkörper und einen Kopf gab es für mich nicht mehr. Stattdessen war ich ein einziger freiliegender Nerv, der endlos zerfetzt, mit eisigem Feuer verbrannt und wieder zerfetzt wurde.

Dann verschwand diese unglaubliche Todesqual. Ich kam keuchend – keuchend! – zu mir und heilte von den Wunden, die keine Spuren hinterlassen hatten. Fast zögerlich löste sich ein schwarzhaariger Dämon aus der Gruppe, die sich ein paar Meter entfernt gesammelt und mich beobachtet hatte. Ein schriller Schrei ließ alle nach oben sehen.

Ian schwebte über der hölzernen Achterbahn. Er hatte die Arme über den Kopf gehoben, und aus seinem Mund und seinen Augen strömte Blut. Doch er war es nicht, der schrie. Es war Dagon, weil die beiden Geister jetzt ihn zerfleischten.

Bei allen heiligen und unheiligen Göttern! Ian hatte es tatsächlich geschafft. Ich hatte nicht gewusst, dass man Geister von der Person, die sie ermordet hatte, auf jemand anderen lenken konnte. Auch die Dämonen schienen davon wie gebannt zu sein. Sie sahen zu, wie die Geister mit ihren Körpern in unzähligen Spiralen immer wieder in Dagon hineinstachen. Er zuckte heftig, als seine Arme und Beine brachen.

Das haben sie also mit mir gemacht, dachte ich wie betäubt und bedauerte Dagon fast wegen der furchtbaren Schmerzen. Aber nur fast.

Dann vollführte Ian mit den Händen Gesten, die zu schnell waren, als dass ich sie genau erkennen konnte. Die Geister schleppten Dagon zur Achterbahn. Der dunkelhaarige Dämon schien davon aus seiner Trance zu erwachen und setzte seinen Weg in meine Richtung fort, sah dabei aber immer wieder nach oben. Offensichtlich hätte er lieber beobachtet, was mit Dagon geschah, statt mich zu töten, aber er kam trotzdem in meine Richtung.

Ich versuchte wegzufliegen und fluchte, als es mir nicht gelang. Der Angriff der Geister musste mir zu viel abverlangt haben. Es kostete mich alle Mühe, mich nach neuen Dämonenknochen umzusehen. Ich musste meine verloren haben, als mich die Geister zerfetzten. Hätte ich keine gefunden, wäre ich in Schwierigkeiten geraten. Es konnte nicht lange dauern, bis noch mehr Dämonen zu mir zurückkommen und versuchen würden, mich umzubringen, wenn sie den Geistern und Dagon nicht mehr zusahen.

Ich schnappte mir eine Handvoll von etwas, das wie halb zerquetschte Schienbeine aussah, warf sie aber weg, weil sie knickten. Sie waren zu kaputt, um noch tödlich zu sein. Danach entdeckte ich unglaublicherweise *mein* Dämonenknochenmesser in einigen Metern Entfernung. Es war, als würde mir die stahlverstärkte Klinge im Mondschein zuzwinkern. Einer der Dämonen musste es mir aus der Tasche gerissen haben, als er gegen mich kämpfte. Anstatt es zu nehmen, hatte er das Messer fallen lassen.

Ich hechtete im selben Augenblick zum Messer wie der schwarzhaarige Dämon, der es auf mich abgesehen hatte. Wir kämpften miteinander und wollten nach dem Messer greifen, aber es rutschte weg, weil wir im Kampf dagegenstießen.

»Jetzt!« Ians Schrei riss mir den Kopf hoch. »Sprengung, Sprengung!«

Ich schob den Dämon von mir herunter und griff nach dem klobigen Gegenstand in einer der Taschen meiner Cargohose. Ein weiterer Dämon sprang mir auf den Rücken und stach mit etwas auf mich ein, das so brannte, als würde ich mit Säure überschüttet. Ich verteidigte mich nicht, sondern konzentrierte mich darauf, in meiner Tasche auf dem Fernzünder herumzudrücken. Es fühlte sich an, als wäre er bei den Kämpfen kaputtgegangen. Ich wusste nicht, ob er noch funktionierte, aber ich musste es versuchen. Nach ein paar panischen Sekunden spürte ich eine Vertiefung im Metall und drückte fest darauf.

Explosionen erschütterten die Achterbahn, als unsere Salzbomben losgingen. Es waren so viele, dass sie die Luft weiß färbten. Außerdem hatten wir sie verzaubert, um ihre Reichweite und ihre Geschwindigkeit zu vergrößern. Dagons neue Schreie, als ihn das Salz traf, waren wie Musik in meinen Ohren. Weitere Salzbomben in der Nähe der Fundamente der Achterbahn streuten weit genug, um die Dämonen abzustrafen, die mich umgaben. Es dauerte nicht lange, bis ihre Schreie die Schreie Dagons übertönten. Ich nutzte ihre Zuckungen zu meinem Vorteil, riss mich los und schnappte mir mein Knochenmesser. Noch immer konnte ich nicht fliegen, aber ich schaffte ein paar Sprünge, als das Holzskelett der Achterbahn umstürzte und eine Explosion ihr Fundament zerstörte.

»Knochenmesser!«, schrie Ian. »Sofort!«

Ich hatte eins, aber wie sollte ich es ihm geben? Ich konnte nach wie vor nicht fliegen! Obwohl ihn überall das Salz verbrühte und die Geister bedrängten, leistete Dagon Gegenwehr. Ich hatte keine Ahnung, wie er das schaffte. Er musste weitaus stärker sein, als mir klar gewesen war. Ian hatte offensichtlich alles gegeben, um Undenkbares aus der Grabesmagie herauszuholen und die Geister von mir weg auf Dagon zu hetzen. Jetzt sah es aus, als würde er sich nicht mehr lange genug allein am Himmel halten können.

»Halte durch!«, schrie ich zurück. »Ich komme!«

Ich zog Extra-Energie aus dem einzigen Wasserreservoir, das ich finden konnte: einem übrig gebliebenen Abwassertank, der unter dem Park verborgen war. Es war nicht mehr viel Wasser darin, aber ich nahm alles. Dann schwang ich mich in die Luft, ohne zu wissen, ob ich aufsteigen oder auf den Boden klatschen würde.

Dagons Schreie ignorierte ich und konzentrierte mich nur auf seine Augen. Ich traf eines mit aller Kraft; mein Schwung trieb ihm das Knochenmesser tief in den Schädel. Sein Schrei ließ meine Trommelfelle platzen, sodass ich sofort taub wurde. Ich riss das Messer heraus und rammte es in Dagons anderes Auge, ohne seinen neuen Schrei zu hören. Auch aus diesem Auge qualmte es sofort. Dann sah ich Ians Schrei, anstatt ihn zu hören.

Ians Arm rutschte weg, und er fiel aus der Luft. Auch Dagon stürzte ab, beide Augen qualmten noch, als er ganz dicht neben Ian auf den Boden prallte. Beide Männer schlugen hart auf und bewegten sich nicht mehr. Dann strömte Licht aus Dagon, und die Geister verschwanden. Außerdem begann sein Körper zu schrumpfen, was bewies, dass er endlich wirklich tot war.

Ich konnte mich nicht wirklich freuen. Ich machte mir zu viele Sorgen um Ian. Ich flog hinunter und landete so hart, dass ich den Boden neben ihm aufriss. Ich berührte Ians Rücken.

Er bewegte sich nicht. Ich hatte Angst vor dem, was ich sehen würde, wenn ich ihn umdrehte. Er war auf dem Bauch gelandet, sein Arm hing über dem Teil seines Gesichts, das nicht auf den Beton gepresst war. Er fühlte sich so kalt an, bei allen Göttern, so kalt! Was wäre, wenn Dagon noch eine letzte, grausame Verhöhnung parat gehabt hatte? Er konnte sich so verzaubert haben, dass es auch mit Ian vorbei war, wenn er starb.

»Ian«, sagte ich, streichelte seinen Rücken und schluckte, als er sich nicht rührte. »Ian, wach auf!«

Er rollte sich herum, und mein Herz machte einen Sprung, als hätte es einen Stromschlag von mindestens 1000 Volt abbekommen. Dann setzte er sich auf und presste den Unterarm an die Stirn. »Erinnere mich daran, dass ich nie wieder Grabesmagie versuche«, stöhnte er. »Nicht einmal ich konnte es genießen, so weh hat es getan.«

Ich nahm seine freie Hand und presste sie auf meine Brust. Ich hätte ihn auch in den Arm genommen, aber ich hatte Angst, ihm nur noch mehr wehzutun. »Bist du wirklich okay?«

Was für eine dumme Frage. Er hatte gerade erst gesagt, dass es ihm nicht gut ging. Aber ich musste seine Stimme wieder hören, auch wenn es nur die Antwort auf meine lächerliche Frage war. Ich sollte mich jetzt besser darum kümmern, die restlichen Dämonen zu erledigen, bevor die Wirkung der Salzbomben nachließ und sie sich wieder rühren konnten. Stattdessen saß ich hier und hielt Ians Hand, ohne den Blick von seinem Gesicht lösen zu können.

»Geht schon.« Er lächelte mich müde an. »Es hat mich sehr geschafft, den Geisterzauber umzulenken und sie auf Dagon zu hetzen, aber es geht mir schon besser. Gut, dass es funktioniert hat.«

»Ja, das war gut«, sagte ich leise. »Aber du hättest es nie versuchen dürfen. Dieser Zauber hätte dich auf zahllose Arten umbringen können.«

Sein Lächeln schwand. »Es waren viel zu viele. Dagon ist nicht in unsere Falle getappt, und er war mächtiger, als wir beide vorausgesehen hatten. Es ging nur darum, entweder vielleicht oder garantiert zu sterben. Wenn ich die Wahl hätte, würde ich immer bis zum letzten Moment kämpfen.«

Ich streichelte mit den Lippen über seine Knöchel. »Das würde ich auch tun.« Dann ließ ich seine Hand los, obwohl es wirklich das Letzte war, was ich tun wollte. »Da wir gerade vom Kämpfen sprechen – diese Dämonen, die wegen ihrer Salzwunden herumkreischen, bringen sich nicht von selbst um. Bleib hier. Ich komme zurück, wenn ich mit ihnen fertig bin.«

Als er diesmal grinste, erinnerte er wieder mehr an den Ian, den ich kannte: halb spöttisch, halb verführerisch. »Gib mir einen Moment, dann mache ich mit. Du sollst dich nicht so verausgaben. Wir haben etwas zu feiern . . .«

Sein Lächeln fror ein, und er hörte so abrupt auf zu sprechen, dass ich mich nach den Dämonen umblickte, um nachzusehen, ob einer von ihnen aufgestanden war und etwas Bedrohliches vorhatte. Aber nein, sie wanden sich weiterhin über dreißig Meter entfernt auf dem Boden.

Dann richtete ich den Blick zurück auf Ian – und schrie.

Sein rechtes Auge war jetzt schwarz und qualmte.

41

Ians Kopf fiel nach vorn und kippte zur Seite. Da sah ich den Griff eines Knochenmessers aus seinem Hinterkopf ragen. Hinter Ian erhob sich – wie konnte das sein, WIE? – Dagon. Seine Augen waren geheilt, hatten wieder ihre eisblaue Farbe und starrten mich an, als er die nächste Klinge in Ians Hinterkopf schob.

»Nein!«, schrie ich in purer Panik. »Bitte, hör auf!«

Dagon tat es, aber seine Hand blieb an dem Messer, das halb in Ians Schädel steckte. Ian wurde von Krämpfen geschüttelt, was mich erleichterte, aber auch wütend machte. Diese Krämpfe bedeuteten, dass das zweite Messer noch nicht weit genug vorgedrungen war. Er hatte noch eine Chance.

Ein leichtes Lächeln umspielte Dagons Lippen, als er sich vorbeugte, um mich über Ians Schulter hinweg anzusehen. »Was gibst du mir, wenn ich ihn nicht töte, Mädchen?«

»...cht.« Ians heiseres Krächzen war kaum zu verstehen, aber sein verbliebenes Auge strahlte grün, und sein Gesichtsausdruck übersetzte, was er sagen wollte. *Nicht.* »...geh«, presste Ian heraus und sah mich durchdringend an. »... B... d...r Kr...ft des Z...bers, d... uns b...det, ...fehle ...ch dir...«

Ich unterdrückte einen Schluchzer und reimte mir zusammen, was er zu sagen versuchte. »Du kannst mir nichts bei der Kraft des Zaubers befehlen, der uns bindet. Ich habe mich vor fast zwei Wochen aus dem Bindungszauber gelöst, als ich den Körper tötete, mit dem er verknüpft war.«

Kaum zu glauben, aber an Ians Mundwinkel zuckte ein Lächeln. »...trog'n«, sagte er, und auch wenn er das Wort nicht ganz herausbekam, schien er mich verstanden zu haben.

Mir schossen Tränen in die Augen, und dass Dagon darüber grinste, war mir ganz egal. »Ja, ich habe betrogen. Damals habe ich dir nicht vertraut, deshalb wollte ich keinen Vertrag schließen, aus dem ich nicht herauskommen konnte.«

Dagon klopfte auf den Griff des Knochenmessers. Für einen kurzen Moment waren Ian die Qualen anzusehen, aber dann versuchte er sie zu verbergen. »Wenn du willst, dass er lebt«, schnurrte Dagon, »wirst du einen neuen Vertrag eingehen, Mädchen. Aber diesmal einen, aus dem du nicht wieder herauskommst.«

Natürlich wollte Dagon meine Seele, meine Fähigkeiten, meine Unterwerfung oder alles zusammen. Ob ich ihn lange genug aufhalten konnte, bis ich genug Energie aufgebaut hatte, um Ian zu befreien? Es gab keinen See, keinen Teich und keine andere Wasserquelle in der Nähe. Aber wenn ich meine Sinne ausdehnte, konnte es mir vielleicht gelingen, weiter weg etwas zu finden, zu dem ich Verbindung aufnehmen konnte. Ich musste es versuchen.

»*Wie* konntest du mit ausgestochenen Augen überleben? Du kannst nicht den Toten gespielt haben. Die Geister sind verschwunden, weil der Zauber endete, als du gestorben bist und dein Körper sich zersetzt hat. Ich wusste nicht, wie viel Macht du hast. Gibt es andere Leute, die das wissen?«

Er lachte entzückt, was mich in Schrecken versetzte, weil es normalerweise der Vorbote furchtbarer Dinge war. Ich versuchte es zu ignorieren, streckte meine Sinne aus und stolperte zuerst über eine ausgetrocknete Quelle, die früher einmal für diesen Park genutzt wurde, mir jetzt aber nicht helfen konnte.

»Davon weiß fast niemand.« Dagons Tonfall war unbeschwert wie der eines Kindes. Er nahm sogar eine andere Haltung ein, um bequemer zu stehen. Dann klopfte er wieder gegen den Messergriff, wie um Ian davor zu warnen, sich zu bewegen. »Ich glaube, ich muss mich bei dir für den Einfall bedanken.«

»Bei mir?« Was sich so angefühlt hatte, als ob es einmal ein Fluss gewesen wäre, war jetzt zu einem kümmerlichen Rinnsal ausgetrocknet. Verdammter Klimawandel. Ich zog heraus, so viel ich konnte, und suchte weiter.

»All dein Sterben und Zurückkehren.« Für einen kurzen Moment war Dagons Miene hasserfüllt, dann kehrte sein breites Lächeln zurück. »Solche unglaubliche Macht, verschwendet an eine halb sterbliche Göre. Aber wenn eine so lächerliche Person wie du den Tod schlagen konnte, dann konnte ich es auch. Dämonen haben Zugriff auf die richtigen Energiequellen. Aber wir wandeln sie nur um, anstatt sie zu ernten.«

Energiequelle? Meinte er die Magie, die alle Dämonen von sich aus hatten? Dämonen wandelten keine Magie um. Sie verstärkten ihre Fähigkeiten damit... Aber es gab etwas anderes, das sie umwandelten.

»Seelen?«, fragte ich und fand die Vorstellung so übel, dass ich für eine Sekunde aufhörte, nach Wasser zu suchen. Jetzt wirkte sein Lachen echt, als er antwortete: »Sehr gut!«

Doch dann brach sein Lachen ab, und sein trügerisch-jugendliches Aussehen wurde von der ganzen Wut verzerrt, die er in den Äonen seiner Lebenszeit in sich hatte anhäufen können.

»Und ihr habt mich zwei Seelen gekostet: Eine musste ich für meine Auferstehung ernten, und eine, um meinen Körper zu heilen, damit ich nicht mehr in einem halb verrotteten Leichnam eingesperrt war. Aber heutzutage kommt man nicht mehr leicht an Seelen, Mädchen. Die Leute haben mehr Angst davor, sie einzutauschen. Ein *paar* von ihnen muss ich auch nach oben weiterleiten, um mich nicht verdächtig zu machen. Und deshalb wirst du mir jetzt deine Seele verkaufen – oder willst du lieber zusehen, wie dein Liebhaber stirbt?«

Dagon klopfte wieder auf den Messergriff, diesmal fester. Ian spannte das Gesicht an, bis sich seine Wangenknochen deutlich abzeichneten und sein Kiefer aussah, als wäre er aus Stahl. Sein Blick brannte sich in meine Augen, aber er flehte nicht um sein Leben. Da war nichts als Widerstand.

Wage es nicht!, sagte der Blick. *Scheiß auf Dagon und seine dreckigen Deals!*

Ich verstand diese Wut. Oh, und wie ich sie verstand! Ich fand die Vorstellung entsetzlich, Dagon alles zu geben, was er wollte – und ganz besonders das! Aber als ich Ian ansah, brachte ich es nicht über mich, Dagon zu sagen, dass ich es nicht tun würde.

Es gibt Möglichkeiten, aus solchen Verträgen herauszukommen, sagte ich mir. Ian wäre fast aus seinem Vertrag herausgekommen, wenn Dagon nicht zu dem überraschenden Trick mit der Wiederauferstehung gegriffen hätte. Soweit ich wusste, konnte mir mein Vater vielleicht dabei helfen, meine Seele zurückzubekommen. Außerdem blieb ich nicht tot, wenn ich starb. Es würde für Dagon viel schwieriger sein, jemandem die Seele abzunehmen, den man nicht töten konnte. Ich hatte immer noch eine Chance, wenn ich mich darauf einließ. Falls ich Nein sagte, hätte Ian keine mehr.

»Es tut mir leid«, flüsterte ich Ian zu. »Ich will es auch nicht tun. Aber ich kann nicht... ich kann dich nicht einfach *sterben* lassen.«

Dagon fing an zu grinsen. Aus Ians Gesicht verschwanden Wut und Angespanntheit. Seine Miene füllte sich mit einer wehmütigen Art von Zärtlichkeit, für die es unter den schrecklichen Umständen, in denen wir uns befanden, keinen Grund gab.

»... Ich... hätte... dich... lieben könn...«, stammelte Ian und kämpfte mit jeder Silbe. Dann schloss er die Augen.

»Was?«, fragte ich leise.

Ich versuchte noch zu übersetzen, was er gesagt hatte, als Ian plötzlich den Kopf nach hinten schlug und sich mit einem brutalen Ruck Dagons Messer tief in sein anderes Auge rammte.

42

Aus Ians verletztem Auge strömte Rauch. Sofort begann sein Körper in sich zusammenzufallen, seine seidige, elfenbeinfarbene Haut verwandelte sich in Leder, das bröckelte und riss, bis sein Gesicht unkenntlich war. Ich war vor Schreck wie gelähmt, während alles in mir schrie; ich wollte es nicht wahrhaben. Dann raste ein Schmerz durch mich hindurch, bis ich mich fühlte, als hätte man mir anstelle meiner Knochen überall Messer in den Körper getrieben.

»*Das* war's mit meinen Plänen«, ärgerte sich Dagon. »Ich wollte ihn umbringen, sobald du eingewilligt hättest, und dich auslachen und mich verabschieden. Na schön.« Er packte Ians Kopf mit beiden Händen. »Wenigstens ist er noch für etwas anderes gut.«

Er drückte den Mund an Ians Hinterkopf und inhalierte tief. Etwas blitzte kurz auf und dann fing Dagons Kehle an zu leuchten. Er ließ Ians Kopf los, verschluckte den Lichtschein und rülpste danach, als hätte er gerade ein Bier auf ex getrunken.

»Mmmm. Seine Seele war leeecker.«

Da brach etwas aus mir hervor. Es war keine Trauer – Trauer wartete unter meinem Schmerz und meiner Wut, geduldig und weitaus tödlicher als jene beiden. Nein, das war es nicht. Gerade

334

eben waren alle Ketten bis auf eine gerissen, die das zurückhielten, wovor mich Tenoch jahrtausendelang gewarnt hatte.

Du kannst die volle Macht deiner anderen Natur nicht kontrollieren, Veritas. Sie ist zu stark. Nutze ein paar Brocken davon, wenn es sein muss, aber halte den Rest immer in Ketten. Versprich es mir.

Als Tenoch starb, waren mehrere dieser Ketten zerrissen. Nur mein Versprechen hatte mich davon abgehalten, die letzten zu zerbrechen. Jetzt war nur noch eine einzige übrig, angespannt von der Kraft, die darunter brodelte. Vielleicht hätte ich diese Kraft mit noch mehr Ketten bändigen können. Ich hatte Tenoch versprochen, es immer zu tun. Doch Dagon leckte sich unablässig die Lippen und machte sich mit jener bösartigen Freude über mich lustig, die ich und viele andere schon von ihm zur Genüge kannten.

Und im selben Moment wurde mir klar, was Ian mir mitteilen wollte, als er ungefähr sagte: »…ch…ätte…ch…ieben önn…«

Ich hatte die Wortfetzen zuerst nicht verstanden, aber jetzt begriff ich sie mit kristallener Klarheit.

Ich hätte dich lieben können.

Ian hatte darum gekämpft, diese Worte herauszubringen. Und er hatte wieder gekämpft, als er Dagons finalen Betrug zunichtemachte, den der Dämon bereits geplant hatte. Ian musste gewusst haben, dass Dagons Angebot, ihn zu verschonen, nur ein grausamer Trick gewesen war – auch wenn ich es vor lauter Verzweiflung nicht erkennen konnte.

Wenn ich die Wahl hätte, würde ich immer bis zum letzten Moment kämpfen. Das hatte er erst vor wenigen Minuten gesagt. Und es vom Augenblick, als ich ihn kennenlernte, bis ganz zum *Schluss* unter Beweis gestellt.

Jetzt war er tot. Ermordet vom selben Dämon, der auch mir viel zu viel gestohlen hatte. Ein Dämon, der sich immer noch die Lippen leckte, als versuchte er, die allerletzten Tropfen meines Schmerzes auszukosten. *Ich hätte dich lieben können ...*

»Ich hätte dich auch lieben können«, sagte ich laut und ignorierte Dagons überraschtes »Häh?«, mit dem er darauf antwortete.

Dann zerriss ich selbst jene letzte Kette.

In jeden Teil von mir drang Energie ein. Sie sprudelte, bis meine Haut aufriss, heilte und dann wieder aufriss, als wäre mein Körper zu klein für sie. Mir wurde schwarz vor Augen, aber das spielte keine Rolle. Ganz plötzlich konnte ich alles um mich herum *spüren*. Und darüber hinaus spürte ich das Rauschen von Wasser aus zahlreichen Quellen, manche sehr nah, manche mehrere Kilometer entfernt. Die Energie im Wasser rief mich und wand sich um die immer größer werdende Energie, als würde sie darum betteln, ein Teil davon zu sein.

Ich versuchte nicht zu fliegen, aber ich war plötzlich in der Luft. Dagon griff nach mir und versuchte mich wieder nach unten zu ziehen. Meine Augen öffneten sich und badeten ihn in gleißenden Silberstrahlen. Er ließ mich los, fiel wieder auf den Boden. Dann wich er langsam zurück.

»Mädchen«, sagte er leise, fast vorsichtig.

Ich konzentrierte mich auf das Wasser, das mir am nächsten war, und wunderte mich, weshalb ich noch nie auf die Idee gekommen war, diese Quellen zu nutzen. Warum hatte ich das nicht getan? Es war die ganze Zeit in meiner Reichweite gewesen.

»So heiße ich *nicht*«, knurrte ich.

Dann riss ich alles Wasser aus Dagons Körper. Es war blutig, aber viel energiehaltiger als alles, was ich in einem gewöhnlichen Teich oder Fluss gefunden hätte. Ich zog die beachtliche Energie heraus und ignorierte, wie Dagons Schreie immer heiserer wurden, weil seine Kehle und der Rest von ihm sofort austrockneten. Dann ließ ich das blutige Wasser um mich herum fließen, ohne auch nur einen zweiten Gedanken darauf verschwenden zu müssen.

Das war leicht gewesen. Was konnte ich noch tun?

Die Dämonen. Ihre Schreie erstickten und wurden zu seltsamen, zischenden Geräuschen, als ihre Körper ganz plötzlich trockneten. Jetzt hatte ich *viel* Wasser zu meiner Verfügung. Ich zog die Energie heraus und spielte mit dem, was übrig war. Einen Teil verwandelte ich in Dampf und verbrühte das trockene Fleisch von Dagon und den anderen Dämonen. Andere Teile ließ ich in der Luft um mich herum kreisen.

Aber der Dampf befeuchtete Dagon und die anderen Dämonen mehr, als mir recht war. Ich hörte auf, sie zu verbrühen, und riss alles alte Wasser zusammen mit dem neuen aus ihnen heraus, denn es hatte sie genug geheilt, damit sie sich regenerieren konnten. Ich konzentrierte mich darauf, ihnen sämtliche Energie zu entziehen, als ich sah, dass etwas auf mein Auge zugeflogen kam.

Ich ließ es an Ort und Stelle gefrieren, ohne darüber nachzudenken, ob ich es konnte. Ich... tat es einfach. Dann sah ich, dass ich das Knochenmesser in Eis eingefroren hatte. Es schwebte nur wenige Zentimeter vor meinem Auge, und seine scharfe Spitze war noch rot. Ein Blick nach unten bestätigte mir, dass es eines der Messer war, die Ian getötet hatten. Dagon hatte sie Ian aus dem Kopf gezogen, das eine behalten und das andere nach mir geworfen.

Ich betrachtete Ians Überreste mit den Augen der Macht, die über mich gekommen war. Sie nahm meine Trauer auf eine distanzierte Weise zur Kenntnis, verarbeitete die Fakten und ignorierte meine Gefühle. Dagon hatte den Mann ermordet, der mir gehörte. Mich wollte er auch ermorden. Dafür wollte ich ihn bestrafen – und jeden, der ihm dabei geholfen hatte. Das hatten sie verdient.

Also fing ich mit den Dämonen an und ließ das Wasser herunterrauschen, das in meiner Nähe schwebte, bis es den Boden um sie herum bedeckte. Dann zog ich es wieder hoch und achtete darauf, dass die Dämonen sahen, welche Dinge das Wasser vom Boden aufgenommen hatte. Sie versuchten wegzulaufen, als sie die Knochensplitter ihrer getöteten Kumpane erblickten, aber ihre Körper waren zu trocken, deshalb konnten sie nur schleichen. Ein paar versuchten zu teleportieren, und wenn sie nicht so schwach gewesen wären, hätte das funktionieren können. Ian war tot, deshalb hätte auch jeder Teil des Zaubers ausgelöscht sein müssen, den er mit seiner Magie gewirkt hatte. Doch sie konnten nicht teleportieren, weil ich zu viel Wasser und Energie aus ihnen herausgezogen hatte.

Ich verwandelte das Wasser, das Dämonenknochen enthielt, in scharfkantige Eiszapfen. Die rammte ich ihnen in die Augen. Ihre Schreie erreichten fast gleichzeitig ein Crescendo, dann verstummten sie endgültig, was mir gleichzeitig ein Gefühl von Entschlossenheit gab, aber auch Genugtuung bereitete. Nachdem sie gestorben waren, zog ich all diese Knochensplitter aus ihren Augen und bedeckte sie mit mehr Eis. Dann zielte ich mit diesen neuen Stücken auf Dagon, der zu fliegen versuchte, es aber nicht konnte.

»Keine Ahnung, wie viele Extraseelen du noch in dir hast, die verbrannt werden müssen, bis du tot bleibst«, sagte ich mit ruhiger Stimme zu ihm, »aber ich werde es herausfinden.«

Dagon wirbelte herum und hielt sich zum Schutz beide Hände über die Augen. »Wenn du mich tötest, wirst du Ian *nie* wiedersehen!«

Ich riss das letzte bisschen Wasser aus den toten Dämonen und formte daraus einen Eisschild, der Dagon zu Boden streckte, als er ihn traf. Dann türmte ich noch mehr Eis über ihm auf und ließ nur die Teile aus, in denen Splitter von Dämonenknochen enthalten waren. Jene verteilte ich um ihn herum, nur für den Fall, dass er versuchen sollte zu fliehen. Als das alles erledigt war, schwebte ich zu ihm hinunter.

Er hielt die Hände immer noch vor die Augen. Das war in Ordnung. Ich hatte nichts dagegen, die Eiswaffen hindurchzustechen. »Du hast schon dafür gesorgt, dass ich Ian nie wiedersehe, als du ihn umgebracht und seine Seele verschluckt hast. Für einen Handel mit mir ist dir nichts mehr geblieben, und drohen kannst du mir auch nicht mehr, Dämon.«

Das Eis, das ich über ihm aufgetürmt hatte, hinderte Dagon daran, die Arme zu bewegen, aber seine Finger zeigten in die Richtung, in der Ians Körper lag. »Wenn eine geerntete Seele die Kraft hat, mich von den Toten zurückzuholen, dann kann sie auch ihn zurückbringen.«

Er versuchte *tatsächlich* zu handeln. Wie interessant. »Willst du etwa behaupten, du könntest die Seele von jemand anderem ernten, um Ian auferstehen zu lassen?«

Sein Tonfall wurde tückisch. »Dämonen wie ich haben die Macht, Seelen von einem Ort zum anderen zu versetzen. Warum sollte ich nicht in der Lage sein, Ian auferstehen zu lassen, wenn ich die Kraft aus der Seele von jemand anderem ernte, danach

Ians Seele in seinen Körper zurückbringe und eine andere Seele dazu benutze, ihn so zu heilen, dass er wieder wie neu wird? Aber wenn du mich tötest, tötest du auch Ians letzte Chance, wieder zum Leben zu erwachen.«

Mein Lachen klang, als würde man Messer aneinander wetzen. Und meine Trauer drang bis zu mir vor, obwohl meine andere Natur sie mit ihrer unglaublichen Kraft eindämmte. »Wahrscheinlich könntest du das alles tun. Aber das wirst du nicht. Vorhin hätte ich dir fast geglaubt, dass du Ians Leben retten wolltest. Jetzt siehst du, was ich davon hatte.«

Mir wurde immer mehr mein Schmerz bewusst, der im Gefolge der Trauer in mich eindrang, die sich wie Gift in mir ausbreitete. Über Ian zu sprechen war gefährlich. Es bestärkte meine Vampirhälfte, die schrie und mit aller Kraft an ihrem neuen Käfig rüttelte. Ich könnte diese Hälfte mit zusätzlicher Energie zum Schweigen bringen. Das sollte ich tun, es würde mich vor dieser Schwäche, der Trauer und dem Schmerz schützen, denn diese drei Dinge hatten mir noch nie etwas gebracht.

»Ich kann Ian zurückholen«, sagte Dagon, jetzt klang es wie ein Flehen. »Nur ich. Wenn du mich umbringst, bleibt Ian für alle Zeit tot.«

Der Dämon hätte alles gesagt, um sein eigenes Leben zu retten. Erbärmlich. Warum hatte ich ihn nicht schon längst getötet? Warum jagte ich ihm nicht in genau diesem Moment die Eismesser mit den Knochensplittern in die Augen?

... hätte dich lieben können, hätte dich lieben können, hätte dich lieben können ...

Der neue Käfig, in dem meine Vampirhälfte gefangen saß, platzte. Mit ihm die Eismesser. Wasser und Knochensplitter regneten auf Dagon herab, als all mein Schmerz, meine Trauer,

Hoffnung, Liebe und Ängste ... alles, was mich ausmachte, wieder machtvoll an die Oberfläche drängte. Es bedeckte meine andere Natur unter sich und schlang zahllose Ketten darüber, um sie unten zu halten. O ihr Götter, es brannte so sehr, das alles wieder zu spüren! Einen Moment lang befürchtete ich, es nicht mehr ertragen zu können. Sofort lockte mich wieder jene mächtige Gefühlskälte. *Wenn du mich freilässt,* versprach sie, *werde ich dich vor allem beschützen.*

Nein, ich konnte es nicht tun. Nicht, solange Ian noch eine Chance hatte. Ich lenkte meine leidenschaftlichsten Gefühle darauf; ihre Intensität trieb sie zurück und legte sie noch fester in Ketten.

»Ich vertraue dir nicht, Dagon, aber es gibt jemanden, der vielleicht alles das kann, wovon du mir erzählt hast«, sagte ich.

Dagon riskierte einen Blick durch seine Finger und machte große Augen, als er das Wasser und die Knochensplitter sah, die ihn jetzt bedeckten. »Gib dir keine Mühe.« Obwohl er von blutigem Wasser getränkt war, klang sein Lachen wie ein trockenes Keuchen. »Dein Vater interessiert sich nicht genug für dich, um dir zu helfen.«

»Vielleicht tut er das nicht«, gab ich ihm recht, drängte dabei meine andere Hälfte immer weiter zurück und warf jede innere Kette darüber, die ich besaß, damit sie mich nie wieder kontrollierte. »Aber das werde ich selbst herausfinden.«

43

Ich stürzte mich auf Dagon, bevor er so wiederhergestellt war, dass er eine Teleportation versuchen konnte. Das Netz, das den Park umgeben hatte, war nach Ians Tod zerfallen, weil ein Teil seiner Energie Ians Magie entstammte. Dann suchte ich mir aus den vielen Splittern, die Dagon umgaben, zwei größere Dämonenknochen heraus. Bevor er reagieren konnte, stach ich einen durch sein rechtes Auge und hielt den Splitter über das linke. Dagon schrie, fluchte und drohte, dass ich es bedauern würde – in mehr Sprachen, als selbst ich kannte.

Ich ignorierte ihn und drehte die Klinge in seine schwarze, qualmende Augenhöhle. Blut quoll hervor. Ich drehte weiter, bis ich genug hatte. Nur Blut von jemandem an der Schwelle des Todes funktionierte bei diesem Ritual. Dann ließ ich das Messer in seiner Augenhöhle stecken, um eine Hand freizubekommen. Ich befeuchtete meinen Finger mit seinem Blut und begann das erste von einem Dutzend Symbolen zu zeichnen, die den Wächter des Tors zur Unterwelt herbeiriefen.

Ja, ich hätte mich selbst töten können, um schneller zu ihm zu gelangen, doch das hätte bedeutet, Dagon allein zu lassen und ihm die Gelegenheit zur Flucht zu geben. Das wollte ich nicht. Nicht, solange Ians Seele in ihm war.

Jedes Mal, wenn ich ein Symbol fertiggestellt hatte, schoss glühend heißer Schmerz in mich hinein. Dieser wurde immer stärker, bis es sich anfühlte, als wäre ich in ein Feuerbecken eingetaucht. Beim neunten Symbol zitterte ich bereits bedrohlich und musste mich anstrengen, damit sich das Zittern nicht auf meine Handschrift übertrug. Jedes Symbol musste makellos sein, sonst hätte ich wieder ganz von vorne beginnen müssen.

Unter mir wand sich Dagon, sodass ich beim zehnten Symbol beinahe einen falschen Strich gemacht hätte. Ich schob den Knochensplitter näher, bis die Spitze in den Glaskörper seines Augapfels eindrang. »Bilde dir nicht ein, dass ich dich nicht töten würde, bevor ich dich gehen lasse. Und falls du Ians Seele verbrennst, um wiederaufzuerstehen, steche ich dir tausendmal die Augen aus, wenn es sein muss, bis ich weiß, dass du tot bleibst.«

»Du Närrin«, zischte Dagon. »Das bringt dir nichts, selbst wenn du damit durchkommst. Du warst Ian immer egal. Er hat dir nur etwas vorgemacht, um deine Gefühle zu seinem Vorteil ausnutzen zu können. Das macht er immer. Mit mir hat er das Gleiche getan, schon vergessen?«

Vor einem Monat hätte ich Dagon recht gegeben. Aber jetzt wusste ich es besser. Ich stöhnte und vollendete das zehnte Symbol. »Willst du mich dazu überreden, dich sofort umzubringen, anstatt abzuwarten, ob ich Ian retten kann? Falls es so ist, gib dir keine Mühe.«

»Ich versuche dich zur Vernunft zu bringen«, schnauzte er. »Lass mich frei. Ich nehme mein Leben als Entschädigung für meine ermordeten Männer. Dann sind wir quitt. Ein besseres Angebot wirst du nicht kriegen.«

»Das sehe ich anders.« Ich fing an, das elfte Symbol zu zeichnen. Meine Schmerzen wurden immer größer, und für einen kurzen Moment wurde mir schwarz vor Augen. Als ich wieder sehen konnte, hatte Dagon inzwischen den Kopf bewegt. Jetzt war sein Auge einen Zentimeter von dem Knochensplitter entfernt anstatt direkt darunter.

Ich schob ihn zurück, bis eine rote Perle an der Spitze quoll. »Wenn du dich noch einmal bewegst, bist du tot.«

Dann versuchte ich, meinen Kopf von jenem gnadenlosen Schmerz zu befreien. Noch ein letztes Symbol. Mehr brauchte ich nicht. Meine Hand zitterte, als ich meinen Finger mit Dagons Blut befeuchtete. Er zitterte noch, als ich ihn absenkte, um damit zu zeichnen. Der Blutstropfen bewegte sich; er drohte zu verlaufen und den Zauber zu ruinieren. Ich hielt den Finger über Dagons Brust, damit der rote Tropfen nicht die anderen Symbole beschädigte, wenn er herunterfiel.

Was, wenn es mir nicht gelang? Nie zuvor hatte ich versucht, meinen Vater auf diese Weise herbeizurufen. Ich kannte diesen Zauber nur, weil mich Tenoch gezwungen hatte, ihn zu erlernen. So hatte er den Wächter herbeigerufen, als er mich zum ersten Mal gerettet hatte. Falls ich bei allen Schmerzen, die ich ertrug, noch einmal ganz von vorn beginnen müsste, würde es mir nie gelingen, dieses Ritual zu vollenden.

Aber... ich konnte meine andere Natur dafür verwenden, dieses letzte Symbol fertigzustellen. Dann würden mir die Schmerzen nichts ausmachen – und ich hätte auch keine Angst vor dem, was mit Ian passieren würde, falls ich scheiterte. Das konnte ich tun. Ich brauchte meine andere Hälfte nur für einen kurzen Moment wieder nach oben kommen zu lassen...

Sie zog an ihren Ketten und witterte die Freiheit. Ich spürte, wie eine der Ketten riss, und erschauderte. Dann warf ich mit reiner Willenskraft noch mehr Ketten darüber. Tenoch hatte mich davor gewarnt, was geschehen würde, wenn ich diese Natur jemals freisetzte. Anscheinend hatte er recht gehabt. Ich hatte vorher schon etwas von ihrer Kraft abgeleitet, doch jetzt hatte sie Geschmack daran gefunden, die Kontrolle zu haben ... und würde sich wahrscheinlich nicht mit weniger zufriedengeben.

Ich hätte eigentlich nicht gezwungen sein sollen, darauf zurückzugreifen, um dieses Ritual zu vollenden. Tenoch hatte es vollzogen, als er mich zum ersten Mal rettete, ohne über eine mächtigere andere Natur zu verfügen. Mencheres hatte es auch einmal getan, auch wenn er es leugnete, um nicht vom Rat dafür bestraft zu werden. Ian hatte es nicht gemacht, dafür aber einen Zauber der Grabesmagie so gut beherrscht, dass er die Geister von mir zu Dagon umlenken konnte, und das alles, ohne sich dabei von einer halb himmlischen Natur unbestimmten Ursprungs helfen lassen zu müssen.

Wenn sie diese Dinge allein mit der Macht von Vampiren bewerkstelligt hatten, dann konnte *ich* das auch. Ich wollte nicht alles riskieren, nur weil es in diesem bestimmten Moment einfacher gewesen wäre, mir dabei von meiner anderen Natur helfen zu lassen.

Ich atmete tief durch, um wieder zu mir zu kommen, und warf Dagon einen letzten warnenden Blick zu. Dann erbebte mein ganzer Körper von den Eruptionen des Todesschmerzes in mir. Ich zwang mich, die Hand ruhig zu halten, und tauchte sie wieder in Dagons Blut. Was ich vorher geschrieben hatte trocknete jetzt.

»Du wirst scheitern«, knurrte Dagon.

Ich antwortete nicht. Langsam und sorgfältig zeichnete ich das letzte Symbol, ohne dabei einen Fehler zu machen. Das war die einzige Antwort, die er verdiente.

Die Leichen in der Nähe und die zersplitterten Überbleibsel der Achterbahn um uns herum verschwanden. Ein Fluss bahnte sich seinen Weg, dunkel wie die tiefste Verzweiflung. Darauf fuhr ein langes, schmales Boot. Einen Moment lang sah ich zwei Dagons: einen am Steuerruder und den anderen unter mir.

Dann veränderte sich die Gestalt am Ruder; sie verwandelte sich von dem falschen Gott, mit dem man mich als Kind so hereingelegt hatte, dass ich ihn anbetete, in das Wesen, das mich zeugte. Sein silbriges Haar mit den goldenen und blauen Strähnen wehte in einem Wind, den ich nicht spürte, als mich sein Blick traf wie ein Blitz. Dann betrachtete er die Knochensplitter auf Dagon und um mich herum.

»Wie ich sehe, habt ihr mir beide nicht gehorcht«, sagte er in seinem sanftesten Tonfall. Aber das Wasser, das in Wirklichkeit gar nicht da war, kräuselte sich, als ob sein Ärger eine starke Strömung wäre.

»Vater«, sagte ich und verwendete eine Anrede, die ich bei ihm noch nie benutzt hatte. Dann stieg ich von Dagon herunter, weil er es jetzt nicht wagen würde, etwas zu tun. »Dagon hat mir jemanden genommen, an dem mir sehr viel liegt. Ich brauche deine Hilfe, um ihn zurückzubekommen.«

»Wer hat die hier alle umgebracht?«, fragte er und blickte auf die Splitter, mit denen wir bedeckt waren, und auf die vielen Skelette, die ich momentan nicht sehen konnte.

»Sie war das!«, sagte Dagon sofort, stand auf und schüttelte sich sämtliche Knochensplitter aus der Kleidung, um seine Worte zu unterstreichen. »Sie hat alle meine treuen Diener getötet!«

»Die du mitgebracht hast, damit du mich umbringen kannst«, entgegnete ich.

Die Arroganz in seinem eisblauen Blick war fast wieder die alte, seit er kein Knochenmesser mehr vor seinem einzigen, verbliebenen Auge hatte. »Nein. Ich befahl ihnen, dich *nicht* zu töten. Wage es nicht, das zu bestreiten!«

»Habe ich eigentlich erwähnt, dass du versucht hast, mich zu versklaven, damit du mein Blut für deinen neuen Drogenhandel verwenden kannst?«, ätzte ich. »Er kam, um den Simargl zu holen«, erzählte ich dem Wächter, der uns stumm beobachtete. »Du hast ihm Silver entzogen und ihn mir gegeben, doch Dagon hat einen Findezauber in Silvers Blut verwendet, um uns zu überfallen. Ich habe diese Dämonen in Notwehr getötet.« Was im Großen und Ganzen der Wahrheit entsprach.

»Du hast mich *hergelockt!*«, stammelte Dagon. »Du hattest Fallen ...«

»Das reicht.« Auf den Befehl des Wächters kniff Dagon die Lippen zusammen. Wenn ich nicht so verzweifelt gewesen wäre, hätte ich das genossen.

»Dagon hat meinen Begleiter ermordet.« Ich kämpfte gegen den Knoten in meinem Hals, als mich eine andere Form von Schmerz ergriff. Er war nicht körperlich, doch auf seine ganz eigene Weise intensiver als das, was ich beim Zeichnen der Symbole gespürt hatte. »Aber du kannst ihn zurückbringen.«

Der Wächter blickte mich ausdruckslos an. »Falls du den Mann meinst, der vorhin mit dir zusammen war – durch meinen Teil der Unterwelt ist er nicht gekommen.«

»Nein, das ist er nicht«, gab ich ihm recht. Dagon starrte mich wütend an und warnte mich stumm davor, noch mehr zu verraten. »Dagon hat seine Seele behalten, anstatt sie weiterzuschicken.«

Der Wächter blieb wieder stumm. Aus den Augenblicken

wurden Minuten. Am liebsten hätte ich ihn aufgefordert, etwas zu sagen, aber ich tat es nicht. Dagon war nicht der Einzige, der immer wieder auf das Wasser unter dem Boot des Wächters schaute. Jetzt kräuselte es sich nicht mehr, es war aufgewühlt.

»Wenn das wahr ist«, sagte der Wächter schließlich, »kann ich nichts weiter tun, als seine Seele zu befreien und sie zu ihrem eigentlichen Ziel zu schicken.«

»Nein«, sagte ich sofort. »Dagon hat ihn hereingelegt, damit er sie hergibt. Wenn du seine Seele weiterschickst, verdammst du ihn.«

»Ich verdamme niemanden.« War da ein entnervter Unterton in seiner Stimme? »Ich bewache nur das Tor zu dem Teil der Unterwelt, der mir zugewiesen ist. Wer dort hindurchgeht, hat sein Schicksal schon besiegelt.«

Ich hätte ihn fast angefahren. Dann erinnerte ich mich daran, was ich empfunden hatte, als meine andere Natur die Kontrolle hatte. Diese Hälfte stammte von ihm, deshalb lag die Vermutung nahe, dass es sich um eine mildere Ausgabe seines Geistes, seiner Psyche oder was auch immer handelte. Falls es so war, hatten Gefühle keine Bedeutung. Ich musste etwas anderes benutzen, wenn ich ihn umstimmen wollte.

Was hätte den Wächter umstimmen können, wenn Gefühle nichts bedeuteten? Ausgleichende Gerechtigkeit? Meine andere Hälfte hatte um Ian nicht getrauert, aber sie *hatte* sich daran gestört, dass mir etwas geraubt wurde, was ich als mein Eigentum ansah. Und sie hatte es für eine angemessene Reaktion gehalten, Dagon und seine Männer dafür zu töten. Falls mein Vater ähnliche Kriterien für einen obligatorischen Ausgleich hatte, konnte ich es vielleicht damit versuchen…

»Ich habe dir wertvolle Informationen darüber gebracht, dass

Dagon Seelen hortet, und du hast mir dafür nichts zurückgegeben«, sagte ich. »Dadurch werden deine unbezahlten Schulden bei mir umso größer.«

»Oh?« Der Wächter klang ein kleines bisschen ungläubig – oder war es Hohn? »Welche unbezahlten Schulden?«

»Ich bin dein Abkömmling.« Ich war so aufgebracht, dass meine moderne Sprache versagte. »Dagon ließ mich jahrzehntelang vergewaltigen, foltern und töten, aber du hast ihn dafür nur äußerst milde bestraft, indem du ihm verboten hast, sich künftig von Menschen anbeten zu lassen. Das sind die ältesten Schulden, die du bei mir hast. Dagon hat deine offensichtliche Missachtung deines Abkömmlings als Zeichen von Schwäche angesehen und damit begonnen, einige der Seelen zu behalten, die er in der Unterwelt abliefern sollte. Außerdem hat er deinen Befehl ignoriert und versucht, mich wieder zu versklaven, als er herausfand, dass ich noch lebte. Obwohl auch ich deinem Befehl nicht gehorcht habe, tat ich das erst nach Tausenden von Jahren. Dagon missachtete dich so sehr, dass er sich deinem Befehl nur Tage später widersetzte, nachdem er erfuhr, dass ich noch am Leben war. Und jetzt erhalte ich keine Belohnung dafür, dass ich dich auf all diese Dinge aufmerksam mache?«

Der silberne Blick des Wächters landete auf Dagon. Der Dämon machte einen Rückwärtsschritt – und die Hand meines Vaters rammte in seine Brust und verschwand in Dagons Körper. Er erzitterte, sein einziges Auge glühte so rot und hell, dass ich schon dachte, es könnte sich spontan entzünden.

»Sie sagt die Wahrheit.« Die Stimme des Wächters wurde zu einem Dröhnen, als er die Hand zurückzog. »Du bist mit Seelen gefüllt.«

Jetzt wusste ich, dass die Stimme meines Vaters wie Donner

klang, wenn er wütend war. Dagon fiel auf die Knie, entweder aus Angst oder vor Schmerz, weil er so zitterte, als würde die Hand meines Vaters noch in seiner Brust herumtasten. »Wächter, mein Lord, ich...«

Ich presste meine Hände über die Ohren, weil das, was aus dem Mund des Wächters kam, viel zu laut war. Es klang zu furchtbar und zu *überladen*, als würden alle Stimmen, die im schlimmsten Teil der Unterwelt gefangen waren, gleichzeitig schreien. Dann schloss er den Mund, und das schreckliche Geräusch wurde von einer Stille abgelöst, die so schwer wog, dass man daran ersticken konnte.

44

»Du hast in der Tat das Richtige getan«, sagte der Wächter zu mir gewandt. Ein solches Lob hatte ich nie zuvor von ihm gehört. »Dagon wird bestraft. Du wirst ihn nie wiedersehen.«

In diesem Augenblick hatte ich wirklich Angst vor ihm. Was auch immer mein Vater war – ein niedriger Gott, eine andere Art von Dämon, ein amtierender oder ehemaliger Engel, ein himmlisches Wesen oder ein uralter Außerirdischer – nach allem, was ich wusste, überstieg seine Macht jedes Vorstellungsvermögen.

Tenoch hatte mich zu Recht davor gewarnt, jene andere Natur ganz freizulassen. Vielleicht war sie von sich aus gar nicht böse, doch so viel Kraft war gefährlich, wenn sie nicht mit einem normalen Gewissen verknüpft war. Sie war wie eine Bombe. Wenn man sie auf das richtige Ziel fallen ließ, konnte sie Leben retten, doch wenn sie danebenging…

»Mein Lord!«, schrie Dagon. Dann stürzte er nach vorn und hielt sich den Kopf so fest, wie ich es getan hatte, als der Wächter jenen überirdischen Schrei ausstieß. So wie sich Dagon herumwarf und stöhnte, schien er ihn direkt in seinem Kopf zu hören.

»Was ist mit Ians Seele?«, fragte ich.

Der Blick des Wächters wurde unergründlich. Einen Moment lang hatte ich das gleiche irrationale, hilflose Gefühl wie in meinen Träumen, wenn ich aus großer Höhe herabstürzte und wusste, dass mich nichts retten konnte. Dann blinzelte er, und ich sah wieder in gleißend helle Silberstrahlen.

»Sie geht genau wie Dagon dorthin, wohin er sich selbst geschickt hat.«

Ich hatte gespaltene Gefühle. Dagon bekam jetzt endlich seine gerechte Strafe. Alle, denen ich Rache versprochen hatte, würden gerächt sein. Ich selbst würde gerächt sein. Und Ian ebenfalls – doch er würde keinen Frieden finden. Wenn ich meinen Vater gewähren ließe, wäre Ian schlimmer dran als zu jener Zeit, während der er in menschlicher Gestalt im australischen Outback fast gestorben wäre.

Hast du dich schon mal verlaufen?, hatte Ian mich gefragt, als er von jener Zeit erzählte. *Am schlimmsten war das Wissen, allen einfach egal zu sein, sodass sich keiner die Mühe machen würde, dich zu retten. So etwas vergisst man nie wieder. Vielleicht den körperlichen Schmerz und die endlose Angst, aber nicht die Verzweiflung, völlig allein zu sein und zu wissen, dass man allein sterben wird...*

So verloren war Ian jetzt auch. Und er würde es für alle Zeiten bleiben, wenn ich nicht etwas äußerst Tollkühnes tat, um das mächtigste Wesen, dem ich jemals begegnet war, umzustimmen. Ein Wesen, das nicht die geringste Liebe für mich empfand, weil das einfach nicht seiner Natur entsprach.

Wenn ich die Wahl hätte, würde ich immer bis zum letzten Moment kämpfen.

Das würde ich auch tun, hatte ich entgegnet. Jetzt war der Moment gekommen, es zu beweisen. »So geht das nicht«, beschied ich den Wächter.

Er hielt inne. Es war nicht überraschend, dass er sich bereits abgewandt hatte. Jetzt drehte er sich wieder zu mir um. Das wütende Zucken seiner Augenbraue schien zu sagen: *Was zur Hölle glaubst du eigentlich, mit wem du redest?*

»So geht das nicht«, wiederholte ich energischer. »Wenn du Dagon jetzt wer weiß welche Qualen zuführst, seid *ihr* beide vielleicht quitt, aber für mich ist das keine auch nur annähernd angemessene Belohnung.«

»Deine zusätzliche Belohnung besteht darin, dass du keine Bestrafung für all die Dämonenleben befürchten musst, die du genommen hast«, erwiderte der Wächter und zog Dagon in sein Boot. Dieser wehrte sich nicht, schien es nicht einmal zu bemerken. Er stand noch im Bann dessen, was auch immer ihn so zittern ließ, und hielt sich den Kopf. Die beiden und der Fluss begannen langsam zu verblassen. Hinter dem dunklen Strom wurden jetzt die Fragmente der explodierten Achterbahn sichtbar.

Ich schrie panisch: »Warte!« – mit allem Gefühl, das mein Vater nicht empfinden konnte. Dann riss ich mich zusammen. *Bleib bei den Begriffen, die er versteht. Schulden und Ausgleich, nicht Gefühle und Bedürfnisse.*

»Jeder, der einen Handel mit dir macht, muss dein Boot mit einer angemessenen Entschädigung füllen, sonst verwirkt er sein Leben, oder? Nun, *mein* Boot ist noch leer, weil ich nicht will, dass mir die Vergeltung für das Töten dieser Dämonen erlassen wird. Ich will nur, dass Ians Seele in seinen vollständig geheilten Körper zurückkehrt.«

Der Wächter materialisierte sich von Neuem. »Man kann Dagon keine einzelne Seele entziehen, ohne auch alle anderen zu befreien«, sagte er in einem Tonfall, der Gereiztheit so nahe kam, wie ich es noch nie bei ihm gehört hatte.

»Dann tu das.« Ich wollte nicht weinen, doch ich konnte nichts dagegen tun, dass mir Tränen die Wangen herunterliefen. »Dagon bekam sie nur durch Verträge, die er schloss. Wer ihn kennt, weiß, dass keiner davon fair war.«

»Fairness hat jemand anders zu beurteilen, nicht ich«, erwiderte der Wächter fast schroff.

»Ich sage es noch einmal: Du gibst mir nichts!«

Es platzte mit allem Schmerz, den ich nicht unterdrücken konnte, aus mir heraus. Ich hatte versucht, ihm mit Schulden und Ausgleich zu kommen, das hatte nicht funktioniert. Aber jetzt sollte er alles erfahren, was ich unterdrückt habe – sowohl jetzt, als auch in der Vergangenheit.

»Du hast Tenoch ausgesandt, um mich zu retten, aber das geschah mehr aus dem Grund, Dagon nicht zu mächtig werden zu lassen, als um meinetwillen, oder nicht? Du hast Tenoch nur deshalb befohlen, sich hinterher um mich zu kümmern, weil du mich im Auge behalten wolltest, damit ich mit meinen Kräften nicht etwas ähnlich Problematisches anstellte. Wie hätte er sonst wissen sollen, dass er mich immer wieder davor warnen musste? Aber Tenoch beschloss, mir bei meiner Heilung zu helfen. Er nahm mich in seine Familie auf. Du hast das nie getan. Ich hoffe, dass ein kosmisches Verbot der Grund dafür war. Doch was immer es gewesen sein mag – wenn du glaubst, wir seien jetzt quitt, weil du Dagon endlich bestrafst und mich vor dem Zorn der anderen Dämonen schützt, dann kann ich dir nur sagen, dass das nicht einmal annähernd ausreicht.«

Ich wischte mir übers tränenfeuchte Gesicht, dann sah ich ihm direkt in die Augen. Er verschränkte die Arme vor der Brust. Ich ignorierte die subtile Warnung. Für das, was jetzt folgte, sollte er mich töten oder nicht – aber ich wollte mich nicht von ihm einschüchtern und zum Schweigen bringen lassen.

»Du hast ein halb sterbliches Kind gezeugt. Als solches habe ich emotionale Bedürfnisse. Das wusstest du, und du hast dich geweigert, diesen Bedürfnissen entgegenzukommen, sogar als ich so fertig war, dass ich sterben wollte. Deshalb *schuldest* du mir enorm viel. Ich biete dir eine Möglichkeit an, billig mit dieser Schuld ins Reine zu kommen. Setze Ians Seele wieder in seinen Körper ein. Es ist mir egal, was du dafür tun musst, genauso wie es dir egal war, was ich tun musste, um mein der Sterblichkeit geschuldetes Bedürfnis nach der Liebe, Unterstützung und Freundschaft zu befriedigen, die du mir fast 5000 Jahre lang versagt hast. Wenn du es nicht tust, entscheidest du dich dafür, deine Schulden unbeglichen zu lassen. Ganz egal, was für ein großes Licht du in jener Ebene der Existenz auch sein magst, in meiner Welt macht dich das zu nichts anderem als irgendeinem nichtsnutzigen Versager von Vater.«

Die Augen des Wächters glühten, als ich fertig war, bis ich weggucken musste, um nicht zu riskieren, von ihrem Anblick zu erblinden. Ich wartete und rechnete damit, dass etwas Schreckliches geschehen würde. Dass Dagon aus dem Boot des Wächters türmte, gehörte nicht dazu, doch das war es, was geschah.

Schon nach ein paar Schritten erwischte ihn der Wächter. Er hielt Dagon an seinem langen blonden Haar fest und legte ihm die Hand auf die Brust; dann sagte er etwas in einer Sprache, die ich nie zuvor gehört hatte.

»Was tust du?«, zischte Dagon und ersparte mir die Peinlichkeit, die Frage selbst zu stellen.

Der Wächter antwortete nicht. Unter den zerfetzten Überbleibseln von Dagons Kleidung leuchteten viele Lichter auf. Ich holte tief Luft. *Bitte lass sie das sein, was ich denke. Bitte . . .*

Dagon fing an zu schreien. Seine Laute wurden immer schriller. Dann versuchte er wieder wegzulaufen. Der Wächter hielt ihn am Haar hoch, bis Dagons Füße in der Luft zappelten. Die ganze Zeit über bewegten sich die Lichter weiter in Dagons Körper nach oben. Als sie seine Kehle erreichten, strahlten sie, bis seine Haut aussah wie ein Lampenschirm, den man über einen Scheinwerfer geworfen hatte.

»Was geschieht hier?«, musste ich schreien, um gehört zu werden.

»Die Seelen fressen sich einen Weg aus ihm heraus«, erwiderte mein Vater mit seiner normalen, leidenschaftslosen Stimme. »Je mehr sie von seiner Essenz verschlingen, desto schneller können sie sich befreien.«

Seine Essenz verschlingen? Das klang rätselhaft, aber darüber, was es bedeutete, konnte ich mir später immer noch Sorgen machen. Ich beobachtete mit wachsender Hoffnung, wie jene Lichter immer höher krochen. Dann brachen sie wie ein Feuerwerk aus Dagons geöffnetem, schreiendem Mund hervor.

Es waren so viele! Ich zählte 13 oder 14, bevor sie aus meinem Blickfeld verschwanden. Ich wirbelte herum und schaute zu Ians Körper, aber ich konnte ihn noch nicht sehen. Das Einzige, was ich sah, war der dunkle Fluss rings um mich herum. Mein Vater ließ Dagon fallen. Er fiel ziemlich genau so, wie er gefallen war, als ich ihm die Augen ausgestochen hatte, doch er war nicht tot. Seine geschlossenen Augen waren jetzt so vollständig wie meine eigenen. Beide.

»Es ist vollbracht«, sagte der Wächter ausdruckslos. »Deine Wiedergutmachungsbedingungen wurden erfüllt.«

Ich starrte ihn an und ging zu ihm. Dann tat ich etwas, von dem ich nie gedacht hätte, dass ich den Mut dazu oder das Bedürfnis danach haben würde. Ich legte meine Arme um ihn. »Danke.«

Es hätte mir weniger Schmerzen bereitet, den Transformator eines Kraftwerks zu umarmen, bei dem die Elektrizität aus jedem Draht schoss. Doch ich ließ nicht los, obwohl seine Arme locker blieben und er die Umarmung nicht erwiderte. Etwas floss über mich, das selbst den Schmerz überbrückte. Ein Gefühl wie die Umarmung aus einer anderen Welt.

Es hörte auf, als er sich aus meiner Umarmung befreite. »Die Zeit ist knapp. Ich muss dir sagen, welche Folgen das alles hat.«

»Was auch immer es ist, ich kümmere mich darum«, versprach ich.

»Allerdings, das wirst du«, sagte er düster. »Fürs Erste muss Dagon in deine Welt zurückkehren, anstatt in meiner Welt bestraft zu werden.«

Der Wächter streckte die Hand aus. Plötzlich wurde Dagon weggesaugt, als hätte sich ein riesiger Wirbel geöffnet und ihn verschluckt. Ich war davon noch ganz fassungslos, als der Wächter wieder das Wort ergriff.

»Dagon wird geschwächt sein, weil die fliehenden Seelen so viel aus ihm herausgerissen haben. Ich habe ihm auch die Fähigkeit genommen, sich zu teleportieren, und werde dafür sorgen, dass er sich deinem Gefährten nicht ohne lähmende Schmerzen nähern kann. Deshalb kann er ihn auch nicht töten, um sich an dir zu rächen. Aber Dagon wird mit der Zeit wieder erstarken. Wenn es so weit ist, wird er hinter dir her sein.«

O ja. In seinen Augen hatte ich ihm zweimal seine Stärke gestohlen: Zum ersten Mal, als ihm verboten wurde, sich von

Menschen anbeten zu lassen, und dann noch einmal, als er die zusätzlichen Seelen verlor, die er gehortet hatte, um seinen eigenen Tod abzuwenden. Er würde erst ruhen, wenn ich tot war, ganz gleich, wie lange es dauerte.

Sollte er nur kommen. Ich hatte auch nicht vor, von meinem Gelübde, ihn zu töten, Abstand zu nehmen. Ich konnte nur darauf hoffen, dass jene, denen ich Gerechtigkeit versprochen hatte, mir verzeihen konnten, dass ich es noch ein wenig länger hinausschob. Andererseits sollten gerade sie es verstehen können. Hätten sie jemanden, den sie liebten, vor Dagon retten können, dann hätten sie es zweifellos getan.

»Einige der Seelen, die befreit wurden, sind sehr düster«, fuhr der Wächter fort. »Die ältesten regenerieren am langsamsten, weil ihre Körper längst zu Staub zerfallen sind, aber wenn es so weit ist... wird sie die Energie, die sie aus Dagons Essenz gezogen haben, sehr mächtig machen. Du musst die Bösen unter ihnen zur Strecke bringen, um den Schaden zu begrenzen, den sie stiften werden, denn deine Forderung war der Grund für ihre Freilassung.«

Ich nickte. »Es ist meine Arbeit, jene zur Strecke zu bringen, die ihre Fähigkeiten dazu benutzen, anderen Schaden zuzufügen. Ich werde nicht versagen.« *O ihr Götter, bitte, lasst mich nicht versagen...*

Ich interpretierte seine kaum merkliche Neigung nach rechts als ein bestätigendes Nicken. »Zu diesem Zweck habe ich alle ihre Erinnerungen entfernt, die mit Dagon und der Zeit zu tun hatten, während der sie in ihm eingeschlossen waren. Das wird ihr Wissen über ihre neuen Fähigkeiten einschränken. Es wird ihnen auch ersparen...« Er machte eine Pause, als suchte er nach dem richtigen Wort. »... wegen der Dinge, die sie während ihrer Gefangenschaft erlebten, traumatisiert zu sein«, kam er zum Ende.

Ich biss mir auf die Zunge, um keine spitze Bemerkung fallen zu lassen. Also wusste er *doch*, was ein extremes mentales und emotionales Trauma bedeutete. Wahrscheinlich hatte er die Erinnerungen dieser Leute nur entfernt, um ihre Gefährlichkeit einzuschränken, denn eine psychotische mächtige und böse Person war eine größere Bedrohung als eine normale mächtige und böse Person. Doch was immer seine Motivation gewesen sein mochte, es bedeutete weniger Leid für Ian und den Rest von ihnen. Aber Moment... er hatte *alle* Erinnerungen entfernt, die mit Dagon verknüpft waren? Alle?

»Wird sich, äh, Ian daran erinnern können, was in diesen letzten paar Wochen geschehen ist, wenn das alles in direktem Zusammenhang mit seinem Vertrag mit Dagon stand?«

Mein Vater sah mir in die Augen und sagte ohne mit der Wimper zu zucken: »Nein, das wird er nicht.«

45

Der Schmerz packte mich so plötzlich und wild wie ein Angriff von Gespenstern. Ich zwang mich zu nicken, so zu tun, als hätte mir mein Vater nicht gerade das Herz aus dem Leib gerissen und damit die Spanten seines Bootes geschrubbt. Ian war am Leben. Das war das Einzige, was zählte, und nicht der Umstand, dass er sich bei mir nur an die gesetzestreue Zicke erinnerte, von der er glaubte, dass sie dabei geholfen hatte, das Kind seiner Freunde umzubringen.

So ist es am besten, redete ich mir ein. Dagon würde es auf mich abgesehen haben, und viele andere Dämonen auch, weil ich einige der Ihren umgebracht hatte. Außerdem musste ich einige mächtige böse Seelen zur Strecke bringen, bevor sie gefährlicher und tödlicher wurden. Ian fuhr am besten, wenn er sich so weit wie möglich von mir entfernt hielt, nachdem er jetzt endlich von Dagon befreit war. Mein Vater hatte es nicht beabsichtigt, doch er hatte mir einen Gefallen getan. Es gab Ian mehr Sicherheit, als ich ihm jemals geben konnte. Mein Schmerz war ein geringer Preis dafür.

Das mit Ian und mir hätte sowieso nicht lange gehalten. Er sagte, er *hätte* mich lieben können, aber das hieß noch lange nicht, dass er es tatsächlich tat. So wie es einen Unterschied machte, ob Ian sagte, dass ich *ihm* gehöre, oder ob er sagte, dass er *mir* gehöre. Er hatte sein Leben gegeben, um mich davon abzuhalten, mich auf einen Handel mit Dagon einzulassen, aber wahrscheinlich wusste er da bereits, dass Dagon ihn töten würde, was seine Handlung zu einem Stinkefinger machte, den er seinem alten Feind entgegenstreckte, und gleichermaßen zu einem Opfer um meinetwillen.

Kurz gesagt und nüchtern betrachtet hatte mir Ian nie etwas versprochen, das über den Augenblick hinausging. Ian blühte im Hier und Jetzt auf, und das *hatte* durchaus seinen Wert. Aber ich hätte immer mehr gewollt, und es war zweifelhaft, ob er es mir hätte geben können.

»Da ist noch mehr«, sagte der Wächter. Selbstverständlich war es das, wenn mit Konsequenzen gezahlt werden musste. »Der Tod bedroht dich fortan so wie jeden anderen Vampir.«

»Wie bitte?«

Unglaublich, er wandte den Blick ab, als könnte er mir nicht in die Augen sehen. »Es war niemals deine Macht, die dich wiederauferstehen ließ. Du besitzt die Fähigkeit dazu, aber du hast sie nicht kultiviert. Jedes Mal, wenn du zurückgekehrt bist, war ich es, der dich zurückgebracht hat. Sobald sich das, was ich hier getan habe, bis zu den anderen herumgesprochen hat, werde ich meines Postens als Wächter enthoben und kann dich nicht mehr zurückbringen. Deshalb musst du ab jetzt selbst auf dein Leben aufpassen. Du hast jetzt nur noch eins, genau wie Dagon.«

Mir schossen Tränen in die Augen, aber nicht weil ich erfuhr, dass ich jetzt sterblich war. Ich wusste jetzt, dass er sich in all den Jahren um mich *gekümmert* hatte, nur auf eine Art, mit der ich überhaupt nicht gerechnet hatte. Außerdem hatte er zugegeben, dass er seine Position als Wächter opferte, um zu tun, was ich von ihm verlangte. Es ging nicht nur darum, dass er eine Schuld beglich, weil ich ihn gezwungen hatte, sie anzuerkennen. Es war viel, viel mehr.

»Du kümmerst dich doch um mich, auf deine Art«, sagte ich verwundert.

Er blickte sich zu mir um; die aufflackernde Emotion war verschwunden, und sein Gesicht war wieder die gleichgültige Maske, die ich kannte. »Dein Gefährte gehört zu Tenochs Blutlinie.« Ich war wieder einmal verblüfft. Er wusste, dass Tenoch Mencheres und Mencheres Ian erschaffen hatte? »Tenoch konnte sich in einem ähnlichen Verfallsstadium regenerieren. Gib ihm Blut, dann wird sein Körper innerhalb von Stunden anstatt von Wochen vollständig heilen.«

»Danke, Vater«, sagte ich, sprach aber bereits ins Leere. Der Wächter, sein Boot und der Fluss waren verschwunden.

Ich hörte ein leises Wimmern und drehte mich um. Silver lag neben Ians Körper. Er hatte eine Pfote über Ians Kopf gelegt, als wollte er verhindern, dass ihm noch mehr Schaden zugefügt würde. Der Anblick war herzzerreißend süß . . . bis ich etwas hörte, das wie brechende Zweige klang, und Ians ausgetrockneter Arm Silver an sich heranriss. Der Simargl kreischte, als Ians Kieferknochen nach ihm schnappten.

»Nein!«, schrie ich und riss Silver von ihm weg.

Von Ians Reißzähnen tropfte Blut. Er schnappte damit nach mir, weil er wieder versuchte, sie in jedes erreichbare Fleisch zu schlagen. Seine Augen waren blind, sein Körper mehr Knochen als Haut, und sein Haar war schneeweiß geworden. Ich hätte mich erschreckt, wenn ich so etwas nicht schon vorher gesehen hätte. Tenoch konnte sich verwittern lassen, bis er genauso aussah. Es war ein wichtiger Trick gewesen, mit dem Tenoch seinen Feinden vorgaukeln konnte, tot zu sein, hatte in ihm aber stets auch wahnsinnigen Hunger ausgelöst, der sich erst legte, wenn er wieder regeneriert war.

Jetzt hatte Ian gerade einen Schluck von Silvers Blut zu sich genommen, dessen Wirkung dem von Opiaten entsprach. Hinzu kamen sein gefräßiger Zustand und die unberechenbaren Kräfte Dagons, die er absorbiert hatte, als er sich aus dem Dämon herausfraß. Das machte ihn gefährlich. Schlimmer war noch, dass es nicht mehr lange dauern würde, bis die Polizei eintraf. All diese Explosionen mussten selbst in dieser abgeschiedenen Gegend jemandem aufgefallen sein. Ich musste Ian in Sicherheit bringen und von unschuldigen Leuten fernhalten, und zwar bevor er so weit wiederhergestellt war, dass er begriff, wer zur Hölle ich war.

Das konnte ich nicht alleine bewerkstelligen. Ich brauchte Hilfe. Schnell.

Ich hielt Silver fest, rannte los und schnappte mir das schwerste Trümmerteil aus dem Schutt des Themenparks, das ich tragen konnte. Danach schleppte ich es zu Ian, der bereits herumkroch und wie von Sinnen nach Blut suchte. Ich ließ das Teil auf ihn fallen und zuckte zusammen, als ich Knochen brechen hörte. Ohne Silver loszulassen, der unablässig wimmerte, rannte ich in das verspiegelte Geisterhaus.

Mitten im Schutt entdeckte ich das Handy, das Ian mir für Notfälle aufgedrängt hatte. Und um einen Notfall handelte es sich hier mit Sicherheit. Ich scrollte durch die Kontakte und war froh, dass er sich die Zeit genommen hatte, ein paar Namen einzutragen. Sobald ich den Namen gefunden hatte, nach dem ich suchte, wählte ich die Nummer. *Geh ran*, flehte ich stumm, als es klingelte. *Na los!*

»Ian?«, fragte eine britisch klingende Stimme schon nach den ersten Klingelzeichen.

»Bitte sag mir, dass du noch in New Jersey bist!«, platzte es aus mir heraus, weil ich mir nicht die Mühe machte, die Begrüßung zu erwidern.

»Wir sind zu euch unterwegs«, war die Antwort, mit der ich absolut nicht gerechnet hatte. »Ian rief uns vor einer halben Stunde mit einem anderen Handy an und sagte, dass er uns brauche. Wo ist er? Und was ist das mit der Asche? Er hat gesagt, wir *müssen* sie wiederherstellen, wenn wir sie sehen.«

Es brannte in meiner Brust; es musste mein Herz sein, das gerade zerriss. Ian wollte auf ihre Hilfe verzichten, um sie nicht in Gefahr zu bringen. Aber dann hatte Ian Bones angerufen, bevor er sich zu den Körpern von Rani und Fenkir aufmachte, und dafür gesorgt, dass jemand kam, um mir zu helfen, falls uns die Geister am Ende beide töteten. Warum sonst hätte Ian von ihnen verlangen sollen, die Asche zu bergen, von der er wusste, dass ich aus ihr auferstehen würde? Denn wenn er geglaubt hätte, dann noch am Leben zu sein, hätte er sich selbst um meine Asche kümmern können.

»Ian braucht Blut.« Meine Stimme klang heiser, meine Kehle war zugeschnürt. »Eimerweise. Und Fesseln.«

»Was ist passiert?«, fragte Bones eisig.

»Ich habe keine Zeit für Erklärungen.« Verdammt, hörte ich da Sirenen? Wie lange konnte ich die Polizei fernhalten? »Aber beeilt euch.«

»Wenn wir noch Blut holen müssen, wird es zwei Stunden dauern, bis wir eintreffen«, sagte er schroff. »Und falls du für das verantwortlich bist, was Ian passiert ist, wirst du es bereuen.«

»In Ordnung«, erwiderte ich und legte auf.

46

Eineinhalb Stunden später jagte der Sonnenaufgang seine ersten hellen Strahlen in die Dunkelheit und beleuchtete den Helikopter, der gerade gelandet war. Bones sprang heraus und zog mehrere lange, dicke Ketten hinter sich her. Die Zerstörungen in dem ehemaligen Themenpark und die Polizei, die ich hypnotisiert hatte, damit sie den Umkreis sicherte, ließen ihn kalt, aber dafür verweilte sein Blick länger auf den Skeletten, die überall verteilt lagen.

»Die stinken nach Schwefel«, waren seine ersten Worte. »Wie viele davon waren Dämonen?«

»Alle«, antwortete ich und hielt mit Mühe die verhüllte Gestalt unter mir fest. Ich hatte die Zeit rings um Ian eine Stunde lang eingefroren, aber in der letzten halben Stunde war mir die Kraft ausgegangen, den Zauber aufrechtzuerhalten.

»Alle?«, wiederholte Bones ungläubig. »Aber wie...?«

Er redete nicht mehr weiter, als ich die Plane wegzog. Ians Gesicht war Stoff für Albträume, sofern man nicht wie ich unendlich dankbar dafür war, dass er noch lebte.

Bones starrte ihn an. »Ach... du... Scheiße.«

»Weniger Schock, mehr Ketten«, sagte ich erschöpft. »Lasst euch von Ians Aussehen nicht täuschen. Er ist unglaublich

stark.« Nach allem, was geschehen war, waren meine Kraftre-
serven am Ende.

»Was ist passiert?« Glücklicherweise fragte Bones nicht nur,
sondern handelte auch. Er sprang los und schlang Ketten um
Ian, wobei er aufpasste, dass ihn die Kiefer nicht erwischten,
die nach ihm schnappten. Sobald Bones Ian von Kopf bis Fuß
verpackt hatte, hob er ihn auf, als wöge er nichts, und trug ihn
zum Helikopter.

»Silver!«, rief ich. »Du kannst jetzt herauskommen!«

Der Simargl flog aus dem Geisterhaus. Ein Flügel war noch
blutig an der Stelle, wo Ian seine Reißzähne hineingeschlagen
hatte. Er landete direkt in meinen Armen. Es war verständlich,
dass er nach den Ereignissen der vergangenen Nacht sehr mitgenommen war.

»Ich wusste nicht, dass dein Hund *Flügel* hat!«, rief eine ent-
zückte Stimme. Dann erblickte ich einen langweiligen braunen
Haarschopf, und Cat sprang aus dem Helikopter. »Wo hast...
oh, Scheiße, wer ist das?«

»Ian«, erwiderte Bones knapp. »Mach den Kühler auf, Kätz-
chen. Wir brauchen alles, was drin ist.«

Ich stieg nach Bones ein und registrierte mit Erleichterung,
welche Riesenmenge von Blutkonserven vorhanden war, als Cat
den Kühler im Heck öffnete. Ich setzte Silver dort ab, wo er
vor Ians Zugriff sicher war, nahm einen Beutel und hielt ihn Ian
an den Mund. Er schlug seine Zähne so wild hinein, dass die
Hälfte des Blutes auf uns spritzte.

»Warte«, sagte Bones. »Ich halte ihn.« Er setzte seine Kraft
ein, unsichtbar und wirksam. Ians Kopf erstarrte, und ich leerte
den nächsten Beutel in seinen Mund, ohne dass etwas danebenging.

»Was ist passiert?«, fragte Cat, deren Blicke zwischen Ian, Silver und den Körpern draußen vor dem Helikopter hin und her gingen.

»Dämonenangriff.« Weil wir jetzt endlich in Sicherheit waren, traf mich die Erschöpfung mit aller Kraft, und ich konnte nicht mehr in ganzen Sätzen reden. »Ich brauche ein paar Knochen für Waffen, aber der Rest muss verschwinden.«

»Hier.« Cat reichte mir einen Blutbeutel und schob ihn mir wieder vors Gesicht, als ich ihn wegstieß. »Du siehst *furchtbar* aus, Veritas. Mach dir keine Sorgen. Wir haben genug für Ian. Das hier kannst du nehmen.«

Ich nahm es, weil mir die Kraft fehlte, mich dagegen zu wehren. Nachdem ich es getrunken hatte, war mir nicht mehr so flau, als könnte ich gleich ohnmächtig werden. »Die Knochen«, murmelte ich wieder.

»Ich werde mich darum kümmern«, sagte Cat, tätschelte Silver kurz den Kopf und sprang hinaus.

Bones fütterte Ian mit den Blutkonserven. Nach dem wenigen, das ich mitbekam, entfalteten sich langsam seine Muskeln und Sehnen, aber Bones verdeckte Ian mit seinem Körper fast vollständig vor meinen Blicken.

»Wie lange wird es wohl noch dauern, bis er wieder normal denken kann?«, fragte ich.

Bones warf mir einen schnellen Seitenblick zu. »Ist es das erste Mal, dass er regeneriert? Oder verbirgt er diese Fähigkeit schon eine Weile vor uns?«

»Das erste Mal«, erwiderte ich und ließ es dabei bewenden.

»Einen halben Tag mindestens«, stellte Bones fest.

Ich schloss die Augen. »Gut. Das gibt mir genug Zeit.«

»Um was zu tun?«

Ich machte mir nicht die Mühe, die Augen zu öffnen. »Ian dorthin zu bringen, woran er sich als Letztes erinnert.« Es würde zwar nicht in Polen sein, aber den Rest meines Versprechens konnte ich einhalten. »Ich werde euch erzählen, was ihr ihm sagen müsst, um seine Erinnerungslücken aufzufüllen.«

»Welche Erinnerungslücken? Und was ist mit der Asche, von der Ian unbedingt wollte, dass wir sie einsammeln?«

Ich ignorierte Bones' scharfen Unterton. »Keine Sorge wegen der Asche. Ihr müsst nur aufpassen, dass ihr das wiederholt, was ich euch sagen werde.«

»Warum sagst du es Ian nicht selbst?«, fragte Bones sofort.

Ich schloss reflexartig die Augen, so weh tat es. »Er wird sich nicht an mich erinnern.«

»Wie bitte?«

»Er hat sich, kurz gesagt, mit dem falschen Dämon angelegt und die Erinnerung an die letzten paar Wochen verloren.« Jetzt öffnete ich die Augen, damit er sehen konnte, wie ernst es mir war. »Der Dämon ist davongekommen und hat es auf mich abgesehen, deshalb ist es sicherer für Ian, wenn er sich an nichts mehr erinnert.«

Bones durchbohrte mich mit seinem dunklen Blick. »Du willst ihm nicht einmal sagen, dass du seine Frau bist?«

»Nein, das will ich nicht!« Es brach mit all dem Schmerz aus mir heraus, den ich unterdrücken wollte. Dann seufzte ich. »Ihr hattet alle recht. Ian hat sich nicht plötzlich verliebt. Die Umstände haben uns dazu gezwungen zu tun, als ob wir verheiratet wären. Das hat sich herumgesprochen, und wir nutzten es zu unserem Vorteil. Macht euch keine Sorgen, ich werde mich darum kümmern, alle Leute wissen zu lassen, dass es nicht der Realität entsprach.«

Ich würde Xun Guan und die Vollstrecker davon überzeugen müssen, dass sie widerriefen, Trauzeugen gewesen zu sein, aber ich hatte schon schwierigere Hürden genommen. Xun Guan würde mir vielleicht sogar sehr gern dabei helfen, meine Hochzeit zu annullieren.

»Welcher Dämon ist für all das verantwortlich?«

»Dagon.« Ich sprach seinen Namen nur sehr ungern aus, aber Bones sollte ihn kennen, damit er wusste, vor wem er auf der Hut sein musste. »Mein Vater hat dafür gesorgt, dass Dagon nicht an Ian herankommt, weil er sonst vor Schmerz gelähmt ist. Aber von euch hat keiner diesen Schutz, also passt auf. Die gute Nachricht lautet: Dagon ist jetzt sehr schwach. Und die schlechte: Er wird sich davon erholen.«

Bones zog die Augenbrauen hoch. »Dein Vater? Wer ist er?«

Verdammt. Ich war so erschöpft, dass es mir herausgerutscht war. »Seinetwegen braucht ihr euch keine Sorgen zu machen.«

»Ich habe die Polizisten dazu gebracht, die Dämonenknochen aufzufegen!«, verkündete Cat und kehrte in den Hubschrauber zurück. »Wir werden sie einsammeln, nachdem wir Ian und dich abgesetzt haben. Dann schaffen wir sie in ein Krematorium und äschern sie ein. Wir können sie jetzt nicht einladen, weil der Chopper sonst zu schwer wird, aber bis Mittag sollten wir alles erledigt haben.«

»Gut«, sagte ich und schloss wieder die Augen. »Danke. Inzwischen könnt ihr Ian in ein Freudenhaus bringen, das in der Lage ist, eine Orgie mit Karnevalsmotiven zu schmeißen. Macht euch keine Sorgen, ich bezahle dafür.«

»Wie bitte?« Cat staunte. Gleichzeitig fragte Bones in hartem Ton: »Warum?«

»Ich habe einen Blutschwur geleistet.« Diesmal öffnete ich

die Augen nicht, weil ich fürchtete, dass sie die Tränen darin sehen könnten. »Außerdem«, fügte ich in einem Anfall verzweifelten Humors hinzu, »falls Ian sich an das erinnert, was vor diesen letzten paar Wochen geschehen ist, wird er davon ausgehen, sich dort zu befinden.«

»Was ist mit dir?« Bones klang jetzt sanfter. Fast mitleidig. »Was wirst du jetzt tun?«

»Keine Sorge«, antwortete ich und lachte kurz. Silver kam zu mir und schob den Kopf unter meinen Arm, wie um mich daran zu erinnern, dass ich nicht allein war. Ich streichelte ihn und antwortete in aller Aufrichtigkeit: »Es gibt jede Menge Dinge, mit denen ich mich beschäftigen kann.«

Epilog

Ian

Wenn nicht gleich jemand mit dem verdammten Gehämmer aufhörte, würde er ihn ermorden, egal, wer es war.

Ian öffnete ein Auge und stellte erschrocken fest, dass das furchtbare Getöse in seinem Kopf stattfand. Er strich mit den Händen darüber und tastete nach Wunden. Als er unter seinem Haar nur glatte Kopfhaut spürte, öffnete er beide Augen.

Da stimmte doch etwas nicht. Er war verletzt gewesen... oder etwa nicht?

»Endlich wach«, sagte eine vertraute Stimme.

Ian drehte sich um und sah Crispin nicht weit von ihm in einem Sessel. Seine Haarfarbe war straßenköterblond, und er stank, als wäre er in Dämonenschweiß geschwommen. Er war jedoch bekleidet, während Ian so nackt war wie bei seiner Geburt. Gekicher lenkte Ians Aufmerksamkeit auf den übrigen Raum.

Frauen, die bis auf die löwenartige Körperbemalung nackt waren, vergnügten sich auf der anderen Seite der großen Freifläche. Männer mit Gazellenbemalung gingen an ihnen vorbei und wichen den Feuerreifen aus, die ihnen im Weg standen. Und war das da etwa ein Auto voller *Clowns*?

»Wo sind wir? Und was tust du hier?«, wollte Ian wissen. »Wenn Cat dich in einem Bordell erwischt, bringt sie dich um.«

»Ich habe nicht über die Stränge geschlagen«, erwiderte Crispin und musterte ihn mit einer Eindringlichkeit, die seinen lockeren Ton Lügen strafte. »Ich bin nur dein Babysitter, nach deinem Kater. Kopfschmerzen?«

»Absolut teuflisch«, stöhnte Ian und schimpfte: »Die Feuerreifen stehen dort nicht ohne *Grund*. Was habt ihr bloß für eine Arbeitsauffassung?«, als die nächste Gruppe geschminkter Huren an ihnen vorbeiging.

Crispin machte große Augen. »Das ist ja wohl kaum der Hauptgrund ihrer Aufführung, oder?«

Nein, das war es nicht. Weshalb interessierte es ihn überhaupt, ob sie durch die Feuerreifen sprangen? Und weshalb spürte er das Verlangen, die Clowns dafür zu loben, dass sie ihre Rollen mit deutlich mehr Enthusiasmus spielten?

»Ihr braucht euch keine Mühe zu geben«, rief Ian, als sich die falschen Löwinnen und Gazellen vor den Feuerreifen anstellten. Als jene das als Einladung interpretierten und ihm ihre Aufmerksamkeit zuwandten, streifte Ian ihre Hände von sich ab. »Fangt schon mal ohne mich an. Los, spielt miteinander.«

»Stimmt etwas nicht?«, fragte Crispin, immer noch in jenem milden Tonfall.

Ja. Es war nicht nur, dass sein Kopf so wehtat, als würde Luzifers Hammer höchstselbst darauf einschlagen, er hatte auch das nahezu unwiderstehliche Verlangen, seinen Hinterkopf nach Wunden abzusuchen. Und weshalb interessierte ihn das erotische Spektakel, das sich vor seinen Augen abspielte, so ganz und gar nicht? Er hatte kein Bedürfnis mitzumachen und noch nicht einmal Lust, überhaupt hinzusehen. »Wie bin ich hergekommen?«, fragte er Crispin.

Eine dunkle Augenbraue wurde hochgezogen. »Erinnerst du dich nicht?«

Er erinnerte sich ... aber nur vage. Hatte er sich über etwas aufgeregt und dann beschlossen, den Schmerz wegzuvögeln? So konnte es gewesen sein, aber hier zu sein fühlte sich irgendwie ... falsch an.

»Habe ich euch nicht gesagt, ihr sollt miteinander spielen?«, schimpfte er, als eine falsche Gazelle und eine Löwin zu ihm gekrochen kamen und anfingen, seine Beine zu streicheln. »Jetzt verzieht euch, seid brave Mädels und Buben.«

Sie machten lange Gesichter und gingen weg. Ian wandte sich zu Crispin. »Bist du *sicher*, dass ich hier sein wollte? In Wahrheit interessiert mich das alles überhaupt nicht. Und sieh dir den hier an.« Um seine Worte zu bekräftigen, zeigte er Crispin seinen Schwanz und schüttelte ihn. »Der ist so schlaff wie eine tote Schlange.«

Crispin hielt den Blick betont auf Ians Gesicht gerichtet. »Dabei kann ich dir kaum behilflich sein.«

»*So* habe ich nie auf dich gestanden. Was auch gut ist, schließlich hat sich herausgestellt, dass wir Cousins sind. Aber mal im Ernst, Crispin, warum bin ich hier, warum stinkst du wie ein Dämon und warum habe ich Kopfschmerzen, als hätte man mir vor Kurzem den Schädel aufgeschlagen?«

Da schlich sich etwas in Crispins Blick. Ians ungutes Gefühl wuchs. Sein Freund würde ihn gleich belügen. Auch wenn er es Crispin nicht an den Augen ansah, konnte er es doch bis in die Knochen spüren.

»Ich rieche so, weil wir gegen den sehr aufgebrachten Besitzer der Quelle für Roten Drachen gekämpft haben, die du gestohlen hattest«, sagte Crispin. »Dein letztes Trinkgelage hatte nicht gereicht, deshalb hast du dir deine eigene Quelle gestohlen und so lange getrunken, bis du es ungeheuer witzig fandest herumzulügen, du seist verheiratet. Als dir dann der Dämon auf den Fersen war, dem du seine Quelle gestohlen hattest, hast du mich angerufen. Wir haben ihn umgebracht, du hast die Quelle freigelassen und beschlossen, das in diesem Bordell zu feiern. Ich bin nur geblieben, um dafür zu sorgen, dass du keine weiteren schrecklichen Dummheiten machst.«

Crispin log. Je länger es gnadenlos in seinem Kopf hämmerte, desto mehr war er davon überzeugt. Aber warum kamen ihm Teile der Geschichte so vertraut vor?

»Das stimmt doch nicht«, sagte Ian laut. »Du lügst, und ich sollte überhaupt nicht hier sein. Ich sollte ...«

»Wo denn?« Sofort hatte Crispin wieder diesen bohrenden Blick. »Wo solltest du denn sein?«

»Sag du es mir«, bellte Ian. »Und wo ist ...«

Er verstummte. Das Gefühl, dass etwas nicht stimmte, drängte sich in den Vordergrund und wurde immer stärker. Schließlich stand Ian auf und fing an, hin und her zu laufen. Es steckte noch mehr dahinter als Crispins Lügen. Und wieder strich er mit den Fingern über seinen Hinterkopf. Aus irgendeinem Grund war sein Haar weiß, aber das kümmerte ihn nicht so sehr wie die Suche nach Wunden, die es dort immer noch nicht gab. Warum war er sich sicher, dass es sie geben musste? Warum fühlte es sich so falsch an, mit Crispin hier zu sein, anstatt ... woanders? *Mit* jemand anders?

»Ich wollte gerade einen Namen nennen«, sagte Ian langsam, »aber jetzt weiß ich überhaupt nicht mehr, welchen. Warum wollte ich einen Namen sagen, an den ich mich plötzlich nicht mehr erinnern kann? Was zum Teufel ist hier los?«

Crispin stand auf, sein Blick huschte zu den Huren, die Ian bereits vergessen hatte. »Verschwindet«, befahl ihnen Crispin. »Ihr alle.«

Als Ian herumfuhr und zusah, wie die Huren hintereinander den Raum verließen, hatte er ein Déjà-vu. Das war schon einmal passiert, aber nicht mit Crispin. Mit jemand anderem. Mit wem? Mit *wem?*

In seiner Erinnerung flüsterte eine Frau; ihr Tonfall klang eher amüsiert als spöttisch. *Schaffst du sie aus dem Weg, weil du mit mir kämpfen willst?*

»Wo ist sie?«, wollte Ian wissen.

Er erinnerte sich nicht daran, sich bewegt zu haben, aber plötzlich lagen seine Hände auf Crispins Schultern, und er schüttelte ihn, als könnte er die Wahrheit aus ihm herausrütteln. Crispin machte große Augen und starrte auf die Stelle, wo Ian einen Augenblick zuvor noch gestanden hatte.

»Du hast dich teleportiert!«

Es dauerte einen Moment, bis er Crispins verblüfften Ausruf verarbeitet hatte. Dann höhnte Ian: »Noch mehr Lügen, Kumpel?«

»Das *ist* keine Lüge.« Crispin schob Ian zurück, dann sah er ihn erwartungsvoll an. »Versuch doch, ob du das wiederholen kannst. Was glaubst du, wo du jetzt sein solltest?«

»Dusche«, erwiderte er. *Ich brauche dir wohl nicht zu sagen, wie du riechst...*

Das Wort hatte sich gerade erst in Ians Kopf gebildet, als er schon auf die alte blaue Kacheln blickte, die schonweitaus bessere Tage gesehen hatten. Er stürmte aus dem Badezimmer ins

Schlafzimmer nebenan und rief: »Crispin!«, als ihn eine kreischende Frauenstimme stoppte.

»Wer sind Sie? Wie sind Sie hereingekommen?«, wollte die zierliche Brünette auf dem Bett von ihm wissen. Sie war nicht allein, und ihr Bettgenosse warf ihm einen genervten Blick zu. »Raus hier«, schimpfte er. »Ich habe für eine Stunde bezahlt!«

Ian ignorierte die beiden und lief aus dem Schlafzimmer. »Crispin!«, rief er wieder, als er in den Flur kam.

Es gab einen Energieausbruch, dann flog Crispin die Treppen hinauf. Ian wollte gerade zu ihm laufen, als sich der Flur vor ihm plötzlich in den schwärzesten aller Flüsse verwandelte. Ein schmales Boot schwamm darauf, und aus dunklen Nebelschwaden schälte sich sein einziger Fahrgast.

Dass Crispin »Der Todesengel!« schrie, hätte Ian ebenso beunruhigen müssen wie das in einen Umhang gehüllte Skelett, das ihm den Schädel zuwandte und seine Sense hob. Stattdessen sagte Ian nur: »Keine Angst. Was du siehst ist nicht sein wahres Aussehen. Auf dieser Seite des Schleiers siehst du das, wovor du Angst hast.«

Woher wusste er das? Waren das seine Worte? Oder stammten sie von jemand anderem?

Der Mund der Gestalt dehnte sich zu der erschreckenden Version eines Lächelns. Dann bekam der Schädel mittelbraune Haut, ein attraktives Gesicht, Haar in der Farbe eines Zuckerwatte-Malheurs und Augen, in denen helle Silberstrahlen blitzten.

»Du erinnerst dich«, sagte das Wesen. »Ich habe ihr erzählt, dass du das nicht tun würdest, damit es ihr nicht so wehtut, falls sie dir egal ist. Aber wenn die Gefühle so tief sind, kann man sie nie ganz auslöschen.«

Sie. Jemand *war* ihm weggenommen worden! »Ich erinnere

mich nicht an viel.« Er bekam Angst, aber es war keine Angst vorm Sterben. Er fürchtete, dieses Wesen könnte verschwinden, ohne ihm zu sagen, was er wissen musste. »Ich will mich aber erinnern. Sag mir, was ich verloren habe.«

»Ich kann nicht alles wiederherstellen, was entfernt wurde. Selbst das wenige, das ich zurückbringen kann, könnte dich wahnsinnig machen«, sagte das Wesen unverblümt.

»Ian.« Crispin hatte sich von seinem Schock etwas erholt und bewegte sich auf ihn zu. »Lass es. Das ist zu gefährlich.«

Sein Verlangen wurde immer größer. Er brauchte die Erinnerungen, die ihm weggenommen worden waren. Das Risiko spielte keine Rolle. Crispins Einwände spielten keine Rolle. Falls sein Kumpel wieder versuchen sollte, ihn aufzuhalten, wollte er ihn durch die Wand prügeln.

»Gib mir die Erinnerungen zurück«, bat er das Wesen.

Die Kreatur legte die Hand auf Ians Kopf. Bilder schossen in seinen Kopf, bruchstückhaft und unzusammenhängend. Eine zierliche blonde Gesetzeshüterin, die mit ihm kämpfte und sich dann in eine wohlgeformte Frau mit demselben platinweißen, blonden und blauen Haar verwandelte, wie das Geschöpf vor ihm es hatte... Bilder von einem Wasserfall... dann ein Schloss... warum kämpfte er, um einen fliegenden Hund zu retten? Und was war *das*?

Bei meinem Blut, du bist meine Frau...

Die Bilder, die als Nächstes folgten, waren mit Gefühlen verknüpft. Ihre Körper miteinander vereint. *Sie gehört mir.* Ihr Blut an seinen Lippen. *Sie gehört mir.* So viele Dämonen. *Ich muss sie beschützen.* Die Luft voller Blut und Salz. *Ich muss sie retten.* Silberne Augen, die ihn flehentlich anblickten. *»Ich kann dich nicht einfach sterben lassen.«*

Dann rammten sich zwei Messer in seinen Schädel, eines, das er nie gesehen, und ein anderes, mit dem er sich selbst aufgespießt hatte. War er ... war er gestorben?

Dieser styxartige Fluss trat plötzlich über die Ufer und verschlang ihn. Er schrie, aber es kam kein Ton heraus. Dann versuchte er zu laufen, sich zu bewegen, *irgendetwas* zu tun. Aber das konnte er nicht. Er hatte keinen Körper. Die Dunkelheit hatte ihn ganz und gar verschlungen, doch er war darin nicht allein. Da war noch etwas anderes. Was war das? Es kam näher ... nein. Nein. NEIN!

Er kam auf den Knien in die Realität zurück; Blut strömte aus seinen Augen, dem Mund, der Nase und den Ohren. Nach einem Schreckensmoment merkte er, dass die andere Welt und mit ihr jenes andere Wesen verschwunden war, das ihm diese Erinnerungssplitter in den Kopf zurückgestopft hatte. Crispin war bei ihm, und am anderen Ende des Flurs standen ein paar Prostituierte und ein verdrossener Freier zusammen.

»Ian«, bettelte Crispin. »Sag doch was, Kumpel!«

Er wischte sich das Blut ab und war unendlich erleichtert, dass er noch einen Körper hatte, der bluten konnte. Dann hielt er inne und roch an seiner Hand. Er leckte einmal daran und fand bestätigt, was er vermutet hatte. Sein Blut schmeckte jetzt wie eine mildere Form von Rotem Drachen. Weshalb?

Es gab eine Person, die die Antworten hatte. Er wusste nicht viel, aber das wusste er genau. Falls sich diese kleine Dame einbildete, sie könne davonlaufen, ohne ihm den Rest über das zu erzählen, was er verloren hatte, dann wusste sie nicht, mit wem sie es zu tun hatte.

Ian stand auf. »Deine Hose«, befahl er dem genervten Freier und ließ seinen Blick grün aufleuchten. »Gib sie mir.«

Der Mann zog die Hose aus und reichte sie ihm. Ian zog sie an. Sie passte nicht, aber das spielte keine Rolle. Er ging die Treppe hinunter, ignorierte, dass Crispin hinter ihm herumhampelte, und nahm einen Mantel von der Garderobe an der Tür.

Schließlich packte Crispin ihn so fest, dass er ihn umdrehen konnte. »Was glaubst du wohl, wo du jetzt hingehst?«

»Wo ich hingehe?«, wiederholte er und lachte dann.

Seine Erinnerung war bruchstückhaft. Womöglich zählte teleportieren jetzt zu seinen Fähigkeiten, er hatte das falsche Blut, und er war drauf und dran, geradewegs in einen Dämonenkrieg zu laufen, sofern er die Dinge, an die er sich erinnern konnte, richtig einschätzte. Aber aus irgendeinem Grund fühlte er sich besser als jemals zuvor. Wenn dieses Gefühl eine Droge war, wollte er nie wieder clean werden.

»Ja, wo willst du hin?«, bearbeitete ihn Crispin.

Ian lachte. »Ich hole mir meine Frau zurück.«

Danksagung

Wie immer danke ich zuerst Gott. Vor fünfzehn Jahren betete ich darum, endlich ein ganzes Buch zu Ende schreiben zu können, weil ich zu jener Zeit das noch nie getan hatte. Heute schreibe ich die Danksagung für meinen siebzehnten veröffentlichten Roman. Ihr könnt euch darauf verlassen, dass es für mich immer noch ein wahres Wunder ist, für das ich ewig dankbar sein werde.

Es heißt, um ein Kind aufzuziehen, brauche man ein ganzes Dorf. Das gilt auch für Veröffentlichungen. Meiner wundervollen Lektorin Erika Tsang danke ich sehr für ihre ausgezeichnete Arbeit an diesem Buch und all meinen anderen Büchern. Mein Dank geht an Pamela Jaffee, Caroline Perny und die anderen wunderbaren Menschen bei Avon Books für alles, was sie getan haben, um meine Bücher den Lesern nahezubringen. Ich danke meiner großartigen Agentin Nancy Yost für viel zu viele Dinge, um sie hier alle aufzulisten. Dank auch an Ilona Andrews und Melissa Marr für euer unschätzbar wertvolles Feedback zu diesem Buch und etwas anderes, das noch viel wertvoller ist: eure Freundschaft in den vergangenen zwölf Jahren. Natürlich kann ich auch den Lesern nicht genug danken. Ich danke jedem einzelnen von euch, der meinen Büchern eine Chance gegeben hat, und bin allen Lesern doppelt dankbar, die Freunden oder Familienmitgliedern oder völlig Fremden in Blogbeiträgen von ihnen erzählt haben. Wenn ein Buch Erfolg hat, dann wegen euch Lesern.

Zu guter Letzt muss ich meiner Familie danken. Mom, ich werde dich stets vermissen. Dad, du bist immer noch mein Held. Jeanne und Jinger, andere Beziehungen mögen kommen und gehen, aber Geschwister bleiben für alle Zeit. Matt... vor fünfzehn Jahren habe ich geklagt, dass ich wohl keines meiner Worte jemals schwarz auf weiß sehen würde, weil ich nie ein Buch zu Ende brachte. Du hast gesagt, du würdest eines meiner Gedichte auf die Wand unseres Wohnzimmers kalligrafieren, damit ich meine Worte jeden Tag schwarz auf weiß lesen könne. Du hast es wahrscheinlich vergessen. Ich nicht. Dafür und aus Millionen anderen Gründen reicht ein »Ich liebe dich« nicht einmal ansatzweise aus.

Die Geständnisse eines Vampirs: der Weltbestseller in überarbeiteter Übersetzung – endlich wieder lieferbar!

480 Seiten. ISBN 978-3-7341-1067-2

Mit »Interview mit einem Vampir« transportierte Bestsellerautorin Anne Rice den klassischen Vampirroman in die Moderne und gab einem ganzen Genre eine neue Richtung. Plötzlich führten Vampire ein (Un)Leben jenseits aller Blutgier und waren nicht mehr nur übermächtige Wesen, die es zu bekämpfen galt. Stattdessen wurden sie zu Helden mit ihren eigenen Sorgen und Hoffnungen. Die Einführung des jungen, schönen Louis in die Welt der Untoten durch den düsteren, aber charismatischen Lestat ist bis heute unvergessen. Ein Vampir mit Gefühlen und einem Gewissen – seine Geständnisse sind mitreißend und schockierend, bewegend und unsterblich.

Lesen Sie mehr unter: **www.blanvalet.de**

Romantisch, sexy, unvergesslich –
die große
»Royal«-Saga im Überblick!

978-3-7341-0283-7   978-3-7341-0284-4   978-3-7341-0285-1   978-3-7341-0380-3   978-3-7341-0381-0

978-3-7341-0383-4   978-3-7341-0476-3   978-3-7341-0884-6   978-3-7341-0885-3

978-3-7341-0886-0   978-3-7341-1151-8   978-3-7341-1152-5

Lesen Sie mehr unter: **www.blanvalet.de**

Der nächste große Tanz der Vampire findet in Chicago statt – Harry Dresden sorgt sich um die Menschen seiner Stadt.

496 Seiten. ISBN 978-3-7341-6337-1

Mein Name ist Harry Blackstone Copperfield Dresden. Als Magier habe ich natürlich einen ganz anderen Zugang zur übernatürlichen Gesellschaft als gewöhnliche Menschen. Und ich hatte immer vor, meine Freundin von alldem fernzuhalten. Allerdings ist Susan Reporterin und kann ganz schön stur sein, wenn es um eine Story geht. Und ein großes Fest am Roten Hof der Vampire ist eindeutig eine umwerfende Story. Die Idee, sich eine Einladung zu besorgen, war natürlich ebenso hirnrissig wie lebensgefährlich. Denn für Vampire sind Menschen nie etwas anderes als Nahrung. Doch schlussendlich blieb mir kaum eine andere Wahl, als das Fest zu besuchen. Hätte ich es doch bloß gelassen ...

Lesen Sie mehr unter: **www.blanvalet.de**